T0278813

Dos formas de escribir una novela en Manhattan

Dos formas de escribir una novela en Manhattan

Carmen Sereno

CHIC

Primera edición: octubre de 2022

© Carmen Sereno, 2022
© de esta edición, Futurbox Project S. L., 2022
Todos los derechos reservados.

Diseño de cubierta: Taller de los Libros
Imágenes de cubierta: Shutterstock - StonePictures | 123rf - yaavi - pyshustik210905 | iStock - Bolsunova - Bohdan Skrypnyk
Corrección: Marta Araquistain

Publicado por Chic Editorial
C/ Aragó, n.º 287, 2.º 1.ª
08009, Barcelona
chic@chiceditorial.com
www.chiceditorial.com

ISBN: 978-84-17972-88-2
THEMA: FRM
Depósito Legal: B 18805-2022
Preimpresión: Taller de los Libros
Impresión y encuadernación: Liberdúplex
Impreso en España — *Printed in Spain*

Cualquier forma de reproducción, distribución, comunicación pública o transformación de esta obra solo puede ser efectuada con la autorización de los titulares, con excepción prevista por la ley. Diríjase a CEDRO (Centro Español de Derechos Reprográficos) si necesita fotocopiar o escanear algún fragmento de esta obra (www.conlicencia.com; 91 702 19 70 / 93 272 04 47).

A mi hermano Pablo, que nunca se cansó
de perseguir su sueño.

Prólogo

Era la segunda vez que le pasaba lo mismo en una semana. Por lo visto, saltarse su parada de metro y tener que caminar cuatro manzanas contra el despiadado aire de la costa este se había convertido en una costumbre. ¡Cuatro manzanas! Puñetera Línea Exprés. Menos mal que, como buena neoyorquina, Siobhan Harris sabía de la importancia de llevar siempre unas zapatillas de repuesto lo bastante cómodas en el bolso; aunque también sabía que las suelas maltrechas de sus viejas Converse de color rosa no resistirían mucho más tiempo el feroz mordisco invernal. La culpa de que se hubiera vuelto a despistar la tenían las últimas cuarenta páginas de *Besar a un ángel,* una lectura tan apasionante que había relegado todas sus preocupaciones a un segundo plano. Y no eran pocas. Una de las razones por las que le gustaban las novelas románticas era que lograban que se abstrajera del mundo cuando lo necesitaba. Más que gustarle, le encantaban. De hecho, devoraba una tras otra desde que descubrió a Amanda Quick a los catorce años en casa de su tía Harriet y se leyó *Fascinación* a escondidas. No era de extrañar que una adicta al romance sin remedio como ella perdiera la noción del tiempo y el espacio cada vez que se sumergía en una nueva historia. Con *Flores en la tormenta,* sin ir más lejos, había batido su propio récord: trece horas leyendo y unas terribles ojeras de mapache al día siguiente.

Aun así, había valido la pena.

Porque en las novelas románticas los sueños se cumplen, los corazones rotos se reparan y los finales son felices.

El amor triunfa. Siempre.

En la vida real, en cambio, APESTA.

Entre suspiros, se ató los cordones de las zapatillas y salió del metro en dirección a Fulton Street con el gorro de lana calado hasta las orejas y los puños hundidos en los bolsillos del abrigo. Era tarde. La ciudad se alzaba oscura y hostil, entre ruidos de sirenas, ecos musicales amortiguados por las ventanillas de los coches, el *pipipi* de un camión dando marcha atrás y los ladridos de un perro que algún desalmado había dejado atado a una farola. Un indigente recostado en la fachada de un edificio hacía tintinear las monedas recogidas en un vaso sin que nadie le prestara atención. En Nueva York se necesita suerte. Todo el mundo va con prisa, todo el mundo busca algo, todo el mundo quiere algo. Nada es gratis. Hasta el aire tiene un precio y no precisamente barato; de ahí que edificar sobre un solar a partir de cierta altura pueda resultar más caro que la tierra. Que Brooklyn estuviera en alza por aquel entonces y se hubiera convertido en la nueva frontera de la cultura *yupster* tenía mucho que ver con los alquileres desorbitados de Manhattan y muy poco con el supuesto propósito de humanizar el mundo gris de la urbe. Siobhan apretó el paso tiritando de frío, tenía los dedos de los pies entumecidos en sus viejas zapatillas. El viento le abofeteaba la cara y hacía que le llorasen los ojos. En los bajos de las casas de estilo *brownstone* típicas de BoCoCa se acumulaban, apiñados por las palas, restos ennegrecidos de la última nevada. El acero de los respiraderos de la calle retumbaba bajo sus pisadas urgentes. Los supersticiosos y los precavidos evitaban a toda costa pasar por encima de las humeantes estructuras metálicas, pues circulaban multitud de leyendas urbanas acerca de un amigo de un amigo de un amigo que había caído al vacío en un descuido y había acabado como mantequilla derretida a causa del calor abominable del subsuelo. Aunque, a cinco grados bajo cero, quizá merecía la pena correr el riesgo.

Al llegar a la esquina de Fulton Street con Lafayette Avenue, entró en el Anwar Deli. Cogió una lata de Dr Pepper y un sándwich de pastrami de la zona de autoservicio y los dispuso sobre el mostrador. No era la cena más apetecible del mundo, pero era más económica que una hamburguesa y al menos no había tenido que hacer cola. El dueño de la tienda escaneó ambos productos con el lector de códigos de barras; el importe total se reflejó en la pantalla de la caja registradora.

—Once dólares con cincuenta y cinco —anunció, con un fuerte acento de algún lugar indeterminado entre la India y el Pakistán.

Reconozcámoslo: la vida en la Gran Manzana es cara de narices.

Siobhan enrojeció al comprobar que su monedero estaba tan vacío como el Hospital Grady Memorial en el episodio piloto de *The Walking Dead* y maldijo en secreto por haberse gastado una pequeña fortuna en un *latte* doble con caramelo aquella misma mañana. A lo mejor había llegado el momento de pasarse a las infusiones para que Starbucks dejara de enriquecerse a costa del bolsillo del americano medio.

—Vaya… —Esbozó una sonrisa nerviosa—… Pa-parece que no llevo suficiente efectivo encima. —La parte reptiliana de su cerebro invocó una retirada digna a tiempo, pero la certeza de que en su nevera no había más que unos cuantos sobres de kétchup actuó como agente disuasorio. Dejó de lado el orgullo y preguntó—: ¿Podría añadirlo a mi cuenta?

El hombre arqueó las pobladas cejas oscuras y la observó con cara de circunstancias.

—¿A su cuenta? Pero ¿qué dice? ¿Se ha creído que está en el Hilton? Esto es una tienda de comida, señorita. Aquí no concedemos líneas de crédito. Pague con tarjeta y listo. Que no sea American Express, que esa no la aceptamos.

«Oh, lo haría. Si no me hubiera gastado hasta el último centavo de mis ahorros en saldar lo que Buckley ha dejado a deber», pensó.

—Es que la he perdido. En el metro —improvisó—. Últimamente estoy en las nubes, ¿sabe? De todos modos, vivo ahí mismo, en el número ciento veintitrés. Me conoce, vengo a comprar a menudo. Siempre me llevo el hummus orgánico con aceitunas de Kalamata, seguro que se ha fijado. —Hizo una pausa y le dedicó una mirada suplicante—. ¿Por favor?

Una exhalación condescendiente emergió de los labios del tendero, que alzó las manos en señal de rendición.

—Está bien, está bien, haré una excepción por usted. Pero solo una —remarcó—. Ah, y denuncie la pérdida de la tarjeta o la dejarán sin blanca, señorita.

Por poco le dio un ataque de risa. *Ya* estaba sin blanca. Y desesperada.

Era pobre.

Oficialmente.

Lo que las instituciones bancarias norteamericanas llaman «ciudadano B»; a saber, una persona con ingresos bajos y un endeudamiento tan desmesurado respecto de su renta que comprar un microondas a plazos podría suponer la bancarrota. O peor aún, acabar durmiendo sobre cartones en una esquina de Battery Park; lo que las instituciones bancarias norteamericanas llaman «ciudadano C».

Bienvenidos a América, la tierra de las oportunidades.

—Muchas gracias. Y no se preocupe, le pagaré los once dólares cuanto antes.

—Con cincuenta y cinco centavos —puntualizó.

Cuando abrió la puerta de casa, tropezó con uno de los molestos botes de pintura de Home Depot apilados en el suelo junto a varios montones de cajas. «Hogar, dulce hogar». El apartamento era tan pequeño que se recorría con un rápido barrido ocular desde la entrada: salón con cocina integrada, un cuarto de baño no mucho mayor que un armario ropero y un dormitorio bastante estrecho para dos personas. Como el termostato mantenía la temperatura justa para que las tuberías no se congelaran, ahí dentro hacía más frío que en el Polo Norte.

Además, necesitaba unas cuantas reformas: el techo tenía una gotera, las paredes estaban descascarilladas y había una mancha de algo inquietantemente parecido a la sangre en el suelo del baño. Pero era lo más razonable que había encontrado, teniendo en cuenta que, en Nueva York, las viviendas se dividen entre aquellas que puedes pagar y aquellas en las que estás dispuesto a vivir. Siobhan empujó el bote de pintura con el pie y se prometió a sí misma que pondría orden el fin de semana, sin excusas. Llevaba casi tres meses en aquel apartamento, ya iba siendo hora de dejar de procrastinar.

Una ducha de rigor más tarde, mientras se secaba a toda prisa para no morir de una hipotermia, observó su imagen en el espejo.

—Cielos… esto no lo arregla ni el filtro Clarendon de Instagram —se lamentó.

Su melena cobriza necesitaba un corte urgente y sus ojos, azules como el río Hudson en junio, lucían apagados por culpa de los surcos oscuros que los bordeaban. Sin las simpáticas pecas que le brotaban con el sol y que le habían hecho ganarse el apodo de Cheerios en la secundaria, la novia cadáver tenía mejor aspecto que ella. Aunque Siobhan era una chica indudablemente atractiva, a su rostro le hacía falta recuperar la luz propia de los veintinueve años. Por desgracia, un tratamiento facial básico costaba unos ciento cincuenta dólares en cualquier centro de estética decente —salvo en Chinatown, donde te lo hacían por menos de la mitad si no te importaba que el pelo te apestara a *dumplings* fritos una semana—, así que tendría que aguantarse. Tampoco le vendría mal restaurar el karma nutricional. Había perdido tanto peso en las últimas semanas que incluso los vaqueros de la talla XS le iban holgados. Y no era lo único que había perdido. ¿Dónde demonios estaban sus pechos? ¿Y sus caderas? Siempre había sido una joven de constitución delgada, pero aquello era demasiado.

—Bueno, supongo que esto es lo que pasa cuando tu novio te deja colgada a los pocos días de firmar un contrato de alquiler, y lo único que te puedes permitir son cafés de Starbucks y un puñetero sándwich de pastrami que ni siquiera has pagado —musitó, al tiempo que se palpaba las costillas.

¿Había algo peor que ser la chica a la que han dejado?

Pues sí. Ser la chica a la que han dejado con un montón de facturas pendientes.

A punto de cumplir los treinta, ni más ni menos.

Se puso ropa cómoda y se obligó a silenciar los pensamientos negativos. En el salón, se repatingó en el sofá con el ordenador portátil. Mientras esperaba a que arrancase, paladeó la que posiblemente sería su última cena sólida hasta febrero —lo de restaurar el karma nutricional también tendría que dejarlo para más adelante. Comer no era una prioridad; renovar la MetroCard para ir a trabajar, sí—. No había podido entrar en su perfil de WriteUp en todo el día y se moría de curiosidad por saber qué opinaban sus lectoras del último capítulo de *Solo tú* que había publicado. Eran muy… intensas. Seguro que tenía un montón de mensajes recriminatorios en mayúsculas y llenos de emoticonos. Como, por ejemplo:

Lectora cabreada:
¿A QUÉ DEMONIOS VIENE ESTO?

O también:

Lectora sensible:
¿QUÉ CLASE DE AUTORA CRUEL Y RETORCIDA JUGARÍA ASÍ CON NUESTROS SENTIMIENTOS? 😭

O, incluso:

Lectora impaciente:
¿CUÁNDO PUBLICARÁS EL PRÓXIMO CAPÍTULO? ¿CUÁNDO? ¿CUÁNDO? ¿CUÁNDO? ¡NO PUEDO ESPERAR! 😩

Siobhan sonrió con aire travieso mientras masticaba con fruición un trozo de sándwich. Desde luego, aquel había sido un giro inesperado. ¿Quién iba a pensar que Damon dejaría una nota escueta enganchada en la nevera con un imán hortera de Atlantic City y se largaría de repente, con lo enamorado que estaba de Jessica? Una nube de melancolía la invadió al instante. Dejó el portátil sobre la mesa y trató de ordenar sus emociones. Escribir en WriteUp era una de las pocas cosas que lograban animarla desde que Buckley había roto con ella. Lo que había empezado como una especie de terapia se había acabado convirtiendo en una necesidad. *Solo tú* era una historia modesta que carecía de valor literario; aun así, para ella era importante. Porque era *su* historia. Y porque ahí fuera, en alguna parte, alguien necesitaba saber cómo continuaba.

Dingdongdingdongdingdong.

El sonido del timbre la sacó de la ensoñación. Dedujo que se trataba de Jolene, su casera; una afroamericana con el trasero del tamaño del estadio de los Knicks que tenía la extraña costumbre de hablar de sí misma en tercera persona. Siobhan sabía lo que quería, y como lo sabía, sopesó la posibilidad de fingir que no había nadie en casa. Una estupidez, ya que Jolene vivía en el piso de arriba; probablemente la habría oído llegar. Pensó en escabullirse a toda prisa por la escalera de incendios, pero lo descartó de inmediato porque

punto número uno) en el hipotético caso de que se cayera y se rompiese la crisma, el seguro médico no se haría cargo

y punto número dos) la hipotética peripecia podría costarle su puesto de «chica para todo» en la empresa de *marketing* digital donde trabajaba desde hacía un par de años.

«Chica para todo» englobaba tareas tan dispares como ocuparse de las redes sociales y el correo electrónico corporativos, hacer gestiones telefónicas, llevar a la tintorería los trajes de su jefe o asegurarse de que los lunes a primera hora, que era cuando se reunían los ejecutivos de cuentas, hubiera una caja de magdalenas de Magnolia Bakery encima de la mesa —muy sobrevaloradas por culpa de Carrie Bradshaw, en su opinión—. Tareas que desempeñaba por un salario bastante más bajo que la mayoría de jóvenes neoyorquinos con estudios superiores, a decir verdad. No era el empleo con el que soñaba cuando se graduó en Comunicación por la NYU, aunque, tal y como estaban las cosas, más le valía conservarlo.

Tomó aire, compuso su mejor sonrisa y abrió la puerta.

—¡Hola, Jolene! ¿Qué puedo hacer por ti? ¿Necesitas algo? No tengo vino, pero acabo de abrir una lata de Dr Pepper.

Jolene la miró impasible mientras mascaba chicle.

—Chica, lo que Jolene necesita es un bote de Xanax y una inquilina que pague el alquiler. Me debes dos de los grandes. ¿Tienes idea de lo que cuesta mantener a una hija adolescente hoy en día? *Nah* —dijo, acompañando la negativa con un gesto exagerado de la mano. Llevaba las uñas postizas más deslumbrantes que Siobhan hubiera visto jamás. Eran de color rojo, brillantes como semillas de granada, y tan largas que podrían explotar un globo de un solo zarpazo. Seguro que no se había hecho la manicura en Chinatown.

—En realidad, te debo mil ochocientos —la corrigió.

—El alquiler ha subido cien pavos con el año nuevo, revisa el contrato. Además, quedamos en que me pagarías a principios de mes y, adivina qué: hoy es 12 de enero.

Siobhan tragó saliva.

—Necesito un poco más de tiempo. Verás, estoy pasando por un momento personal complicado y…

—Ah-Ah —la cortó—. No es mi problema. Jolene no es una ONG, sino una emprendedora. Y si Jolene no recibe una transferencia bancaria en siete días como máximo, tendrás que buscarte otro sitio. Mi casa, mis reglas.

El ultimátum era comprensible, pero no tenía ni idea de cómo iba a arreglárselas para conseguir el dinero. Barajó todas sus opciones. Hablar con sus padres quedaba descartado, porque eso implicaba contarles lo de la ruptura y todavía no estaba preparada para hacerlo. Adoraban a Buckley, se les partiría el corazón. Bastante difícil había sido improvisar una excusa convincente que justificara la ausencia de su novio cuando se presentó sola en Mount Vernon por Navidad.

Exnovio.

«Ha pillado el sarampión», les dijo.

Robin, su hermano mayor, no se lo tragó. «Te conozco, Shiv. Sé que las cosas no van bien, tienes ese tic en la ceja. Así que más vale que me cuentes ahora mismo la verdad o te colgaré del manzano como cuando tenías cuatro años». La amenaza surtió efecto y a Siobhan no le quedó más remedio que contárselo. Sin embargo, el hecho de que Robin estuviera al corriente de su situación no era un motivo de peso para pedirle ayuda. Al fin y al cabo, su hermano había cuidado de ella desde que llevaba pañales; ya era mayorcita para resolver sus propios problemas. Tal vez hubiera un punto de orgullo en su decisión de guardar silencio. ¿Cómo iba a asumir delante de su familia, una familia unida que siempre había creído en ella, que había fracasado en todos los aspectos de su vida? Se suponía que cuando cumpliera los treinta sería alguien, sería buena en algo, se habría casado, sería feliz.

Simplemente, no podía.

Pedir un anticipo de su sueldo tampoco era viable. Su jefe era un cotilla y no le apetecía lo más mínimo que sus problemas se convirtieran en la comidilla de la oficina. Puede que recurrir a Paige o a Lena fuese la mejor alternativa, pero sus amigas se merecían un respiro. «Vale. A ver. Piensa. Invoca a tu ángel de la guarda, vamos. Tienes un talento natural para la supervivencia». Siempre podía solicitar un préstamo al banco. ¿Y que la frieran a intereses? No, ni hablar. O, quizá, reunir todo lo que tuviera de valor y venderlo en una casa de empeños. *Si* tuviera algo de valor, además del portátil y la suscripción a HBO, claro. O buscar un trabajo de fines de semana en Craigslist. Que no fuera de estríper, preferiblemente. Necesitaba un plan. Y lo necesitaba con urgencia o tendría que ir a mendigar al Ejército de Salvación. Pero ¿cuál?

No lo sabía.

Su ángel de la guarda le había dado la espalda y se estaba fumando un cigarrillo.

—Mi novio se largó a los pocos días de mudarnos aquí —confesó, movida por un impulso repentino—. Me dejó una nota y desapareció. Así. —Chascó los dedos—. He pasado las peores Navidades que recuerdo, me quedan doce dólares en la cuenta y encima tengo que pintar yo sola las paredes de este maldito apartamento.

Esto último lo dijo como si dialogara consigo misma. No estaba previsto que sonara tan visceral.

—Menudo cabronazo. ¿Qué decía en la nota, si puede saberse?

—Me pedía espacio.

La expresión de Jolene se endureció.

—Conque espacio, ¿eh? Pues una de dos: o ese cretino ha metido la salchicha en el bote de salsa equivocado —Siobhan la miró horrorizada—, o es uno de esos tipos atolondrados e inmaduros con complejo de Peter Pan.

—Él no… no hay terceras personas implicadas.

—Ya. Eso es lo que dice Peter Pan. La cuestión es si tú le crees.

¿Le creía? Por supuesto que sí. Lo conocía bien, llevaban juntos desde la universidad. Buckley podía ser muchas cosas, pero no era infiel. Quizá todo aquello no fuera más que una crisis pasajera. Quizá solo necesitara un poco de tiempo para encontrarse a sí mismo antes de volver. A veces sucede. De repente te das cuenta de que «No tengo ni idea» es una parte importante de lo que eres y lo que esperas de la vida. Claro que el momento no podía haber sido más inoportuno. Si al menos se hubiera sincerado con ella antes de dejarla en la estacada, no se encontraría en una situación tan penosa. Y tampoco entendía por qué la había bloqueado en todas sus redes sociales. ¿Acaso no podían ni darse un simple *like* de vez en cuando como dos personas adultas y civilizadas?

Jolene la observó con ojos muy abiertos, como si de pronto hubiera resuelto algún tipo de enigma universal.

—Espera, espera, espera. Dime que no te has inspirado en ese cagado para crear el personaje de Damon.

Pero ¿qué demonios?

Siobhan arqueó las cejas.

—¿Cómo sabes que…?

—¿Que eres escritora?

«Escritora. Esa palabra me queda demasiado grande».

—Por Maya, mi hija. Ella también ha hecho sus pinitos en WriteUp. Nada serio, líos de instituto, zombis hipersexualizados, ese tipo de cosas. Vio tu perfil por casualidad y te reconoció. Fue culpa suya que me enganchara a *Solo tú*. ¡Jesús! Por poco me da un infarto con el último capítulo. ¿En qué estabas pensando para separarlos, chica?

Siobhan sintió una especie de aura de poder que la envolvía como un manto y sonrió a medias. Había descubierto que le encantaba mantener a la gente en vilo. Y también que su casera encarnaba varios tipos de lectora a la vez: la cabreada, la sensible y la impaciente.

—Arregla rápido ese desastre porque Jolene no está nada contenta —prosiguió—. Más te vale que Damon resuelva sus mierdas, alinee sus chacras y vuelva con Jessica. —Hizo una breve pausa teatral y le clavó sus pupilas notablemente ofendidas—. Salvo que te hayas basado en el mamón de tu ex. En ese caso, el único final aceptable es que Jessica le muestre el dedo corazón y le cierre la puerta en las narices. —Otra pausa—. De todas maneras, se nota que escribir es lo tuyo. Deberías plantearte publicar de forma profesional —remató.

Lo había hecho. Muchísimas veces. Era su sueño, siempre lo había sido. Cuando pensaba en el futuro se imaginaba sentada en un bonito escritorio junto a una ventana con vistas a Manhattan, escribiendo una historia de amor de las que arrancan suspiros. Deseaba con todas sus fuerzas ser la culpable de que alguien, alguna vez, se saltara su parada de metro. Pero

Siobhan opinaba que su talento era limitado. Sí, las lectoras de *Solo tú* aumentaban inexplicablemente rápido; aun así, contar una historia capítulo a capítulo en una red social para aficionados no la convertía en una escritora de verdad. También cantaba en la ducha y no por eso era Lady Gaga.

La sonrisa que se le acababa de dibujar desapareció por completo y el peso de la realidad la aplastó contra el suelo.

—Solo es un pasatiempo. —Una verdad a medias—. Además, no sabría ni por dónde empezar. Me temo que no conozco a ningún editor.

Talento, confianza y contactos; la tríada del éxito editorial.

—Pero quizá sí conozcas a alguien que conozca a alguien, y ese alguien a su vez conozca a alguien y… ¿has oído hablar de la teoría de los seis grados de separación? Esto es Nueva York, el centro del centro del mundo; siempre hay alguien que conoce a alguien. A veces, encontrar lo que estás buscando es cuestión de suerte. Ya sabes, como con Google.

Suerte. De eso tampoco andaba muy sobrada, que dijéramos.

—Entonces… ¿Damon es tu ex o no?

Silencio. Jolene tamborileó con sus largas uñas postizas sobre el marco de la puerta y Siobhan entendió que esperaba una respuesta.

—Si te lo digo, ¿me dejarás pagarte a final de mes?

Creyó que el comentario resultaría divertido. La gente se relaja después de haberse reído, es un hecho.

—Ni de coña —respondió Jolene. El chicle estalló en una enorme y sonora pompa justo después de que las palabras le salieran de la boca.

Vale, sí. Damon era Buckley. Y ella era Jessica. Salvo que, en su particular universo por entregas, Siobhan había previsto para ellos un desenlace digno de una novela romántica. Era una especie de reajuste del destino. Al final, Damon-Buckley volvería arrepentido, le pediría perdón a Jessica-Siobhan por haberse cagado en los pantalones, pagarían las facturas a medias, pintarían juntos las paredes —no había cambiado ese pequeño detalle— y convertirían su apartamento recién alquilado de Brooklyn —ese tampoco— en un hogar.

Un lugar donde serían felices para siempre.

Fin.

Claro que su casera no tenía por qué saberlo.

—Damon solo es un personaje de ficción. Cualquier similitud con la realidad es pura coincidencia.

Jolene no parecía muy convencida.

—Lo que sea… En fin, no tardes demasiado en escribir el siguiente capítulo. Y no te olvides de lo que hemos hablado.

—¿Te refieres a lo de publicar?

Los labios de Jolene se tensaron y destensaron con la misma rapidez que un arco.

—No, chica. Me refiero a la pasta que me debes. Siete días, ni uno más —le recordó, antes de girar sobre los talones y enfilar la escalera hacia el piso de arriba.

Siobhan cerró la puerta con una insoportable sensación de impotencia alojada en el pecho. Lidiar con tantas preocupaciones a la vez hacía que se sintiera a la deriva, igual que un astronauta que se suelta de la cuerda que lo conecta al transbordador y flota sin rumbo por el espacio. Ojalá pudiera apretar el botón de avance rápido y que los problemas se esfumaran al instante.

Que Buckley volviera a casa.

Que hubiera dinero en su cuenta corriente.

Que no tuviera que perseguir sueños imposibles como el de ser escritora.

Y no necesariamente en ese orden.

Paige, siempre tan pragmática, le repetía como un mantra que debía concentrarse en decidir cómo quería que fuera su vida. «Visualización positiva, Shiv. Estás tan ocupada sintiéndote triste que te has olvidado de que el mundo sigue girando. Nada es estático ni permanente». Quizá su amiga tuviera razón. Quizá debería tratar de recuperar el optimismo que la había caracterizado siempre.

El problema era que no tenía ni idea de cómo hacerlo.

Su existencia se había convertido en una serie de compases de espera.

Decidió buscar refugio momentáneo en la ficción. Como ya no tenía apetito, envolvió las sobras del sándwich de pastrami antes de guardarlas en la nevera para el día siguiente. Se bebió de un trago la lata de Dr Pepper y se deshizo de ella. Luego, se echó en el sofá con las piernas flexionadas, se tapó con una manta de franela, apoyó el portátil en las rodillas y entró en su perfil de WriteUp. Contó setenta y seis mensajes. «Vaya, no está nada mal», se dijo. Con el ratón, fue bajando uno a uno sin detenerse a abrirlos hasta que vio uno que le llamó la atención. Se lo había enviado una tal Bella Watson hacía un par de horas. El asunto decía «Propuesta de representación para Siobhan Harris».

Tuvo que leerlo dos veces.

—Oh, Dios mío. Oh, Dios mío. Oh, Dios mío.

Su vida estaba a punto de cambiar, solo que ella aún no lo sabía.

Un giro, una vuelta, lo inesperado. Alguien había apretado el botón de avance rápido.

Iba a tener suerte, como con Google.

Ese mismo día, unas horas antes

Los huevos Benedict del Café Boulud, en la 76 con Madison, eran la quintaesencia del Upper East Side. La textura de la yema rozaba la perfección, el beicon siempre estaba crujiente y el pan, de centeno ecológico, dejaba en el paladar las notas ácidas propias de la masa madre. Era uno de los pocos locales donde aún se podía leer el *New York Times* en papel y disfrutar del olor de sus páginas; por eso, Marcel Dupont desayunaba allí cada mañana. Bueno, por eso y porque era un hombre de costumbres inalterables, un fanático de la rutina que detestaba los cambios. Todos los días, sin excepción, se despertaba temprano y corría diez kilómetros exactos por Central Park. Si hacía mal tiempo, se quedaba en el gimnasio de su ático de estilo *midcentury* con unas vistas de vértigo a los bordes afilados de Manhattan. Ciento ochenta metros cuadrados, tapicería clara, techos altos, calefacción por suelo radiante y armarios con espejos de pared a pared; un lujo de lo más habitual en una zona donde abundan los bistrós, las tiendas exclusivas y las amas de casa adineradas con un montón de laca en el pelo y bótox en los párpados. Tras la sesión de ejercicio, se daba una ducha y se ponía alguno de sus trajes oscuros, muy en consonancia con el color de su piel y su carácter sobrio. Salía a almorzar y volvía a casa alrededor de una hora más tarde. No solía coincidir con ningún vecino, de modo que apenas intercambiaba una o dos frases de cortesía con el señor Gonzales, el conserje del edificio. «Que tenga usted un buen día, señor Dupont». «Gracias, igualmente». Digamos que la charla insustancial no era su fuerte. Se subía al ascensor y, en cuanto llegaba al ático, se encerraba en su despacho hasta que oscurecía.

Máximo rendimiento, esa era la clave de todo.

Antes de empezar a trabajar:

- 1) Desconectaba el teléfono. Nada lo irritaba tanto como una de esas inoportunas llamadas comerciales en las que una teleoperadora con un nombre ridículamente optimista como Faith o Hope trataban de convencerlo de que debía cambiarse de compañía telefónica. «Señor, está usted perdiendo dinero con AT&T. ¿Y si le dijera que con Verizon podría ahorrar hasta un quince por ciento en su próxima factura? ¿Oiga? ¿Sigue ahí? Por favor, no cuelg…».

- 2) Se ponía sus gafas *browline* a lo Malcolm X. Aunque le daban un aire sofisticado, las usaba por pura necesidad. A los treinta y cinco, uno ya no tiene vista de lince. Y menos, si se ha pasado la mitad de su vida con las pestañas pegadas a una pantalla.

- 3) Se sentaba en su silla ergonómica con respaldo de piel genuina y tres posiciones de inclinación. Dos mil setecientos dólares en Roche Bobois, pero no había sido un capricho. En su trabajo, la comodidad era importante.
- 4) Repasaba el tablero de corcho de la pared: fotos, mapas, notas organizadas por colores; todo conectado mediante un hilo rojo de forma ordenada. La observación servía para asegurarse de que no se le había escapado ningún detalle. Odiaba improvisar, él era de los que planificaban al milímetro.
- 5) Encendía el ordenador.
- 6) Abría el documento llamado «borrador_V1.pages».

Y

- 7) Rotaba el cuello hacia ambos lados antes de ponerse manos a la obra.

Entonces, Marcel Dupont se convertía en Marcel Black, uno de los escritores de novela negra más exitosos de Estados Unidos y el más fascinante de la década, según el *Library Journal*.

Catorce veces superventas en *The New York Times Book Review.*
Más de treinta millones de ejemplares vendidos.

Traducido a veinticinco idiomas, entre ellos el ruso y el japonés.

Nominado al *National Book Award* (al final, se lo llevó Colson Whitehead).

Con una gran producción de Netflix en curso y una pequeña fortuna de veintidós millones de dólares en su cuenta bancaria. No tantos como Stephen King, pero suficientes como para permitirse el lujo de tener un Lamborghini en el garaje —¿quién diablos tiene un Lamborghini en Nueva York cuando existen compañías como Blacklane?— y una mansión en los Hamptons como la del gran Gatsby; lo que las instituciones bancarias norteamericanas llaman «ciudadano A». No obstante, para Marcel existían formas más constructivas de invertir su dinero, así que él no tenía ni Lamborghini ni mansión.

Y lo más sorprendente de todo: su identidad oculta.

Las únicas personas que sabían quién era el misterioso autor de la serie protagonizada por William J. Knox —un perspicaz detective asiduo a los *speakeasy* en la América de los gánsteres y la ley seca— eran Alex Shapiro, su agente literario; Bob Gunton, su editor en Baxter Books; Charmaine, su hermana mayor y, por supuesto, su abogado. ¿Cómo había conseguido posicionar catorce novelas entre los libros más vendidos un tipo que no concedía entrevistas, no acudía a eventos públicos, no firmaba ejemplares y no tenía perfiles en las redes sociales?

Un tipo sin rostro en una época en que la imagen lo era todo.

Dos motivos lo explicaban:

El primero, la calidad de su obra. Marcel Black era conocido por sus giros impredecibles y su capacidad para descolocar incluso al lector más experimentado. La crítica había dicho que su estilo era brillante y sus diálogos, los más inteligentes del género desde Raymond Chandler.

El segundo, una astuta campaña de *neuromarketing* basada en la magia del misterio y el anonimato. Es el efecto Streisand: cuanto más se intenta ocultar algo, más se atrae la curiosidad sobre aquello que se quiere esconder.

Ahora bien, ¿por qué querría un escritor de éxito como Marcel Black permanecer en la sombra y no disfrutar del reconocimiento?

La respuesta era una incógnita que daba pie a todo tipo de rumores y especulaciones dentro de los círculos literarios. Saber qué había de cierto y qué de inventado en los relatos era difícil.

A las 9:27 de aquella gélida mañana de enero, un joven camarero del Café Boulud depositó cuidadosamente el desayuno y el periódico sobre la mesa de Marcel.

—¿Desea algo más, señor? —preguntó.

Marcel se limitó a negar con un leve movimiento de la cabeza. Por muy buen escritor que fuera, había que reconocer que sus habilidades literarias no se extendían a las sociales. De hecho, de no ser por su inconfundible acento de Luisiana, cualquiera habría pensado que Dupont era el típico neoyorquino de clase alta convencido de que el mundo le pertenece por derecho. Cualquiera menos Alex Shapiro, claro. En parte, porque uno siempre tiende a minimizar los defectos de las personas a las que aprecia. Pero, sobre todo, porque su agente lo entendía mejor que nadie. Unos meses atrás, cuando su repentina decisión de poner punto final a la serie de William J. Knox había desatado la ira de Bob Gunton, Alex no solo lo defendió con uñas y dientes, sino que amenazó al editor con llevarse al autor estrella de Baxter Books a la competencia.

«Vas de farol, Shapiro. No hay un solo grupo editorial en toda América que pueda mejorar nuestras condiciones contractuales. Ni siquiera HarperCollins», había alegado Gunton en el transcurso de aquella tensa reunión.

Quizá tuviera razón.

O quizá no.

El caso es que Marcel se había cansado. Puede que no le gustaran los cambios, pero llevaba tanto tiempo metido en la piel de William J. Knox —toda su carrera, en realidad— que empezaba a aburrirse; mala señal. Mientras escribía su novela número quince, sintió que el personaje había perdido fuerza, que se había convertido en un estereotipo incapaz de sorprender a nadie. Tras unos cuantos vasos de *bourbon* en soledad, tomó la segunda decisión más importante de su vida: mataría a Knox, y a otra cosa. Rehízo el manuscrito en unas pocas semanas y se lo envió a Alex. Lo primero que dijo este en cuanto lo hubo leído fue:

—Gunton me va a arrancar las pelotas y se va a hacer un libro con ellas.

Sonaba tremendamente impactado.

—Edición de bolsillo, supongo —bromeó Marcel.

—Qué gracioso. Cómo se nota que eres de Nueva Orleans. ¿Era mucho pedir que me consultaras antes de tomar una decisión tan drástica como esta?

26

—Ya me conoces. Prefiero pedir disculpas que permiso.

Alex dejó ir una exhalación larga y sonora. Temía la reacción de la editorial. Su cliente tenía contrato para tres entregas más de la serie y había degollado a la gallina de los huevos de oro.

—No puedes ir por libre. Sabes perfectamente que podrían demandarnos si quisieran.

—Exacto, si quisieran. Pero resulta que Baxter Books ha ganado millones de dólares gracias a mí. ¿Crees que les interesa un pleito a estas alturas? Mira, estoy harto de escribir siempre lo mismo. Necesito hacer algo distinto.

—¿Y por qué coño no me lo has contado antes?

—Para ahorrarme el sermón. A veces no sé si eres mi agente o mi tutor legal.

—Al menos podrías haberle dado a Knox un final un poco más digno que una sobredosis de opio en un fumadero clandestino.

—¿Qué tiene de malo? A mí me parece casi poético.

—Si tú lo dices…

—¿Debo interpretar que no te ha gustado la novela? —preguntó Marcel, con aire herido.

—Pues claro que me ha gustado. Todo lo que escribes me gusta.

Marcel sabía que no lo decía por decir. Alex Shapiro no era la clase de agente literario que se dedicaba a alimentar el ego de los autores con halagos vacíos y superficiales. Si algo no le convencía, lo expresaba. Hacía demasiados años que se conocían como para andarse con rodeos. Por eso, cuando Marcel le habló de lo que planeaba escribir a continuación, arrugó la nariz.

—¿Asesinatos raciales en el sur de Estados Unidos? No creo que sea el momento más adecuado para plantear el tema. Los del *Black Lives Matter* podrían cabrearse.

—Eres consciente de que yo también soy negro, ¿verdad?

Alex resopló.

—¿Y tú eres consciente de que la mayoría de tus lectores probablemente sean de raza caucásica?

—Pero ¿no dices siempre que la raza es un constructo social y que Barack Obama es el mejor ejemplo de ello?

—Y lo mantengo. Que la mitad de la sociedad norteamericana opine que Obama es muy poco negro para ser el primer presidente negro de Estados Unidos y la otra mitad, justo lo contrario, nos da una idea de la dimensión sociológica del asunto. De todas maneras, las encuestas dicen que Trump va a ganar las elecciones, así que da igual. Solo digo que los libros que tratan temas muy controvertidos acaban siendo problemáticos.

—O *best sellers*. ¿Quieres que te haga una lista? *Los versos satánicos, Lolita, Rebelión en la granja, El guardián entre el centeno…* ¿Sigo?

—No estamos en los noventa. La gente tiene una sensibilidad muy distinta hoy en día. Ahora es prácticamente imposible opinar sobre algo sin ofender a algún colectivo. En Misisipi, sin ir más lejos, han prohibido *Matar a un ruiseñor* por incluir la palabra que empieza por *n*. Es de locos.

Marcel soltó una carcajada.

—Puedes decir «negrata». Lo soportaré. Lil Wayne lo hace en sus canciones.

—Ni de coña. Prefiero usar el término «afroamericano». Es más…

—¿Condescendiente?

—Iba a decir políticamente correcto. Oye, ¿por qué no escribes algo sencillo? Un *domestic noir,* por ejemplo. Se han puesto de moda y funcionan muy bien. Con mucha sangre y una protagonista femenina que tenga dificultades para relacionarse con los demás, ya sabes, una rarita. Estoy seguro de que a Gunton le encantará la idea.

Pero Marcel no quería escribir algo sencillo ni someterse a las reglas brutales de un mercado literario en crisis. Y mucho menos, autocensurarse por culpa de esa especie de dictadura del pensamiento imperante que parecía haber determinado que la ficción sirve a un propósito moralizador. Lo que quería era salir de su zona de confort y crear un universo nuevo; solo así tendría la certeza de que no se había convertido en un autor mediocre. La mera idea lo atormentaba, hacía que se sintiera en la cuerda floja.

Claro que nadie necesitaba saber que incluso un autor superventas tiene sus propias inseguridades.

Ni siquiera su mejor amigo.

—No pienso venderme, Alex. Y me importa una mierda si a mi editor le parece bien o no. Así que haz tu puñetero trabajo y deja que yo haga el mío —sentenció.

—Está bien, está bien, no te pongas a la defensiva. Me ocuparé de Gunton. A cambio, tienes que prometerme que esa novela será la leche.

—Lo será, confía en mí.

Habían pasado unos cuantos meses desde aquella conversación. Como era de esperar, a Bob Gunton no le había quedado otro remedio que aceptar el giro en la trayectoria de Marcel Black. Es comprensible; no se deja escapar así como así a una máquina de hacer dinero. La última entrega de William J. Knox saldría a la venta en cuarenta y ocho horas con el profético título de *El fin de los días*. Aunque muchos lectores expresaban su descontento en las redes sociales ante el inesperado cierre de la serie, la editorial auguraba un nuevo éxito. Marcel tenía listo el armazón de su siguiente historia. Se había documentado exhaustivamente, había diseñado una trama detallada al milímetro, había tomado notas y había perfilado a los personajes. El entusiasmo le corría por las venas como una melodía de *jazz*.

Estaba preparado para embarcarse en su nueva aventura.

O eso creía.

El almuerzo humeaba en el plato como una invitación. Cortó una generosa porción de los huevos Benedict y se la llevó a la boca. Mientras paladeaba el sabroso bocado, abrió el *New York*

Times y lo hojeó con aire distraído hasta llegar a la sección de Literatura. Se disponía a echar un vistazo, pero la pareja que se deshacía en arrumacos en la mesa contigua lo distrajo.

«Por el amor de Dios, buscaos un hotel», pensó, dedicándoles una mirada severa.

Ese tipo de escenas lo ponían enfermo. Una vez, cenando en el piso sesenta y cinco del 30 Rockefeller Plaza —uno de los restaurantes con mejores vistas de Manhattan; desde la terraza se ven el Chrysler y el Empire State en todo su esplendor—, un tipo se arrodilló delante de todo el mundo para pedirle matrimonio a la mujer que estaba con él. «Mary Josephine Caroline Smith, ¿me concederías el honor de ser mi esposa?». Marcel por poco vomita allí mismo. El tipo se sacó una cajita de Tiffany's del bolsillo de la americana y le mostró un anillo de compromiso con un pedrusco del tamaño de Liberty Island; sin duda, debió de haberle costado un buen pellizco. La mujer comenzó a llorar como un aspersor al tiempo que se oía un «Ohhhhhh» generalizado en el restaurante. Alguien gritó: «¡Vamos, Mary Jo! ¡Dile que sí!». Y de repente aquello se convirtió en algo parecido a un espectáculo de Broadway. Obviamente, Mary Jo dijo que sí. Marcel puso los ojos en blanco y se marchó del restaurante imaginando un futuro muy corto para Mary Jo y el señor Pedrusco en un ejercicio narrativo inconsciente. Él era un hombre práctico. Le gustaba pasarlo bien de vez en cuando, pero las palabras «relación», «compromiso» o «matrimonio» le provocaban urticaria. El motivo era sencillo: no creía en el amor. ¿Cómo se podía creer en algo que no existía? El amor no era más que un invento de Bloomingdale's para vender perfumes y bolsos caros. Por eso, nunca, bajo ningún concepto, salía dos veces con la misma mujer. Unas cuantas copas en algún local del SoHo o el Village para calentar motores y buen sexo era cuanto estaba dispuesto a ofrecer. Sin intercambio de números de teléfono ni la promesa de volver a verse; así evitaba una posible implicación emocional que habría resultado de lo más molesta. No le faltaban candidatas, pues era un hombre muy atractivo. Alto, de hombros anchos y brazos fuertes, con unos ojos afilados y profundamente oscuros que observaban desde una distancia mayestática, una nariz fina y unos labios carnosos que parecían dibujados. Llevaba el pelo muy corto y una barba de varios días bien cuidada. Olía a perfume caro, tenía una seductora voz grave y transmitía la elegancia indiferente de un tipo en la cima.

¿Quién podría resistirse?

Asqueado, apartó la vista y la centró en el periódico, tratando de abstraerse de la felicidad insultante de aquella pareja de enamorados. Cortó otro trozo de comida y se lo metió en la boca, aunque algo le congeló el movimiento de las mandíbulas al masticar.

Había visto un titular.

Un maldito titular que decía:

«¿Es *El fin de los días* el fin de Marcel Black?».

Dejó caer el cubierto sobre el plato con gran estruendo y comenzó a leer aquel insidioso artículo, con las cejas fruncidas en un gesto de crispación notable. Michiko Kakutani, la crítica estrella del *Times* y la mujer más temida del mundo editorial según *Vanity Fair,* había destruido su libro cuarenta y ocho horas antes de que saliera a la venta. «Black pretende hacer pasar su obra por alta literatura. Sin embargo, este cierre apresurado demuestra que no es más que otra serie policiaca estúpida y vacía». Esas palabras lo perseguirían como si de una maldición se tratara. Marcel apretó los dientes. Un pronto de ira incontrolable lo llevó a arrancar la página del periódico y hacerla trizas con unas manos que se habían convertido en garras. La pareja de enamorados contemplaba la escena boquiabierta.

—¿Qué demonios estáis mirando? —rugió, sin darles opción a réplica.

Apenas unos segundos después, sacaba la American Express de su billetera y llamaba al camarero con un gesto apremiante; no había tiempo que perder. Sabía que aquella fisura en su rutina iba a desestabilizarlo.

Solo que no se imaginaba hasta qué punto.

PRIMERA PARTE

EL PLANTEAMIENTO

«Pero ¿cómo podías vivir y no tener
una historia que contar?».

Noches blancas, FIÓDOR DOSTOIEVSKI

Capítulo 1

Siobhan

Después del invierno, estar al aire libre supone una liberación para los neoyorquinos. La gente se olvida de los inconvenientes de la nieve, guarda los abrigos en un armario y recupera la calle. La primavera en Nueva York es un estallido suave, una invitación a vivir. Aquel era uno de esos espléndidos atardeceres de principios de junio. El mercurio marcaba unos agradables veinte grados. Los últimos rayos de sol se reflejaban en los rascacielos y la ciudad entera destellaba de una manera casi poética. De no ser porque llegaba tarde al encuentro con Paige y Lena, se habría detenido a hacer una foto para publicarla en su cuenta de Twitter.

 Siobhan Harris @siobhan_harris • 1m   ⌄
Me encanta #NuevaYork. La gente, el tráfico, el bullicio; ese zumbido constante, como si todo el tiempo estuviera sucediendo algo a la vuelta de la esquina.

♡ 12   ⟲ 5   ♡ 7   ⬆

Últimamente tuiteaba mucho. Bella Watson, su agente literaria, había hecho hincapié en la importancia de mantenerse activa en las redes sociales, sobre todo al principio. «Baxter Books va a apostar fuerte por ti. A cambio, tendrás que poner de tu parte para que esto funcione. La imagen del autor es vital hoy en día», le había dicho en la firma del contrato, unos meses antes.

Algunas cosas habían cambiado como resultado de aquella reunión en la undécima planta del coloso que albergaba la sede de la editorial, en el corazón de Manhattan.

La primera: el título de la novela. *Solo tú* se llamaba ahora *Con el destino a favor;* mucho más atractivo, según Bella.

La segunda: el formato. Baxter Books había adquirido los derechos de publicación, de modo que la novela dejaba de estar disponible en WriteUp.

La tercera: las deudas de Siobhan, o una parte sustancial de las mismas. Gracias al generosísimo anticipo de la editorial, podría vivir una temporada sin que el miedo a quedarse en la calle la despertara de madrugada empapada en sudor. ¡Adiós, sándwiches de pastrami para cenar! Vale, aún dependía de su empleo, pero tarde o temprano se daría el gusto de redactar una carta de renuncia y lanzársela a su jefe con un movimiento cargado de dignidad.

Estimado (modo irónico activado) jefe:
Que le jodan. A usted y a su puñetera empresa. Ahora soy escritora, así que DASVIDANIYA (o como demonios se diga).

Y la última, aunque no por ello menos importante: su popularidad. No en vano, Siobhan había pasado de tener 174 a 10 439 seguidores en Twitter desde que la editorial la hubiera dado a conocer al mundo como «la nueva gran promesa de la novela romántica que robará el corazón de los lectores en primavera».

Pues bien, la primavera había llegado.

En todos los sentidos.

Como de costumbre a esa hora, el Sky Room estaba muy concurrido. Con el buen tiempo, las azoteas de los edificios más imponentes de Manhattan se convertían en los sitios preferidos por los neoyorquinos para tomarse una copa después del trabajo. Sonaba el último *hit* de The Weeknd a un volumen que no entorpecía las conversaciones. Siobhan buscó a sus amigas entre la multitud y las vio sentadas en la zona del *lounge* que daba a Times Square. Corrió hacia ellas. Las tres se saludaron con un caluroso abrazo, dando saltitos de alegría y gritando cosas del estilo «Oh, dios mío, estás impresionante», «Tú más» o «No, tú sí que lo estás» durante un buen rato.

—Siento el retraso, chicas —se excusó, a la vez que se acomodaba en un moderno butacón blanco—. El tío del Uber ha tardado una vida en aparecer. ¿Esto es para mí? —preguntó, en referencia a la única copa intacta que había encima de la mesa, junto a una vela aromática.

—Ajá. Hemos pedido tres mimosas mientras te esperábamos —aclaró Paige—. Y como tenemos mucho que celebrar esta noche, le hemos dicho a la camarera que traiga otras tres en un máximo de veinte minutos.

Paige D'Alessandro. Treinta años. Cintura de avispa y el pelo de Jessica Chastain. La envolvía un aura de *sprezzatura* que la habría hecho parecer elegante aunque tuviera restos de espinacas entre los dientes. Trabajaba de relaciones públicas en un banco de Wall Street cuya reputación se había ido por el retrete gracias a WikiLeaks y, como muchos neoyorquinos, pensaba hacerse millonaria antes de los cincuenta. No tomaba hidratos de carbono —salvo los *bucatini all'amatriciana* de su abuela o la tarta de queso de Junior's cuando tenía el síndrome premenstrual— y practicaba cardio cuatro días a la semana para compensar las tentaciones calóricas a las que uno se rinde con frecuencia en Nueva York. Seguía las tendencias de moda y estaba al día de todos los chismes del famoseo. Su lema era: «Los hombres son como los zapatos: tienes que probarte unos cuantos antes de encontrar los adecuados. Aun así, asegúrate de no llevar el mismo par demasiado tiempo, porque posiblemente te acabarán molestando».

Siobhan dejó ir una risita nasal.

—Me daré prisa para que no se me acumule el trabajo —anunció, antes de beberse de un trago casi la mitad del cóctel.

Lena se subió las enormes gafas de pasta con la punta del dedo índice y adoptó esa típica actitud suya, como de estar permanentemente cabreada con el mundo.

—¿Has escrito una reseña negativa en ConsumerAffairs? Del tío del Uber —matizó—. Hazlo. La semana pasada, Noor y yo nos quejamos de un conductor por homófobo. Si las dos neuronas de tu cerebro heteronormativo se fríen solo porque una pareja de chicas se ha besado en el asiento trasero de tu coche, tal vez deberías buscar ayuda.

Lena Midlarsky. Veintinueve años. Un metro sesenta de activismo y cuarenta y cinco kilos de «no me toques las narices si sabes lo que te conviene». A los catorce, la expulsaron una semana del instituto por acusar de antisemitismo al profesor de Historia (la mayoría de sus compañeros ni siquiera sabían lo que significaba «antisemita»; algunos creían que era algo relacionado con el porno). A los dieciséis, declaró que quería ser como Natalie Portman en *V de Vendetta* y se rapó el pelo. A los dieciocho, salió del armario en el Bar Mitzvah de su hermana. A los veintidós, se hizo un tatuaje feminista en el brazo. A los veinticuatro, la detuvieron en una manifestación LGTBIQ+ por alteración del orden público. Y a los veintiséis, anunció que se iba a vivir con Noor, una bloguera de origen palestino que diseñaba hiyabs para musulmanas empoderadas y los vendía en Etsy. Nada de eso impidió que sus padres la siguieran considerando una buena chica judía y la mejor abogada social de Greenpoint, Brooklyn.

—Amén, hermana —concordó Paige—. Oye, Shiv, hay un tío a las doce en punto que no te quita los ojos de encima. No te gires.

—¿A mí?

—No, a Hillary Clinton —replicó su amiga en tono socarrón.

—Bueno, eso tendría sentido, porque Hillary es más interesante que yo.

—Discrepo —dijo Lena—. ¿Qué tiene de interesante una mujer que acepta con resignación que su marido eyacule sobre el vestido de otra? —Paige compuso una mueca de asco—. Además, la de Monica Lewinsky no fue la primera vez. ¿Para qué iba alguien a tomarse la molestia de establecer un compromiso con otra persona si ese alguien no tenía intenciones de respetarlo? Hillary debería haberle pedido el divorcio a la más mínima sospecha. Yo lo habría hecho.

—Yo también —convino Paige—. Habría cogido a Chelsea y todos esos maravillosos trajes pantalón de Ann Taylor Loft de mi armario de primera dama de los Estados Unidos de América y me habría largado de la Casa Blanca antes de que ese cínico se hubiera atrevido siquiera a decir «Lo siento. Ha sido un error». Y luego me habría ido al *show* de Oprah a contar mi historia, porque la venganza es un plato que se sirve en *prime-time*.

—Mejor Oprah que convertirse en un títere del sistema. La verdad, no entiendo por qué demonios consintió semejante humillación. La misma mujer que dijo en *60 Minutes* que no pensaba dedicarse a hornear galletas y a ser la comparsa de su marido. ¡Por el amor de Dios, ni que fuera Betty Draper!

—Bill Clinton tampoco es precisamente Don Draper.

—Tal vez aún amaba a su marido y por eso lo perdonó, no es tan descabellado —apuntó Siobhan.

—Pero el amor se basa en la confianza. ¿Cómo puedes confiar en la persona con quien compartes tu vida después de algo así?

—Vamos, chicas, no os pongáis tan trascendentales —terció Paige—. De todas formas, en el muy hipotético caso de que Hillary Clinton estuviera aquí ahora mismo y fuera el paradigma de la mujer empoderada del siglo XXI, ese tío seguiría mirándote a ti, Shiv. Y no me extraña, porque estás… radiante. ¿Tienes una aventura o es que has estado viendo tutoriales sobre *contouring* en YouTube?

Siobhan resopló.

—No tengo ninguna aventura, Paige.

—Oye, echar un polvo de vez en cuando no es malo. ¿Sabíais que se pueden perder hasta seiscientas calorías en una sola sesión? Lo leí en *Esquire*.

Lena alzó una ceja con aire inquisitivo.

—¿Seiscientas calorías? Ajá. Apuesto a que el autor de ese artículo sería el mismo que escribió —Entrecomilló con los dedos—: «Córrete diez veces seguidas sin que se te ponga blanda es posible, machote. Todo lo que necesitas es voluntad».

—Y anabolizantes —añadió Paige, antes de sorber por la pajita de su mimosa—. Volviendo a la vida sexual de Shiv, apuesto diez pavos a que el único hombre que ha hurgado ahí abajo últimamente es tu ginecólogo.

—Subo la apuesta a veinte.

Siobhan miró a sus amigas fingiendo que se escandalizaba, pero enseguida mudó el gesto.

—Ginecóloga. Es una mujer, así que me debéis cuarenta dólares. Tranquilas, acepto pagos en Venmo —bromeó—. Y espero no tener que justificarme ante vosotras nunca más. No me van los rollos de una noche. Para mí, el sexo está ligado a los sentimientos. Si me acostara con alguien sin estar enamorada, me sentiría culpable.

—Esa forma de pensar es muy patriarcal, Shiv.

—No sé si eres la más indicada para hablar, teniendo en cuenta que tu novia y tú tardasteis una eternidad en llegar a la tercera base —señaló Paige.

—Noor aún estaba explorando su sexualidad cuando la conocí, no quería presionarla.

—En cualquier caso —prosiguió Paige, dirigiéndose a Siobhan—, si aspiras a conocer a alguien especial, casarte, tener hijos, un *golden retriever* y una casita con jardín trasero en Rhode Island, será mejor que te vayas preparando para quedarte sola. Siento ser portadora de malas noticias, pero esto es Nueva York; aquí la gente ya no se enamora. Y mucho menos, después de los treinta. Todo el mundo está demasiado ocupado para eso.

Treinta. ¿Qué diablos pasaba con esa edad? Parecía como si los relojes marcaran el paso del tiempo con más fuerza a partir de aquel punto.

La mera idea de dar por válido el razonamiento de Paige hacía que Siobhan sintiera ganas de llenarse los bolsillos de piedras y adentrarse en el río igual que Virginia Woolf. No era verdad que la gente ya no se enamorase, no podía serlo. El amor se merecía alguna victoria de vez en cuando, un final feliz.

Uno de verdad.

No solo en la ficción.

Como el de Lena y Noor.

O el de sus padres.

—Además, estás en el mercado. Solo has visto un pene al natural en los últimos años; ver otro debería ser tu prioridad absoluta de ahora en adelante.

—¿Para qué necesito un pene? Tengo un vibrador.

—Con forma de delfín. No es lo mismo.

Estaba a punto de rebatir a Paige cuando Lena la interrumpió.

—Vale, me he cansado de esta conversación falocéntrica. No quiero escuchar ni una sola palabra más sobre penes. ¿Os dais cuenta de que llevamos diez minutos juntas y todavía no hemos hablado de lo verdaderamente importante?

En ese instante, Siobhan percibió que sus amigas se miraban de un modo sospechoso, como si tuvieran una consigna. Contaron hasta tres en voz alta y, a continuación, sacaron de sus respectivos bolsos un ejemplar de *Con el destino a favor*.

—¡Feliz día de publicación, Siobhan Harris! —gritaron al unísono.

Siobhan se llevó las manos al corazón y les dio las gracias, emocionada.

—¡Ay, Dios mío! No hacía falta que lo comprarais. Pensaba regalároslo.

—¿Y perder la oportunidad de decirle a la cajera de Barnes & Noble que nuestros nombres salen en la página de agradecimientos del libro del año? ¡Ni hablar!

Las tres se echaron a reír.

—A propósito de eso, gracias por las fotos de la librería, chicas. Se las he reenviado a mi familia. Mi madre me ha dicho que Robin ha amenazado a todo Mount Vernon con hacerles la vida imposible si no compraban la novela.

Más risas.

—El cretino de tu jefe se merece una demanda por no haberte dado el día libre —declaró Lena—. Bueno, cuéntanos, ¿qué se siente?

—Yo… no lo sé, es una sensación rara —confesó Siobhan, mientras pasaba la yema de los dedos sobre su nombre impreso en la cubierta—. Es como si esta de aquí no fuera yo, como si estuviera viviendo la vida de otra persona y todas esas menciones de Twitter me llegaran a mí por error. Ha sido un día de locos, he tenido que silenciar el móvil.

—¿Sabes algo de Buckley? Quiero decir, ¿te ha llamado?

Lena carraspeó y negó repetidas veces con la cabeza.

—Paige… —masculló—. No hablamos del innombrable, ¿recuerdas?

—Está bien, Lena —la tranquilizó Siobhan—. Buckley es agua pasada, ya no me afecta. Y no he tenido noticias de él, así que ni siquiera sé si está al tanto de… mi nueva situación.

—¿Eso significa que por fin has dejado de comprobar si te ha desbloqueado en Facebook?

Paige unió las palmas de las manos en actitud de súplica.

—Por Dios, ¿quién sigue utilizando Facebook en 2017?

Siobhan sorbió sonoramente por su pajita antes de responder a la pregunta formulada por Lena.

—Técnicamente.

Su amistad con aquellas dos chicas a las que había conocido años atrás en el campus de la NYU poseía un valor incalculable para ella; sin embargo, el hecho de reconocer que una pequeña parte de sí misma aún pensaba en su exnovio era una debilidad que no podía o no quería permitirse.

Lena tuvo el detalle de reconducir la conversación.

—Bueno, espero que hayas traído un boli.

Diez minutos después, Siobhan había firmado los dos primeros libros de su emergente carrera de escritora, se había hecho una selfi con sus amigas para inmortalizar el momento, había ido al cuarto de baño a hacer pis, se había chocado contra un hombre altísimo al que no le había visto la cara —aunque tenía la certeza de que era afroamericano y olía muy bien— y había vuelto. Para entonces, la segunda ronda de mimosas estaba encima de la mesa, puntual como un reloj suizo.

—Si hace seis meses me hubieran dicho que una editorial como Baxter Books se interesaría por mí, no me lo habría creído. He tenido muchísima suerte.

—¿Suerte? Y una mierda —protestó Lena—. Baxter Books es una empresa, y a las empresas no les gusta perder dinero. Esa gente no se habría arriesgado a publicar a una autora desconocida si no hubieran visto claro su potencial.

—Lena tiene razón, Shiv. He tenido una visión de tu futuro en el mundo literario y adivina qué: eras una escritora de mucho éxito. De hecho —añadió, con aire de confesión—, he intentado sonsacar a alguien de Barnes & Noble cuántos ejemplares se habían vendido hasta el momento y, aunque me ha dicho que no me podía dar el número exacto, ha reconocido que las ventas habían ido bien —dijo. Y luego le guiñó el ojo de forma exagerada.

—Estamos muy orgullosas de ti —reconoció Lena—. Brindemos por el arranque de una carrera fulgurante. Para que sigas escribiendo hasta que tengas noventa años y la artritis en los dedos no te permita teclear.

—¡Así se habla!

Las tres alzaron sus copas entre risas y las entrechocaron con gran estruendo. Y Siobhan se sintió tan agradecida por esas amigas, ese momento y la posibilidad de esa nueva vida que se olvidó de todo lo demás.

Capítulo 2

Marcel

—¿No podríamos haber quedado en un sitio un poco más discreto? —protestó Marcel al volver del baño—. Hay más gente en esta puñetera azotea que en el set de rodaje de *Juego de tronos*. Gente con muy pocos modales, por cierto. Una niñata se ha chocado conmigo y ni siquiera se ha molestado en disculparse.

O quizá hubiera sido él quien se había chocado con ella. No le había visto la cara, pero tenía la certeza de que era blanca y olía muy bien.

—¡Uhhhhh! ¡A dónde vamos a parar! —ironizó Alex.

—Eso digo yo. Y de la música mejor ni hablemos.

—¿Qué tiene de malo Taylor Swift?

—¿Que es para quinceañeras?

Alex se encogió de hombros.

—A mí me gusta.

—Pues tienes un gusto pésimo, tío.

—Bueno, ¿qué tal si dejas ya de quejarte y disfrutas del momento, Mr. Scrooge? Aquí hacen el mejor Dry Martini de todo el Midtown; me he tomado la libertad de pedirte uno mientras le cambiabas el agua al canario para que lo compruebes por ti mismo. ¡Y mira qué vistas, por Dios! —exclamó, señalando el icónico One Times Square iluminado por la publicidad de Apple, Walgreen's y Forever 21, en la intersección de Broadway con la 42—. ¿No te sientes un privilegiado? El invierno es un asco, pero Manhattan se pone precioso en junio. No hay humedad, la temperatura es suave, comienza el Shakespeare in the Park y las chicas llevan el ombligo al aire.

Marcel prorrumpió en una carcajada jadeante.

—¿Has empezado a fumar hierba o es la crisis de los cuarenta lo que te hace decir tantas chorradas por minuto?

—No fumo desde que iba a la universidad. Y nada de crisis. Puede que haya perdido un poco de pelo últimamente —reconoció, al tiempo que se pasaba la mano por el cortísimo cabello rubio—, pero sigo en forma. De hecho, ahí enfrente hay una tía buenísima que no me quita el ojo de encima —afirmó, con un movimiento de barbilla.

—¿La de las gafas y el tatuaje feminista? —preguntó Marcel, que se había girado para echar un vistazo.

—No, la pelirroja. Y disimula un poco, ¿quieres? Mirar así a una mujer está muy mal visto hoy en día; podría interpretar que la estás acosando.

—¿No se supone que es ella la que está mirándote a ti?

—Ya, bueno, nunca se sabe. El ambiente está muy tenso con lo del movimiento #MeToo. Por eso estoy en Tinder. Las cosas no son tan complicadas en el mundo virtual, te lo aseguro. Esconderse detrás de una pantalla ayuda a ser uno mismo; la gran paradoja de los tiempos que vivimos.

Marcel lo observó con escepticismo.

—Así que usas una *app* de citas porque tienes miedo de no ser todo lo políticamente correcto que se espera de un hombre blanco con estudios universitarios, conciencia social y carné del Partido Demócrata.

—Lo dices como si fuera un bicho raro, cuando resulta que el cuarenta y ocho por ciento de los estadounidenses usan *apps* de citas. Y para tu información: no estoy afiliado al Partido Demócrata.

—Pero los votas.

—¿Acaso tú no?

—Yo no voto. Y cuando una mujer me gusta, voy y se lo digo; no pierdo el tiempo dando rodeos.

Había sonado arrogante. Claro que, para Marcel, las relaciones con el sexo opuesto obedecían a un mero imperativo biológico, y mientras todas las partes implicadas estuvieran de acuerdo en el qué, el cómo y el cuándo no veía la necesidad de ponerse tan ceremonioso.

—Es lo que hay. No todos tenemos ese exótico acento sureño que vuelve locas a las neoyorquinas.

—Oh, te garantizo que no es mi acento lo que las vuelve locas —replicó Marcel, con una sonrisa traviesa dibujada en los labios.

Alex hizo ver que se disparaba en la sien con aire de «Señor, dame paciencia».

—Eres un capullo presuntuoso —le recriminó.

—Lo sé. Me lo repites una media de doscientas veces al día. Bueno, ¿para qué querías verme?

—Ah, sí. Eso. —Alex se arremangó la camisa hasta los codos y entrelazó las manos sobre la mesa con entusiasmo—. ¿Cómo llevas la novela?

Marcel no contestó, no de inmediato. Un músculo le vibró en la mandíbula y una repentina sensación de pánico lo sacudió por dentro. Trató de serenarse. Adoptó un tono de dignidad fingida y dijo al fin:

—¿Para eso me has hecho venir? Entiendo que no puedas vivir sin tu chico maravilla, pero podrías haber buscado un pretexto mejor. Sabes de sobra que no me gusta hablar de mi trabajo hasta que está terminado. Habrase visto… Preguntarle a un autor por el libro que está escribiendo es como preguntarle a un enfermo terminal cómo se encuentra.

—Oye, no hace falta que te pongas en plan pasivo-agresivo conmigo. Dame una fecha de entrega aproximada y listo.

La expresión de Marcel se contrajo en un gesto de angustia mal disimulada. Tomó un sorbo de su bebida y dejó que el líquido se le deslizara de un lado al otro de la boca antes de tragárselo, en un intento vano de aplacar la ansiedad.

O de ganar tiempo.

—Es posible que necesite unas semanas más de lo previsto.

—¿Cuántas? ¿Dos? ¿Tres? ¿Un mes?

—¡Y yo qué cojones sé! —exclamó, entre aspavientos—. ¿A qué viene tanta prisa? No estamos hablando del cierre de la trilogía de Patrick Rothfuss, sino de una obra independiente.

—Parece mentira que aún no sepas cómo funciona la industria, Marcel. Gunton es un puto grano en el culo, eso es lo que pasa. No voy a engañarte: las ventas de *El fin de los días* no han ido como esperábamos y hasta donde yo sé, no tienes una caja fuerte llena de manuscritos inéditos en casa como J. D. Salinger. Así que necesito algo para tranquilizar a tu editor y, de paso, que deje de presionarme. ¿Por qué demonios crees que estoy perdiendo pelo? Vale, hagamos una cosa. Déjame leer unas cuantas páginas del manuscrito y me ocuparé de él. Cincuenta o sesenta, con eso basta.

Silencio.

—¿El primer capítulo? —regateó Alex.

Marcel desvió la vista.

Lo cierto era que no había escrito ni una sola palabra. Llevaba meses con la mente vacía y no se había atrevido a confesárselo a su agente. Lo había intentado, Dios sabía que lo había hecho. Cada día se encerraba durante horas en su despacho y se forzaba a teclear. Algo, lo que fuera. Escribía una frase, retrocedía, la borraba. Se quedaba un rato mirando la pantalla del ordenador, el cursor parpadeante, el brillo cegador de la página en blanco. Volvía a intentarlo. Y volvía a retroceder, a borrar. Nada estaba a la altura de lo que se esperaba de Marcel Black, de lo que él mismo esperaba. Expectativas. Le daban ganas de cogerlas y retorcerlas como un dedo meñique hasta romperlas. Su cabeza era como una madeja enmarañada: los hilos estaban ahí sin que lograse desenredarlos. Era la primera vez que le ocurría algo así y se sentía perdido. Descubrir que el hecho de haber escrito quince novelas no implicaba que supiera cómo escribir la número dieciséis lo angustiaba terriblemente. Tal vez había llegado el momento de afrontar la realidad y asumir las consecuencias.

Contó hasta tres por dentro y encaró a su interlocutor.

—No hay novela, Alex —admitió—. Siento mucho no habértelo dicho antes.

Su agente se revolvió en la butaca, pálido como la cera.

—¿Cómo que no hay novela? ¿Tienes un bloqueo?

Un gesto de amargura tensó los labios de Marcel.

—Supongo que Michiko Kakutani tenía razón: estoy acabado —musitó—. ¿Sabes cuántos correos de lectores cabreados me ha reenviado tu asistente desde que se publicó *El fin de los días?* Ese cabrón de William J. Knox me persigue incluso después de habérmelo cargado.

Entonces, Alex agitó las manos con energía.

—A ver, punto número uno: no estás acabado. Punto número dos: ¿desde cuándo te importa la opinión de la gente? ¿No dices siempre que tú no le debes una mierda a nadie? Y punto número tres —Advirtió que las copas estaban casi vacías y añadió—: necesitamos más alcohol.

—Desde que no soy capaz de escribir una miserable frase coherente.

Se refería al punto número dos, claro.

—En ese caso, nos hace falta un movimiento corrector de urgencia.

—Vale. ¿Y en cristiano?

Un halo de suspense se instaló entre ambos. Alex inspiró antes de verbalizar lo que estaba pensando. Intuía que no sería fácil convencer al hombre que tenía delante.

—Twitter. —Las espesas cejas de Marcel se dispararon hacia arriba. Abrió la boca para replicar, pero su amigo se lo impidió con un gesto disuasorio—. Antes de que te pongas como una fiera, escúchame. Todo el mundo está en Twitter —Enumeró con los dedos—: políticos, periodistas, actores de Hollywood, jugadores de la NFL, escritores y, la guinda del pastel, lectores; un montón de lectores deseando que los autores de sus libros favoritos interactúen con ellos. ¿Sabes por qué? Porque eso hace que se sientan importantes, lo cual es positivo para el sector. Conocer a un escritor que admiras ayuda a comprender mejor su trabajo. ¿Me sigues? —Marcel asintió—. Bien. Hay dos tipos de lectores que nos interesan: los que aún no han leído nada tuyo y los que sí, pero están tan decepcionados contigo por haber liquidado a Knox que no piensan seguir haciéndolo. Tu trabajo consiste en estar ahí y metértelos en el bolsillo, ya sabes, hacer que se sientan importantes. No digo que desveles tu identidad, solo que te des a conocer un poco, nada más.

Marcel se cruzó de brazos y perforó a Alex con una mirada de criminal reincidente.

—A ver si lo he entendido bien. ¿Quieres que me abra una cuenta de Twitter y sea encantador con todo el mundo? ¿Que hable de mi proceso de escritura y responda preguntas sobre mis preferencias políticas o mi vida privada? Guau. —Negó con la cabeza y aplaudió de forma sarcástica—. Un plan brillante y sin fisuras. Lástima que hayas pasado por alto un pequeño detalle: YO. DETESTO. A. LA. GENTE. Pretender conocer a un escritor porque te gustan sus libros es como pretender conocer a un pollo solo porque te gustan los *nuggets;* no tiene sentido. La única relación válida entre un lector y un autor es la que resulta del acto de la lectura. Punto. Por Dios, Alex, ¿seguro que no le estás dando a la hierba? Sabes muy bien que no funcionaría, hace muchos años que nos conocemos.

—Vale, no eres precisamente un tipo sociable, pero para eso están los asesores. Hay que adaptarse a los cambios, Marcel. La industria editorial ya no es lo que era. No hay nada menos rentable que un libro hoy en día. A la gente le interesa más el artista que la obra. Su vida, su cara, su pasado, sus relaciones sentimentales, el partido al que vota o las gilipolleces que publica en las redes. Por eso, los editores buscan autores que sepan conectar con el público. Caer bien es importante para vender. ¿Por qué crees que Jimmy Fallon tiene tanto éxito?

—Menudo ejemplo más tonto. Un escritor no es el presentador del *late night* de moda de la NBC; lo único que se le puede exigir es calidad literaria. Que sea guapo, simpático, ingenioso o capaz de alcanzar el nivel de indignación social que exigen los tiempos es lo de menos. O debería serlo. —Marcel exhaló y se frotó los ojos con vigor—. No quiero formar parte del espectáculo ni ser el centro de atención. Mi trabajo es escribir libros, no venderlos. Podría darte como mil razones, aunque me parece que no hace falta. Por algo escogí vivir en el anonimato.

—Y lo respeto, ya lo sabes. Aun así, el mundo se mueve muy rápido. ¿Estás dispuesto a seguirle el ritmo o prefieres caer al vacío? Piénsalo.

—No hay nada que pensar —respondió con rotundidad—. Ahora, si me disculpas, me voy al Blue Note a escuchar música de verdad —sentenció, al tiempo que se ponía de pie.

Capítulo 3

Siobhan

Llevaba cerca de quince minutos descartando prendas. ¿Vaqueros rasgados y zapatillas deportivas? Demasiado informal. ¿Vestido corto y tacones de aguja? Demasiado sugerente. Nada la convencía. «Debería haberle pedido algo prestado a Paige», pensó. «Paige es la clase de chica que tiene un conjunto apropiado para cada ocasión en su fondo de armario». Suspiró resignada y se dejó caer de espaldas sobre la cama, encima del montón de ropa que había ido lanzando a la desesperada mientras trataba de decidirse. En menos de cinco horas tendría lugar la presentación de *Con el destino a favor* en McNally Jackson, una librería de Nolita con una agenda de eventos literarios de lo más nutrida, y estaba histérica como no recordaba haber estado nunca; ni siquiera la noche del baile de graduación, cuando casi perdió la virginidad en el asiento trasero de la camioneta de Jimmy Pelotas de Acero, el *quarterback* más popular del equipo de fútbol del instituto. Bella, su agente, había intentado tranquilizarla por teléfono. Le había dicho que los escritores noveles se someten a sí mismos a mucha presión. «Es normal que sientas miedo escénico, pero lo harás genial. Desprendes esa aura. Sabes a lo que me refiero, ¿verdad?». Bella lo tenía claro. Paige y Lena lo tenían claro. Incluso Robin parecía tenerlo claro.

—¿Y si no viene nadie? —le preguntó Siobhan por FaceTime la noche anterior.

De entre todos los posibles escenarios catastróficos que había contemplado, aquel era el que más la horrorizaba. De hecho, que Godzilla destruyera la ciudad de Nueva York se le antojaba muchísimo menos catastrófico que la vergonzosa imagen de un puñado de sillas vacías circulando por Twitter.

—Eso no va a pasar, Cheerios —respondió su hermano.

—¿A cuánta gente has sobornado en Mount Vernon para estar tan seguro?

—Oh, no ha hecho falta llegar tan lejos. Créeme: el talento y la comida gratis tienen un gran poder de convocatoria. Supongo que no me has llamado para debatir si los Yankees son mejores que los Mets, entre otras cosas, porque sería un debate estéril, así que te daré un consejo de hermano a hermana: ve a esa librería mañana y muéstrate segura de ti misma. Irá como la seda, ya verás.

—Vale. ¿Y cómo lo hago?

—Fingiendo que tienes la sartén por el mango. Ser adulto va de eso, Shiv. De fingir constantemente. Hasta que un día te despiertas y te das cuenta de que ya no lo necesitas porque te has convertido en la persona que aspirabas a ser.

—¿Lo dices por experiencia?

—Qué va. Me salió en una galleta de la fortuna, en un restaurante cutre de Chinatown.

Sabias palabras. Lástima que Siobhan Harris figurase en los primeros puestos de la lista de las cien personas con mayor predisposición al autosabotaje sobre la faz de la Tierra. La sensación de ser un fraude había aflorado en el mismo momento en que la gente había empezado a referirse a ella como «la escritora del momento». Todo el mundo la llamaba así, incluido su jefe —eso sí, con un tono no exento de matices sarcásticos—. ¿Lo era? ¿O no era más que una chica con suerte y cierta habilidad narrativa? Puede que su vida no hubiera cambiado de forma radical —al contrario de lo que cree mucha gente, los escritores son personas normales que llevan calcetines con agujeros la mayor parte del tiempo y comen Nutella directamente del tarro cuando nadie los ve—, aunque tampoco era la misma que seis meses atrás. Solo había pasado una semana desde la publicación de su primera novela, pero las cosas se habían acelerado tanto que el mero hecho de pensarlo daba vértigo. Reseñas, comentarios y menciones circulaban a diario por las redes sociales y los blogs literarios; un hecho que animaba a sumarse a la #Passionbhan creada por un grupo de seguidoras eufóricas. No era el juego de palabras más original del mundo, pero a ver cuántos autores recién llegados podían presumir de contar con un *hashtag* propio.

Lección número uno: la mejor campaña de *marketing* de un libro es el boca a boca.

Siobhan recibía tantos mensajes de lectoras entusiasmadas con la historia —algunas incluso le pedían más. «Por favor, dinos que habrá una segunda parte pronto. NECESITAMOS estar seguras de que Damon no vuelve a cagarla con Jessica»— que se sentía feliz y abrumada a la vez. Todo ese reconocimiento implicaba una enorme responsabilidad que no se parecía a nada que hubiera experimentado antes. Ahora jugaba en otra liga, debía estar a la altura. No quería decepcionar a nadie.

Claro que es fácil venirse abajo cuando el síndrome del impostor acecha.

Lección número dos: un momento de gloria puede convertirse simultáneamente en un calvario interno porque la línea que separa a uno del otro es más fina de lo que creemos.

Y lección número tres: pensar tanto da un hambre de narices.

El rugido del estómago la reconectó con el eje espacio-temporal. Decidió dejar las cavilaciones para otro momento, se levantó de la cama de un brinco y fue a la cocina para prepararse un sándwich de mantequilla de cacahuete. Mientras se esmeraba en quitarle la corteza al pan, una alerta muy característica iluminó la pantalla del móvil, que reposaba sobre la encimera. Se limpió los restos de mantequilla de los dedos y deslizó el índice para consultar las notificaciones.

Lo que vio entonces la dejó sin palabras.

O casi.

—¿Letitia Wright acaba de etiquetarme en una foto? No puede ser. Debo de estar alucinando.

Letitia Wright no solo era conocida como la encantadora esposa de Rufus Wright, senador del estado de Washington por el Partido Demócrata, sino porque cualquier libro que le gustara se convertía de forma automática en un éxito de ventas. Sin ir más lejos, la última serie protagonizada por Nicole Kidman para HBO era la adaptación de un drama que la había conmovido profundamente. Letitia era una *influencer* literaria de primer orden que contaba con cuarenta y cinco millones de seguidores. No tantos como Bill Gates, pero más que JLo o la propia NASA.

Y HABÍA ETIQUETADO A SIOBHAN.

 Letitia Wright ✔ @letitia_wright · 2m ⌄
Estoy decidiendo mi próxima lectura. ¿Por cuál de los dos empiezo? Se aceptan sugerencias.
#CrimeOrRomance

♡ 97 ⟲ 245 ♡ 508 ↑

Acompañaba al tuit una imagen muy elocuente en la que aparecía la propia Letitia, resplandeciente como de costumbre —¿cómo conseguía tener una piel así de tersa pasados los cincuenta? Según Lena, por el té verde; según Paige, porque era asidua a las famosas inyecciones de ácido hialurónico del doctor Ronald Moy—, en el jardín de su casa de Bellevue, Washington, con un libro en cada mano. En la derecha, *El fin de los días,* de Marcel Black; en la izquierda, *Con el destino a favor,* de Siobhan Harris.

—¿Qué? ¿Que Letitia Wright quiere leer mi novela? ¡Oh, Dios mío! ¡Oh, Dios mío! ¡Oh, Dios mío! —exclamó. Y, poseída por una repentina sensación de euforia, se puso a bailar y a dar saltos en la cocina con el mismo entusiasmo que si hubiera ganado cuarenta millones de dólares en el Powerball.

Las dudas no tardaron en arruinarle la fiesta. ¿Y si a Letitia no le gustaba el libro? ¿Y si le parecía una historia superficial? ¿O si le horrorizaba el estilo porque lo consideraba inferior a lo que acostumbraba a leer? ¿Cómo podía alguien como Siobhan compararse con un autor de la talla de Marcel Black sin salir perjudicada? ¡Por Dios, el mismísimo Marcel Black! El escritor sin rostro más célebre de América.

Fácil: no podía.

El tuit de Letitia Wright comenzaba a viralizarse; debía responder. Pensó en llamar a Bella para pedirle consejo, pero ya había abusado bastante de la paciencia de su agente aquel día. Y qué demonios. ¿Acaso no era una mujer adulta capaz de redactar sus propios tuits? Respiró hondo para calmarse y meditó sus palabras.

«Finge que tienes la sartén por el mango», se dijo.

 Siobhan Harris @siobhan_harris • 3m
¡Qué sorpresa tan maravillosa, señora Wright! Es un honor que una lectora como usted se interese por mi libro. Y ya que acepta sugerencias, le diría que empezara por el de Marcel Black. Los dulces siempre saben mejor al final. 😊 #CrimeAndRomance

♡ 6   ↻ 9   ♡ 27   ↑

Buscó un GIF de agradecimiento lo menos hortera posible y lo insertó. «Los dulces siempre saben mejor al final», releyó. ¿No sonaba un poco presuntuoso teniendo en cuenta quién era Marcel Black? Posiblemente. Aun así, tampoco iba a flagelarse en público por ser una escritora debutante. Ella también se merecía una oportunidad. Y, de todos modos, Black no tenía perfiles en las redes sociales, seguro que ni siquiera veía los tuits. Pulsó «Enviar». Por suerte, no tuvo que esperar mucho tiempo.

Letitia Wright ✅ @letitia_wright • 1m
Me gusta tu filosofía. Y puedes llamarme Letitia.
¡Suerte en la presentación de esta tarde! <3
#CrimeAndRomance

💬 19   🔁 298   ♡ 395   ⬆️

Cinco segundos después llegaba otra notificación:

Letitia Wright ✅ acaba de seguirte.

Capítulo 4

Marcel

Lo había hecho. Finalmente había dado su brazo a torcer y se había creado una cuenta de Twitter. Con dos condiciones. La primera: que, al más mínimo signo de contradicción interna, la cerraría sin contemplaciones. Y la segunda: que solo él se ocuparía de gestionarla; nada de *community managers* a sueldo de la agencia. Publicaría lo que le diera la gana, cuando le diera la gana y con la frecuencia que le diera la gana. Alex no estaba conforme del todo, pues intuía que el carácter áspero de su cliente le daría más de un dolor de cabeza, y así se lo hizo saber.

—¿Me empujas al borde del precipicio y ahora no quieres que salte? —le recriminó Marcel.

—En las redes sociales hay que ser diplomático, y tú… no te ofendas, pero a veces parece que tengas síndrome de Asperger. ¿No sería mejor que te dejaras guiar por un profesional de la comunicación?

—Pero ¿quién te has creído que soy? ¿Audrey Hepburn en *My Fair Lady?* Ni hablar, hombre. O lo hacemos a mi manera o no hay trato. Es mi última oferta.

Fin de la discusión.

Era de esperar.

Al día siguiente, Marcel se registró en Twitter con el usuario @InvisibleBlack. Como imagen de perfil, usó una fotografía en blanco y negro de su preciada Underwood Standard Número 5 de coleccionista adquirida en Gramercy Typewriter Co., la icónica tienda de máquinas de escribir de Paul Schweitzer cercana al Flatiron. La cosa se complicó un poco a la hora de completar su biografía, ya que solo se permitían ciento sesenta caracteres. «Escritor de novela negra en Baxter Books. Creador de William J. Knox. Catorce veces superventas en el *New York Times Book Review*. Traducido a veinticinco idiomas. Hombre de la década según el *Library Journal*. Nominado al *National Book Award*» sonaba tan pretencioso como el currículo de un recién licenciado en alguna universidad de la Ivy League. Y además no cabía. De manera que eligió una cita de William Faulkner que le encantaba.

«No seas un escritor. Escribe».

Simple y revelador al mismo tiempo.

Como nadie tenía por qué saber que su cumpleaños era en agosto ni que vivía en Nueva York, omitió la información. Clicó sobre «Crear cuenta» y... *voilà*.

¡Bienvenido a Twitter, @InvisibleBlack!
Este es el mejor lugar para ver lo que está pasando en tu mundo.

¡Vamos!

Lo primero que hizo fue seguir a los principales periódicos progresistas norteamericanos —tuvo la tentación de añadir al *Times-Picayune* a la lista, pero eso daría muchas pistas sobre su lugar de nacimiento—; a continuación, a Shapiro Literary Agency, a Baxter Books, a *The New York Review of Books* y a *Publishers Weekly*, y, por último, a un selecto grupo de escritores muy activos en la red social como Stephen King, Bret Easton Ellis, Don Winslow, Patricia Cornwell o Chuck Palahniuk. Ninguna de las cuentas lo empezó a seguir al instante. Echó un vistazo a su nueva cronología sin encontrar nada interesante. Las tendencias del momento tampoco eran para tirar cohetes. Gente enfurecida que criticaba a Trump; fans de Marvel divididos entre los que opinaban que *Guardianes de la galaxia vol. 2* era la mejor comedia de superhéroes de todos los tiempos y los que creían que los guionistas de aquella bazofia se merecían un buen puñado de Razzies.

Entonces, decidió publicar su primer tuit.

 Marcel Black @InvisibleBlack • 1m
He sucumbido al inefable atractivo de esta red
social. En mi defensa alegaré que me han obligado.

  ♡ 0   ↻ 0   ♡ 0   ↑

Esperó el minuto de rigor. Cuando comprobó que no ocurría nada —Twitter. Es lo que *no* está pasando—, se levantó de la silla y salió de su despacho con el orgullo herido.

—No sé para qué me molesto en perder el tiempo —protestó, entre exhalaciones.

Pasó las siguientes horas de aquel sábado en su *chaise longue* de diseño, inmerso en la lectura de *Galveston,* de Nic Pizzolatto, con un lápiz en la mano. Lo malo —o lo bueno— de ser escritor es que dejas de leer solo para disfrutar. No soltó el libro hasta que lo hubo terminado. No era ninguna obra maestra; al contrario, pecaba de efectista y estaba llena de clichés. Aun así, lo mantuvo enganchado a sus páginas toda la tarde, lo cual era un punto a favor. Se quitó las gafas, las dejó sobre la mesa de madera de palisandro del salón y se frotó los ojos con ímpetu. Su reloj Longines de acero inoxidable marcaba las nueve pasadas cuando se incorporó. Mientras se desperezaba, contempló el paisaje a través de los grandes ventanales. Parecía como si el cielo y el vacío se disputaran su atención. Desde aquella altura, Manhattan se veía envuelta en una especie de calma etérea. Más allá de Central Park, los edificios se alzaban entre sombras crepusculares que invitaban a la intimidad. A veces echaba de menos Nueva Orleans. El omnipresente *jazz,* la comida cajún, el Mardi Gras, los partidos de los Saints, la alegría democrática de su ciudad natal e incluso ese olor a podredumbre, como a materia en descomposición, que la caracterizaba. Y por supuesto a Charmaine, su hermana. Sin embargo, la nostalgia le duraba poco. Porque en Nueva York podía ser alguien (Marcel Black) y no ser nadie al mismo tiempo (Marcel Dupont). La vida se mueve tan deprisa en la metrópoli que nunca duerme

—eso es rigurosamente cierto—, que el caos urbano, de alguna forma, garantiza la privacidad. La Gran Manzana es el lugar perfecto para destacar y ocultarse a la vez.

Justo lo que buscaba.

El ruido de sus tripas le recordó que llevaba varias horas sin comer. Le sucedía con frecuencia; se sumergía en la lectura y se olvidaba hasta de sus necesidades básicas. Tal vez sea ese el gran poder de los libros: hacer que las personas sientan que quizá no están completamente solas. No le apetecía ponerse a cocinar, así que decidió pedir comida a domicilio. Cuando cogió el móvil, vio un mensaje de Alex.

Alex
Eres el puto número uno, tío. ✌️

Lo había enviado hacía un buen rato. De buenas a primeras, no supo a qué se refería. «¿Qué mosca le habrá picado ahora?». De pronto, un fogonazo alumbró un compartimento de su memoria más reciente. Volvió al despacho, movió el ratón sobre la alfombrilla y la pantalla del ordenador se encendió.

Observó un momento lo que tenía frente a los ojos.

—Pero qué…

Marcel Black era tendencia en Twitter.

No solo había ganado miles de seguidores en cuestión de horas, sino que celebridades del mundo de la literatura y el entretenimiento se habían hecho eco de su inesperada irrupción en la red social.

Don Winslow ✔️ @donwinslow • 5h
Es una buena noticia que #MarcelBlack esté en Twitter. Una voz como la suya se echaba en falta en estos tiempos.

 ♡ 89   ⟲ 456   ♡ 1.987   ↑

Joel Dicker ✔️ @JoelDicker • 5h
#MarcelBlack es uno de los autores con los que estoy en deuda como escritor. A él le debo muchas de las emociones más intensas que he sentido leyendo.

 ♡ 31   ⟲ 120   ♡ 786   ↑

Stephen King ✔ @stephenking · 4h
Aún no he leído la última novela de @InvisibleBlack, pero planeo hacerlo en cuanto mi hijo Joe la suelte.

○ 816   ⟲ 1.428   ♡ 15,5 mil   ⬆

Ellen DeGeneres ✔ @theellenshow · 3h
¿Cómo conseguir que @InvisibleBlack venga a mi show? Yahoo Respuestas.

○ 1.950   ⟲ 2.457   ♡ 9.743   ⬆

Jimmy Fallon ✔ @jimmyfallon · 3h

○ 327   ⟲ 3.981   ♡ 21,5 mil   ⬆

Marcel no pudo evitar que se le escapara la risa. ¿Tanto revuelo por un estúpido tuit que ni siquiera era ingenioso? Llamó a Alex y le preguntó:

—¿Qué dice el manual sobre responder a toda esta gente?

—Mmmmm… En un mundo ideal, lo correcto sería que lo hicieras. Déjalo estar, por ahora. Aunque a Letitia Wright sí deberías decirle algo. Algo amable —remarcó.

—¿A quién?

—A Letitia Wright. —Silencio—. No me digas que no la conoces.

—¿Debería?

—Pues claro. Letitia Wright es la mujer del senador demócrata Rufus Wright y una de las mayores *influencers* literarias del momento.

—Impresionante —replicó Marcel, nada impresionado—. ¿Y por qué tengo que emplear mi preciado tiempo en la mujer de un político?

—Es mejor que digas «*influencer* literaria». Referirte a ella como «la mujer de» suena tremendamente machista. —Marcel puso los ojos en blanco. La obsesión de su agente por la corrección política iba a acabar con su paciencia—. En fin, entra en su perfil y lo entenderás todo.

Colgó e hizo lo que Alex le había indicado. Por lo visto, Letitia Wright preguntaba en un tuit cuál de los dos libros que aparecían en la foto debía leer primero. Uno era suyo y el otro… de una tal @siobhan_harris. El interés de la señora Wright no era lo único que tenían en común esa Siobhan y él; también compartían editorial.

—*Con el destino a favor* —leyó en la cubierta. Resopló y negó con la cabeza—. No puedo creer que Baxter Books publique estas cosas.

La biografía de Siobhan Harris era de lo más reveladora.

«Neoyorquina. Soñadora. Lectora y escritora de novela romántica recién llegada. Antes en WriteUp».

—Fíjate, una advenediza.

Amplió su imagen de perfil y la estudió con detenimiento. Una bonita melena cobriza, ojos azules, rasgos finos y la típica sonrisa de un anuncio para la tele de mantequilla baja en grasa, como si eso fuera posible. Había que reconocer que era guapa, una belleza clásica americana, aunque el físico no era algo que impresionase a Marcel. Curioseando en su cronología, supo que acababa de publicar *Con el destino a favor* y que la presentación había tenido lugar aquella misma tarde en McNally Jackson. Un éxito rotundo, al parecer.

Siobhan Harris @siobhan_harris · 27m
Gracias a todos los que me habéis acompañado hoy. No tengo palabras suficientes para expresaros mi gratitud. ¡Ha sido increíble, un sueño hecho realidad! 🖤🖤🖤

♡ 49   ⟲ 67   ♡ 325   ↑

Marcel se metió los dedos en la boca fingiendo que vomitaba. Volvió al tuit de Letitia Wright y vio que la principiante había contestado.

Siobhan Harris @siobhan_harris · 9h
¡Qué sorpresa tan maravillosa, señora Wright! Es un honor que una lectora como usted se interese por mi libro. Y ya que acepta sugerencias, le diría que empezara por el de Marcel Black. Los dulces siempre saben mejor al final. 😅 #CrimeAndRomance

♡ 127   ⟲ 307   ♡ 981   ↑

Aquello lo cabreó muchísimo, no sabía por qué. Bueno, sí lo sabía. En primer lugar, detestaba que la gente usara esos ridículos emoticonos para comunicarse. En segundo lugar, el hecho de que una obra suya, ni más ni menos que de Marcel Black, catorce veces superventas, traducido a veinticinco idiomas y elogiado por la crítica, apareciera junto a una novelita rosa de tres al cuarto lo ponía enfermo. La señora Wright sería muy influyente, pero no tenía ni pajolera idea de literatura. ¿Acaso no había niveles de distinción? ¿Cómo se podía equiparar su trabajo al de cualquier aspirante a escritora? ¿Y de qué coño iba esa princesita novata? *Lis dilcis siimpri sibin mijir il finil ñiñiñiñi...* Se apostaba el brazo derecho a que ni siquiera escribía bien. Habría tenido la suerte de que algún agente con olfato se interesara por ella, aprovechando el filón comercial de esa basura cursi, superficial y facilona para mujeres aburridas que copaba el mercado; una de esas porquerías empalagosas acerca del poder redentor del amor y otras gilipolleces por el estilo. «Novela romántica, mis cojones». No le hacía falta haber leído ninguna para dilucidar su calidad literaria.

Que era exactamente igual a cero.

Y como estaba tan ofendido, decidió contraatacar. Mandó a tomar viento las recomendaciones de Alex sobre la cortesía y escribió:

Marcel Black @InvisibleBlack · 1m
Los dulces en exceso son perjudiciales para la salud.
#CrimeNOTRomance

💬 29   🔁 18   ♡ 67   ⬆️

Enviado.

Había sido suave.

Aunque alterar el significado del *hashtag* serviría para causar el golpe de efecto que esperaba.

—A ver si pillas la ironía, princesita.

Harris respondió enseguida, cómo no. Seguro que era una esclava de la hiperconectividad que se pasaba el día pegada a su *smartphone* exponiendo la vacuidad de su vida de *millennial* neoyorquina —qué comía, cómo se vestía, a qué bar de moda en el Village había ido la noche anterior o qué serie imperdible había visto en Netflix, como si todas esas banalidades tuvieran algún tipo de interés— ante los focos turbios de las redes sociales.

Maldita generación Y.

Siobhan Harris @siobhan_harris • 6s
No creo que la sangre sea mucho más adecuada.
#NOTCrimeBUTRomance

$\bigcirc$ 0   ↻ 4 $\heartsuit$ 23   ⬆

¿Crimen no, romance sí? «Vaya, vaya, vaya». Puede que hubiera subestimado a la señorita escritora de novela romántica.

—Te gusta jugar, ¿eh? Muy bien, pues jugaremos.

Marcel Black @invisibleblack • 9s
La sangre es para los mayores. Ve a jugar con tu casita de muñecas y vuelve cuando hayas crecido #CrimeNOTRomance

$\bigcirc$ 5   ↻ 5 $\heartsuit$ 9   ⬆

Siobhan Harris @siobhan_harris • 30s
No estoy segura de haber entendido eso. 😂

$\bigcirc$ 0   ↻ 0 $\heartsuit$ 4   ⬆

Los labios de Marcel se curvaron en una sonrisa de desdén.

Marcel Black @invisibleblack • 10s
La comprensión lectora es esencial. ¿No venía en el artículo?

$\bigcirc$ 0   ↻ 0 $\heartsuit$ 5   ⬆

Siobhan Harris @siobhan_harris • 6s
Perdón, ¿a qué artículo te refieres?

$\bigcirc$ 0   ↻ 0 $\heartsuit$ 0   ⬆

Marcel Black @invisibleblack • 10s
Al de «10 trucos para convertirte en escritor de la noche a la mañana (El número 8 te sorprenderá)».

$\bigcirc$ 3   ↻ 10 $\heartsuit$ 25   ⬆

Su respuesta había sido muy grosera, pero que lo condenaran si no se lo estaba pasando en grande con aquella batalla dialéctica. Mientras esperaba a que la princesita contestase, fue al salón y se sirvió un *bourbon* del mueble bar. De vuelta en el despacho, advirtió que la pantalla del móvil, en silencio, se iluminaba con una llamada entrante de Alex. La rechazó. No estaba interesado en oír lo que tuviera que decirle en ese momento; de todos modos, ya lo sabía.

La réplica llegó por fin.

Siobhan Harris @siobhan_harris · 1m
Creo que eres un trol.

♡ 9   ↻ 4   ♡ 21   ↥

Marcel resopló.
—¿Eso es todo lo que tienes?

Marcel Black @invisibleblack · 3s
No soy ningún trol. Soy Marcel Black.

♡ 0   ↻ 1   ♡ 2   ↥

Siobhan Harris @siobhan_harris · 1m
Pues qué pena. Nunca me habría imaginado que el misterioso Marcel Black sería en realidad un tipo grosero y con complejo de superioridad que se ensaña con sus colegas.

♡ 2   ↻ 6   ♡ 18   ↥

Marcel Black @invisibleblack · 15s
¿Colegas?

♡ 0   ↻ 3   ♡ 14   ↥

Siobhan Harris @siobhan_harris · 10s
¿Este ataque tan gratuito es porque soy una mujer?

💬 0   🔁 8   ♡ 31   ⬆️

Segunda llamada de Alex. Marcel volvió a ignorarla. A continuación, recibió un mensaje de texto que decía:

Alex
Tienes que parar. AHORA.

No solo no le hizo caso, sino que apagó el teléfono. Ya asumiría las consecuencias de su jueguecito en otra ocasión.

Marcel Black @invisibleblack · 1m
No tiene nada que ver con el hecho de que seas una mujer.
Simplemente considero que hacemos cosas muy distintas.
Lo mío es literatura y lo tuyo es... ¿entretenimiento?
💬 5   🔁 12   ♡ 67   ⬆️

Siobhan Harris @siobhan_harris · 1m
Esa forma de erigirse en juez para decidir qué se
puede considerar literatura y qué no me parece muy
presuntuosa. Además, ¿qué tiene de malo entretener?
💬 10   🔁 35   ♡ 47   ⬆️

Marcel Black @invisibleblack · 3s
Nada. Siempre que asumas que no vas a cambiar el
mundo.
💬 0   🔁 0   ♡ 4   ⬆️

Siobhan Harris @siobhan_harris · 0s
Y tú sí, claro. 😂

💬 0   🔁 0   ♡ 1   ⬆️

Marcel Black @invisibleblack · 30s
Yo no escribo para que la gente se evada, sino para
que reflexione sobre la naturaleza humana.
💬 2   🔁 5   ♡ 9   ⬆️

—Jesús. Eso me ha dolido hasta a mí.

Siobhan Harris @siobhan_harris • 1m
Debes de creer que soy estúpida solo porque
escribo novela romántica.

♡ 1   ⟲ 2   ♡ 12   ↰

Marcel Black @invisibleblack • 10s
No te conozco, no sé si eres estúpida o no. Lo que
sí sé es que no estamos al mismo nivel. Yo escribo
novela negra; tú, novela rosa. La diferencia es
evidente hasta para un daltónico.

♡ 3   ⟲ 9   ♡ 23   ↰

Siobhan Harris @siobhan_harris • 6s
Tu chiste es ridículo y una ofensa para el colectivo de
daltónicos. Y es «novela romántica», si no te importa.
El calificativo «rosa» tiene connotaciones peyorativas.

♡ 9   ⟲ 18   ♡ 55   ↰

Marcel Black @invisibleblack • 1s
Por algo será.

♡ 0   ⟲ 0   ♡ 6   ↰

Siobhan Harris @siobhan_harris • 10s
No has leído mucho romance, ¿verdad?

♡ 0   ⟲ 1   ♡ 5   ↰

Marcel Black @invisibleblack • 2s
Supongo que es una pregunta retórica. CLARO.
QUE. NO.

♡ 0   ⟲ 0   ♡ 9   ↰

Siobhan Harris @siobhan_harris • 5s
Entonces, ¿en qué te DEMONIOS te basas para
sugerir que es un género menor?

♡ 1   ⟲ 1   ♡ 8   ↰

Marcel Black @invisibleblack • 1m
¿Necesitas tocar el agua cuando hierve para saber
que quema?

♡ 2   ⟲ 3   ♡ 11   ↰

Siobhan Harris @siobhan_harris • 30s
Oh, por favor. Ese argumento es taaaaan tramposo...
Esfuérzate un poco, vamos. Que se note lo mucho
que sabes sobre la naturaleza humana y todo eso.

♡ 2   ⟲ 2   ♡ 2   ↰

Marcel se rio expulsando el aire por la nariz y negó con la cabeza. *«Touché»*, pensó.

Siobhan Harris @siobhan_harris • 1m
¿Qué pasa, señor Black? ¿Te has quedado sin palabras? En fin, está claro que no sabes de lo que hablas. Da la casualidad de que he crecido leyendo novelas románticas, de modo que AL MENOS YO sí lo sé.

♡ 0   ↻ 3   ♡ 11   ↑

—Quieta, princesita. No te vengas arriba.

Bebió un trago de *bourbon* y luego hizo crujir los nudillos de ambas manos como el que se prepara para entrar al campo de batalla.

Marcel Black @invisibleblack • 1m
Muy interesante. ¿Y también has leído ALGÚN LIBRO DE VERDAD o tu amplio conocimiento literario se basa en los folletines de Barbara Cartland?

♡ 0   ↻ 1   ♡ 19   ↑

Siobhan Harris @siobhan_harris • 1m
Un respeto a Barbara, por favor. Esa señora publicó más de setecientos libros en sus casi cien años de vida. Y si por «libro de verdad» te refieres al género negro, confieso que los crímenes no me van, ni los reales ni los ficticios.

♡ 5   ↻ 10   ♡ 21   ↑

Marcel Black @invisibleblack • 45s
A mí tampoco me va el azúcar.

♡ 0   ↻ 2   ♡ 15   ↑

Siobhan Harris @siobhan_harris • 3s
Se nota. Quizá deberías probar.

♡ 0   ↻ 0   ♡ 7   ↑

Marcel Black @invisibleblack • 10s
No, gracias. Prefiero la muerte.

♡ 0   ↻ 0   ♡ 10   ↑

Siobhan Harris @siobhan_harris • 1m
¿Desde cuándo la maldad es más atractiva que el amor?

♡ 3   ↻ 19   ♡ 67   ↑

Marcel Black @invisibleblack • 1m
Desde el inicio de los tiempos. El mundo y sus
costumbres se siguen rigiendo por normas ancestrales
que no hay manera de cambiar. El amor como
sentimiento no existe. Es un invento de la poesía lírica
del siglo XII para mantener entretenidos a los nobles.

♡ 5   ⟲ 11   ♡ 37   ⬆

Siobhan Harris @siobhan_harris • 9s
No solo no tienes rostro, tampoco tienes corazón.

♡ 0   ⟲ 2   ♡ 8   ⬆

Marcel Black @invisibleblack • 15s
Claro que tengo corazón. Y funciona como un reloj
justamente porque mantengo el azúcar a raya.

♡ 0   ⟲ 1   ♡ 7   ⬆

Siobhan Harris @siobhan_harris • 6s
Mejor morir acuchillado que por diabetes.

♡ 0   ⟲ 2   ♡ 18   ⬆

Marcel Black @invisibleblack • 1m
Desde luego.

♡ 0   ⟲ 0   ♡ 25   ⬆

Siobhan Harris @siobhan_harris • 1m
Tus prejuicios no conseguirán que me avergüence de quién soy, por muy autor superventas que seas. Me gustan las novelas románticas porque creo en el amor. ¿Es que no ves las noticias? La gente necesita esperanza.

♡ 4   ⟲ 10   ♡ 58   ⬆

Marcel Black @invisibleblack • 45s
Menuda sarta de chorradas. Lo que necesita la gente son buenas historias. La esperanza es para los enfermos.

♡ 0   ⟲ 5   ♡ 32   ⬆

Siobhan Harris @siobhan_harris • 10s
Define «bueno».

♡ 0   ⟲ 0   ♡ 9   ⬆

Marcel Black @invisibleblack • 2s
Que no pueda ser catalogado como romántico.

♡ 0   ⟲ 5   ♡ 18   ⬆

Siobhan Harris @siobhan_harris • 25s
Es inútil hablar contigo. Parece que eso tan oscuro y retorcido que escribes tiñe el modo en que ves el mundo.

♡ 5   ⟲ 13   ♡ 42   ⬆

Marcel Black @invisibleblack • 1m
Las cosas no son blancas o negras. Nos movemos en una escala de grises tan difuminados que incluso la mejor persona es susceptible de cometer las peores acciones.

♡ 12   ⟲ 67   ♡ 125   ⬆

Siobhan Harris @siobhan_harris • 1m
Por mi parte, prefiero centrarme en el lado bonito de la vida. Puede que mi novela no vaya a cambiar nada, aunque tampoco lo pretendo. Me conformo con saber que ahí fuera hay alguien que se irá a la cama con una sonrisa. #NOTCrimeBUTRomance

♡ 11   ⟲ 21   ♡ 91   ⬆

—¡Por Dios! ¡Qué cursi! —exclamó.

Marcel Black @invisibleblack · 1m
Me alegro de que tus aspiraciones sean tan bajas.
Es lo más realista, dadas las circunstancias. Calidad
literaria aparte, la novela negra siempre será superior
a la romántica. El mal es una parte intrínseca del alma
humana. Es lo que mueve el universo en realidad.
MADURA, señorita Harris. #CrimeNOTRomance

  ♡ 43   ⟲ 224   ♡ 609   ⤴

En aquel punto, Marcel dio por zanjada la conversación. Seguir discutiendo le parecía una pérdida de tiempo. Tal vez se hubiera pasado un poco con lo de que sus aspiraciones eran bajas, pero tenía que poner a esa niñata insolente en su sitio. Apuró el *bourbon* y estiró el cuello. A pesar de que las notificaciones de su cuenta de Twitter echaban humo, las ignoró; ya había tenido suficiente por aquel día, más de lo que podía tolerar. No obstante, algo le llamó la atención, como una errata en una valla publicitaria.

La influyente Letitia Wright había vuelto a aparecer en escena.

Letitia Wright ✔ @letitia_wright · 15s
Esto es lo que yo llamo un buen espectáculo.

  ♡ 122   ⟲ 645   ♡ 1.978   ⤴

Letitia Wright ✔ @letitia_wright · 11m
Entiendo que cada uno defienda su género favorito a capa
y espada, PERO ninguno es mejor que otro, solo son
distintos. De hecho, ambos podrían convivir perfectamente
en una misma historia. #CrimeANDRomance

  ♡ 234   ⟲ 871   ♡ 2.347   ⤴

Letitia Wright ✔ @letitia_wright · 10m
Y para demostrar que tengo razón, os propongo un reto:
¿Por qué no escribís juntos una novela que sea negra y
romántica a la vez? Estoy cien por cien convencida de
que sería un éxito. 🙌 #CrimePLUSRomance

  ♡ 456   ⟲ 2.008   ♡ 11,4 mil   ⤴

Capítulo 5

Marcel

—Ni hablar. No pienso hacerlo. Y el simple hecho de que me hayáis obligado a venir un domingo por la mañana para discutir sobre esto me ofende.

Marcel cruzó los brazos por encima del pecho y elevó la barbilla en un gesto retador. Al otro lado de la mesa de aquel lujoso despacho en la sede de Baxter Books, en pleno corazón del Midtown, Bob Gunton lo miraba con ojos de cordero degollado mientras tamborileaba con los dedos sobre la superficie de madera.

—Eso tendrías que haberlo pensado antes del numerito que montaste anoche, ¿no te parece? —replicó el editor.

—Tampoco fue para tanto.

—¿Que no fue para tanto? ¡Por el amor de Dios, Marcel! ¡Insultaste a esa chica! ¡A una autora de esta casa!

—No la insulté —rebatió con tono monótono—. Solo le di mi opinión sobre la novela rosa, eso es todo.

—Romántica —lo corrigió Alex, desde la silla contigua.

—Una opinión que nadie te había pedido. ¿Has entrado en Twitter hoy? —preguntó Gunton, al tiempo que se desabrochaba los botones de su polo de golf.

—No —mintió Marcel.

Por supuesto que lo había hecho, pero no pensaba reconocer delante de su editor y de su agente que había leído los

73

tuits —no eran pocos— que lo tildaban de machista, misógino, soberbio, esnob, oportunista, ignorante e incluso de autor fracasado tras su acalorado «debate» con la flamante Siobhan Harris. Había perdido seguidores y la mayoría de usuarios se habían posicionado a favor de ella, aunque nada de eso le importaba. Lo que le molestaba de verdad era que la dichosa princesita hubiera tenido los arrestos de aceptar la propuesta de esa metomentodo de Wright casi sin pensárselo. ¿Acaso no tenía dignidad? ¿Ni una pizca de amor propio? ¿Tan convencida estaba de su valía como para atreverse a escribir a cuatro manos con un autor que le llevaba años de ventaja y adentrarse en un género que ni siquiera dominaba?

 Siobhan Harris @siobhan_harris • 13h
¡Es una idea FABULOSA, @letitia_wright! Escribiré encantada esa novela. Siempre que @InvisibleBlack tenga lo que hay que tener para aceptar el reto, claro. 😏 #CrimePLUSRomance

💬 126   🔁 569   ♡ 15,4 mil   ↑

Marcel no había respondido, ni falta que le hacía. Sospechaba que verse envuelto con esas dos mujeres supondría el primer paso de una caída en picado que acabaría con él escribiendo sobre algún multimillonario y sus excéntricas parafilias. Así que gracias, pero no. Por mucho que le fastidiara que la señorita Harris insinuase que era un cobarde —y le fastidiaba más de lo que estaba dispuesto a reconocer—, no cedería. ¿Es que nadie se daba cuenta de lo ridículo que sonaba aquello? Una novela negra y romántica a la vez. ¿Se había vuelto loco todo el mundo de repente? Los usuarios de Twitter habían creado dos equipos, el #TeamCrime y el #TeamRomance, en función de qué género preferían. La cosa estaba bastante equilibrada, a decir verdad. Hasta que entraron en escena los del #TeamCrimePlusRomance capitaneados por Letitia Wright y el asunto se descontroló.

Ahora, hasta Reese Whiterspoon pedía esa puñetera novela.

—Pues deberías —le espetó Gunton—. Y ya de paso, discúlpate con la chica y con cualquier colectivo al que hayas ofendido. El departamento de Comunicación y Relaciones Públicas me ha remitido una queja de la Asociación de Daltónicos de Delaware. —Marcel frunció el ceño—. Dicen que, si no te retractas, te demandarán. Es delirante —se lamentó, con las manos alzadas en un gesto de clara impotencia—. Yo debería estar jugando al golf en Chelsea con mi cuñado ahora mismo, ¿sabes? ¡Jesús! No teníamos una crisis de reputación tan gorda desde que publicamos aquel ensayo sobre influencias étnicas en la moda y nos acusaron de fomentar la apropiación cultural.

—No pienso disculparme con nadie, Bob. Olvídalo —contraatacó Marcel.

Gunton negó con la cabeza y miró a Alex de hito en hito.

—¿Tú qué opinas?

—Yo... —Se volvió hacia Marcel—... creo que deberías hacerlo. Deberías aceptar el reto de Letitia Wright.

—¿Qué? ¡No me jodas, Alex! ¡Pero si es una novata! ¡Una novata que escribe novela romántica!

—Marcel, no estás viendo las cosas desde la perspectiva adecuada. Mira, esta mañana he intercambiado unos cuantos correos electrónicos con Bella Watson, la agente de Siobhan Harris. No la conozco personalmente, pero me da la sensación de que tiene olfato. A las pocas semanas de haber descubierto a Siobhan en WriteUp ya había logrado que Baxter Books se interesara por una completa desconocida y le hiciera una oferta suculenta; reconozcamos, al menos, que Watson sabe lo que hace. —Gunton asintió para dar a entender que estaba de acuerdo con Alex—. El caso es que la he sondeado. Parece que su novela se está vendiendo bien. ¿No es así, Bob?

—Más que bien. Hace un rato he hablado con su editora. No descarta reimprimir triplicando la tirada inicial.

—¿De veras? Así que Siobhan Flor De Un Día Harris va a salvar ella solita a la industria editorial norteamericana de la debacle, ¿eh? ¡Guau! Estoy impresionado. Cualquiera escribe hoy en día —repuso Marcel.

Alex entrecerró los ojos.

—Ponte todo lo sarcástico que quieras, pero esa chica reúne muchos puntos para convertirse en un fenómeno de masas. ¿Cuántos autores noveles conoces que llenen el aforo de una librería como McNally Jackson en una presentación? —Silencio—. Exacto, ninguno. De hecho, Watson me ha dicho que hubo tanta gente que se quedó fuera que van a organizar dos más de cara a la próxima semana. Y habrás visto que tiene un número de seguidores en Twitter nada desdeñable. Aunque sea novata, te conviene asociarte con ella.

Una sonrisa irónica se perfiló en los labios de Marcel.

—Me conviene más asociarme con Beyoncé. ¿Puedes conseguirme su teléfono?

—Dudo que a Jay-Z le hiciera mucha gracia. En fin, he estado siguiendo los *hashtags* —continuó Alex—. Casi todos los usuarios que han comentado usando la etiqueta #Team-lo-que-sea están a favor de que escribáis esa novela juntos. Vale, una mayoría aplastante prefiere que su nombre aparezca antes que el tuyo en la cubierta, aunque eso da igual. ¿Sabes lo que significa, Marcel?

—¿Que los lectores son idiotas y se dejan manipular por Letitia Wright?

Gunton resopló.

—Un lector es cualquier cosa menos idiota. Y Letitia Wright es una visionaria, de modo que escucharemos lo que diga. Si ella cree que tendréis éxito, yo también. Vas a hacerlo, Marcel. Punto.

—¡Me importa un rábano lo que crea Letitia Wright! —exclamó Marcel. En ese instante, la furia que se le había instalado en el estómago trepó de forma incontrolable hasta la garganta—. Llevo quince años escribiendo novela negra. Soy un autor consagrado y uno de los más respetados de este país. ¡Por el amor de Dios, Netflix va a producir una película basada en mi obra! Y lo más importante: trabajo solo —remarcó—. Lejos de los focos. En el anonimato. ¿De verdad me estáis pidiendo que me ponga a escribir un *best seller* con esa... aficionada? —Parecía que hubiera sumergido la palabra en cianuro antes de escupirla—. Es humillante, joder.

—Marcel —intervino Alex—. *El fin de los días* no ha ido como esperábamos, tienes un bloqueo creativo de tres pares de narices y tu reputación ahora mismo... digamos que no ha salido muy bien parada de lo de anoche. Discutir en público con Siobhan Harris fue una idea pésima, pero lo hecho, hecho está. Oye —añadió, conciliador, tras una breve pausa—, tal vez esta experiencia acabe siendo positiva para ti. ¿Nunca has oído que detrás de cada problema hay una oportunidad?

—No me digas que te ha dado por los libros de crecimiento personal...

—Trabajar con ella podría ayudarte a mejorar tu imagen. —Movió la mano como si visualizara el hipotético titular que acompañaba a un futuro por lo demás prometedor—. Marcel Black: de los pecados del crimen a la redención del amor —enunció.

El editor silbó.

—Me gusta. El *marketing* es lo tuyo, Shapiro.

—Gracias.

—Por favor... no me hagáis reír.

—Piénsalo, Marcel. Un autor de novela negra experimentado que escribe bajo seudónimo, una autora de novela romántica recién llegada pero muy popular al mismo tiempo y un *thriller* romántico por encargo. ¡Es la leche! Es... ¡metaliteratura!

—Metaliteratura. Ya. Me estás vacilando, ¿verdad?

—Nunca se ha hecho nada parecido y podría ser un bombazo.

—He dicho que no —remató, con una sequedad que determinaba que el tema de conversación ya no era de su agrado.

—Me temo que no estás en posición de negociar —le soltó Gunton a traición—. Te recuerdo que incumpliste el contrato. Todavía me debes tres novelas, y ya que parece que tus ideas se han agotado tras la muerte de Knox, tendrás que dejar que los demás te guiemos un poco.

Marcel apretó la mandíbula. Lo que más le dolía no era la certeza de que su prestigio se esfumaría si se prestaba a participar en ese ridículo experimento —donde ellos veían negocio, él solo veía lo muchísimo que tendría que rebajarse únicamente porque un puñado de lectores caprichosos así lo habían decidido—, sino que su editor llevaba razón.

Estaba seco de ideas.

Marcel Black era un escritor en horas bajas.

—Cuando enciendes un fuego, te toca apagarlo. Vas a pedir disculpas y vas a escribir esa novela. O tendrás problemas. Puedo demandarte por incumplimiento de contrato o puedo revelar accidentalmente tu identidad.

Algo en el interior de Marcel vibró como la gelatina recién puesta en un plato. Se revolvió en la silla y se encaró con su editor.

Ese viejo cabrón era astuto como un zorro.

Alex movió las manos en un gesto disuasorio.

—Bob, no creo que sea necesario que lleguemos a…

—¿Me estás amenazando? —se envalentonó Marcel.

El editor le mantuvo la mirada unos instantes, desafiándolo. Después, compuso una sonrisa impostada y, por fin, dijo:

—¡Por supuesto que no, muchacho! Como se suele decir en las novelas policíacas, solo estoy aplicando un poco de presión razonable.

Capítulo 6

Siobhan

Cuando salió del metro en la Séptima Avenida, se topó con un cielo azul resplandeciente. Los edificios centelleaban bajo el sol como si compitieran entre sí por captar la atención de los viandantes. El Top of the Rock o el Chrysler, el más icónico de la ciudad, con esa extraordinaria cúpula de estilo *art déco* coronada por una aguja y sus gárgolas en forma de águila. Como había llegado con media hora de antelación, se dedicó a hacer tiempo mirando escaparates. La parálisis de los domingos no afecta a Nueva York. Jamás. La misma marea de gente que camina deprisa con la bolsa del gimnasio y un café *king size* en la mano de lunes a sábado lo hace también el último día de la semana en dirección al MoMA o a High Line Park. El tráfico avanza igual de despacio, las bocas de las alcantarillas escupen vapor, el aire bulle de conversaciones por teléfono y los restaurantes se llenan a la hora del *brunch*. Las mismas luces, sonidos y olores; el zumbido omnipresente de la dinamo urbana. Cerca de Carnegie Hall, dobló a la izquierda por la calle 56 hasta alcanzar el imponente rascacielos de Baxter Books. El corazón le latía tan fuerte que temió que se le fueran a desgarrar las arterias. Cruzó sin mirar. Un taxista hizo sonar el claxon de forma prolongada. Siobhan tuvo la tentación de mostrarle el dedo corazón, convencida de que el gesto significaría lo mismo en cualquier latitud del globo. En vez de eso, unió las manos a modo de disculpa y continuó su camino. Los taxis neoyorquinos son pedazos de historia viva, merecen tanto respeto como las ruinas de Pompeya. Antes de entrar en el edificio, inspiró profundamente. Debía estar tranquila a cualquier precio.

Parecerlo, al menos.

La noche anterior, Bella la había llamado para desearle suerte.

—Envíame un mensaje cuando acabe la reunión y nos vemos. ¿Qué tal si quedamos en el Pret a Manger que hay frente al Teatro Ed Sullivan?

—¿No vas a venir?

—Me encantaría acompañarte, pero me temo que no es posible. La identidad de Marcel Black es un secreto de Estado al que solo tienen acceso su editor, que ahora también será el tuyo, y su agente; por eso te han citado un domingo, porque es el único día de la semana que no hay nadie en las oficinas de la editorial. —Bella hizo una pausa dramática—. No te preocupes, ¿vale? Bob Gunton tiene muy buena reputación como editor. Te irá bien con él, ya lo verás. Y, de todas formas, me tienes a mí.

—Lo sé, lo sé. Y te lo agradezco. Es solo que a veces pienso que todo esto me viene grande. Va a ser difícil cumplir las expectativas y aún más rebajarlas al terreno de la realidad. ¿No me habré precipitado, Bella?

—Confía en ti misma.

¡Cling! La puerta del ascensor se abrió en la undécima planta. Tal y como le había indicado el vigilante de seguridad del turno de fin de semana, torció a la izquierda, luego a la derecha y después continuó recto por un largo pasillo enmoquetado hasta llegar a la sala donde la esperaban. Mentiría si no reconociera que en ese momento se sentía como un pececillo a punto de ser devorado por el tiburón más grande del océano. Llamó a la puerta con dos golpes ligeros y se concentró en transmitir una imagen de seguridad. Al cabo de unos segundos, un hombre de mediana edad apareció en su campo visual. Su cara era bastante anodina; tenía el pelo salpicado de canas aquí y allá, una piel con la textura del cuero desecado y una arruga de preocupación profunda marcada en la frente. Lo reconocía, era Bob Gunton. Días atrás habían mantenido una reunión informal por videoconferencia. Finalmente, Marcel Black había aceptado la propuesta de escribir una novela a cuatro manos; sin embargo, antes de conocerlo en persona debía firmar un acuerdo de confidencialidad y no divulgación de información. Siobhan recibió un documento bastante draconiano según el cual se comprometía a no revelar ningún detalle sobre la identidad de Black ni sobre el proyecto en el que trabajarían juntos durante los próximos meses. Romper el acuerdo tendría consecuencias jurídicas graves para su bolsillo. Era inevitable preguntarse el porqué de tanto hermetismo. ¿Quién era Marcel Black? ¿Sería alguien importante? A lo mejor no había ningún secreto y su decisión de permanecer en el anonimato simplemente enlazaba con la filosofía de otros artistas como Banksy, Daft Punk o Elena Ferrante de priorizar la obra por encima de su autor. O a lo mejor era George W. Bush, cuya tendencia a la fabulación había quedado demostrada cuando aseguró frente a toda la nación que había armas de destrucción masiva en Iraq. Gunton también le había enviado una propuesta de contratación de la novela en la que figuraban su parte del anticipo —setenta y cinco mil dólares. Guauguauguau— y el porcentaje en materia de derechos de autor que le pertenecía —un cinco por ciento de lo más atractivo, teniendo en cuenta que había que repartir las ganancias entre dos—. En ningún lado constaba lo que se embolsaría Marcel Black —aunque tampoco hacía falta gozar de una inteligencia suprema para intuir que, como mínimo, sería el doble— ni una fecha de entrega aproximada. «Revisa la propuesta antes del día de la firma del contrato. Si tienes dudas, las resolveremos entonces», le había pedido el editor. La única duda de Siobhan era si no se habrían equivocado con las cantidades. Setenta y cinco mil dólares era más de lo que ganaba al año en su trabajo.

—Gracias por acceder a venir en domingo —dijo Gunton al abrir la puerta—. Sé que no es muy corriente. Claro que esta tampoco es una situación muy corriente, que digamos.

—No hay problema. Un domingo es tan bueno como cualquier otro día para hablar de libros.

—Bien dicho —asintió complacido—. A ver, antes de que nos metamos en la boca del lobo, necesito asegurarme de que no llevas ningún dispositivo móvil ni de grabación encima. Ya lo sé, es surrealista —puntualizó—, pero toda precaución es poca para él; tiene una fijación enfermiza con el tema. Por favor, no te lo tomes como algo personal.

—Descuida. He dejado el bolso en el mostrador de seguridad del vestíbulo y no llevo nada en los bolsillos. —Para demostrárselo, Siobhan se palpó las caderas, enfundadas en unos vaqueros ajustados—. Confío en no tener que enseñarte también el interior de mi blusa.

—Oh, no será necesario. Bueno, ¿estás preparada?

—Nací preparada.

Qué mentirosa.

La sala era tan grande que resultaba intimidante. En el centro había una mesa enorme con varias sillas a cada lado y cuatro botellas de agua San Pellegrino con sus correspondientes vasos dispuestos en una bandeja. Gran parte de la pared era de cristal, desde el suelo hasta el techo. Tras las típicas persianas venecianas de aluminio de cualquier oficina, se apreciaban unas vistas de infarto. Un segundo hombre se le acercó. Era más joven que Bob Gunton, tendría unos cuarenta años. No era exactamente guapo, pero había una nota agradable en la expresión de su rostro.

—Alex Shapiro, agente literario —se presentó. Acto seguido, ofreció a Siobhan una tarjeta. «¿Todavía se usan? ¿No es algo como muy de los 2000?», pensó ella—. Felicidades por tu primera novela.

—Gracias. Es muy amable por tu parte.

Alguien dejó escapar una risita sarcástica. El sonido provenía de la otra punta de la estancia, con un timbre seco de autoridad que paralizó el corazón de Siobhan en el acto.

—Y ese de ahí es mi cliente, el famoso Marcel Black.

Siobhan dirigió la vista hacia el único ventanal que tenía la persiana subida. Un rayo de luz solar refractó contra el cristal y la deslumbró, aunque puede que fuera otra cosa. La silueta, de espaldas, se recortaba a contraluz sin que consiguiera verla bien. Arrugó los ojos y se acercó despacio.

—Siobhan Harris —dijo, al tiempo que alargaba la mano—. Encantada de…

Cuando se dio la vuelta, la atmósfera de la sala se volvió tan insoportablemente calurosa que Siobhan sintió que le fluía fuego por las venas. Desde que supo que iba a verle la cara a Marcel Black, no había dejado de especular con sus amigas. «¿Y si resulta que es un tío interesante? Rollo Truman Capote. No el de verdad, que tenía voz de pito y el tamaño de un llavero, sino el que interpretó Philip Seymour Hoffman», opinaba Paige. «Qué va. Seguro que es medio calvo y tiene cara de pajillero. Rollo el vendedor de la tienda de cómics de *Los Simpson*», opinaba Lena. Siobhan compartía el punto de vista de esta última, aunque en su imaginación le había añadido orejas de soplillo, acné y una barriga del diámetro del Medio Oeste a modo de revancha.

Ecs. Horrible.

Sin embargo, el hombre que tenía delante era cualquier cosa menos horrible. Y, de repente, la perspectiva de trabajar codo con codo con él resultaba tan atractiva como peligrosa.

—Madre mía… —murmuró Siobhan—. Eres…

No podía dejar de mirarlo, parecía como si una fuente de energía desconocida lo iluminara por dentro. Claro que el hecho de que fuera más alto que el Empire State y de que su piel tuviera el color de una chocolatina Hershey's de edición limitada también ayudaba.

—¿Negro? —preguntó él.

—*Sexy* —respondió de forma automática. Y, acto seguido, se tapó la boca con la mano.

«Mierda, mierda, mierda».

Una terrible sensación de vergüenza se extendió sobre ella como el ácido sobre el metal. Marcel Black elevó una ceja. Los ojos del hombre, de un oscuro apabullante, se clavaron con firmeza en los suyos, que no pudieron soportar la presión.

—¿Siempre eres tan directa? —quiso saber. Tenía la voz áspera y ese característico dejo melódico del acento sureño.

Siobhan tragó saliva antes de contestar.

—No. Lo siento. No sé por qué lo he dicho. Supongo que me ha traicionado el subconsciente.

—El subconsciente no «traiciona», solo anula las barreras de la autocensura para manifestar nuestros pensamientos más profundos. En otras palabras, si has dicho que soy *sexy* es porque lo piensas.

Ella dejó escapar un resoplido.

—¿Tanto te importa lo que piense?

—En absoluto. De hecho, has sido tú quien ha destacado mi aspecto físico en primer lugar —replicó, con un aire de triunfador detestable.

«Así que además de guapo es un arrogante, un listillo y un gilipollas integral; estupendo».

Alex carraspeó.

—Ahora que ya nos conocemos todos, ¿por qué no nos sentamos y abordamos el tema que nos ocupa? Estoy seguro de que los cuatro tenemos muchas cosas que hacer.

—Buena idea —concordó Bob—. ¿Un poco de agua, Siobhan?

Se bebió el vaso de un trago. ¿Solo se lo parecía o en esa sala hacía un calor infernal? Un río de sudor le corría implacable desde la nuca hasta la espalda, pero se aguantó, porque Marcel Black se había sentado delante de ella y la observaba sin pestañear, como si analizara al detalle cada uno de sus movimientos. Se sentía inevitablemente expuesta.

—¿Cuántos años tienes?

—Treinta.

—Pareces más joven —afirmó. El tono sonaba acusatorio—. ¿Seguro que sabes dónde te estás metiendo?

Lo había preguntado desde la odiosa altivez gélida con que la trataba. No obstante, Siobhan no estaba dispuesta a permitir que la cohibiera.

—Me ayudaría que me dijeras cómo debo dirigirme a ti, para empezar.

—Puedes llamarme Marcel.

—Prefiero llamarte por tu nombre real, si no te importa. Es lo mínimo, ya que vamos a trabajar juntos un tiempo, ¿no te parece? Además, he firmado un acuerdo de confidencialidad con más páginas que *Guerra y paz,* tu secretito está a salvo conmigo.

A pesar de que se notaba el pulso desbocado en las sienes, se enorgulleció por la inflexión tranquila, uniforme y sarcástica de su voz. Y había que reconocer que la referencia a Tolstói la dejaba en buen lugar frente a ese cretino.

Él se encogió de hombros.

—Es que me llamo así.

—Ah. Vaya. No me esperaba semejante derroche de originalidad. ¿Marcel qué más?

—Dupont —contestó, no sin cierta reticencia—. Y como se te ocurra ir por ahí repitiéndolo, aunque sea en sueños…

—¡Ja! Olvídalo. No soñaría contigo ni bajo hipnosis.

Marcel curvó los labios en una regia sonrisa. Una de esas sonrisas que resultarían atractivas si su dueño no fuera un capullo.

—Yo que tú no estaría tan segura.

Siobhan puso los ojos en blanco.

—Lo tienes muy grande, ¿sabes?

—¿Perdona? —preguntó, mientras dejaba volar sobre su rostro una caída de párpados socarrona.

Una nueva oleada de bochorno la sacudió de arriba abajo.

«Oh, genial. Seguro que te has puesto como los tomates de California, bocazas».

—¡El ego! Me refería a tu ego —se apresuró a aclarar—. En fin… supongo que hemos empezado con mal pie. Siobhan Harris. —Alargó la mano por segunda vez aquella mañana—. Mentiría si dijera que estoy encantada de conocerte.

Se estudiaron el uno al otro un segundo, el segundo más largo de la historia, antes de estrecharse la mano con notable incomodidad. Siobhan percibió la calidez de su piel al contacto y se apartó enseguida, como si un chispazo de electricidad le hubiera dado corriente. El calor seguía ahí, traspasándola, incluso después de que se hubieran separado.

—Parecías más madura en Twitter —dijo con un tonillo de superioridad que hizo que Siobhan se clavara las uñas en las palmas de las manos.

—Nadie te ha preguntado, doctor Phil.

Alex, sentado en la silla contigua a la de su cliente, dejó escapar un suspiro.

—Ay, Señor… me está apeteciendo un *whisky* y solo son las once de la mañana —murmuró, masajeándose las sienes con exasperación—. ¿Podemos hablar ya del contrato?

—Por una vez, y sin que sirva de precedente, estoy de acuerdo contigo —convino Gunton, sentado a la cabecera de la mesa. Extrajo unos papeles del interior de un portafolios y los repartió—. Aquí tenéis vuestra copia. Como ya os envié las condiciones de la oferta de publicación, centrémonos en discutir la fecha de entrega.

—Antes… —Siobhan percibió tres miradas que se posaban sobre ella. Se concentró en la de Marcel y prosiguió—: quiero que te disculpes conmigo por lo de la otra noche.

Marcel entrelazó las manos detrás de la nuca y se inclinó hacia atrás. La postura le realzaba los músculos bajo la elegante camisa negra. Hombros anchos, brazos fuertes, torso firme. Definitivamente, no parecía la clase de hombre que se pasa las horas delante de un ordenador. Sus rasgos —aquellos ojos afilados como dos lunas en cuarto creciente, el gracioso hoyuelo del mentón, la mandíbula definida, cubierta por una barba de dos días de aspecto suave, la expresividad de la forma natural de las cejas y esa pequeña depresión comprendida entre una nariz tan fina como altanera y unos labios insultantemente sensuales— eran demasiado hermosos. Pero había algo en ese hombre aún más poderoso que su físico, algo que lo envolvía igual que un manto invisible. Un aura magnética que lo eclipsaba todo. Y olía tan bien... de un modo que le resultaba familiar, por extraño que pareciera.

«Si no fuera un engreído que ocupa la cúspide de la imbecilidad, sería perfecto», reflexionó. Y al punto, se odió a sí misma.

Black tensó las comisuras de los labios como un gato que acabara de zamparse una caja llena de ratones y dijo:

—¿Quieres que me disculpe? De acuerdo, lo haré. —Alzó las manos en un gesto de rendición, dando a entender que él también consideraba que había cometido un error. Nada más lejos—. Siento muchísimo que cruzarme contigo en una estúpida red social vaya a tener consecuencias nefastas para mi carrera. ¿Satisfecha?

—Si tan desagradable te resulta que hagamos esto, ¿por qué has aceptado el reto de Letitia Wright?

—¿Por qué lo has aceptado tú?

—Yo he preguntado primero.

Algo brilló en la mirada de Marcel, un diminuto reflejo en el fondo de sus pupilas. Entonces, soltó una carcajada ahogada que era mitad risa y mitad otra cosa. La mueca permanente en su rostro impedía descifrar cuándo estaba siendo irónico y cuándo hablaba en serio. Aunque Siobhan sospechaba que el sarcasmo formaba parte de su ADN.

—Digamos que me van las emociones fuertes.

Ella asintió al tiempo que apretaba los puños por debajo de la mesa.

—Cielos, qué mente tan oscura y retorcida.

—Gracias, princesita. —La sonrisa de medio lado regresó en todo su esplendor—. El *New York Times* dijo lo mismo en su reseña de mi última novela.

—No lo he dicho como un cumplido. Y no vuelvas a llamarme «princesita».

Bob intervino en aquel punto.

—Chicos, chicos… tengamos la fiesta en paz, por favor. ¿Qué os parece si dejamos lo de Twitter en un simple malentendido? Lo importante es que Baxter Books va a unir a dos autores de la casa en un proyecto sin precedentes. Tenéis libertad para escribir lo que os apetezca. Siempre que no resulte ofensivo, claro —apostilló—. Ah, y que sea inclusivo, preferentemente; es la narrativa que vende hoy en día.

A Marcel se le escapó algo parecido a un resuello de indignación.

—¡Estos editores! Lo dices como si la diversidad fuera un punto a tachar de alguna lista de buenos propósitos —le reprochó.

Por primera vez en toda la mañana, Siobhan estaba de acuerdo con él.

—Creo que lo que quiere decir Bob es que la ficción puede ser útil para denunciar cualquier situación que carezca de una representación adecuada —medió Alex.

—Exacto. Aparte de eso, lo único que me interesa es que os ciñáis a la fecha de entrega estipulada en el contrato. Página cuatro —agregó el editor, señalando los documentos.

Una sensación de irritabilidad difusa se asentó en el ambiente al mismo tiempo que se producía una extraña reacción en cadena: Alex, que ya había empezado a revisar los papeles, levantó la vista y cruzó una mirada silenciosa con Marcel; Marcel miró a Siobhan; Siobhan miró a Alex, y este cerró el ciclo con Gunton.

—¿Finales de septiembre? Eso les da un margen de tres meses escasos, Bob. Con todos mis respetos, no creo que sea realista.

—Según se mire. Tengo entendido que Siobhan tardó muy poco en escribir *Con el destino a favor*. ¿O me equivoco?

A ella no le gustó que la pusiera de ejemplo porque sabía exactamente lo que pasaría a continuación.

—No te equivocas. Lo que ocurre es que...

Marcel negó con la cabeza, sus ojos echaban chispas.

—No te enteras de nada, Bob —le espetó—. Me parece perfecto que la señorita Pluma Veloz sea capaz de redactar su cuento de hadas en cinco minutos, pero yo no voy a permitir que mi nombre aparezca en la cubierta de cualquier porquería lacrimógena a la venta en supermercados y grandes superficies. Tu fantástico plan para fabricar un *best seller* no va a funcionar porque tres meses no dan ni para idear una novela negra en condiciones. Menos aún si tengo que molestarme en explicarle a la coautora —remarcó con sorna— las normas básicas del género.

—Le recuerdo al coautor, por si se le hubiera olvidado, que la novela también debe ser romántica —contraatacó Siobhan, ofendida.

«Redactar».

«Cuento de hadas».

«Porquería lacrimógena».

¿Por qué odiaba tanto el romance? ¿Acaso tenía un limón helado en lugar de corazón? Pese a todo, a su argumento no le faltaba razón. ¿Cómo iban a ponerse de acuerdo para escribir una novela en tres meses si ni siquiera se toleraban el uno al otro? ¿Cómo iba a conseguir una escritora inexperta como ella estar a la altura de un autor tan exigente? Y había otro pequeño detalle que considerar, un detallito de nada que todavía no había mencionado: Siobhan trabajaba entre ocho y once horas diarias. ¿De dónde demonios iba a sacar el tiempo?

Dios.

Menudo *tour de force*.

O menuda pesadilla.

De pronto, una expresión de ira enturbió el rostro del editor.

—¡Jesús, Marcel! Te ofrezco un anticipo altísimo y tú no haces más que protestar como un niño malcriado. —Chasqueó la lengua y se pasó las manos por la cara—. Estoy hasta el gorro de tus caprichos. Arréglatelas como sea, pero quiero un manuscrito decente a finales de septiembre. Punto.

—Querrás decir un manuscrito que plazca a Letitia Wright.

Gunton lo ignoró.

—¿Tú cómo lo ves, Siobhan?

¿Además de negro? Bueno, para empezar, no podía imaginarse cómo sobreviviría todo un verano trabajando con Marcel Black. Dupont. Lo que fuera. De haber sabido lo que le esperaba, ni se habría planteado aceptar el reto. Claro que de nada servía lamentarse ahora. Además, aquella oportunidad era única. No solo por los setenta y cinco mil dólares, sino por el impulso que le daría a sus inicios como escritora. La presión era asfixiante. Aun así, no permitiría que él detectara ni una sola debilidad que pudiera explotar o usar en su contra.

Costara lo que costase.

—Haré todo lo que esté en mi mano para sacar esa novela adelante.

—¡Por fin alguien muestra un poco de sentido común! ¿Tienes alguna duda sobre el contrato?

—Ahora que lo dices… —Siobhan le dio la vuelta al documento y señaló una cifra—: ¿Esto es correcto? O sea… ¿setenta y cinco mil dólares en concepto de anticipo no es demasiado?

—¡Venga ya! —exclamó Marcel—. ¿De dónde has salido, princesita? ¿Del país de Nunca Jamás?

—¿Quieres hacer el favor de tratarme como a una persona adulta?

—Una persona adulta no habría dicho semejante gilipollez.

Alex le dio un codazo y lo reprendió con la mirada.

—¿Puedo darte un consejo? —preguntó a Siobhan. Esta asintió—. Nunca le digas a un editor que te está pagando de más o se lo tomará al pie de la letra. La literalidad es una característica común en el gremio. No te ofendas, Bob. —Este levantó las manos y negó con la cabeza—. Créeme, no es demasiado. Una editorial como Baxter Books puede permitirse esa cantidad sin problemas. Y, en cualquier caso, es muchísimo menos de lo que cobra Marcel habitualmente.

—Solo faltaría —masculló este. Parecía muy seguro de sí mismo, como si estuviera listo para convertirse en la voz de su generación mientras Siobhan se esforzaba en aclararse la garganta.

La franqueza de Alex Shapiro era tranquilizadora. No obstante, un dejo de frustración le raspó la garganta igual que una espina atorada en la tráquea. Se sentía ridícula. En los escasos veinte minutos que llevaba allí reunida se había dado cuenta de lo poco que sabía en realidad. ¿A quién pretendía engañar? El mundo editorial era demasiado complejo.

—Gracias por el consejo.

Shapiro le dedicó una amplia sonrisa.

—Bueno, si no hay ninguna objeción, procedamos a firmar —los apremió Gunton, a la vez que le entregaba un bolígrafo a Siobhan—. Tengo entradas para *El fantasma de la ópera* y le he prometido a mi mujer que llegaría puntual.

—Un momento.

Gunton resopló.

—¿Qué pasa ahora, Marcel?

—Puesto que soy yo el que se está jugando el prestigio con este… experimento editorial, exijo una repartición de los derechos de autor más justa. El diez por ciento para mí y el dos por ciento para ella.

—Pero…

—Es innegociable —concluyó, implacable como una apisonadora.

«Será cabronazo».

—Está bien, Bob. Lo comprendo —aceptó Siobhan—. No hago esto por dinero, así que no me importa que él se lleve la mayoría de los beneficios.

—Entonces, tampoco te importará que ajustemos un poco el anticipo, ¿verdad? Cuatrocientos setenta y cinco mil dólares para mí, veinticinco mil para ti.

Lo había dicho como si fuera una medalla de honor y una adjudicación de territorio. Siobhan sintió el sabor amargo de la humillación en la boca.

—Espera. ¿Qué? ¿Ibas a embolsarte cuatrocientos veinticinco mil dólares y has decidido regatear solo para fastidiarme?

Notó un latido en la sien. Mientras tanto, el detestable señor Black trataba de ocultar sin éxito una espeluznante sonrisita de psicópata.

—Algo así.

«¿Cabronazo? Eso es quedarse corta».

Ella suspiró de puro agotamiento.

—De acuerdo. Veinticinco mil dólares siguen siendo una cantidad más que razonable para una autora novel.

—Marcel, contrólate un poco, ¿quieres? —susurró Alex.

—¿Eres mi agente o el de la señorita Harris? —le soltó. Y acompañó el exabrupto de una caída de párpados pesada—. Todavía no he acabado. Ya que soy de lejos el más experimentado de los dos, quiero una cláusula en el contrato que especifique que la dinámica de trabajo la decido yo. Y otra cosa más: no pienso moverme de Manhattan.

Eso no era extraño. Los habitantes de Manhattan se caracterizan por mover el culo muy pocas veces para salir de la isla.

—El trabajo en equipo no es lo tuyo, ¿verdad? —dijo Siobhan—. ¿Tienes fobia social o algo?

—Me has pillado —reconoció. Luego, se levantó con tal brusquedad que la silla amenazó con caerse. La sujetó por el respaldo justo a tiempo y volvió a acercarla a la mesa—. Bob, asegúrate de cambiar las cantidades e incluir esa cláusula si quieres que firme el condenado contrato. Y ahora, si me disculpáis, me largo; ya he tenido suficiente por hoy. Mi agente te llamará, princesita. Mientras tanto, procura no abusar del azúcar —zanjó.

Abandonó la sala de reuniones como una rata que huyera del barco que se hunde. La puerta se cerró de golpe y Siobhan dio un respingo. La conversación se detuvo de repente, como si el todopoderoso Marcel Black se hubiera llevado la importancia de cualquier cosa que pudiera decirse en su ausencia.

«Imbécil. La vanidad al cuadrado».

—¿Siempre hace lo que le da la gana?

Alex la observó como si se compadeciera de ella.

—El noventa por ciento de las veces.

—¿Y el diez por ciento restante?

—Está durmiendo. Hace tiempo recopilé todas sus excentricidades en una hoja de cálculo. Puedo pasártela. Ya sabes, para que te vayas acostumbrando.

Qué bien. Aquella iba a ser una experiencia de lo más interesante.

La cara de Paige apareció en el lado superior izquierdo de la pantalla del móvil.

—Hola, hola, hola —saludó—. ¿Cómo ha ido la reunión? Me muero de curiosidad.

—Yo también —concordó Lena, en la parte inferior derecha—. Quiero saberlo todo sobre el misterioso Marcel Black, así que, por favor, no escatimes en detalles.

Siobhan se vio a sí misma sonreír en el centro de la imagen.

—Lo siento, chicas, no puedo contaros nada. Si incumplo el acuerdo de confidencialidad, me desplumarán como a un pollo. El señor Black —recalcó de forma irónica— está obsesionado con preservar su identidad. Es información clasificada.

—¿«El señor Black»? O sea, que es un vejestorio —apuntó Paige, a la vez que se revisaba las puntas de su llamativa melena pelirroja.

—Pues no, no es un vejestorio.

—Entonces, ¿cuántos años tiene?

—No pienso decir ni pío.

—Pero su edad no es un factor determinante para que descubramos quién es —opinó Lena, mientras se recolocaba las gafas—. Hay unos ciento sesenta millones de tíos en Estados

Unidos, de los cuales, la gran mayoría tiene entre veinticinco y cincuenta y cuatro años.

—Gracias por el aporte, Wikipedia.

—¡Ah! —gruñó Paige—. Qué cabezota eres. Deberías presentarte al concurso estatal de Miss Obstinación, seguro que ganarías el primer premio.

—Eso no existe.

—El orgasmo vaginal tampoco y bien que *Cosmopolitan* lo menciona en todos sus puñeteros artículos sobre sexo. Al menos podrías aclararnos si es atractivo, ¿no?

—Yo sigo pensando que no lo es —apostó Lena—. Si lo fuera, no se habría mantenido en el anonimato. La apariencia es el talón de Aquiles de las mujeres, nos juzgan constantemente por ella. Eres poco agraciada, te descartan. Eres demasiado guapa, no te toman en serio. Pero nadie pondría en tela de juicio la calidad literaria de un escritor por el hecho de ser atractivo; al contrario, su físico sería un magnífico reclamo para vender más libros.

—¿Insinúas que no soy guapa? —preguntó Siobhan, fingiendo indignación.

—Claro que eres guapa, Shiv. Aunque no posees la clase de belleza exuberante que hace que un hombre se disloque el cuello para mirarte por la calle. Por suerte —enfatizó—. La tuya es más… serena.

—Serena.

—Ajá. Y menos problemática. Si alguna vez decides abandonar el lado oscuro para abrazar la luz, tengo un montón de amigas que estarían dispuestas a enseñarte el camino.

Siobhan se echó a reír.

—Oye, que ser hetero también mola —protestó Paige—. ¿Podemos centrarnos ahora en Marcel Black, por favor? Venga, Shiv, sácanos de dudas. ¿Es guapo?

Siobhan se dejó caer de espaldas en la cama con el móvil en alto.

—Mucho. Es muy guapo.

Paige se puso a chillar como una histérica.

—¡Lo sabía! ¿Os lo dije o no? ¿Por qué nunca hacéis caso a mi intuición femenina? A ver, en una escala del uno al diez, ¿cómo de bueno está?

—Mmmmm… —Siobhan se mordió el labio inferior—. Once. Y no se parece en nada a Philip Seymour Hoffman en *Capote,* en eso no acertaste.

—¿Once? Guau. Vaya. La trama se pone interesante.

—De hecho… —comenzó a explicar, mientras se daba la vuelta. Se tumbó bocabajo, con los codos y el teléfono sobre la almohada, los tobillos cruzados en un suave vaivén—… nada más verlo se me ha escapado un bochornoso «Eres *sexy*».

—¿Quéééé?

Esa fue Paige.

—¡Noooo!

Y esa, Lena.

—En mi vida he pasado tanta vergüenza —reconoció, consciente de que se había ruborizado de nuevo al recordar la escena—. Habrá pensado que estoy chalada, que soy una acosadora o que no tengo filtro. Y no me extraña. La gente normal no va por ahí diciéndoles a los desconocidos que son *sexys*. Es que me ha salido así, sin pensar. Supongo que no esperaba encontrarme a un tío buenísimo de cojones.

—Vale. Necesito que me digas una cosa —intervino Lena—. ¿Va a suponer un problema que escribas esa novela? Me refiero a… ya sabes. ¿Te sientes atraída por él?

Siobhan dejó escapar una risa ahogada.

—¿Por ese narcisista amargavidas? ¿Yo? ¡Ni de coña! Puede que su físico me haya impresionado a primera vista, pero se me ha pasado en cuanto ha abierto la boca. En persona es aún más borde que en Twitter. ¿Sabéis cómo me ha llamado, el muy cretino? «Princesita».

A Paige le rechinaron los dientes.

—Menudo soplapollas.

—Guapo, arrogante y maleducado. Puaj. Parece el protagonista de una novela de 2010. Una de esas que idealizan las relaciones tóxicas y caracterizan a las mujeres como seres emocionalmente dependientes. Seguro que también está forrado —añadió Lena—. Eh, no tienes por qué seguir adelante con esto. Todavía estás a tiempo de dar marcha atrás. Nadie va a juzgarte.

—El caso es que ya he firmado el contrato. Y adivinad qué: contamos con tres meses para entregar el manuscrito. Tres. Puñeteros. Meses. La verdad, no sé cómo lo voy a hacer. A lo mejor tengo que llevarme el portátil a mear. Ay, Dios… —Suspiró y se tapó la cara con las manos—. Por favor, decidme que no me he precipitado.

—Claro que no. Has hecho lo correcto —la tranquilizó Paige—. Es una oportunidad de oro. ¡Vas a escribir una novela con un autor de prestigio internacional! Quizá sea un imbécil redomado; sin embargo, en el Olimpo de los dioses literarios, ese tío es Zeus.

—Más bien, Hades —puntualizó Lena.

—¡Pero si detesta el género romántico! Dice que es una porquería empalagosa y ni siquiera lo considera literatura.

Lena hizo un mohín mientras se inspeccionaba las cutículas.

—Un caso claro de *mansplaining* —murmuró.

—No entiendo por qué ha aceptado. ¿Qué saca él a cambio?

—Considéralo una polinización cruzada. Él te ayuda a ganar notoriedad y tú lo ayudas a ganar pasta, así de simple. Encontrarás la forma de manejar la situación, ya lo verás.

—¿Y por qué me siento como si caminara sobre una superficie de cristal a punto de resquebrajarse?

Paige se masajeó las sienes a modo reflexivo.

—¿Has oído hablar del *kairós*? En todas las vidas, incluso en las más puteadas, el universo concede al menos una oportunidad para cambiar las cosas. El *kairós* es el instante decisivo que no hay que dejar escapar. Aunque suele ser un momento muy breve. Y la vida no da segundas oportunidades.

—¿Qué te ha dado con los griegos? —le espetó Lena.

—Oh, es que anoche volví a ver *Troya*. Lo que quiero decir es que este podría ser tu instante decisivo. Así que olvídate del vértigo, ¿vale? Tienes talento de sobra, Siobhan Harris.

Lena asintió.

—Totalmente de acuerdo. De todos modos, ándate con ojo. No me fío de la gente que reniega de las relaciones afectivas; lo más probable es que ese tío esconda algún trauma. Ah, y si se atreve a cruzar alguna línea roja durante estos tres meses, me aseguraré de iniciar una campaña de difamación en internet que recordará toda su vida.

—Me apunto. Se me da muy bien joder reputaciones —dijo Paige.

Cuando la llamada finalizó, Siobhan permaneció en la cama un rato, pensativa. El hermoso perfil de Marcel Dupont aterrizó de nuevo en su mente. ¿Cuál sería su historia? ¿Por qué habría optado por el anonimato? Abrió la aplicación de Twitter y se dedicó a inspeccionar su cuenta. No había publicado nada desde la noche de autos, hacía ya una semana. Quedaba claro que prodigarse en redes sociales no era lo suyo, allí no iba a encontrar nada interesante. Rebuscó en su bolso el ejemplar de *Un hombre corriente* que había comprado al salir de la reunión en una librería de Union Square. La primera novela de Marcel Black llevaba acumuladas diecinueve ediciones hasta la fecha. Acarició la cubierta suavemente, casi con respeto. No había leído nada del autor —no había leído una sola novela negra, en realidad— y creía que era importante hacerlo. Si no puedes con tu enemigo, únete a él. Abrió el libro e inspiró profundamente. El comienzo la impactó.

«William J. Knox lo tenía todo y no tenía nada a la vez».

¿Cuánto habría de sí mismo en aquellas palabras? Leyó la primera página. Luego, la segunda. Luego, unas pocas más, hasta finalizar el capítulo. Leyó otro y otro más. Se saltó la cena para seguir leyendo. Cuando llegó al final de la historia eran las tres de la madrugada. El corazón le iba a mil por hora. Estaba conmocionada, sobrecogida. La fuerza de su estilo narrativo la había impresionado.

Marcel era bueno.

Era más que bueno.

Era brillante.

Y jugaba en una liga muy superior.

SEGUNDA PARTE

EL NUDO

«Hay más emoción, realismo, intriga, violencia e interés en una novela de amor que en la mayoría de las películas de suspense».

ALFRED HITCHCOCK

Capítulo 7

Siobhan

El sábado posterior a la firma del contrato, Siobhan se puso su vestido de flores favorito y pidió un Uber. Alex Shapiro la había citado en un bistró del Upper East Side donde se reuniría con Marcel para trabajar en una primera sesión de lluvia de ideas.

—Mi asistente os ha reservado una mesa —le comentó por teléfono, unos días antes del encuentro—. Es un sitio discreto, pero muy caro. Asegúrate de conservar todos los recibos.

—No me digas que vas a dejarme sola con Shrek.

Alex soltó una risita cómplice.

—Podrás arreglártelas. Créeme, este ogro es más inofensivo de lo que parece.

Eso habría que verlo.

El conductor se detuvo delante del Café Boulud unos diez minutos antes de que empezara la reunión. Siobhan dio su nombre completo en la recepción y un camarero la acompañó a un pequeño salón privado. Aquel lugar era tan sofisticado que no le costó imaginarse al detestable señor Black allí sentado, tomando café en una tacita de porcelana de Limoges con el meñique estirado. «El muy esnob», se dijo, entrecerrando los ojos. Mientras esperaba a que don superventas apareciera, pidió un capuchino que le sirvieron enseguida, acompañado de unos *macarons* en un elegante plato rectangular de pizarra. El conjunto era tan absurdamente estético que no pudo resistir la tentación de hacer una foto y publicarla en Twitter.

Clic.

Siobhan Harris @siobhan_harris • 1m
¿A cuál de estas delicias le hinco el diente primero? Lo decidiré mientras espero a @InvisibleBlack en un rincón supersecreto del Upper East Side. ¡Hoy es nuestra primera sesión de trabajo juntos! Deseadme suerte. ✌️ #CrimePlusRomance

💬 12   🔁 29   ♡ 66   ↑

La semana había sido de locos. Baxter Books había anunciado a bombo y platillo la colaboración entre ambos autores. La gran apuesta de la temporada llegaría en otoño —¡en otoño!—, y en internet no se hablaba de otra cosa. Si anunciar el lanzamiento de una novela que aún no se había escrito era alguna especie de método de presión, desde luego funcionaba; al menos, con ella. Las notificaciones de su cuenta no le daban tregua. Sus nuevos seguidores se contaban por docenas. Entre los que la felicitaban y los que le deseaban suerte, Siobhan empleaba más de dos horas diarias en responder mensajes. Y luego estaban sus propias lectoras, que crecían al mismo ritmo que su popularidad; sobre todo, desde que Letitia Wright dijera públicamente que *Con el destino a favor* era la novela romántica más bonita que había leído en mucho tiempo. Era agotador, pero qué menos que mostrarse agradecida. Como decía siempre su padre, la buena educación es la mejor inversión de futuro. Marcel, en cambio, no se había molestado en pronunciarse; típico de alguien que se mostraba esquivo con todo el mundo y que catalogaba a la gente conforme a una estructura jerárquica muy concreta: primero él, después él y luego él. Quedaba claro quién iba a ser la cara visible del proyecto, lo cual tenía ventajas e inconvenientes. ¿Con quién se ensañaría la crítica, una vez publicado el libro? ¿Con el respetadísimo autor de novela negra o con la aspirante a escritora de historias de amor?

La balanza solo podría inclinarse hacia un lado.

Aquella también había sido la semana de su primera reseña negativa. Aunque calificarla de «negativa» pudiendo decir «destructiva como una trituradora de papel» era pasarse de generosa. Siobhan conocía la teoría de sobra. «Procura que no te afecte. Solo es una opinión. Tu libro no es Henry Cavill, no puede gustarle a todo el mundo». Blablablá… Pero la teoría era una cosa y la práctica, otra muy distinta. Sabía que ese momento llegaría tarde o temprano —Bella ya la había prevenido del «síndrome de la primera reseña negativa»—, solo que aún no estaba preparada para bajar de la nube multicolor de autora novel recién publicada. Cuando Paige y Lena se enteraron, corrieron a su apartamento para el control de daños con un pastel helado de Baskins-Robbins y una botella de vodka.

Que la partiera un rayo si eso no era amistad.

—Quien haya escrito esa gilipollez no sabe de lo que habla —comentó Paige, muy indignada—. Buckley sería muchas cosas, pero no un manipulador. Más bien, un capullo integral con serias dificultades para el compromiso.

—Querrás decir Damon —la corrigió Lena.

—Damon está inspirado en su ex. ¿O es que ya no te acuerdas? De todas maneras, en el hipotético caso de que Shiv hubiera creado un protagonista masculino oscuro al estilo de Hardin Scott, ¿qué problema habría?

—Supongo que oscuro es un eufemismo de posesivo y controlador.

—Despierta, Lena. Se trata de ficción. F-I-C-C-I-Ó-N. Si todos los personajes se comportaran siempre de forma correcta, no habría conflicto.

—Reproducir sistemáticamente determinadas conductas, aunque sea en un plano ficticio, solo sirve para perpetuar dichas conductas. El mensaje detrás de historias como *After* es que está bien que un tío controle hasta la ropa que llevas porque eso significa que te quiere.

—¡Venga ya! El mensaje detrás de *After* es que no hay mensaje. Dos universitarios que pasan más tiempo de fiesta que en clase se dedican a follar como conejos. Él está como una puta regadera y... ¡sorpresa! ella también. Resulta que las tías también actuamos de forma reprobable. ¿Has visto *La boda de mi mejor amigo?* No hay nadie en el mundo que supere la toxicidad de Julia Roberts en esa película. ¿De verdad tiene que arruinarles la boda a Dermot Mulroney y Cameron Diaz?

—*Spoiler:* al final no se la arruina.

—Porque sabe que sus posibilidades con él son exactamente cero, no por una cuestión de sororidad. En fin, qué más da. Volviendo al tema, la comprensión lectora de la autora de la reseña es nula. ¿Y cómo se atreve a decir que tu estilo es aburrido? —Resopló—. Hemos leído libros distintos.

—Seguro que es una *hater* —apuntó Lena—. He revisado su historial de calificaciones y el patrón se repite. ¿Y si la reportamos? A lo mejor conseguimos que la eliminen.

Siobhan se negó. Aunque le doliera, aunque tuviera ganas de llorar y de gritar «Estás equivocada. Mi libro no es nada de lo que has dicho. El problema lo tienes tú, que no has sabido interpretarlo», debía ser profesional. Y ser profesional consistía en tragarse el orgullo y aceptar que no todas las historias son para todas las personas ni todos los momentos. Sin dramas. Por desgracia, aquel maldito comentario había llegado en el peor momento posible, justo cuando la seguridad en sí misma se tambaleaba.

Una sola opinión negativa puede opacar docenas de opiniones positivas.

Comprobó la hora suspirando de resignación. El imbécil entre los imbéciles llegaba tarde; muy bonito, sí, señor. Iba a meterse un *macaron* en la boca, pero cambió de idea. Por muy tentadoras que fueran las galletitas, no iba a arriesgarse a que su colega —¿podía llamarlo colega?— apareciese y la pillara con la guardia baja. Casi pudo oír la voz de Lena taladrándole el cerebro: «¿Por qué las heteros os sentís vulnerables cuando un hombre os ve comer? Es ridículo». Y lo era. El problema: que Marcel imponía demasiado. Y no solo por su atractivo, sino por ese misterioso halo de ángel vengador que lo envolvía y que, de algún modo, lograba transmitir a través de su escritura. Después de haber devorado las cuatrocientas páginas de *Un hombre corriente* y haber comprado las tres siguientes entregas en un impulso incontrolable, Siobhan se sentía aún más intimidada, intrigada y atraída de lo que se había sentido al verlo por primera vez. Claro que también lo detestaba. Bebió un sorbo de capuchino y se colocó el pelo detrás de las orejas. Al hacerlo, notó que tenía las palmas de las manos húmedas. Odiaba sentirse así, ansiosa como una niña que espera su algodón de azúcar en el parque de atracciones. «¿Quieres calmarte ya?», se reprendió a sí misma. «Esto no es una cita, sino una reunión de trabajo. Y él no es más que un hombre con el ego concentrado en la bragueta. Puedes manejarlo».

Vale, puede que pensar en su bragueta no hubiera sido una buena idea.

Entonces, le sonó el móvil. Un número desconocido la llamaba.

—Pero ¡¿es que te has vuelto loca o qué?! —le gritó alguien en cuanto descolgó.

Siobhan reconoció de inmediato el inconfundible acento sureño y esa voz áspera que daba a entender que desayunaba metralla. A juzgar por cómo sonaba, aquella mañana debía de haber doblado la ración.

—Buenos días a ti también. No te preocupes por llegar tarde, tengo todo el tiempo del mundo para esperarte.

—Déjate de chorradas. ¿Por qué demonios has publicado ese tuit?

Una fina capa de sudor afloró sobre el labio superior de Siobhan. Se sintió estúpida, no sabía qué responder y por un momento titubeó.

—¿Qué tuit?

—Me parece que ya lo sabes.

—¡Ah, te refieres a *ese* tuit! —disimuló—. No me digas que te has enfadado por eso.

—El término «enfadado» no se aproxima ni una pizca a mi estado de ánimo en este instante. Enfurecido, encolerizado, rabioso o cabreado como una mona serían bastante más precisos.

Su voz acababa de adoptar el mismo tono bajo y amenazante de cuando pillas a tu perro destrozando el último rollo de papel higiénico que te queda en casa.

—Vaya, tu bagaje léxico es sorprendentemente amplio.

Marcel soltó un resuello de indignación.

—Te crees muy lista, ¿verdad, princesita? Pues ya veremos si te quedan ganas de hacer bromitas cuando te des cuenta de que has infringido el acuerdo de confidencialidad.

Siobhan frunció el ceño.

—Oye, para el carro. ¡Y no me llames «princesita!» ¿Qué quieres decir con que he infringido el acuerdo de confidencialidad? No creo que sea para tanto —se defendió—. Lo único que dice el tuit es que estoy esperándote en algún lugar del Upper East Side.

—Exacto. En algún lugar cuyo nombre se aprecia bien clarito en la foto que has publicado —le recriminó, como si fuera una adolescente caprichosa que volvía a casa más tarde de lo acordado.

Algo explotó en su cerebro. De forma instintiva, clavó la mirada en la pared. Entonces, se percató de que, justo al lado de la puerta del pequeño salón privado, había un enorme letrero con el logotipo del bistró. «Café Boulud», tipografía negra sobre fondo blanco. ¿Cómo era posible que no lo hubiera visto? Apretó los párpados.

La cagada había sido épica.

Tragó saliva antes de murmurar:

—Oh.

—Sí, *oh*. —Marcel dejó escapar una exhalación profunda que pareció alargarse en el tiempo—. Ya sabía yo que esto iba a ser un error. No tiene ningún sentido que escribamos una novela juntos, somos demasiado diferentes. Para ti solo es un juego.

La afirmación prendió fuego en su interior; aun así, estaba demasiado avergonzada como para replicar.

—Lo siento, ¿vale? Ni siquiera me he dado cuenta de que ese letrero estaba ahí. Si lo hubiera hecho... Bueno, supongo que ahora da igual. Borraré el tuit inmediatamente.

—Por mí no te molestes. De todas formas, no voy a ir.

—¿Cómo que no vas a venir?

—Es muy arriesgado. Y tampoco estoy de humor. La reunión se pospone para otro día. Alex te llamará.

—Pero...

Demasiado tarde, había colgado. De pronto, Siobhan se sintió muy egoísta. Puede que Marcel fuera un paranoico y que tuvieran que darse muchas casualidades para que alguien lo descubriera en ese lugar y en ese momento preciso solo por su tuit. No obstante, la vida está llena de casualidades. No debería haberlo publicado. Por las razones que fueran, mantener su identidad oculta era fundamental para él. Siobhan no entendía el porqué, ni falta que le hacía; era suficiente con respetar sus deseos y ceñirse a lo estipulado en el contrato. El eco de la conversación le golpeaba los tímpanos. De la garganta le salió una mezcla entre un suspiro y un gruñido. Odiaba admitirlo, pero Marcel llevaba razón en todo. No tenía ningún sentido que escribieran una novela juntos. Claro que, a veces, las cosas se hacen porque sí, no porque tengan alguna lógica. Pensó en lo que había sucedido, en lo que sucedería, en el terrible verano que pasaría con él. Tomó aire y decidió llamar a Alex para que la ayudara a revertir la situación. Fuera como fuese, el tiempo les jugaba en contra, no podían permitirse perder ni un día más. Y, al contrario de lo que creía ese ogro, aquello no era ningún juego para Siobhan.

Ding.

Un mensaje de texto iluminó la pantalla del móvil.

> **212-500-0303**
> ¿Puedo confiar en ti como la adulta responsable que se supone que eres?
> M.

Siobhan abrió mucho los ojos y volvió a leerlo. Un momento. ¿Significaba eso que no estaba todo perdido? Al menos, lo parecía.

> **Siobhan** ✓✓
> Absolutamente. 😖

Un segundo mensaje llegó a continuación.

> **212-500-0303**
> 1010 5th Ave. Pregunta por mí al conserje cuando llegues.
> Y, por favor, procura no publicar mi dirección en Twitter.

Capítulo 8

Siobhan

El edificio poseía la típica fachada en piedra caliza del Upper East Side, hogar del *old money* neoyorquino por excelencia. Estaba situado en la Milla de los Museos, justo delante del Met, cuyas famosas escalinatas principales, que en aquel momento estaban abarrotadas de visitantes, atestiguaron en infinidad de ocasiones los planes de Blair Waldorf para arruinar la reputación de su amiga y después rival y después amiga Serena van der Woodsen en *Gossip Girl*. Una de sus citas favoritas de Blair en la serie era: «Yo siempre tengo un plan C».

El plan C de Siobhan consistía en una tarta *Mille Crêpes* comprada en Lady M para reforzar su discurso. Lo había ensayado mentalmente en los escasos seiscientos metros de distancia entre el Café Boulud y el 1010 de la Quinta Avenida. Reconocería que había sido una inconsciente, le aseguraría que su comportamiento sería más profesional en adelante y le pediría disculpas de nuevo.

Sí, podía hacerlo.

Empujó el portón y accedió al luminoso vestíbulo de mármol. Una enorme araña de cristal pendía del techo; de ahí la luminosidad. El portero, un hombre latino de unos cincuenta años, la observaba desde el otro lado de la curva de su mesa.

—¿Puedo ayudarla, señorita?

—Vengo a ver a Marcel Bla… Dupont. —Sonrió forzadamente—. Marcel Dupont. —Era la primera vez que pronunciaba su nombre en voz alta y le gustó cómo sonaba—. Me llamo Siobhan Harris.

—Ah, sí, claro. El señor Dupont me ha avisado de que la esperaba. Tiene usted que subir al ático.

—De acuerdo. Gracias.

Durante el trayecto, repasó su aspecto en el espejo del elegante ascensor con botones dorados para asegurarse de que todo estaba en orden. Cabello en su sitio, sí. Restos de comida entre los dientes, no. Vestido sin arrugas, sí. Manchas de sudor bajo las axilas, no. Tras una ligera sacudida, el ascensor se detuvo en el último piso. Siobhan inspiró, apretó un par de veces los labios para redistribuir el bálsamo labial que se acababa de poner y se dirigió hacia la maciza puerta de color nogal con inserciones metálicas. Llamó al timbre y esperó con la tarta en las manos. Una sensación desconocida le brotó en el pecho; no sabría decir si estaba entusiasmada o enfadada por su entusiasmo. Cuando Marcel apareció frente a ella, un ligero aroma a perfume caro la envolvió. Llevaba una camisa oscura abierta por el cuello; un atisbo de su piel chocolate asomaba bajo la tela. Él la observó como si tratara de calibrarla, con esa mirada inquietantemente íntima que hacía que se preguntara si le podía leer la mente. ¿Acaso era un libro abierto para él?

Qué posibilidad tan aterradora.

Las cosas habían tenido un comienzo raro. Siobhan se aclaró la garganta y tomó la iniciativa.

—Antes de que digas nada, quiero que sepas que siento muchísimo lo ocurrido. Agradezco que me hayas invitado porque eso significa que has tendido un puente entre nosotros. Y para que veas que la buena voluntad es recíproca… ¡tachán! Te he traído una tarta —anunció, extendiendo los brazos.

En cuanto oyó el alarde de esperanza en su voz supo que había cometido un error.

Marcel permaneció impasible, ni siquiera parpadeó.

—No me gustan los dulces, creía que al menos eso te había quedado claro. Y no te hagas ilusiones, princesita. Solo estás aquí porque hemos firmado un contrato.

«Será capullo…».

Se sintió como si alguien hubiera hundido el pulgar en un melocotón maduro. Marcel se había dirigido a ella igual que un miembro de la realeza a la plebe, con tanta displicencia que a Siobhan le rechinaron los dientes. No esperaba que se arrodillara, claro que un poco de educación estaría bien, para variar. ¿Cómo había podido degradarse por un cretino como ese? A la mierda el plan C. Alguien que rechazaba una tarta de Lady M se merecía ir directo al infierno.

—Pues vale. No necesito que me lo den todo envuelto en celofán. ¿Sabes? Puedo soportar no caerte bien. De hecho, tú tampoco me caes bien a mí.

Los labios carnosos de Marcel se curvaron en una odiosa mueca de suficiencia.

—Oh, qué contrariedad —se lamentó, simulando aflicción—. Anda, pasa.

De pronto, una descarga eléctrica le recorrió los brazos y las piernas. La idea de estar a solas con Marcel, en su terreno, hizo que se sintiera vulnerable como un ciervo en una reserva de caza. Su éxito no cambiaba el hecho de que fuera un completo extraño. Un extraño altísimo rodeado por un aura de tensión peligrosa. La cara le ardía de vergüenza. O puede que fuera otra cosa.

—¿Pretendes quedarte aquí fuera todo el día, Siobhan?

Sin embargo, había algo cálido en la manera que tenía de pronunciar su nombre.

—No me digas que te da miedo estar a solas con un hombre negro —le recriminó, con las cejas arqueadas en un gesto de preocupación fingida.

El barómetro de cretinismo acababa de subir cinco puntos de golpe.

111

—Estás un poco obsesionado con el color de tu piel, ¿no?

—Dijo el privilegio blanco.

—Mira quién fue a hablar de privilegio —masculló Siobhan, antes de entrar en su casa como una exhalación.

El salón era impresionante. Amplio, luminoso y decorado al más puro estilo neoyorquino. Con tonos claros y alguna nota inesperada de color, muebles de diseño —tal vez se los habría elegido alguna ex—, suelos de madera noble, un sofá de piel enorme y unas vistas espectaculares tanto de la ciudad como de Central Park. Había vinilos y libros por todas partes. Siobhan se planteó qué leería el detestable señor Black cuando quisiera escapar de su propio mundo de crímenes atroces y maldad. ¿Novela negra o algo distinto?

—¿Vives solo? —preguntó, sin dejar de observar a su alrededor. Curiosamente, no había una sola foto que diera pistas sobre la historia de Marcel Dupont.

Se arrepintió al instante. Pensaría que era una entrometida. O, peor aún, que su vida personal le interesaba.

—Ajá.

—¿Tanto espacio necesita tu vanidad?

La única manera de sobrellevar la curiosidad era siendo igual de antipática que él. (Curiosidad = atracción).

Marcel fingió que moría desangrado por la puñalada que le acababan de clavar en el pecho.

—Eres muy dura para ser escritora de novela romántica.

—El problema no soy yo, sino tus ideas preconcebidas. ¿Cómo se supone que tiene que ser una escritora de novela romántica? Ilústrame, vamos.

—No lo sé. —Frunció los labios—. ¿Extremadamente sensible?

—Mejor sensible que insensible, desde luego.

—¿Sugieres que los escritores de novela negra somos insensibles? —Siseó—. Y luego soy yo el que tiene prejuicios.

—Hay que serlo para poder narrar cosas tan retorcidas como torturas, violaciones o asesinatos y que no te afecten hasta el punto de tener pesadillas por las noches.

—La miseria del mundo es una roca enorme que puede aplastarte si te lo tomas como algo personal. Lo aprenderás cuando crezcas.

—Ja, ja, ja. Dime una cosa: ¿alguien se enamora alguna vez en tus libros?

—¿Por qué le das tanta importancia al amor? El amor es una construcción social carente de significado real. No es más que una coincidencia de hormonas en el momento oportuno. De oxitocina, para ser exactos, que es la que se libera durante la cópula. Sin ella, la especie humana se habría extinguido hace mucho tiempo. Lo que une a las parejas realmente es una cuestión biológica, ni más ni menos.

—Qué forma tan aséptica de verlo —musitó Siobhan.

Con la caída de párpados que le acababa de dedicar, Marcel le daba a entender que su opinión le importaba lo mismo que la geometría algebraica.

—Vale. Ya me callo.

—¿Tú, quedarte callada? Lo dudo. Sufres de incontinencia verbal incurable. Venga, dame eso.

—¿El qué?

—La tarta.

—Creía que no la querías.

—Y no la quiero. Solo voy a meterla momentáneamente en la nevera para que no se derrita. No soportaría que mi sofá de quince mil dólares se pusiera perdido por tu culpa.

Siobhan chasqueó la lengua y le entregó la caja de mala gana.

—Sabes que en el mundo hay otras cosas aparte del dinero, ¿verdad?

—Ah, ¿sí? No me digas… Vuelvo enseguida. Tú ponte cómoda mientras tanto. Y no toques nada.

Cuando se dio la vuelta, Siobhan tuvo que luchar contra dos impulsos:

- 1) El impulso de arrojarle cualquier objeto punzante que encontrara por ahí.

Y

- 2) El impulso de mirarle el trasero.

El primero fue fácil de controlar. En cuanto al segundo… digamos que la tentación venció a la resistencia y se anotó un *home run.* «Guau… tiene un culo increíble», pensó. Y al punto meneó la cabeza como si tratara de borrar la imagen de su mente. Se sentó cuidadosamente en el dichoso sofá de quince mil dólares —¿cómo podía haberse gastado semejante cifra en un sofá, con la cantidad de personas que pasaban hambre en el mundo? Era indecente— y se distrajo hojeando los libros que había sobre la mesa. Advirtió que estaban llenos de anotaciones a lápiz y no pudo evitar soltar un resuello. «Es tan engreído que se cree con derecho a corregir el trabajo de los demás». En realidad, era bueno. Muy bueno. Tanto que no podía sacarse de la cabeza lo bien que se le daba a aquel hombre lo que hacía. Una primera frase directa al estómago. Ni una palabra de más. Un estilo punzante y feroz, casi despiadado, como el propio Marcel. Y todos los ingredientes para que el lector permaneciera enganchado a la historia como un adicto a su droga favorita. Claro que Siobhan prefería entregar una libra de su propia carne a Shylock antes que reconocerlo delante de ese sureño relamido.

Si el ego de un hombre se midiera en grados centígrados, el suyo sería el causante del cambio climático.

Marcel regresó al salón con una botella de agua y dos vasos en una bandeja que depositó encima de la mesa. Llevaba puestas unas gafas que le daban un toque de profesor universitario de lo más *sexy.* Naturalmente, Siobhan se reprendió a sí misma por su desbordante imaginación. ¿Qué narices le pasaba? Primero le miraba el culo y ahora fantaseaba con una sesión de tutoría privada; genial. Como si sentirse atraída por un tipo que había manifestado su superioridad en multitud de ocasiones no fuera lo bastante humillante. Sería un prodigio de la literatura, pero también era malvado e hipercrítico, y por cómo se comportaba resultaba evidente que se creía el único autor capaz de escribir libros decentes en toda América. O en todo el globo, tal vez. Se sentó en la otra punta del sofá. Siobhan sonrió, su forma educada de llamarlo idiota. Sacó de su bolso un bolígrafo con motivos navideños —sí, le encantaba la Navidad, ¿algún problema?— y un cuaderno de colorines con la frase «Los unicornios existen de verdad» en la tapa. La expresión de Marcel hablaba por sí misma: la estaba juzgando. «Y ahora es cuando me recuerda que él nunca desaprovecha la oportunidad de explotar a un débil», se dijo. Menos mal que se abstuvo de verbalizar lo que fuera que estuviera pensando, por extraño que pareciese.

—Tengo algunas ideas —anunció Siobhan, mientras abría el cuaderno y lo dejaba sobre el regazo igual que una alumna aplicada.

—Si tienen que ver con vampiros o millonarios con tendencias sadomasoquistas, me niego a escucharlas.

—Oh, por favor, Marcel. Las masculinidades tóxicas dejaron de estar de moda en… ¿2014? Probablemente, Paige no estaría de acuerdo con el dato, pero es un hecho. Paige es mi mejor amiga. Una de ellas —aclaró.

—Masculinidades tóxicas. Vale —repitió, tratando de asimilar el concepto—. En fin, hablemos de esas ideas tuyas.

—A ver qué te parece esta: un poli de Brooklyn se enamora de su compañera de patrulla.

Silencio.

—¿Y ya está? ¿Dónde está el conflicto? No hay conflicto. Además, detesto Brooklyn.

—¿Qué tiene de malo Brooklyn?

—¿Aparte de que es el distrito más grande de Nueva York y, por lo tanto, donde se registran la mayor parte de incidentes? Oh, nada. Nada en absoluto. Salvo que es un puñetero cliché.

—No te gustan los clichés.

—Muy bien, veo que lo has captado.

—Pues en las novelas románticas siempre hay alguno. De enemigos a amantes, de amigos a amantes, triángulo amoroso, segundas oportunidades, matrimonio a la fuerza, relación fingida…

—¿Qué sentido tiene fingir una relación?

—Es muy útil cuando quieres darle celos a tu ex.

—Sin comentarios —farfulló Marcel.

—Vale, siguiente idea. Un poli de… —Agitó la mano— donde sea se enamora de la testigo de un asesinato.

Marcel se dejó caer contra el respaldo del sofá resoplando de aburrimiento. Cruzó los brazos por detrás de la cabeza y abrió las piernas como el puñetero macho alfa que debía de creerse que era. Miró a Siobhan con un brillo peculiar en el iris y preguntó:

—¿Por qué no hacemos que se enamore de la asesina?

—¿Estás loco? ¡Ni hablar! Hay un límite para todo, y ese límite es la integridad moral. La gente no va por ahí enamorándose de criminales. La gente se enamora de la bondad, la inteligencia, la pasión o el coraje de los demás.

—¿Y esas cualidades no son extrapolables a una mente criminal? O sea, que, según tú, los malos son malos por definición y los buenos, un dechado de virtudes. —Rio expulsando el aire por aquella nariz ridículamente perfecta—. Te sorprenderías de lo relativas que son las cosas, Siobhan. De todos modos, no sabía que fuese obligación del escritor incorporar mandatos de la vida real a la ficción. Pensaba que la literatura servía para explorar, no para corregir el mundo. En fin, supongamos por un momento que el poli no sabe que la mujer es una asesina, imaginemos que lo descubre después. ¿Estarían justificados sus sentimientos en ese caso?

—Puede, aunque seguiríamos sin argumento para la novela.

—¿Por qué?

—Porque entonces sería imposible que la historia acabara bien. Es decir, nadie se casa con una asesina por muy enamorado que esté. Piensa en la presión social que supondría algo así. Y una de las características del género romántico es justamente esa. Felices para siempre —puntualizó con el bolígrafo.

Marcel arqueó las cejas como si no diera crédito a lo que acababa de oír.

—Menuda gilipollez.

—¿Perdona?

—Es ridículo condicionar el transcurso de una novela con un final prefabricado, solo porque las consumidoras del género sean unas inmaduras que todavía creen en los cuentos de hadas.

—No tiene nada que ver con los cuentos de hadas, sino con el hecho de no perpetuar un ciclo de desgracias —repuso Siobhan, con actitud mohína.

—¡Oh, por favor! Todas las grandes historias de amor tienen un final trágico. *Romeo y Julieta, Cumbres borrascosas, Madame Bovary, Anna Karenina, Tristán e Isolda, La edad de la inocencia...* Hasta *La Bella y la Bestia* acaba mal, joder.

—La *Bella y la Bestia* no acaba mal.

—En apariencia. Pero ¿qué futuro le espera a una relación que nace de un secuestro? Lo de esa chica es un síndrome de Estocolmo en toda regla. ¿Qué pasa, señorita Harris? ¿Nunca te lo habías planteado? No, claro que no —asumió, sonriendo de forma condescendiente—. Hazte un favor y revisa tu punto de vista sobre las masculinidades tóxicas, porque diría que necesitas una versión actualizada.

Siobhan sintió que una oleada de calor le abrasaba las mejillas. Reconocía la irritación: un peso en el pecho seguido de una vibración en el cuello, como si la cabeza estuviese calentando motores antes de salir disparada del cuerpo. Bebió un poco de agua para calmarse. Cuando lo hubo conseguido, dijo:

—Te gusten o no, las normas son las que son. Una novela romántica debe tener una historia de amor sobre la que se sustente la trama y un final feliz.

—¿Quién lo dice?

—La RWA. Y no vamos a quebrantar las normas solo porque tu corazón sea más rígido que la suela de un zapato.

Marcel trató de ocultar la risa con una tos mal disimulada. Negó con la cabeza y rebatió:

—El corazón solo es un órgano. Carece de sensibilidad, conciencia o sentimientos; simplemente bombea y nos mantiene vivos. ¿Te saltaste la clase de ciencias cuando explicaron esa parte, princesita?

—No sé por qué no te entra en la mollera que cada género tiene sus propios códigos. Una novela negra en la que no se resuelva el crimen en el punto de cierre sería inconcebible, ¿no te parece? ¡Y ya te he dicho muchas veces que no me llames así! —chilló.

Su paciencia estaba muy pero que muy desgastada. Ese hombre la sacaba de quicio cada vez que abría la boca. Se frotó la sien. Notaba que se avecinaba un dolor de cabeza y le quedaba una larga jornada por delante.

—Hay que ver, chica. ¿Dónde está tu sentido del humor?

—En el mismo sitio que tus sentimientos. Oh, espera. —Una sonrisa impostada se le dibujó en el rostro—. ¡Si tú no tienes!

Él alzó las manos, como dándose por vencido. Ella advirtió los signos de la derrota en la ligera tensión de sus ojos, en el gesto vago de sus labios. Le estaba bien empleado.

Después, un escudo de silencio se instaló entre los dos.

Pasó un minuto.

Pasaron dos.

Tres.

Nadie decía nada. Siobhan tamborileaba con el bolígrafo navideño sobre el cuaderno y de vez en cuando miraba a Marcel de reojo, que parecía absorto, paseándose de acá para allá como una pantera enjaulada. La mano izquierda se ocultaba en un bolsillo de los vaqueros, mientras que la derecha descansaba sobre la barba. «Está muy guapo cuando piensa; debería hacerlo más a menudo». Se había remangado la camisa hasta los codos; las venas de sus poderosos antebrazos le recordaron a los ríos de un mapa.

De repente, se detuvo. La miró desde quién sabe cuántos centímetros por encima del metro ochenta y dijo:

—¿Y si la asesina fuera una especie de justiciera que solo se carga a los malos?

—¿Como en *Dexter*?

—Algo así. ¿Nos serviría?

—Eso no la eximiría de sus crímenes. Aunque al lector le resultaría más fácil empatizar con ella.

—¿Desde cuándo es necesario que el lector empatice con un personaje?

—Bueno, en una novela romántica es básico.

Marcel se quitó las gafas y se masajeó el puente de la nariz con suavidad.

—Llevamos media hora tratando de idear un argumento en condiciones, pero resulta que el decálogo de la A.A.S.A.C.H. es un puto coñazo. Que si final feliz, que si personajes perfectos… ¡Por Dios, qué tortura! —bramó.

—¿La A.A.S.A.C.H.?

—Asociación Americana de Señoritas Amigas de los Cuentos de Hadas. Todavía no hemos hablado del crimen, y te recuerdo que ha de haber al menos uno. —Su tono bajó hasta alcanzar ese registro típico de los hombres cuando quieren que se haga lo que ellos dicen—. ¿Por qué no dejamos de darle vueltas a esta estupidez del romance y nos centramos en lo importante?

Si había una ocasión idónea para ponerlo en su sitio, sin duda era esa.

—Por cuatrocientos setenta y cinco mil dólares, puedes encargarte tú solito de lo importante —le escupió Siobhan, con el pecho rebosante de un regocijo malévolo.

Qué bien sabía la venganza.

Él apretó la mandíbula como le había visto hacer otras veces. Había sido un golpe bajo, pero qué demonios, se lo merecía.

—Necesito ir al baño —dijo ella entonces.

Soltar la bomba, dejar que explote y quitarse de en medio; una técnica avanzada de supervivencia.

—Arriba, segunda puerta a la derecha. Procura no ensuciar nada.

Subió las modernas escaleras en forma de L maldiciendo por dentro y se encerró en el lujoso cuarto de baño. Estaba tan impecable como el resto de la casa. Su empleada doméstica se merecía hasta el último dólar de su sueldo; aun así, seguro que ese avaricioso le pagaba menos de lo que le correspondía. Abrió el grifo, se mojó la cara para refrescarse y luego se secó. Solo por si acaso, secó también las salpicaduras de agua. «Procura no ensuciar nada ñiñiñiñi... No me gustan los dulces ñiñiñi... El corazón solo es un órgano ñiñiñi... *La Bella y la Bestia* acaba mal ñiñiñi...».

—¡Ahhh! —gruñó, mortificada—. ¡Me saca de mis casillas!

Aquello iba a resultar mucho más complicado de lo que creía. No solo no lograban ponerse de acuerdo, es que ni siquiera conectaban. Era un hecho que no se soportaban el uno al otro. Suspiró con resignación y salió. Al pasar junto a la habitación contigua, no pudo evitar deslizar una mirada furtiva hacia el interior. Era el dormitorio de Marcel. Nunca le había gustado curiosear en las habitaciones de los demás. De pequeña, había visto *La matanza de Texas* y sabía lo que podía pasar. Pero lo cierto es que se extrae mucha información de los dormitorios de la gente. Si entrara y se asomase por la ventana, otearía la punta más alta de la isla Roosevelt, con su extraña geometría de edificios bajos de ladrillo. También vería una cama extragrande cubierta con una colcha oscura de satén —¿era alérgico a los colores o qué?—, la pila de libros que reposaba sobre la mesita de noche, junto a una lámpara de diseño minimalista, y un vestidor con más capacidad de carga que un Boeing 747. Y luego estaba todo lo que no se veía, lo que permanecía oculto en los cajones, en las paredes, entre las sábanas. Oculto pero latente, atrapado pero vivo.

Tanta vida condensada en tan poco espacio.

Tantos secretos.

Sabía quién era Marcel Black. Sin embargo, dudaba que alguna vez supiera quién era Marcel Dupont. Su identidad se escurría como una chaqueta del respaldo de una silla. Claro que... ¿acaso importaba? Escribirían esa condenada novela y no volverían a verse jamás. El destino la llevaría en una dirección opuesta al muro infranqueable de su privacidad. Y como se le ocurriera cruzar ese umbral, aunque solo fuera con el pie, el señor Black/Dupont sería capaz de sacarla a patadas, en sentido literal.

Un escalofrío la sacudió de arriba abajo.

De vuelta en el salón, él la esperaba sentado en el sofá.

—Se me ha ocurrido algo —anunció—. Tal vez su ejecución sea un poco complicada, teniendo en cuenta el poco tiempo del que disponemos.

—Me gusta lo complicado. Adelante, soy todo oídos.

—Viajes en el tiempo.

Fue difícil contener la risa.

Muy difícil.

—Ajá. En Escocia, ¿verdad? Con guerras entre clanes, *kilts* y todo eso. Lo siento, me parece que se te ha adelantado una tal Diana Gabaldon —ironizó.

—Pero ¿quién demonios ha dicho nada de Escocia? —protestó Marcel—. Si me dejas explicarte mi idea, a lo mejor logramos sacar algo en claro y terminar con esto de una vez. No es que me apetezca mucho pasarme el resto del día aquí contigo abriendo y cerrando puertas como en la puñetera paradoja de Monty Hall, ¿sabes? —Siobhan resopló e hizo un gesto para que continuara—. Veamos. El protagonista es un escritor de novela negra de finales del siglo XIX que...

—De novela negra. ¿En serio?

—Tiene un porqué, ya lo verás. Pongamos que nuestro hombre viaja accidentalmente al Nueva York del futuro y...

—¿Nueva York? ¡Por Dios, qué aburrido! ¿Y si lo cambiamos por Londres? ¡Me encanta Londres! —exclamó Siobhan, con entusiasmo—. Notting Hill, el British Museum, las cabinas de teléfono... Ay, es tan romántico...

Marcel frunció el ceño. Una expresión de burla asomó a sus ojos felinos.

—¿Romántico? No me hagas reír. El British Museum constituye el mayor expolio arqueológico del mundo, y las cabinas huelen a meados. ¿Puede la señorita Bridget Jones dejar de interrumpirme de una vez, por favor? —Siobhan se cerró una cremallera imaginaria en los labios—. Gracias. Bien. A ver, por dónde iba. Nuestro Raymond Chandler particular aparece de repente en el siglo XXI. Nueva York está sumida en una devastadora crisis económica y social donde los ricos son cada vez más ricos y los pobres, más pobres. El sistema está podrido por la corrupción, el hampa impone la ley en las calles. En Manhattan se respira un clima de violencia prerrevolucionario.

—Como en Gotham City.

—Nuestro hombre, llamémoslo…

—Jeremiah.

—… conoce a una periodista obstinada que decide investigar por su cuenta un asesinato espeluznante con reminiscencias… digamos… un poco *vintage*. Mientras trata de sobrevivir en este nuevo escenario, Jeremiah ayuda a…

—Felicity.

—¿Felicity? Joder. ¿No había otro nombre un poco menos ridículo? —Siobhan entrecerró los ojos apenas un segundo; suficiente para que Marcel captase la dureza inclemente de su mirada—. Bueno, vale. Que así sea, entonces —transigió—. Jeremiah ayuda a Felicity a resolver el caso.

—Y se enamora de ella.

—Lo que sea. En cuanto al caso, lo complicaremos. Haremos que todos parezcan sospechosos para despistar al lector. Cada personaje intentará engañar a los demás y la verdad se volverá lentamente visible a través de la bruma del engaño, como en las novelas clásicas.

—Su relación también será complicada. Son muy distintos y chocan continuamente. Claro que ahí está la gracia. Los polos opuestos se atraen —afirmó Siobhan—. ¿Y qué pasa al final?

—Que atrapan al asesino. Y que el dólar sufre una importante depreciación como consecuencia de la crisis económica.

—Pero se supone que, una vez cerrada la investigación, él debería volver al siglo XIX. A menos que...

—No haya nada que lo mantenga unido a su época —remató Marcel.

—Exacto. ¿Qué te parece esto? Jeremiah ha perdido a su mujer por unas fiebres poco después de haberse casado. Bebe para evadirse y, para gran consternación de su editor, el señor Pemberley, no es capaz de escribir una sola palabra. Por si eso fuera poco, se ha jugado hasta el último centavo de su fortuna en una casa de apuestas. Las deudas se le acumulan, lo persiguen los acreedores.

—Mal asunto.

—Muy mal asunto. Así que la puerta al futuro se abre en el momento oportuno. En cuanto a Felicity, es una romántica empedernida.

—Pero si es periodista —objetó Marcel.

—¿Y eso qué tiene que ver?

—¿No decías que los que viven rodeados de los males mundanos son insensibles por defecto?

—He cambiado de parecer.

Marcel sonrió, mostrando una hilera de dientes blanquísimos. Y esa sonrisa, aunque solo fuera por un momento, lo convirtió en alguien un poco más accesible.

—¿Por qué es tan importante que sea romántica?

—Es necesario para la trama —explicó Siobhan, como si fuera obvio—. Digamos que su modo de entender las relaciones es algo... clásico, de ahí que no tenga suerte con los hombres que se cruzan en su vida. En el fondo, sueña con que aparezca un caballero que la conquiste.

—O un escritor de novela negra —dijo él, con esa voz tan masculina, profunda y grave.

Durante las siguientes horas, Siobhan tomó notas como una loca. Desarrollaron gran parte de la trama, marcaron los giros argumentales más importantes y describieron todos los detalles que se les ocurrieron. Parecía increíble que por fin las cosas hubieran comenzado a fluir entre ellos. De pronto, el verano que iban a pasar juntos ya no le parecía tan largo. Marcel organizó el trabajo. Él se encargaría de los capítulos narrados desde el punto de vista de Jeremiah y ella, de los de Felicity. La historia arrancaría con la protagonista en la actualidad. Una vez hubiera terminado la introducción, Siobhan debía dejar el archivo en una carpeta compartida en la nube para que Marcel lo leyera y modificara lo que quisiera antes de tomarle el relevo. Y así sucesivamente.

—De esta forma será más rápido y ni siquiera tendremos que vernos más —argumentó.

—¿No vamos a vernos más?

—¿Qué interés tendrías en ver a un hombre que no te cae bien?

—Ninguno. Ninguno en absoluto —se apresuró a contestar.

Un destello de algo que no supo identificar iluminó la mirada de Marcel.

—Ya me parecía a mí. Creo que por hoy es suficiente —determinó, tras consultar el reloj—. Le pediré a mi asistente editorial que busque referencias de libros o artículos que nos puedan ser de utilidad. Mientras tanto, documéntate todo lo que puedas.

—¿Tienes un asistente editorial?

—En realidad, tengo dos. Pero no pienso compartir ninguno contigo. Soy demasiado… tóxico —se burló—. Vamos, te acompaño.

Otra bromita a sus expensas; qué bien.

Recogió sus cosas con torpeza y las guardó en el bolso. ¿Por qué de repente se sentía apenada por marcharse? El sentido común le lanzaba suficientes señales de alarma como para parar un tren de mercancías; ni ella misma entendía esa repentina frustración. Siguió a Marcel hasta la puerta. Él posó la mano sobre el pomo y la observó. Emanaba una especie de resplandor oscuro del que no sabía si fiarse o no. Aquellos ojos parecían dos lagunas profundas centelleando bajo unas pestañas larguísimas. Ninguno de los dos se movió, se quedaron ahí plantados durante cinco largos segundos. Puede que diez. O puede que más. Parecía un duelo de miradas que perdería el primero que parpadease. La tensión en el ambiente casi crepitaba, era como tocar un cable y sufrir una descarga eléctrica.

—Bueno, pues… ya nos veremos, supongo. Aunque has dejado bastante claro que eso no va a volver a pasar, así que…

—Siobhan.

Fue casi un susurro. Suficiente para que el corazón le diera un brinco dentro de la caja torácica.

Notó un calor sofocante en las mejillas.

—¿Sí, Marcel?

¿Cómo explicar lo que sentía en ese momento, ese dulce hormigueo que la recorría de los pies a la cabeza?

—Hablas demasiado —la reprendió—. Procura que tu monólogo interior se quede ahí, en tu interior.

Fue como si se le hubiese caído al suelo un pastel recién salido del horno.

O como si el sol se hubiera ocultado detrás de una nube.

Marcel abrió la puerta y ella se marchó de allí con una sensación amarga en el fondo de la garganta.

Capítulo 9

Marcel

Al día siguiente, Marcel se levantó tan temprano como de costumbre. Su rutina estaba grabada en piedra, detestaba que algo interrumpiera la secuencia habitual. Se vistió con ropa deportiva y salió a correr diez kilómetros por Great Hill, en la zona norte de Central Park. A esa hora, el parque estaba poco concurrido; solo las pisadas de los corredores más madrugadores interrumpían la tranquilidad del entorno un domingo al amanecer. Más tarde, cuando el sol estuviese lo bastante alto en el cielo, la colina se llenaría de familias disfrutando de un pícnic bajo los olmos, de gente jugando al *frisbee* en el césped y de algún que otro músico de *jazz*. *Jazz* era justo lo que sonaba en sus auriculares inalámbricos Beats. «Take Five», de Dave Brubeck; una de sus piezas musicales favoritas de todos los tiempos. Escucharla lo transportaba a Nueva Orleans: a las noches en The Spotted Cat, al sabor del Sazerac o a esas tormentas caprichosas de verano que lo pillaban desprevenido y lo obligaban a apretujarse contra alguna fachada mientras el agua le salpicaba los tobillos. Esa mañana, sin embargo, Marcel se distrajo pensando en algo un poco menos lejano que su Luisiana natal.

En alguien, para ser exactos.

Siobhan Harris.

La ingenua, insolente e inaguantable señorita Harris.

126

Gruñó al tiempo que alargaba la zancada. Corría tan rápido que parecía que huyera. Cuando decidió cargarse a William J. Knox no se imaginaba que acabaría inmerso en una situación que escapaba a su control, a punto de escribir una novela en la que no creía, solo porque el idiota de su editor lo había amenazado con irse de la lengua. Por supuesto que tendría el borrador en tres meses, pero era un hecho que odiaba profundamente las imposiciones. Si trabajar bajo presión no era su fuerte, hacerlo en equipo aún menos. Esa chica con pinta de estar lista para asistir a su primera clase de Literatura Inglesa en la universidad había conseguido alterar su química interna, lo cual era irritante. Un destello de furia le tensó las mejillas; luego se calmó. Se resistió un rato antes de reconocer que su estado de ánimo, a caballo entre el mal humor y la excitación, respondía a esa especie de vínculo que había nacido entre ellos sin que Marcel se hubiera dado cuenta ni lo hubiera pretendido. Que no dejara de pensar en ella lo perturbaba. ¡Por Dios, si ni siquiera le caía bien! Horas después de que se hubiera marchado de su casa, aún flotaba en el aire un toque de aquel olor desquiciantemente agradable a coco fresco. Se trataba de algo efímero que no tardaría en evaporarse, lo sabía; no obstante, se sorprendió a sí mismo deseando paladear hasta la última gota. Las pulsaciones aumentaban mientras ascendía por el sendero que llevaba a lo alto de la colina. La evocó sentada en el sofá, decidida a no mostrar que estaba nerviosa pese a que su lenguaje corporal la delataba, con aquel estúpido cuaderno de principiante sobre el regazo y ese vestido tan espantosamente corriente que seguro habría comprado en Macy's. Señor, su estilo no podía ser más disuasorio. Aun así, era natural. Tanto que apostaría a que la palabra natural se había inventado para definirla a ella. Y muy bonita. Joder, sí. Tenía unos ojos azules preciosos que lo observaban todo con viveza. Ella no se había dado cuenta de que él había estado estudiándola. La manera en que jugueteaba con sus pulseras, cómo se colocaba el pelo detrás de la oreja o mordisqueaba el bolígrafo con esa boca tentadora como un plato de cerezas. Era escritor, por eso le encantaban los detalles. Entonces, un pensamiento inquietante se le pasó por la cabeza. Marcel contrajo el gesto en un rictus de preocupación sincera que enseguida relajó. «No, qué tontería. A ti ni siquiera te gusta el azúcar, muchacho», se dijo para tranquilizarse. Una sonrisa de alivio se le dibujó en los labios al instante. Había conocido a mujeres más atractivas a lo largo de su vida. Por mucho que lo hubiera embriagado su aura sensible y resplandeciente, era una embriaguez controlada. Uno no se emborracha por un chupito. No, señor. Por eso, Marcel sabía que podría detener el hechizo en cuanto quisiera, con solo chasquear los dedos.

Esa remilgada de Siobhan Harris no le interesaba en absoluto.

Una hora más tarde salió de la ducha. Se enfundó una camiseta blanca que resaltaba el color natural de su piel y unos vaqueros, y decidió que, por una vez, desayunaría en casa; tenía mucho que hacer. En la cocina, introdujo una cápsula en su moderna cafetera de estilo retro, apretó un botón y, mientras esperaba a que la taza se llenase, llamó a Alex.

—¿Qué horas son estas? —protestó su agente. Tenía la voz congestionada. Era indiscutible que la llamada lo había arrancado de los brazos de Morfeo de forma abrupta.

—Hay algo en el aire de Nueva York que hace que dormir sea inútil.

—¿Citando a Simone de Beauvoir? Ver para creer. —Alex se aclaró la garganta—. Más vale que sea importante. Estaba en mitad de un sueño increíble con Scarlett Johansson en Tokio. Ella llevaba una peluca rosa y yo...

—Espera, no me lo digas. Eras Bill Murray.

—Con mucho más pelo.

—No tanto.

—Gilipollas...

Marcel sonrió. Fastidiar a Alex era una de las cosas más divertidas del mundo.

—Pues te alegrará saber que este gilipollas ya tiene listo el argumento del próximo pelotazo editorial de Baxter Books —anunció. Pulsó otro botón y retiró la taza.

—¿De verdad? —Alex sonaba tan entusiasmado como si Scarlett Johansson le hubiera pedido matrimonio en el sueño—. Venga, cuéntamelo todo.

—Oh, lo haré. Cuando me invites a cenar a alguno de esos restaurantes pijos de TriBeCa de cocina de fusión —añadió, antes de beber un sorbo de café—. Pero, para que te hagas una idea, la historia gira en torno a un viaje en el tiempo.

—¿En serio? —Alex sonaba escéptico ahora—. ¿No está demasiado... visto? —preguntó con suavidad.

—Tranquilo, hombre. Nuestra novela no es de escoceses, si es lo que te preocupa.

—¿Nuestra? ¿En plural? Vaya. Esto es lo que yo llamo un pequeño paso para la humanidad y un gran paso para el ego de Marcel Black. ¿Así que Siobhan y tú sois compatibles, después de todo?

Marcel tragó saliva. Se sentía como si lo hubieran abofeteado a traición: sorprendido, vulnerable o una mezcla de las dos.

—No digas tonterías, por favor. La princesita y yo no podríamos tener menos cosas en común. Es indiscreta, respondona, habla por los codos y su visión del mundo es la de una adolescente de noveno grado. ¡Joder, que usa un cuaderno con la frase «Los unicornios existen de verdad» en la tapa! Esa chica representa todo lo que aborrezco. ¿Te puedes creer que se presentó en casa con una tarta? Un momento. La tarta. Mierda, no se la llevó —musitó. A continuación, abrió la enorme nevera de acero inoxidable y comprobó que la caja blanca de Lady M seguía donde la había dejado el día anterior.

—Espera, espera. Rebobina, ¿quieres? Creo que me he perdido una parte importante de la película. ¿Dices que Siobhan fue a tu casa? Cielos, debe de haberte impresionado mucho. Que yo sepa, la única mujer que has dejado entrar en tu lujoso ático lo ha hecho previo pago. Y me refiero a la empleada doméstica —se apresuró a matizar—. No estoy sugiriendo que hayas contratado los servicios de una chica de compañía ni nada por el estilo.

—Gracias por la aclaración. Oye, te garantizo que mi único interés en Siobhan Harris es puramente contractual. Una vez terminemos la novela, se acabó. De hecho, ayer acordamos no vernos más. Escribiremos por separado. Fin de la historia.

—¿Tan mala fue la experiencia?

—Pfff… peor de lo que te imaginas —exageró Marcel.

—Pobrecita.

Marcel dejó escapar un sonoro resuello de indignación.

—¿Sabes? La señorita Harris y tú os parecéis mucho en una cosa: los dos me tocáis las pelotas a base de bien.

—Pero la invitaste a tu casa.

—Solo porque a la muy… —Frunció los labios y contuvo el improperio—… bocazas se le ocurrió tuitear una foto del Café Boulud mientras me esperaba. Situaciones desesperadas requieren medidas desesperadas. No es que nos sobre el tiempo, precisamente. Y si ella no deja de ponerle pegas a todo como hasta ahora…

—¿Seguro que es ella la que le pone pegas a todo?

—Adiós, Alex. Voy a colgar.

Y colgó.

El café se había enfriado. Lo tiró por el desagüe, sin contemplaciones. Pensó en la tarta de Siobhan. ¿Qué debía hacer? ¿Llamarla y pedirle que viniera a buscarla? ¿Enviársela con un mensajero a donde fuera que viviese? ¿Llevársela él mismo? Todas las opciones le parecían ridículas. Igual de ridículo que le había parecido Alex al insinuar que… ni siquiera tenía claro qué demonios había insinuado.

—Compatibles, y una mierda —masculló.

Decidió deshacerse de la puñetera tarta y acabar con el asunto. Sería divertido cronometrar cuánto tiempo tardaba el bulto en caer por el largo tubo metálico que conectaba la basura de Marcel con la sala de recepción de residuos del edificio. ¿A quién no le gusta arrojar cosas por un agujero oscuro y escuchar el clonc clonc clonc a lo largo del descenso hasta el estruendoso aterrizaje en el contenedor del sótano? Qué invento. Se disponía a abrir la nevera de nuevo cuando sonó el timbre. Qué raro. Nunca recibía visitas sin que el señor Gonzales lo avisara antes por el interfono.

¿Quién sería?

¿Algún vecino?

Al abrir la puerta, lo envolvió ese maldito olor a coco otra vez. No era ningún vecino. Siobhan aguardaba en el umbral con su irritante sonrisa de *girl scout*. Algunas hebras de cabello cobrizo se le habían soltado del moño informal y caían de cualquier manera sobre el óvalo de su rostro.

—¿Qué demonios haces tú aquí? ¿Y por qué no me ha avisado el conserje de que venías?

Librarse de ella era más complicado que apartar a un vampiro de una bolsa de sangre.

Quería que se largara.

O puede que no.

—Se lo he pedido yo. Supongo que no me habrías abierto la puerta.

—Supones bien —repuso con frialdad—. ¿Qué quieres?

—Te he traído esto —dijo, y le mostró la clásica *medium brown bag* de Bloomingdale's de tela—. Como nunca has leído una novela romántica, he pensado que te vendría bien familiarizarte un poco con el género. He seleccionado algunos de mis clásicos favoritos para ti.

—Señor, apiádate de mí… —Marcel sujetó la bolsa con una mano, inspiró fuertemente y comenzó a sacar un libro tras otro del interior—. *Y entonces él la besó, Sueño contigo, Abandonada a tus caricias, Tiempo de rosas, El duque y yo*… Jesús, menudos títulos. Dime que no has venido solo para torturarme, princesita. —Volvió a guardarlos—. Porque, si es así, pierdes el tiempo. Vete a casa, llévate esto y ponte a escribir. Ahora.

El tono fue brusco y rozó lo grosero, pero era necesario.

Siobhan dejó la bolsa en el suelo, entre sus tobillos.

—Es que…

Una de las cejas anchas y oscuras de Marcel se arqueó.

—¿Qué?

—No puedo hacerlo —musitó Siobhan—. Lo siento.

Marcel se cruzó de brazos. «Si ha tenido agallas para presentarse aquí con una excusa tan pobre, oigamos lo que tenga que decir», pensó.

—Explícate.

—Verás, ayer… lo tenía todo organizado en la cabeza. Oía los diálogos y visualizaba escenas completas. Era como si Felicity hubiera cobrado vida, como si fuera una persona real. El cerebro me bullía de ideas. Estaba ansiosa por llegar a casa y escribir. No experimentaba esa sensación desde que publicaba en WriteUp. Y entonces… me quedé en blanco. Las ideas, los diálogos, las escenas… todo se desvaneció de repente. Yo… —Se mordió el labio, avergonzada— no he escrito nada, no he sido capaz.

—¿Qué quieres de mí, Siobhan?

—Que me enseñes.

—Nadie puede enseñarte a escribir. Es algo que debes aprender tú sola.

—Por favor, Marcel. Me he tragado mi orgullo y me he arrastrado hasta aquí sabiendo que me detestas y que preferirías no volver a verme jamás porque eres el único que puede ayudarme a salir de esta inminente crisis existencial.

—Yo no… —Apretó la mandíbula—. No soy la Madre Teresa de Calcuta. Haberlo pensado antes de firmar el contrato.

—¿Crees que me gusta esta situación?

Observó el rostro afligido que tenía delante, las manos delicadas que gesticulaban sin parar, el pecho agitado, el parpadeo constante. Por un momento deseó trazar con los dedos el contorno de aquella preciosa cara, aunque se censuró a sí mismo enseguida. ¿En qué estaba pensando? Un gesto como ese solo habría servido para que la chica se llevara la impresión equivocada. ¿Qué debía hacer? ¿Mostrarse duro e implacable?

¿O ayudarla? A fin de cuentas, le gustara o no, ahora eran un equipo.

Exhaló.

—Necesito cafeína. Y supongo que tú también —dijo.

Siobhan asintió, visiblemente aliviada, y entró. Por indicación suya, dejó la bolsa de libros junto a la puerta y lo siguió a la cocina, donde se sentó en uno de los taburetes metálicos que rodeaban la isla mientras Marcel se disponía a preparar el café. Seleccionó una cápsula de una variedad equilibrada de arábiga y la introdujo en la máquina.

—Te parezco ridícula, ¿verdad?

—Uno de los errores más comunes de un escritor novel es dar por sentado que el hecho de haber escrito una novela garantiza que puedas escribir otra.

—¿Se supone que eso tiene que animarme?

—¿Prefieres que te cante la canción de Los Teleñecos? —replicó. Se dio la vuelta y dejó un café humeante frente a Siobhan—. Te he puesto un montón de azúcar. Sé lo mucho que te gusta.

—Qué considerado. —Siobhan sujetó la taza con ambas manos y bebió un trago—. ¿Puedo contarte un secreto?

Marcel frunció el ceño.

—No sabía que hubiéramos alcanzado ya ese nivel de confianza.

—No lo hemos hecho. Solo necesito desahogarme con alguien que me entienda. Y como eres el único escritor que conozco, me temo que esa persona eres tú. Lo siento por ti, señor Black. Si tuviera la suerte de conocer a Danielle Steel o a Nora Roberts, te aseguro que no habría llamado a tu puerta.

—Me acabas de romper el corazón, princesita —ironizó. Dejó escapar un alarido de dolor de lo más teatral y se encogió sobre sí mismo con la mano en el pecho antes de echarse a reír; había que reconocer que la chica era ocurrente. Se encaramó a la isla y dijo—: Adelante. Soy todo oídos.

Siobhan tomó aire antes de empezar.

—*Con el destino a favor* se basa en mi propia relación sentimental. Ella soy yo. Y él es… mi ex. Rompimos el año pasado —confesó.

«Fascinante. El tipo de tragedia que forja el carácter».

—Alteré el final para que los protagonistas terminaran juntos; ya sabes, felices para siempre y todo eso. El resto sucedió prácticamente de la misma manera que en la vida real. Asumo que no tienes ninguna intención de leer mi novela, así que no te importará que destripe la trama. Conocí a Buckley en la universidad, como en el libro; me enamoré de él enseguida, como en el libro; nos fuimos a vivir juntos a un piso de Brooklyn con el encanto de una base soviética para ensayos de misiles, como en el libro. —En ese punto, dejó ir un suspiro de frustración con una expresión de tristeza enterrada—. Y, como en el libro, me abandonó de la noche a la mañana, con una nota en la nevera, como si fuera su secretaria. También me dejó unas cuantas deudas, pero esa parte preferí omitirla.

«Menudo imbécil. ¿Y qué clase de nombre es Buckley? Por Dios, es patético», pensó Marcel, esforzándose por disimular la expresión de repugnancia que había adoptado.

—La diferencia entre la novela y lo que sucedió de verdad es que Buckley nunca volvió. A fecha de hoy, sigo sin entender por qué se largó.

Tuvo ganas de decirle: «¿Lo ves, Siobhan? El amor es una ilusión, el paso previo al abandono y la tristeza. Un día todo florece y al siguiente solo hay escarcha». Sin embargo, prefirió guardarse aquella munición verbal para más adelante.

—Pero sigues creyendo en los finales felices.

—Una historia que acaba bien es una historia que nunca acaba.

Marcel atisbó en sus pupilas centelleantes el fuego de una pasión poderosa e incontenible. Y, tras el descubrimiento, lo embargó la sensación de que se acercaba demasiado al borde de un volcán activo.

—Imagino que estarás disfrutando con todo esto —se lamentó Siobhan, sin despegar la vista de la taza de café—. Sé lo mucho que me odias.

Algo parecido a la culpabilidad le raspó la conciencia como el papel de lija. Hubo un breve silencio antes de que respondiera:

—Odiar es una palabra demasiado fuerte para alguien a quien conozco hace un par de semanas. ¿Qué es lo que te preocupa? —atajó.

—¿Y si no puedo hacerlo? He ido por ahí alegremente, creyendo que sabía lo que hacía, pero resulta que no tengo ni la más remota idea. Llevabas razón: solo soy una aspirante a escritora de tercera. ¿En qué narices estaba pensando cuando firmé ese contrato? Es evidente que no soy capaz de escribir otra cosa que no sean mis estúpidas vivencias personales.

Parecía angustiada de veras.

«Ay, Dios».

«¿Por qué desnuda los miedos de su pobre corazoncito frente a un extraño?».

«¿Por qué a mí?».

—A ver, en la literatura todo es personal. Cualquier detalle de la realidad se puede deformar para convertirse en un elemento esencial de una novela. Una conversación en el metro, un titular de prensa, un fotograma de una película o las últimas palabras de un ser querido antes de desaparecer para siempre.

Pausa.

Marcel voló un instante al sotobosque laberíntico del pasado. El corazón le palpitaba con fuerza; un brutal recordatorio de lo frágil que era su dique de contención emocional.

La voz dulce de Siobhan lo devolvió al presente.

—He leído *Un hombre corriente*.

—¿De veras? Creía que no te interesaba la novela negra.

—Y no me interesa. Pero alguien dijo alguna vez que es necesario conocer al enemigo.

—«Alguien» no, Sun Tzu. En *El arte de la guerra*.

—Ya lo sabía. ¿No quieres que te cuente lo que me ha parecido?

135

—No. No me interesan las opiniones, ni las buenas ni las malas. —Una verdad a medias—. Los lectores tienden a leer el libro que quieren, no el que tú has escrito.

A juzgar por la expresión de su cara, Siobhan no parecía muy convencida con el argumento.

—Entonces, ¿por qué te dedicas a esto?

—¿Porque tengo un contrato editorial que me hace ganar mucha pasta?

—¡Venga ya! No me lo trago. Tiene que haber una razón más importante.

Marcel se tensó. Sus motivos eran demasiado personales como para compartirlos a la ligera. Aun así, había algo en esa forma tan inocente de mirarlo que invitaba a compartir confidencias con ella.

—Porque el acto de escribir estructura el caos de la propia existencia. Y créeme: no hay nada tan angustioso como llevar dentro una historia que no se ha contado todavía. —Con esa frase había revelado mucho más de lo que parecía a simple vista—. ¿Y tú?

Siobhan echó la cabeza hacia atrás y frunció los labios mientras meditaba la respuesta. La luz incidía en la curva de su garganta; a Marcel, la visión le resultó espléndida.

—Supongo que… es agradable poder hacerle trampas al destino de vez en cuando.

—Parece una buena razón —convino, sin apartar la vista.

Ella sonrió; una sonrisa magnífica.

Y él se sintió descentrado, confuso, fuera de lugar. Una repentina debilidad asolaba hasta el último de sus músculos. Había bajado la guardia un instante y la señorita Harris lo había desarmado con su apabullante franqueza. Quedaba claro que un libro no debía juzgarse por su cubierta. ¿O sí? ¿Qué estaba ocurriendo ahí? No lo sabía, aunque la sensación se parecía bastante a caminar al filo de las arenas movedizas: si pisas en el lugar equivocado, te hundirás sin escapatoria.

Lo cual era un problema.

—Bueno, se acabaron los cuentos de hadas por hoy, princesita. Si vamos a hacer esto, hagámoslo como es debido.

Capítulo 10

Siobhan

El despacho de Marcel Black, la inexpugnable fortaleza donde el escritor de novela negra más misterioso del mundo urdía sus planes siniestros, estaba protegido con un código de seguridad de cuatro dígitos, como si fuera la cámara acorazada de un banco suizo. Según le hizo saber el propio Marcel, nadie había entrado jamás en su Cueva de las Maravillas particular —ni siquiera Alex—, por lo que Siobhan se sintió igual de privilegiada que Aladdín. A diferencia del resto de la casa, en aquella habitación se percibía un ligero desorden controlado. Había cierto caos en la disposición de los libros —tantos, que forraban las paredes de arriba abajo—, aunque era divertido ver cómo un ejemplar de *El halcón maltés,* de Dashiell Hammett, competía en tamaño con *La huida,* de Jim Thompson, mientras que *El talento de Mr. Ripley,* de Patricia Highsmith, empujaba a *Cualquier otro día,* de Dennis Lehane, para mantener el equilibrio. El escritorio estaba en el centro, dominado por un iMac grandioso y una silla con pinta de ser muy cómoda. Y muy cara. También había un diván clásico junto a una mesa sobre la que reposaba una antigua máquina de escribir que se prestaba a la ensoñación. A Siobhan le habría encantado hacerle una foto para publicarla en Twitter acompañada de alguna frase ingeniosa, pero se imaginaba lo que diría Marcel, en el hipotético caso de que le hubiera pedido permiso.

Nada bueno.

—Vinilos en el salón y una máquina de escribir en el despacho. Tienes gustos antediluvianos, ¿eh? —bromeó—. Por cierto, ¿qué pinta aquí un diván?

—¿Qué tiene de raro? A veces me tumbo, miro al techo y pienso. Eso también forma parte del proceso de escritura.

—Si tú lo dices...

—Ya veo que tienes mucho que aprender todavía, princesita —le echó en cara, con ese irritante aire de superioridad que lo caracterizaba—. Anda, siéntate.

—¿Quieres que me siente en tu silla?

—¿Prefieres trabajar en el suelo?

Siobhan puso los ojos en blanco, pero cedió. Él se atrincheró al otro lado del escritorio, con los brazos cruzados sobre el pecho. Desde esa posición parecía aún más alto, aún más intimidante, aún más inaccesible.

E insultantemente *sexy.*

—Pues es muy cómoda —reconoció Siobhan, mientras daba una vuelta.

—Y exclusiva. Así que trátala como si fuera la cándida protagonista de alguna de esas maravillas literarias que me has traído hoy. *La silla y yo. Una novela romántica y ergonómica.* ¿Qué te parece? —Arqueó las cejas varias veces seguidas—. No me digas que no suena bien.

—Oh, desde luego. Posees un talento innato para los títulos.

Marcel se echó a reír. De repente, se le iluminó el rostro con la fuerza de un millón de vatios, y sus facciones se dulcificaron al instante. No cabía duda de que una risa como aquella era capaz de obrar milagros.

Menos mal que la exhibía poco; de lo contrario, corría el riesgo de volverse estúpida.

—¿Sabes cuál es la primera virtud de un escritor? —preguntó, sin que pareciera que esperase una respuesta—. Tener unas buenas nalgas.

A Siobhan se le escapó un resoplido bastante infantil.

—Ahora entiendo muchas cosas —murmuró.

La expresión de Marcel adoptó un cariz de sorpresa.

—¿Me has estado mirando el culo, señorita Harris?

—¿Yo? —Se llevó la mano al pecho fingiendo perplejidad—. Bah. No eres tan irresistible como crees, señor Black.

—Pero soy *sexy.* Tú misma lo dijiste.

—Si vas a recordarme ese oscuro capítulo de mi vida a la más mínima ocasión, no me queda otro remedio que desdecirme. No eres *sexy.*

—El color de tus mejillas no opina lo mismo.

—El color de mis mejillas es perfectamente normal porque, en esta época del año, hace mucho calor. ¿Podemos volver a lo de tus nalgas? —«Mierda». Apretó los párpados y trató de arreglar aquel desastre—: No me refiero a tu… trasero, sino al de tu metáfora.

Por cómo la miraba, el muy canalla se lo estaba pasando en grande.

Afortunadamente, se puso serio enseguida.

—Escribir requiere disciplina física y mental —explicó—. Hay que hacerlo a diario, sin excepción, para no romper el ritmo narrativo. Entre cuatro y seis horas es lo ideal. Si son ocho, mejor.

—¿Ocho horas? Con razón lo de las nalgas.

—Una silla cómoda es importante, aunque no es crucial. ¿Sabes lo que sí es crucial para un escritor, Siobhan? La paciencia. ¿Has jugado al póker alguna vez? —Ella asintió—. Bueno, esto se le parece mucho. Cuando no tienes una buena mano, te retiras. Y cuando estás seguro de que vas a ganar la partida, subes la apuesta. Pero nunca dejas de jugar. Lo que quiero decir es que no puedes venirte abajo a la primera de cambio. Hay que intentarlo de nuevo. Así es como funciona esto. Te caes, te levantas, te sacudes el polvo y vuelves a la casilla de salida. El fracaso forma parte de la vida. El éxito no te enseña una mierda porque se basa en la percepción de los demás. El fracaso, en cambio, te ayuda a ser más fuerte. Más pragmático. Más ambicioso.

—No aspiro a ser una persona ambiciosa.

—Oh, pues deberías. Un buen autor es el que se reta a sí mismo constantemente.

—¿Por eso aceptaste la propuesta de Letitia Wright? ¿Porque suponía un reto para ti? ¿Te querías reinventar como escritor o algo así?

Marcel tensó la mandíbula antes de responder:

—Bingo.

Algo se removió en el interior de Siobhan, como si hubiera detectado alguna anomalía. Lo había dicho tan a la ligera que le costaba creérselo.

—Lo más difícil de este oficio —prosiguió Marcel— es traspasar la barrera que separa la realidad de la ficción. Escribir implica lidiar con emociones de todo tipo, localizarlas y dejar que fluyan, lo cual no siempre resulta agradable. No es que las vomites; más bien las encauzas a través de las palabras adecuadas. El estilo le da una voz propia a la narración y la vuelve más personal. Pero hay que encontrarlo. Y luego, pulirlo, quitarle la tierra de encima. Como a un huevo de Pascua que desentierras en alguna parte del jardín. Eso requiere tiempo, Siobhan. Madurez.

—Crees que no estoy preparada.

—Lo importante no es lo que crea yo, sino lo que creas tú.

Siobhan le dedicó una mirada de desconfianza. La verdad, era más fácil confiar en que una anaconda hambrienta no la devoraría que en las buenas intenciones del señor Black.

—¿Te has vuelto generoso de repente?

—En absoluto —repuso, con una indiferencia perturbadora—. Los eslóganes grandilocuentes son para Adidas, Tesco o L'Oréal, no para mí. Solo lo he dicho para que espabiles.

—Está bien, está bien. Haré lo que pueda.

—No hagas lo que puedas. Hazlo y punto.

—¡Guau! Y luego dices que los eslóganes no son lo tuyo. ¿Seguro que no eres publicista? A lo mejor lo fuiste en otra vida.

—Nunca se sabe. Por si acaso, procura no contar nada de esto cuando te entrevisten o pagaré a un par de sicarios para que vayan a por ti. Venga, a trabajar.

—¿Vamos a escribir?

—Yo no, tú. —Marcel le dio la vuelta al escritorio y encendió el ordenador. Estaba tan cerca que Siobhan notó cómo se le disparaban las pulsaciones. Olía tan bien... Abrió un documento en blanco y dijo—: Escribe el primer capítulo. Y cíñete al plan, ¿vale? No trates de impresionarme, sé tú misma. O, mejor dicho, sé Felicity. Lo leeré cuando lo hayas terminado.

—¿Y tú qué harás mientras tanto?

—Asegurarme de que no te distraes tuiteando chorradas.

La piel se le encendió de la vergüenza.

—¿Qué? No vas a vigilarme como si estuviéramos en el instituto.

—Uno recoge lo que siembra.

—Ya, pues me temo que no podré escribir contigo aquí.

—¿Por qué no?

Porque estaría todo el rato pendiente de él y no se concentraría. Saber que estaba tan cerca le ponía los nervios de punta.

—Porque... respiras muy fuerte.

Marcel adoptó la expresión molesta de alguien a quien le revolotea una mosca fastidiosa cerca de la oreja.

—¿Preferirías que no respirase?

—Eso sería un tanto problemático e incompatible con la vida; a menos que fueras un vampiro, y no te pareces mucho a Edward Cullen, la verdad. Me conformo con un poco de privacidad. ¿Por favor? Te prometo que no hurgaré en tus archivos. De todos modos, los tendrás protegidos con alguna contraseña complejísima e imposible de descifrar.

Pareció que lo meditaba un instante.

—Vale. Tú ganas —accedió por fin—. Estaré en el salón.

Y desapareció.

Siobhan respiró aliviada. Le costaba creer que estuviera en el despacho de Marcel Black, sentada en su silla, a punto de usar su ordenador personal. Aquello era de locos. Que se hubiera presentado en su casa en busca de ayuda era de locos. Que él le hubiera soltado ese rollo motivacional digno de una postal de Hallmark era de locos. Y que ella hubiera afirmado que podía hacerlo, desde luego, era de locos. Durante un rato se quedó inmóvil, observando la pantalla y preguntándose si sería capaz de dar forma a todo lo que tenía en la cabeza. Cada parpadeo del cursor era un corte en la pupila, un doloroso recordatorio de su condición de aprendiz. Aun así, si había algo que detestaba por encima de todo era decepcionar a los demás. Aunque Marcel fuera un imbécil integral, Siobhan tenía la obligación moral de no decepcionarlo. Quería demostrarle a él y, sobre todo, a sí misma que tenía madera de escritora. De modo que cerró los ojos y se concentró en visualizar a Felicity, la obstinada periodista del *Post*. Pensó en dónde estaría en ese preciso instante, qué ropa llevaría, cómo sonaría su voz, si le gustarían los *bagels* o preferiría el *corned beef*. Y también pensó en lo extraordinario de estar al mismo tiempo en el Nueva York real y en el de ficción.

Abracadabra.

La magia de escribir.

Entonces, comenzó a teclear.

Una lluvia fina caía sobre Manhattan aquella noche de febrero.

Le gustaba el sonido amortiguado de las teclas porque le recordaba al de una corriente de agua con destino incierto; adónde la llevaría era un misterio que solo podría averiguar guiándose con su brújula interior. Escribió y escribió, espoleada por la sensación de ir por el buen camino. Las palabras eran como piezas de LEGO en las manos de un niño. Tal vez había encontrado por fin el combustible necesario para narrar la historia. Cuando puso el punto final al capítulo, habían pasado más de tres horas. Cinco mil palabras en total. Tenía la espalda agarrotada, la boca seca y un agujero como el lago Míchigan en el estómago, pero estaba satisfecha con el resultado. Se estiró mientras esperaba a que se imprimiera el documento y a continuación se dirigió al salón.

Marcel estaba en el sofá, con sus gafas de profesor *sexy* y un libro en la mano. Y no uno cualquiera: ni más ni menos que *El duque y yo*.

«No me lo puedo creer. Así que al final ha sucumbido al placer de leer una novela romántica».

Siobhan se aclaró la garganta.

—Siento interrumpir este momento histórico, pero ya he terminado.

—Un segundo —replicó él, sin mirarla—. Estoy en medio de algo importante.

—¿El primer beso entre Simon y Daphne? —preguntó con picardía.

—Aún mejor: una construcción sintáctica rocambolesca y mal formulada. No sé cómo serán los otros que has traído —afirmó. Cerró el libro y lo dejó sobre la mesa con la punta de los dedos, como si fuera un contenedor de desechos biológicos altamente contagiosos—. Desde luego, este tiene todos los números para convertirse en mi nuevo pisapapeles.

—Ja. Ja. Ja. Sigue así y pronto tendrás un especial en Comedy Central.

Marcel señaló los folios.

—A ver, dame eso.

Mientras leía, Siobhan escudriñó su expresión facial intentando sacar alguna conclusión. ¿Le gustaba o no? Esperaba que sí, porque había puesto todo su empeño en lograr la aceptación de Marcel. Entonces, él cogió un lápiz y comenzó a tachar aquí y allá.

Un tachón.

Otro.

Y otro más.

El muy… se estaba ensañando a base de bien.

—No te gusta.

—¿Has oído hablar alguna vez de la economía del lenguaje, Siobhan? Usas demasiadas palabras. ¿Por qué dices «lluvia fina» pudiendo decir «llovizna»? Dosifica la información o abrumarás al lector. Y todos estos adjetivos para describir el físico de Felicity sobran. Limítate a destacar un par de rasgos de su apariencia, el resto solo distrae.

—Bueno, esa es tu opinión. Y las opiniones son subjetivas.

—Claro. Yo qué voy a saber si únicamente he escrito quince libros, ¿verdad?

Siobhan suspiró por dentro. «Lo que tengo que aguantar no lo cubren los veinticinco mil dólares del anticipo», se lamentó.

—En literatura hay un principio fundamental llamado el arma de Chéjov. Si aparece una pistola, asegúrate de que alguien la utiliza; de lo contrario, no sirve para nada. Una pistola o cualquier otro elemento. Por cierto, Chéjov es…

—Sé quién es Chéjov, gracias.

—Me alegro, porque el camarada Antón va a ser tu mejor amigo a partir de ahora. Has escrito «literalmente» tres veces en dos párrafos. ¿Se puede saber qué demonios os pasa a los *millennials* con la palabra «literalmente»? Por Dios, me dan ganas de crear una petición en Change.org por un uso racional del término. Y este final no invita a seguir leyendo. Revísalo, ¿quieres?

A Siobhan le apareció un tic nervioso en la ceja.

—¿Algo más?

—No, solo eso.

—¿«Solo»? Me siento mucho mejor. *Hashtag* ironía.

Marcel le dedicó una mirada displicente por encima de las gafas.

—¿Eres demasiado orgullosa para aceptar los comentarios constructivos de un escritor experimentado? *Hashtag* madura y vuelve cuando tengas algo más sólido que esta redacción de secundaria —le espetó.

Indignada, negó con la cabeza. La cara le ardía de rabia y frustración. De acuerdo. Era probable que Marcel tuviera razón y que no hubiera vomitado odio sin más. Aunque podría haber sido un poco más indulgente con ella, dado que era una escritora debutante lidiando con el síndrome del impostor. De alguna manera debía desahogarse, y como desatar sus emociones a lo grande no era una alternativa viable, optó por ser pragmática.

—Ya que vas a tenerme aquí secuestrada todo el día, al menos podrías ofrecerme algo de comer. Escribir con el estómago vacío no es bueno para la creatividad. Y tu *hashtag* es ridículo, además de demasiado largo —añadió, paladeando la revancha.

«Chúpate esa, señoritingo experimentado. Si creías que ibas a ganar una discusión dialéctica contra mí te equivocabas».

—¿Sabes qué? Es verdad. He sido un grosero —convino—. Ven conmigo, anda.

«¿Qué le pasa? ¿Está enfermo?».

Volvieron a la cocina. Siobhan no podía creerse que Marcel hubiera sacado de la nevera su tarta *Mille Crêpes* de Lady M.

Intacta.

—No puede ser verdad. ¿Eres de otro planeta o algo? Quiero decir... ¿cómo es posible que ni siquiera la hayas probado?

—Por si estaba envenenada. Lo cierto es que iba a... da igual. —Sirvió una pequeña porción y la dejó encima de la isla—. *Bon appétit.*

Siobhan se quedó mirando el plato y luego lo miró a él con cara de circunstancias.

—Me tomas el pelo. ¿Quieres que muera de inanición en tu cocina?

—El primer paso para superar una adicción es reconocer que la tienes. «Hola, me llamo Siobhan y soy una yonki del azúcar». Venga, repite conmigo. Te sentirás mejor.

—Que te den, Dupont.

Tras el primer bocadito, un sonido involuntario de placer le brotó de la garganta.

—Por Dios, voy a sufrir un coma diabético solo de verte.

—No sabes lo que te pierdes —contraatacó, justo antes de meterse un segundo trozo en la boca—. Mmmmm…

—Bueno, como yo no soy un yonki del azúcar, supongo que puedo probar un poco.

Entonces, Marcel cogió una cucharilla limpia y, sin previo aviso, la hundió en el plato de Siobhan.

—¡Eh! ¡Eso es mío! —protestó.

—Ya no.

Boquiabierta, observó cómo Marcel se llevaba la cucharilla a los labios y la chupaba con deleite, ajeno al embeleso de Siobhan. El brillo de su lengua deslizándose sobre el metal la deslumbró, aunque no fue capaz de apartar la vista. Era comprensible. La escena destilaba tanta sensualidad que por un momento temió que el coma fuera a sufrirlo ella.

«¿Hay algún médico en la sala?».

En ese instante, él alzó la vista y la pilló mirándolo como si fuera el último maldito bombón de la caja.

—¿Ocurre algo?

«Oh, nada».

«Salvo que un hombre como tú, un hombre que asegura que no le gustan los dulces, no tiene derecho a lamer una cuchara de esa forma. Es indecente. Y demasiado erótico».

«Por favor, dime que no acostumbras a chuparlo todo con esa… entrega».

Siobhan trató de recomponerse.

—Estaba pensando… que necesitamos un título. ¿Qué te parece *Dos formas de resolver un asesinato en Manhattan*?

—*Dos formas de resolver un asesinato en Manhattan* —repitió—. Me gusta, tiene gancho. ¿Por qué pareces sorprendida?

—Supongo que esperaba que te metieras conmigo y me soltaras alguna de tus respuestas sarcásticas. Es lo que haces siempre.

Marcel siseó.

—Conque eso es lo que hago siempre, ¿eh? Para tu información, puedo ser muy considerado, si me lo propongo —replicó. Acto seguido, cogió una servilleta, alargó el brazo y le limpió cuidadosamente la comisura del labio—. ¿Lo ves, princesita?

Fue como una caricia.

Una caricia que la inflamó por dentro.

Capítulo 11

Marcel

Seis de la tarde.

Tras acabar el capítulo, apagó el ordenador y salió a estirar las piernas. El mes de julio había llegado con fuerza. Apenas corría el aire y el asfalto rielaba como un estanque bajo los intensos destellos del sol, aunque Nueva York hervía de movimiento incluso en plena ola de calor. Protegido por una gorra, dedicó los siguientes cuarenta minutos a caminar sin rumbo fijo por el Upper East Side; no el gris y tristón que linda con el desorden natural de Harlem, sino el de blancos, ricos y conservadores. Era cierto que las cosas habían cambiado en los últimos años; él mismo era un ejemplo de que cada vez se veía más gente en el vecindario que escapaba a esa descripción. Sin embargo, bastaba con darse una vuelta por Lexington o Park Avenue para confirmar que el estereotipo respondía a una realidad tan obstinada como un catarro que cuesta quitarse de encima. Lo malo de ser negro y gozar de un poder adquisitivo elevado es que hay que hacer frente a un racismo más sutil, quizá menos evidente, pero no por ello menos agresivo, que se traduce en la siguiente premisa: no importa cuánto dinero tengas; siempre habrás de trabajar cuatro veces más duro para que los blancos te consideren su igual.

En cualquier caso, ni el calor sofocante ni un estado de las cosas de sobra conocido iban a arruinarle el ánimo. Estaba eufórico, y la razón era muy simple: había vuelto a escribir. No un par de párrafos, sino dos capítulos enteros. Inexplicablemente, una descarga de energía lo había mantenido pegado a las teclas toda la semana. Ahondar en las miserias del torturado autor de novela negra de finales del siglo xix Jeremiah Silloway había conseguido que se reencontrara con esa chispa de la creatividad que ya daba por perdida. Las palabras fluían como un torrente y se vertían sobre la página en blanco sin gran esfuerzo. ¿No era increíble que hubiera recuperado la ilusión con una historia que *a priori* no le interesaba lo más mínimo? Una historia que no era del todo suya y que supondría una mancha imborrable en su carrera. Aun así, el deseo de escribirla crecía en su interior, insaciable y voraz como la solitaria. Su cabeza parecía un cauce después de una inundación: por primera vez en meses estaba llena, empapada de ideas.

Quería escribir sin parar.

Y eso, precisamente eso, era lo que había anhelado.

Esa sensación.

Claro que había un factor externo que le impedía avanzar al ritmo adecuado, un pequeño detallito sin importancia: la señorita Harris. ¿Por qué no había dado señales de vida en toda la semana? ¿Tan ocupada estaba promocionando su propia novela? Si tenía tiempo para tuitear gilipolleces o para grabar un ridículo podcast sobre literatura romántica, tenía tiempo para escribir. No es que hubiera estado curioseando su actividad en redes sociales, ni nada parecido. Bueno, puede que un poquito. Quizá se había vuelto a atascar, lo cual era preocupante. ¿Y si le ocurría lo mismo cada vez que empezara un capítulo nuevo? Marcel creía haber resuelto el asunto con la charla «motivacional» del domingo anterior —al menos, eso pensó cuando finalmente Siobhan le entregó una tercera versión de la introducción bastante satisfactoria—, pero ahora dudaba de su habilidad como mentor.

Necesitaba un golpe de efecto.

Lo que los expertos llaman «psicología inversa».

Se sacó el móvil del bolsillo y le envió un mensaje mientras caminaba.

> **Marcel** ✓✓
> ¿Crees que habrás conseguido escribir tu parte antes de que la Tierra sucumba al cambio climático y nos veamos obligados a emigrar a alguna colonia marciana propiedad de Elon Musk O LA SEÑORITA NECESITA OTRA SEMANA MÁS?

Respuesta de Siobhan, un minuto más tarde:

> **Siobhan**
> Lo siento estoy en ello hago lo que puedo

—¿Qué? No me jodas... —masculló Marcel.

Al parecer no había sido lo bastante contundente, de modo que decidió contraatacar con un segundo recadito aún más incendiario. Pero ¿quién se había creído esa novata que era?

—Te vas a enterar, princesita de los cojones.

> **Marcel** ✓✓
> Me parece fantástico que la promoción de tu novelita rosa te absorba tanto que no tengas tiempo para los pobres mortales que te rodeamos. El problema es que, si tú no avanzas, yo no avanzo. Y si no avanzo, me vuelvo insoportable. Así que céntrate de una puñetera vez y asegúrate de tener lista tu parte para el 4 de julio. Sin excusas. Y otra cosa: ¿QUIERES HACER EL FAVOR DE UTILIZAR LOS SIGNOS DE PUNTUACIÓN COMO CORRESPONDE?

En realidad, tenían un guion. No era del todo cierto que dependiera de ella, aún no. Únicamente había recurrido al chantaje emocional para obtener resultados.

Siobhan contestó:

> **Siobhan**
> Es imposible que te vuelvas insoportable porque YA ERES INSOPORTABLE.

> **Siobhan**
> ¿Por qué no le haces un favor al mundo y TE VAS AL INFIERNO?

A Marcel le habría gustado preguntarle qué era exactamente lo que no entendía según ella; no obstante, prefirió dejarlo estar. La había cabreado, y eso era positivo. Siobhan Harris parecía la clase de persona que funciona mejor bajo presión, como comprobó la última vez.

«¿Esto es todo lo que tienes? Por favor, Britney Spears es capaz de componer letras de canciones más profundas», le había soltado, después de leer la segunda versión de su escrito.

Había exagerado a propósito. Su estilo no era tan malo, solo le faltaban pulso y precisión. Puede que hubiera sido demasiado duro, pero en el fondo le estaba haciendo un favor; al fin y al cabo, había sido ella la que se había presentado en su casa lloriqueando. Aquel día se reproducía en su mente una y otra vez sin que pudiera evitarlo. El momento en que abrió la puerta y se la encontró ahí plantada, con su bolsa de libros, su constelación de pecas y sus temores. Odiaba reconocer que había bajado la guardia. No solo la había ayudado; además, había dejado que entrara en su despacho, se sentara en su silla y utilizara su ordenador. Y lo peor de todo es que no tenía claro que lo hubiese hecho solo en beneficio propio. ¿Se había vuelto loco? Si Alex supiera cuánto había cedido por esa chica se mofaría de él. También pensaba muchas veces en ese impulso tan estúpido como incontrolable de limpiarle los restos de tarta de los labios con una servilleta. Un calor le recorrió la piel al evocar aquel instante efímero, y sus pensamientos se volvieron lo bastante explícitos como para hacerlo sentir incómodo. Parpadeó con fuerza para librarse de la imagen grabada a fuego en su cabeza y se guardó el móvil en el bolsillo.

Necesitaba distraerse.

En la Quinta con la 93 torció a la derecha y enfiló hacia The Corner Bookstore. Procuraba visitar librerías a menudo, pues era uno de sus pasatiempos favoritos. Le encantaba rescatar clásicos del olvido o dar con alguna obra poco conocida a la que la inercia hubiera desterrado al fondo del estante, detrás de la inagotable pila de novedades semanales. Si uno se tomaba la molestia de buscar, siempre se encontraba alguna joya literaria de las que solían pasar desapercibidas fuera de los circuitos más comerciales. Marcel nunca se iba de una librería con las manos vacías. Por paradójico que sonara viniendo de un autor de éxito, comprar libros de sellos independientes era la única manera de mantener a flote una industria monopolizada por los grandes grupos editoriales. Tampoco perdía el tiempo en localizar sus propias obras; él no era esa clase de escritor, no le hacía falta. Aquella tarde, sin embargo, parecía que el destino confabulara para que al menos una de las dos variables se saliera del esquema. Nada más entrar en el establecimiento se topó con un enorme aparador repleto de ejemplares de dos novelas en particular. A la izquierda, *El fin de los días,* de Marcel Black. Y a la derecha, *Con el destino a favor,* de Siobhan Harris.

«No me lo puedo creer. ¿Ya nos han emparejado?».

Se acercó al aparador y comparó ambas cubiertas. El efecto no podía tener mayor contraste. Mientras la suya era sobria y oscura, la otra parecía una invitación de boda victoriana, con una de esas fajas triunfalistas que solo servían para atrapar a los lectores incautos. «La escritora del momento», leyó. Negó con la cabeza. Sabía que aquella distribución tan absurda respondía a la campaña de *marketing* de Baxter Books, aunque carecía de sentido. Era como mezclar azúcar con sal, salsa Worcestershire con kétchup o *bourbon* con cerveza. Hizo una foto con el móvil y se la envió a Alex acompañada del texto «El mundo se va a la mierda». Después, cogió el libro de Siobhan, lo hojeó como si fuera un acordeón y leyó su biografía en la solapa.

«Siobhan Harris (Mount Vernon, NY, 1987) estudió Comunicación en la NYU. Descubrió las novelas románticas a los catorce años y se convirtió en adicta a los finales felices. Cree en las segundas oportunidades por encima de todo. Le gusta el verano, viajar, tomar helado de menta con pepitas de chocolate, hacerse fotos con sus amigas y charlar de libros, sobre todo si son historias de amor». A Marcel se le escapó una risita irónica. Helado, finales felices, segundas oportunidades... Qué previsible era. Continuó leyendo. «Es muy activa en Twitter y adora interactuar con sus lectoras. Actualmente vive en Brooklyn y compagina la escritura con su trabajo a jornada completa en una empresa de *marketing* digital. *Con el destino a favor* es su primera novela».

Marcel arqueó las cejas a modo de sorpresa.

—Pero qué demonios... —susurró.

Entonces, lo entendió todo.

La razón por la que Siobhan no había entregado su parte estaba delante de sus narices: trabajo a jornada completa en una empresa de *marketing* digital. Y no pudo evitar sentirse como un idiota, porque ni siquiera había contemplado la posibilidad de que la chica tuviera un empleo. «¿En qué clase de esnob te has convertido?», se reprendió a sí mismo. Sopesó la idea de llamarla para disculparse por haber sido tan injusto, pero el orgullo se lo impidió. «Podría habérmelo contado en vez de hacerse la indignada», reflexionó, en un intento de calmar su mala conciencia. Por un instante dejó volar la mirada sobre la fotografía de la autora. Los ojos de Siobhan eran amables en contraste con su boca, que era exuberante y perfectamente curvada. En realidad, no era nada previsible. A veces, parecía delicada y dulce; otras, en cambio, de acero macizo. Lo desafiaba de un modo que lo enfurecía y lo intrigaba a la par. Tras más de una década explorando el lado oscuro de la naturaleza humana, pocas cosas lo sorprendían. Y ahora resultaba que una chica que se definía como una romántica empedernida le despertaba una curiosidad efervescente, difícilmente reprimible. Marcel recordó lo que Siobhan le había contado acerca de su libro, que hablaba de ella, de su propia experiencia personal, e hizo lo que jamás creyó que haría.

Lo compró.

Nunca digas nunca o no pienso leer una novela romántica en mi vida.

—¿Este? —preguntó el dependiente cuando Marcel depositó el libro sobre el mostrador de la caja para pagarlo.

—Sí.

—¿Quiere que se lo envuelva para regalo?

—No es un regalo.

—¿Es para usted?

Había un molesto dejo de incredulidad en el tono de voz de aquel entrometido.

—Digamos que estoy haciendo un trabajo de investigación —improvisó Marcel.

—Claro, tiene sentido. Me parecía extraño que lo comprara por gusto. Usted no encaja en el perfil de consumidor de este tipo de libros, la verdad. ¿Sabe que la autora está escribiendo una novela con Marcel Black? —Señaló el aparador—. No sé qué saldrá de ahí, es una combinación bastante rara, aunque ya se sabe que las editoriales publican cualquier cosa con tal de forrarse hoy en día. ¿Conoce a Marcel Black?

«Sí, capullo. Como la palma de mi mano».

—Vagamente.

—Si no ha leído nada suyo, le sugiero que lo haga. Tiene una serie buenísima sobre un detective un poco pendenciero, ya me entiende. —Un sonido inquietante, parecido al gruñido de un cerdo, salió de la boca del impertinente vendedor—. Seguro que le gustará más que esta novela juvenil de corto recorrido. ¿Qué me dice, amigo?

«¿De corto recorrido?».

Esas tres palabras le sentaron como una patada en el estómago sin que supiera explicar por qué.

Era surrealista.

—Creo que lo único que tiene corto recorrido aquí es su inteligencia, «amigo».

El dependiente adoptó una expresión de incredulidad.

154

—¿Cómo dice?

—Ya me ha oído. Y si no quiere encontrarse un artículo en el *New Yorker* sobre los prejuicios del personal de esta librería, más le vale cerrar el pico —le escupió.

Después, dejó un billete de veinte dólares sobre el mostrador, agarró el libro de mala gana y se marchó con la convicción de no volver a pisar el establecimiento en su vida.

Pasó el resto del día atormentado, preguntándose qué diablos le ocurría.

Capítulo 12

Siobhan

El Cuatro de Julio, Acción de Gracias y Navidad; las tres festividades sagradas para cualquier familia norteamericana de clase media. En casa de los Harris, como en el noventa y cinco por ciento de los hogares del país, existía una regla no escrita que decía que uno podía pasar el resto del año como, donde y con quien le diera la gana, pero en esas fechas marcadas en rojo en el calendario había que estar en casa por imperativo familiar.

Salvo que hubiera un motivo de fuerza mayor para ausentarse, claro.

Situaciones que los Harris estarían dispuestos a considerar un motivo de fuerza mayor:
- Un huracán (solo a partir de la categoría 3).
- El impacto inminente de un meteorito contra la Tierra (tan inminente que no hubiera margen para tomar el tren de Nueva York a Mount Vernon).
- El apocalipsis zombi (únicamente en caso de mordedura).

Situaciones que los Harris NO estarían dispuestos a considerar un motivo de fuerza mayor:
- Haberse comprometido a escribir el tercer capítulo de una novela en proceso.

«¿Y qué voy a hacer ahora con toda esta carne? Si he comprado chuletas para un regimiento», se lamentó su madre cuando Siobhan la telefoneó a última hora para comunicarle que tendrían que celebrar el Día de la Independencia sin ella. Una forma muy sutil de expresar su decepción maternal, aunque la respuesta a aquella pregunta era bastante obvia, por otra parte: Robin se quedaría con las sobras; ventajas de ser el único hijo presente. Sí, echaría de menos la barbacoa en el patio trasero de casa, los fuegos artificiales, el desfile del Departamento de Bomberos y la feria, con sus algodones de azúcar y las barras de chapa rebosantes de Budweiser helada. Claro que, entre decepcionar a su madre o cabrear al detestable señor Black, prefería la primera opción. De modo que, mientras la mayoría de neoyorquinos se desplazaba a Long Island, Fire Island o a los Hamptons para celebrar la fiesta nacional de los Estados Unidos, «tierra de los libres, hogar de los valientes», Siobhan se sentaba en el pequeño sofá de su pequeño apartamento en Brooklyn con el portátil en las rodillas y un vaso de limonada bien fría.

Arrancar no fue fácil. En el tercer capítulo, la profesión de Felicity Bloom cobraba mucho peso, y todo lo que sabía Siobhan sobre las entretelas del mundo periodístico provenía de *Lois & Clark* —y ni siquiera había visto las cuatro temporadas—. Tampoco ayudaba que la historia estuviera ambientada en un escenario decadente. El Nueva York que conocía estaba lejos de su peor momento de decadencia. En general, uno podía ir tranquilo por la calle. Salvo que fuera hipersensible, porque el nivel de violencia verbal seguía siendo elevadísimo. A fin de cuentas, la fisonomía urbana neoyorquina, tan densa y agresiva, es un reflejo del alma de la ciudad. En cualquier caso, tendría que pedir ayuda a Google Hada Madrina.

Cómo investigar un crimen siendo periodista

Cómo investigar un crimen siendo periodista en Manhattan

| Crímenes más famosos de Manhattan | 🔍 |

| Imitadores de Jack el Destripador | 🔍 |

| Cuánto tarda un policía en llegar a la escena de un crimen | 🔍 |

| Cuánto tarda un periodista en llegar a la escena de un crimen | 🔍 |

| Mejores podcasts sobre true crime | 🔍 |

Si era cierto que la CIA monitorizaba las búsquedas de los ciudadanos, todas las alarmas debían de estar saltando en el Pentágono en ese instante.

Siete horas más tarde, Siobhan daba por terminado un borrador del capítulo bastante decente. Sonrió satisfecha consigo misma y se desperezó. Tenía los hombros sobrecargados y estaba hambrienta, pero había merecido la pena. Más le valía a Dupont no poner una sola pega a su trabajo o le enviaría un sobre con ántrax por correo postal. Peor aún: con azúcar. Como azúcar era justo lo que necesitaba, se incorporó de un salto para rellenarse el vaso de limonada. Su móvil empezó a sonar. Una videollamada de Robin.

—Por Dios, Cheerios —se lamentó su hermano al verla—. ¿Tienes resaca de Jägermeister o algo así?

—¿Jägermeister? No he vuelto a beber esa porquería desde el baile de graduación del instituto. Estuve a un chupito de perder la virginidad con Jim Lynskey en el asiento trasero de su camioneta aquella noche.

La mueca de Robin fue muy elocuente.

—¿Con Jimmy Pelotas de Acero? ¡No me jodas! ¿Por qué nunca me has contado que te lo tiraste?

—Porque a) no me lo tiré. Y b) si te lo hubiera contado, le habrías roto la mandíbula. Siempre has sido un hermano muy protector.

—Más bien me la habría roto él a mí. Ese cabrón medía casi dos metros. Bueno, si no tienes resaca, ¿por qué parece que no hayas dormido desde 1995?

Siobhan enarcó las cejas.

—Vaya. Qué forma tan elegante de decirle a una chica que está horrible. Estoy exhausta, esa es la verdad. Ha sido una semana complicada. Por favor, no se lo digas a mamá. Bastante disgustada está ya conmigo por no haber ido a casa.

—Tranquila, no está disgustada contigo. Ni siquiera te ha mencionado durante la comida. Es más, creo que se ha olvidado de que tiene una hija en Nueva York.

—Qué gracioso eres, Robin. Pero gracioso en plan tonto. ¿Nunca te he dicho que me recuerdas un montón a Joey de *Friends*? —Robin le mostró el dedo corazón—. La buena noticia es que he escrito el capítulo y podré entregárselo al señor Black, tal como le prometí.

—Oye, no te estará explotando ese tío, ¿verdad?

—¿Explotando? Qué va. No es culpa suya que mi poca experiencia, combinada con la falta de tiempo, nos esté retrasando. Es difícil escribir en estas condiciones, pero he firmado un contrato con Baxter Books y no quiero decepcionarlos. El señor Black depende de mis progresos, ahora somos un equipo —afirmó. Y, por alguna razón, le gustó cómo sonaba aquello—. El problema es que el idiota de mi jefe siempre encuentra algún motivo para que trabaje más de la cuenta. Cuando llego a casa estoy tan cansada que no me quedan fuerzas para escribir. Y luego está Bella, mi agente, que no hace más que recordarme a todas horas que debo mantenerme activa en las redes sociales y asistir a todos los eventos literarios que pueda y blablablá.

Un suspiro largo le brotó del centro del pecho.

—Tal y como yo lo veo, lo tienes muy fácil, Shiv. Deja el trabajo.

—No puedo dejar el trabajo —alegó, al tiempo que se pellizcaba el puente de la nariz de puro agotamiento—. Tengo facturas que pagar cada mes. Vivir en Nueva York cuesta un ojo de la cara.

—Dudo que la pasta vaya a suponer un problema para ti a corto o medio plazo.

—¿Te lo ha dicho tu sexto sentido arácnido o lo has visto en tu bola de cristal?

—Tú sabes que Netflix va a producir una peli basada en las novelas de ese tío, ¿verdad? Y sabes que se rumorea que Chris Hemsworth va a ser el prota, ¿no?

—¡Venga ya! Chris Hemsworth es demasiado…

—¿Cachas?

—Iba a decir australiano.

—Lo importante aquí es que hablamos de cosas serias. —Hizo el gesto del dinero con los dedos—. No hace falta ser David Copperfield para imaginarse lo que va a pasar. Me refiero al mago, ya sabes, el que salía con Claudia Schiffer.

—Lo he pillado.

—Vale. De todas maneras, solo es un trabajo, Shiv, uno como otro cualquiera. En el muy hipotético caso de que esto no te saliera bien, siempre podrías buscarte uno nuevo. La gente cambia continuamente de empleo.

—No sé, Robin.

—Eres demasiado conservadora —replicó—. Solo digo que la vida es muy corta como para perder el tiempo haciendo algo que no te gusta pudiendo hacer algo que sí te gusta. —Se rascó la barbilla y miró hacia arriba un instante antes de volver a mirarla a ella—. ¿Has entendido lo que acabo de decir? Porque no estoy seguro de haberlo expresado bien.

Siobhan sonrió.

Claro que lo había entendido.

Perfectamente.

Capítulo 13

Marcel

En ese momento, tuvo que dejar el libro. La escena que acababa de leer lo había puesto muy nervioso. No era nada del otro mundo, literariamente hablando; al contrario, incluso carecía de profundidad. Pero el simple hecho de visualizar a la señorita Harris de la forma en que la describían aquellas páginas, desnuda y gimiendo de placer, endureció cierta parte de su anatomía masculina, lo cual suponía un problema.

Uno de grandes proporciones, visto desde fuera.

Torció el gesto, incómodo.

—Joder. Lo que me faltaba —masculló, entre exhalaciones.

Sabía que la protagonista de *Con el destino a favor* era la propia Siobhan. ¿Por qué demonios había tenido que contárselo? Ahora no podría sacarse la imagen de la cabeza, y la simple idea de excitarse pensando en ella lo atormentaba. Marcel no quería fantasear con una mujer que, a su vez, fantaseaba con algún príncipe azul que no destiñera tras el primer lavado. Una mujer que ni siquiera le caía bien, con la que no tenía nada en común salvo un acuerdo contractual. Así que escondió el libro debajo de un cojín como si fuera una tentación pecaminosa de la que mantenerse lo más alejado posible —solo porque lanzarlo por la ventana le parecía poco sostenible— y decidió que no se molestaría en terminarlo. ¿Para qué? ¿Para que su mente y la testosterona lo traicionaran? No estaba de humor para bajar esa pendiente resbaladiza. Tenía cosas mucho más importantes que hacer que dejarse consumir por la lujuria.

Soltó el aire de golpe y se incorporó para zafarse de las garras del deseo. Necesitaba mover las articulaciones. Había pasado gran parte del Cuatro de Julio tumbado en el sofá leyendo una estúpida novela romántica. «Quién te ha visto y quién te ve, chico», se dijo a sí mismo mientras negaba con la cabeza. En su descargo, debía reconocer que Siobhan no manejaba nada mal la tensión narrativa, cosa que invitaba a leer una página tras otra. Advirtió que era tarde y se preguntó si la princesita habría cumplido con su parte. Vio que tenía un mensaje suyo, pero no pudo leerlo porque en ese mismo momento el aviso de una llamada entrante apareció en la pantalla del teléfono.

Era Charmaine.

Resopló. Durante un breve lapso de tiempo sopesó la posibilidad de no contestar. Hablar con su hermana siempre lo acababa poniendo de mal humor. Todo eran problemas, problemas y más problemas. Claro que, con lo terca que era la mayor de los Dupont, seguro que seguía insistiendo.

—Son las nueve de la noche, Chaz —dijo de mala gana al descolgar.

—Ajá. ¿Y qué? ¿Hay toque de queda telefónico o algo? Además, en NOLA son las ocho. Por cierto, yo también me alegro de oír tu voz, hermanito.

Marcel puso los ojos en blanco.

—Ahórrate el sarcasmo. ¿Para qué me has llamado?

—¿Ahora necesito un motivo para hablar contigo?

—Chaz... —Sonó como si se le estuviera agotando la paciencia—. ¿Qué ha hecho esta vez?

Charmaine suspiró.

—Lleva una temporada dando guerra. En cuanto me ve se pone como loco. Actúa como si yo fuera a hacerle daño, y... bueno, intenta defenderse. He cambiado dos veces de enfermera en el último mes porque ninguna lo aguanta demasiado tiempo. Estoy desesperada, Marcel. ¿Por qué no vienes a casa?

Un molesto nudo se le instaló en la garganta. La mera idea de volver en esas circunstancias le resultaba insoportable.

Tragó saliva.

—Imposible, Chaz. Ahora mismo tengo mucho lío con la novela.

—Pues necesito que te las arregles como sea para venir y me eches una mano.

—Pero ¿es que no me escuchas? Te acabo de decir que no puedo. Además, yo vivo aquí, en Nueva York. —Hizo una breve pausa. Se quitó las gafas y las dejó encima de la mesa del salón—. Oye, si te hace falta más dinero, solo tienes que pedírmelo —añadió, mientras se masajeaba el puente de la nariz con una mano para aliviar la tensión.

—No, no se trata de eso. Yo… no puedo más. Esta situación me supera. Cada vez está peor.

Silencio.

—Bueno, ya conoces mi postura al respecto —afirmó Marcel con dureza.

—Sí, y tú la mía. No creo que abandonar a papá en estas condiciones sea una alternativa viable.

—Internarlo en una clínica donde lo atiendan las veinticuatro horas como es debido no significa abandonarlo. Piénsalo. Yo correría con los gastos y tú por fin tendrías una vida. De todas formas, ese viejo demente ni siquiera te reconoce.

—¡Marcel Javarious Dupont! —lo reprendió—. ¡Te prohíbo que hables así de nuestro padre!

—Dame un respiro, Chaz. El hombre tiene lo que se merece. Se llama «karma».

Un nuevo silencio incómodo se adueñó de la línea telefónica.

—Entonces, no vas a venir, ¿verdad?

—Mientras el viejo siga en casa, no.

—¡Ay, pero qué cabezota eres! ¿No podrías ceder por una vez en tu vida? No estuviste aquí en Acción de Gracias, ni en Navidad ni tampoco para el Mardi Gras. Ni siquiera recuerdo la última vez que nos honraste con tu presencia.

Él sí la recordaba. Y el recuerdo que conservaba de aquella visita a Nueva Orleans no era agradable, precisamente.

—No, Charmaine. No puedo ceder. Yo no soy como tú, ¿vale?

—Desde luego que no eres como yo. Tú te comportas como un blanco ricachón que se ha olvidado de dónde viene.

Una carcajada amarga se le escapó de la garganta.

—Qué curioso. No parece que te importe demasiado cuando recibes el cheque mensual —contraatacó él.

Había sido un golpe bajo, y se arrepintió enseguida.

—Lo siento.

—Yo también lo siento —musitó ella, antes de colgar.

Marcel expulsó hasta la última gota de aire de los pulmones. Recordó entonces todas las veces que, de niño, Charmaine se había sentado en el borde de su cama y le había contado un cuento antes de dormir. Su favorito era el del *Rougarou*, el hombre lobo de los pantanos de Luisiana. Y todas las veces que le había curado las heridas que se hacía persiguiendo a los coipos. Y todas las que le había secado las lágrimas.

Su hermana había sido su madre, su padre y su amiga.

Su familia.

Y no pudo evitar sentirse un miserable.

Pero de algún modo debía protegerse contra todo lo que lo había convertido en mercancía dañada.

Capítulo 14

Siobhan

Cuando Marcel abrió la puerta la mañana de aquel 8 de julio, Siobhan advirtió en su rostro los signos inequívocos de la confusión: el ceño fruncido, la boca semiabierta y un parpadeo compulsivo, como si tratara de procesar la imagen.

—¿De dónde sale este anuncio tan molesto y cómo hago para bloquearlo? —preguntó, visiblemente irritado. No parecía que se alegrara de verla. Lo cual era lógico, por otra parte, ya que los mensajes intercambiados la última vez que se habían comunicado no contenían palabras demasiado agradables—. Voy a tener que hablar muy seriamente con el señor Gonzales sobre esta… nueva costumbre de no avisarme de las visitas.

—Verás, yo… tenía un trabajo —le soltó a bocajarro—. Uno aburrido y mal pagado en una empresa de *marketing* digital que me quitaba mucho tiempo. Y digo «tenía», en pasado, porque ya no lo tengo. —Sonrió con timidez—. Lo he dejado.

Tras la noticia, Siobhan contuvo el aliento mientras observaba la expresión de Marcel, a la espera de que sus pupilas mostraran un destello de reconocimiento que no llegó nunca.

—Ajá. ¿Y has venido para que te dé una palmadita en la espalda?

No era la respuesta que esperaba, pero le daba igual. Se sentía tan orgullosa de sí misma desde hacía veinticuatro horas que ni el sarcasmo del detestable señor Black conseguiría arruinarle el ánimo. Lo había hecho, se había atrevido a dar el paso. La mayoría de las decisiones que se toman, acertadas o no, son poco trascendentales; algunas, no obstante, están destinadas a cambiar la vida de las personas. Siobhan había entregado su carta de renuncia el día anterior. Sin arrepentimientos. Sin volver la vista atrás. Por fin tenía claras sus metas. Ser feliz e ir a por ello sería su prioridad número uno a partir de ese momento, incluso si eso suponía correr determinados riesgos. La conversación telefónica con Robin había prendido la mecha. Su hermano llevaba razón: ese empleo no solo no le aportaba nada positivo, sino que además le robaba la energía necesaria para escribir.

Trabaja en algo que te guste de verdad y no tendrás que volver a hacerlo en toda tu vida.

—Claro que no. ¿Me dejas pasar, por favor?

—¿Serviría de algo que me negara?

Siobhan se limitó a dedicarle una elocuente mirada de párpados pesados. Segundos después, en el salón, se deshizo del bolso y lo dejó en el sofá con una naturalidad que no pasó inadvertida para Marcel, a juzgar por cómo entornó los ojos.

—Bueno… por fin soy libre. ¿No es genial? Se acabaron los retrasos. De ahora en adelante, soy tuya. —Marcel elevó una ceja con aire interrogativo—. En sentido literario —se apresuró a aclarar, avergonzada. Al instante, notó que se ruborizaba. ¿Por qué siempre hablaba de más? Debía de ser por las gafas. Era un hecho probado que su *sex appeal* aumentaba un quinientos por cien cuando las llevaba puestas—. ¿Sabes? Me ha costado mucho darme cuenta de que este era el camino que debía seguir, el correcto. Siempre he sido de efectos retardados —confesó.

—*Esprit de l'escalier* —apuntó Marcel.

Le encantó cómo lo había pronunciado, con esa cadencia suave y aterciopelada con la que suena el francés en los labios de un sureño.

—El caso es que he decidido centrarme única y exclusivamente en escribir.

166

Marcel se cruzó de brazos y la miró con recelo.

—¿Y por qué no estás en casa haciendo eso mismo ahora? En tu casa —recalcó—. En Brooklyn.

—Es que en Brooklyn no me inspiro.

Eso no era del todo cierto. Solo estaba preparando el terreno para lo que planeaba decirle a continuación.

—Ya. Bueno, no me extraña. ¿Has probado en un Starbucks? Es el sitio preferido de los hípsters.

—Demasiado ruido.

—¿Y en la biblioteca?

—Demasiado silencio. —Hizo una breve pausa y se mordió los labios—. He pensado…

—Ay, Dios. ¿Por qué será que tengo un mal presentimiento?

—… que podría venir aquí a partir de ahora.

Prácticamente vio cómo los engranajes del cerebro de Marcel se ponían en marcha y giraban a toda velocidad. De repente, abrió los ojos de par en par.

—¿Qué? No, no, no. Ni hablar. —Su manera de negar con la cabeza y los brazos fue rotunda—. Entiendo que mi compañía te parezca apasionante, pero eso no va a suceder. Olvídalo, Siobhan. Yo trabajo solo. S-O-L-O. Por si no te habías dado cuenta, no me gusta la gente.

—Míralo de este modo: avanzaríamos más rápido si estuviéramos juntos. Al menos, la comunicación entre ambos sería más fluida. Reconoce que lo de ir cada uno por su lado ha resultado un completo desastre hasta ahora.

—Por culpa de quién, ¿eh?

—Está bien, asumo mi parte de responsabilidad. ¿Vas a asumir tú la tuya?

—No sé a qué te refieres —se defendió Marcel.

—Bueno, sacrifiqué el Cuatro de Julio para complacerte y la única observación que has hecho sobre mi capítulo desde entonces es que no hay por donde cogerlo.

Marcel se encogió de hombros.

—Es lo que pienso. ¿Tengo que disculparme por ser sincero?

—Claro que no. Aunque estaría bien que fueras un poco más específico, si esperas que avancemos. ¿Cómo se supone que voy a entender lo que quieres decir si te limitas a comunicarte conmigo mediante señales de humo? Por eso necesitamos cambiar la dinámica de trabajo. Oye, entiendo que los genios necesiten su propio espacio para crear. —No lo dijo con segundas, lo pensaba de verdad—. De hecho, no hace falta que estemos en la misma habitación; yo podría escribir aquí, en el salón, y tú ni siquiera notarías mi presencia.

—Eso es bastante improbable, señorita Harris.

—Sería algo temporal. Solo hasta que terminemos la novela. Después de eso, te garantizo que no volveremos a vernos jamás.

La perspectiva le dejó un sorprendente sabor amargo en el paladar. No estaba segura de qué pensar sobre Marcel. Sin duda, se sentía atraída por él, aunque debía reflexionar consigo misma antes de poder responder si de verdad le gustaba. Y lo que estaba claro era que ella no le gustaba a él.

Pero así eran las cosas.

Y así debían ser.

—¿Qué dices, señor Black? ¿Hay trato? —preguntó, a la vez que le tendía la mano.

Él capturó su mirada con aquel par de ojos de un oscuro imposible y la observó intensamente. De repente, el aire le abrasó los pulmones, y tuvo la impresión de que las paredes se cernían sobre ella. El corazón le latía tan fuerte que parecía que se le fueran a desgarrar las arterias. ¿En qué momento se le había ocurrido que aquella estupidez podía ser una buena idea? Pasar tiempo con Marcel era algo que deseaba tanto como temía; sin embargo, si uno analizaba la situación de forma objetiva, no había otro modo de que esa dichosa novela saliera adelante.

Estaban condenados a entenderse.

—De acuerdo. Tú ganas, princesita —respondió—. Espero no arrepentirme de esto.

Cuando le tomó la mano para sellar el acuerdo, Siobhan experimentó una sensación curiosa, como si una puerta se abriera, una puerta secreta que por fin le permitiría entrever lo que había al otro lado. No sabría decir por qué, pero estaba convencida de que una grieta se acababa de abrir en la superficie de las cosas. Entonces, se dio cuenta de que estaba acariciando con la yema del pulgar aquella piel de chocolate caliente que la envolvía, y eso hizo que le flaquearan las rodillas.

Retiró la mano como si se hubiera quemado.

«Yo también lo espero», pensó.

Capítulo 15

Marcel

Marcel estaba tan acostumbrado a ir por libre que le costó aceptar la presencia de Siobhan. Al principio no fue fácil. Ella estaba siempre allí, todo el tiempo; había invadido su espacio y alterado su rutina. El salón de su casa se había convertido en algo parecido a una de esas oficinas de *coworking* para emprendedores del SoHo con acceso compartido a servicios premium como el aseo —su aseo— o la cafetera —su cafetera—. Y, por si eso fuera poco, la princesita era más ruidosa que una excavadora en un yacimiento arqueológico.

—¡Por todos los santos! ¡¿Quieres hacer el favor de bajar el volumen o usar auriculares?! ¡Ya es bastante molesto tener que soportar tu pésimo gusto musical como para que encima peligre mi salud auditiva! —le chilló un día desde su despacho.

A lo que Siobhan respondió:

—¡Lo siento, no sabía que tenías sesenta años! ¡Y mi gusto musical no tiene nada de malo! ¡Para tu información, Maroon 5 ha evolucionado mucho desde «Moves Like Jagger»!

Otra cosa que lo sacaba de quicio: que no silenciara el móvil y que las puñeteras notificaciones no dejasen de sonar. ¿Cómo podían importarle tanto los *likes* o las menciones de Twitter cuando lo emocionante de verdad estaba sucediendo allí mismo, en la pantalla del ordenador? Nunca entendería la sumisión al clic. Y esa manía suya de interrumpirlo constantemente por nimiedades del estilo:

—¿Dónde puedo enchufar el portátil? Se me está agotando la batería.

O:

—No te queda leche. ¿Tienes alguna preferencia? ¿Entera? ¿Desnatada? ¿Orgánica? ¿De soja? ¿De avena? Lo pregunto porque voy a salir a comprar una botella. Por cierto, he pensado que deberíamos establecer un fondo común para gastos de este tipo, ya sabes.

O:

—¿Por qué imprimes el capítulo a doble espacio y una sola cara? No es necesario derrochar tanto papel. Piensa en la cantidad de bosques que estaremos ayudando a deforestar.

Y, sin duda, la peor de todas:

—¿Qué hace mi libro enterrado bajo los cojines del sofá?

«Mierda».

Regla número uno del manual del buen escritor de novela negra: el criminal siempre se deshace del arma del delito. Olvidarla en la escena del crimen no es una alternativa aceptable salvo que seas un principiante o un autor de segunda.

Como no pensaba reconocer que había gastado su dinero y buena parte de su tiempo en una novela romántica, sus únicas opciones pasaban por acogerse a su derecho constitucional de no autoincriminación invocando la Quinta Enmienda o hacerse el loco. Optó por la segunda.

—No tengo ni la menor idea de cómo ha podido llegar *eso* hasta ahí.

El inicio de una mueca triunfal de lo más irritante se dibujó en los labios de Siobhan; la típica sonrisita de picapleitos arrogante que suele ir acompañada de un «No hay más preguntas, señoría» cuando sabe que tiene el caso ganado. No se lo había tragado, claro, aunque Marcel fue lo bastante hábil como para desviar el foco de atención y ponerlo sobre la cuestión que le interesaba.

171

—¿Cómo demonios esperas que me concentre si no dejas de interrumpirme con tus chorradas?

Las circunstancias lo obligaron a tomar la drástica decisión de trasladar a Siobhan a su propio despacho, donde al menos la tendría controlada, y, usando su prerrogativa como autor más experimentado de los dos, le impuso cuatro reglas inquebrantables:

- 1) Nada de música
- 2) Nada de móvil
- 3) Nada de hablar
- 4) Nada de moverse

—¿Hacer pis sí puedo o tampoco?

Ni siquiera se molestó en ocultar su diversión cuando respondió:

—Puedes. Siempre y cuando no me llames para que te alcance el rollo de papel higiénico.

Siobhan chasqueó la lengua.

—Eres peor que un grano en el trasero, señor Black.

La nueva dinámica de trabajo funcionó solo a medias. Marcel no se imaginaba que el hecho de pasar una media de seis horas diarias delante de ella lo acabaría distrayendo aún más. Que estuviera sentada al otro lado de su escritorio, tan cerca que cada vez que estiraba las piernas rozaba las suyas, era excitante y angustioso al mismo tiempo. A veces, se la quedaba mirando por encima de la pantalla. Contaba sus pecas. Estudiaba sus gestos. Cómo se enrollaba distraídamente un mechón de pelo en el dedo índice de la mano izquierda mientras llevaba la vista hacia el techo con aire reflexivo. Cómo entrecerraba los ojos cuando una idea le sobrevolaba y cómo los abría de golpe al atraparla. Se suponía que debía mantener la vista en el teclado, pero el muy idiota se pasaba el rato mirándola. Siobhan lo pilló en una ocasión y no pudo evitar sentirse como un maldito *voyeur;* fue humillante. Lo peor era su olor, aquella fragancia peculiar de coco recién cortado. Olía igual que un día de verano, cálido, salvaje y lleno de promesas.

Su perfume aleteaba en el aire incluso después de haberse ido y lo acompañaba toda la noche, perturbando su sueño. No era solo eso. Había algo en ella que se le metía en el cerebro y en los sentidos. Marcel se esforzaba en ignorar la abrumadora sensación de impaciencia que lo devoraba por dentro segundo a segundo, minuto a minuto, hora tras hora, en un goteo lento y uniforme que, inexplicablemente, solo cesaba por la mañana, cuando ella volvía.

Y una advertencia de no sabía qué comenzó a reproducirse en su mente en un bucle infinito.

«Cuidado, Marcel. Mucho cuidado».

Los días y las semanas pasaron volando. Aunque siguieran comportándose como un par de soldados en las trincheras casi todo el rato, la relación entre ambos mejoró. La costumbre es una lija implacable contra cualquier aspereza. Con el tiempo, trabajar con Siobhan dejó de parecerle tan malo. Ya no le molestaba su presencia, ni que canturreara esas estúpidas canciones de moda o que apareciera cada mañana con una bolsa de *bagels* recién hechos y una sonrisa entusiasta que debería ser ilegal tan temprano. Descubrió que le gustaba su compañía, más de lo que estaba dispuesto a reconocer. Y también descubrió, pese a que rechazara la sensación a manotazos, que un vórtice de soledad lo succionaba cuando ella se iba. La culpa la tenían esos momentos breves en los que sentía que conectaban de verdad. Dicen que existe un modo de llegar a todo el mundo, incluso a las personas más impenetrables; solo es cuestión de encontrarlo. Puede que el modo de llegar a Marcel fuera la pasión por la escritura. Y puede que Siobhan lo hubiera encontrado sin darse cuenta. El oficio de escritor no es como un trabajo de oficina del que te olvidas una vez apagas el ordenador, sales por la puerta y te diriges a la boca del metro más cercana hasta el día siguiente; no funciona así. Escribir requiere una disociación mental destructiva: estar a la vez en el mundo y fuera de él. Digamos que se parece a la descompresión en el buceo. No sales rápidamente a la superficie en el instante en que concluye la inmersión —si es que alguna vez lo hace para un escritor—, sino de forma gradual. A veces, te adentras en un lugar tan profundo que te sientes demasiado vulnerable para abandonar las aguas de la ficción. Otras, en cambio, no quieres salir. Es una cuestión de egoísmo puro y duro; a fin de cuentas, ese mundo de ahí abajo es tuyo, tú lo has creado y tú lo gobiernas. Por eso escribir engancha tanto. La otra cara de la moneda es la incomprensión, la sensación permanente de aislamiento. Eres como un animal encerrado en ti mismo. Veinticuatro horas al día, siete días a la semana. Claro que ahora era distinto. Había alguien buceando a su lado, alguien que experimentaba lo mismo que él, al mismo tiempo, con la misma intensidad obsesiva. Alguien con quien podía seguir sumergido un poco más, pese al mundo y sus biorritmos.

La verdad, no estaba tan mal.

—¿Sabes a qué conclusión he llegado? Que escribir es a un tiempo la cura y la enfermedad de los que se dedican a esto —le confesó Siobhan en una ocasión.

En ese momento, Marcel pensó que tal vez no fueran tan distintos, después de todo. La diferencia era que él ya se había acostumbrado a convivir con esa dualidad y ella acababa de descubrirla.

—Dedicamos —la corrigió—. En plural.

Siobhan se mordió el labio inferior, disimulando una sonrisa.

—Por lo general eres un tipo odioso, pero a veces también eres normal.

—No soy normal, princesita. Soy un puto genio.

—¿Y también concedes deseos?

—Depende de cómo me froten la lámpara —respondió. Y a continuación le guiñó el ojo con picardía.

Esa pasión común les permitió avanzar a un ritmo extraordinariamente rápido y alcanzar el ecuador de las cincuenta mil palabras para finales de julio. Sin matarse, lo cual era un logro. Podría decirse que lo peor había pasado, aunque no había sido un camino de rosas. Marcel era implacable, mientras que Siobhan abogaba por suavizar la atmósfera violenta de la trama.

—Pero ¿por qué tienes que cargarte también al amigo poli de Felicity? —le recriminó en una ocasión—. ¿Es que no hay suficiente con un cadáver? Por Dios, es deprimente.

—¿Te digo yo cuántos besos tiene que haber? No, ¿verdad? Entonces, ¿por qué demonios te metes en mi terreno? Estaría bien que dejaras de discutírmelo todo, para variar.

—¡Ja! Como si tú no me hicieras lo mismo a mí.

—Porque tus conocimientos en novela negra son nulos —alegó Marcel. Se quitó las gafas y las sostuvo a la luz—. ¡Mira que pretender que Felicity abra una puerta blindada con doble cerradura sin forzarla! —exclamó, mientras limpiaba los cristales con el faldón de la camisa—. Ni que fuera la hija de Houdini.

—Ay, pero qué gracioso eres —se burló—. Pues ya que lo mencionas, tú tampoco tienes ni idea de lo que se espera de una novela romántica. Para empezar, describes a Jeremiah de forma muy vaga. Ese tipo de personaje debería ser más… atractivo. Un *gentleman* que impacte a las lectoras en su primera aparición en escena. Como Henry Cavill.

Una mueca de asombro se dibujó en el rictus de Marcel.

—¿Ese armario empotrado? Tienes que estar de broma.

—Te lo advierto, señor Black: no te metas con Henry o te las verás conmigo.

Marcel echó la cabeza hacia atrás como si acabaran de propinarle una bofetada. Luego alzó las manos en señal de rendición y, tratando de contener la risa, preguntó:

—¿Desde cuándo es imprescindible para la trama que el protagonista sea guapo?

—Guapo, alto, fuerte y…

—Y blanco, naturalmente. Lo capto.

Siobhan frunció el ceño.

—¿A qué viene eso? William J. Knox también es blanco.

—Pero nadie sabe que su creador es negro.

175

—Espera, espera. No me digas que ocultas tu identidad por una cuestión racial... —Sonó sorprendida—. Es absurdo, Marcel. Estamos en el siglo XXI, en plena era de la globalización. Hasta hace dos días nuestro propio presidente era de color.

—¿Y qué? Hasta hace dos días también se aplicaba la regla de una sola gota. Estados Unidos sigue siendo el país más racista del mundo. ¿Alguna vez le has tolerado a un negro lo que jamás le tolerarías a un blanco solo porque temías ofenderlo? Eso es lo que ocurriría si se descubriera quién soy. La gente se volvería condescendiente conmigo y con mi obra, puedes apostar el cuello.

Era un discurso prefabricado, una narrativa ideada a su conveniencia para esquivar la verdad.

Claro que ella no tenía por qué saberlo.

Solían trabajar en medio de un silencio amigable que interrumpían con frecuencia. Cuando estaba cansada, Siobhan se levantaba de la silla para estirarse y se paseaba por el despacho observando las estanterías.

—Aquí hay tantos libros que no he leído... —comentó un día—. Por no mencionar que, de la mayoría, ni siquiera he oído hablar. ¿Me prestarías alguno? Prometo devolvértelo en un plazo razonable. No soy esa clase de persona repugnante que no devuelve los libros.

—Llévate todos los que quieras. Aunque debo advertirte que no vas a encontrar azúcar ni finales felices en mi colección, princesita.

—No busco finales felices, solo... otras perspectivas.

Su respuesta le gustó.

Era como si se hubiera abierto una puerta que le mostrara a otra Siobhan, una mucho más abierta que la de la imagen que se había formado de ella en su cabeza.

Otras veces, era Marcel quien rompía el ritmo de trabajo. Como aquella en la que no paraba de resoplar y Siobhan acabó preguntándole cuál era el problema.

—Uno irresoluble. Nada fluye. No tienes ni idea de la batalla que estoy librando con este puñetero párrafo —se lamentó al tiempo que tamborileaba con los dedos en el escritorio.

—Quizá un par de ojos nuevos… —sugirió con delicadeza, como si temiera que la idea de que ella pudiera ayudarlo lo fuera a ofender.

Y, de hecho, eso es justo lo que habría sucedido un mes atrás.

—Claro. Échale un vistazo. Me interesa tu opinión —dijo con franca aceptación.

Las jornadas se alargaban cada día más, aderezadas con conversaciones que nunca resultaban simples por más sencillas que fueran. Una noche, mientras Siobhan recogía sus cosas, Marcel le preguntó con una naturalidad inédita en él si quería quedarse a cenar. Y con la misma naturalidad, ella le dijo que le encantaría. Quizá porque estaba cansada y hambrienta. O quizá porque en cada elección que hacemos hay un poso significativo. Pidieron comida tailandesa, abrieron una botella de vino y se sentaron en la terraza, el uno frente al otro. Hacía calor; Nueva York en verano es un horno a ciento ochenta grados. Las luces de la ciudad y su gama de colores parpadeaban resplandecientes sobre un telón de fondo oscuro.

—Manhattan de noche es una de las vistas más sensacionales del mundo —comentó Siobhan.

—Estoy de acuerdo.

Ella le puso la mano en la frente para comprobar si tenía fiebre.

—Debes de estar muy enfermo.

Marcel rio. Una risa silenciosa.

Aquella noche, mientras cenaban, descubrió muchas cosas de Siobhan Harris. Cosas que ya intuía. Como, por ejemplo, que venía de una familia unida, que se había criado en Mount Vernon y que Paige y Lena eran su roca. Él, por su parte, procuró no revelar demasiado. Se limitó a contar obviedades como que era de Nueva Orleans —como si su acento no lo hubiera delatado ya—, que llevaba más de quince años viviendo en Nueva York, que Alex era su único amigo de verdad, que Bob Gunton era un capullo sin escrúpulos con tendencia a infantilizar a los autores y que Baxter Books representaba a la perfección el ecosistema de mezquindad y juegos de poder de cualquier gran grupo editorial.

—¿Has dicho quince años? Entonces, no estabas en NOLA cuando lo del Katrina.

Algo se revolvió en su interior. El aire abandonó sus pulmones durante un largo segundo.

—Pues no —admitió desconcertado—. Pero en 1992, cuando el Andrew asoló el sur de Luisiana, mi hermana y yo vimos con nuestros propios ojos cómo el ciclón arrancaba del jardín un roble de diez metros en cuestión de segundos.

—No sabía que tenías una hermana.

—¿Y cómo ibas a saberlo?

—Es verdad. Me había olvidado de que eres un hombre extremadamente hermético que nunca explica nada. Bueno, ¿y por qué Nueva York?

—Quería empezar de cero. ¿Qué mejor lugar para eso que esta ciudad?

Cuando, después de un breve silencio, Siobhan quiso ir más allá preguntándole por las razones de su anonimato, Marcel se limitó a citar a Ovidio.

—*Bene qui latuit, bene vixit.* Bien vive el que bien se oculta.

—Aun así… el mundo tiene derecho a conocer al autor de las novelas de Marcel Black y tú tienes derecho a que se te reconozca.

—No hago esto por el reconocimiento, Siobhan. Lo hago porque es lo único que sé hacer. Para mí, escribir nunca ha sido un entretenimiento, sino un compromiso total. Y, de todos modos, la verdad siempre decepciona. ¿Más vino?

Siobhan asintió y Marcel le rellenó la copa con aire pensativo. Tal vez había hablado demasiado. No es que le hubiera revelado sus secretos, ni mucho menos, pero había dado a entender que los tenía, lo cual ya era bastante temerario tratándose de él. Sin embargo, había algo en esa chica de ojos brillantes y risa expansiva que le hacía bajar la guardia. No tanto como para responder ciertas preguntas incómodas, aunque sí lo suficiente para dejar entrever la diferencia entre Marcel Dupont, el hombre, y Marcel Black, el escritor.

Se fijó en que contraía el rostro en una leve mueca de dolor al agarrar la copa.

—Te duele la mano, ¿verdad? En la zona entre el pulgar y la muñeca.

—Sí. ¿Cómo lo sabes?

—Oh, conozco muy bien esa sensación. Los tendones suelen inflamarse cuando pasas mucho tiempo aporreando las teclas. Deberías procurar estirar antes y después de cada sesión para evitar que se cronifique el dolor. Déjame enseñarte.

Marcel le tomó la palma de la mano y ejerció una leve presión en el reverso de los nudillos con los dedos. Y de repente… ¡bang! Algo caliente le atravesó la piel.

Adrenalina.

Miedo.

Revelaciones.

—Esto podría molestarte un poco. Después te sentirás mejor —dijo, mientras continuaba presionando.

La atmósfera había cambiado de repente, se había vuelto íntima, lo sentía. Incluso su voz sonaba más ronca de lo habitual. Siobhan elevó las pestañas y lo miró como si lo viera por primera vez, con un destello en sus ojos azules.

—Vale —susurró, notablemente turbada.

—Vale —repitió él como un tonto.

No podía apartar la vista de ella ni tampoco soltarla. Permanecieron así durante un buen rato, mientras la tensión crecía a su alrededor, enroscándose como un muelle. La vida seguía su curso, ajena a ese instante, pero en aquella terraza de Manhattan el tiempo parecía haberse detenido. Hay algo extraño en el acto de tocarse las manos, algo incluso más profundo que el sexo. Es como si una persona pudiera llegar al alma de la otra a través del tacto y de las miles de terminaciones nerviosas que recorren las puntas de los dedos. De pronto, una chispa prendió en su pecho y al punto todo su cuerpo ardió. Marcel creyó oír música de violines en alguna parte, o tal vez se lo hubiera imaginado.

Y solo entonces, cuando comprendió la magnitud del problema, fue capaz de separarse de ella.

Capítulo 16

Siobhan

Una luz de alarma se le encendió en el cerebro cuando se percató de que llevaba veinte minutos intentando decidir qué ponerse. ¿Por qué se sentía como la noche del baile de graduación del instituto? Solo había invitado a Marcel a cenar porque Alex le había chivado que era su cumpleaños, y hacerle un regalo le parecía demasiado personal. Y había otro pequeño detalle: su amigo también estaba invitado. De modo que elegir entre un vestido corto con gran parte de la espalda al aire o unos vaqueros rotos estilo *boyfriend* carecía de importancia, porque aquello no se parecía ni de lejos a una cita. Ella jamás tendría una cita con un hombre insensible y desagradecido capaz de criticar el restaurante que has reservado porque considera que no está a su altura. El epítome del hombre insensible y desagradecido que no tiene en cuenta lo mucho que te ha costado conseguir mesa.

—Grimaldi's. Para celebrar mi cumpleaños. ¿En serio? ¿No había otro sitio un poco menos cutre?

—¿Cutre? ¿Te atreves a calificar de cutre la pizzería favorita de Frank Sinatra? Por Dios, tienes el aura retorcida y del revés, como unas medias baratas.

—Siempre he sido más de Tony Bennett que de Sinatra. Además, no veo la necesidad de ir a Brooklyn por algo tan sobrevalorado como una *pizza*. ¿Sabes a qué huele el aire de Brooklyn? A sudor de pelotas.

Siobhan se masajeó las sienes. Justo cuando empezaba a ablandarse, iba ese idiota y la irritaba de nuevo.

Enumeró con los dedos.

—A ver. Punto número uno: ¿tus padres no te han enseñado que dar las gracias es de buena educación? Punto número dos: no hay una sola pizzería en Manhattan que tenga horno de leña, pero resulta que Grimaldi's sí. Así que, te guste o no, esta noche vas a mover el culo hasta Brooklyn. Y punto número tres: perdón por no disponer de una Amex sin límite de crédito como tú, señor don superventas del Upper East Side. El año que viene reservaré una mesa en el Eleven Madison Park.

Quería impresionarlo. Sin embargo, Marcel sonó cualquier cosa excepto impresionado cuando replicó:

—Bah. Por mí puedes ahorrarte los doscientos noventa y cinco dólares que cuesta el menú. He tomado el pato asado con miel y lavanda del chef Humm varias veces y tampoco es para tanto.

¿Doscientos noventa y cinco dólares? Por ese precio, debían de bañar a los patos en oro antes de meterlos en el horno.

Lo curioso del asunto era que, pese a estar juntos todos los días y por mucho que el detestable señor Black la sacara de sus casillas con una facilidad exasperante, la perspectiva de verse en un entorno distinto a su ático le resultaba muy excitante. ¿Acaso era masoquista?

Probablemente lo fuera.

Alrededor de una hora más tarde, Siobhan se encontraba en la zona de Dumbo, a los pies del majestuoso puente de Brooklyn. ¿Cuántas parejas de enamorados lo habrían cruzado de la mano en noches tórridas de agosto como aquella? ¿Cuántas promesas se habrían hecho en esa proeza de la ingeniería construida sobre las aguas caudalosas del East River? Preguntarse ese tipo de cosas era inevitable para una romántica empedernida como ella. El restaurante quedaba a cinco minutos de la estación de metro de High Street. Los dos hombres la esperaban en la puerta, algo apartados de la cola habitual del fin de semana. Marcel se había cortado el pelo a lo *mid fade* y rebajado un poco la barba; costaba creer que hubiera un hombre más *sexy* que él a mil kilómetros a la redonda, parecía salido de un videoclip de Alicia Keys. Al reparar en cómo la miraba, con aquel par de ojos felinos remontando por su cuerpo con discreción mal disimulada, silenció cualquier sentimiento de culpa feminista y se alegró de haber optado por el vestido corto.

Alex la recibió con una sonrisa que le iluminaba la cara.

—¡La escritora del momento! —exclamó, de forma efusiva. No habían vuelto a verse desde la firma del contrato en las oficinas de Baxter Books, pero habían intercambiado un montón de mensajes durante ese tiempo. Además, Alex Shapiro era la clase de persona que hacía que te sintieras como si lo conocieras de toda la vida—. Estás guapísima, si no te importa que lo diga —añadió con tacto—. ¿No está guapísima, Marcel?

Este se encogió de hombros y frunció los labios.

—No sabría decirte. Yo la veo igual que siempre.

«¡Pero será...! ¿Lo dice en serio?».

—Pensaba que a estas alturas habrías aprendido a comportarte en sociedad.

Una risita maligna se perfiló en los labios de Siobhan.

—Me temo que tu querido cliente tiene las mismas habilidades sociales que una bolsa de patatas fritas.

—También tengo un buen culo. Es curioso que no lo hayas mencionado —contraatacó Marcel, dedicándole una caída de párpados cargada de significado. Concretamente, el de «con lo mucho que te gusta mirármelo a escondidas».

Cinco segundos. Ese fue el tiempo que hizo falta para que las mejillas de Siobhan se tiñeran de un intenso tono bermellón.

Siobhan le sacó la lengua a modo de burla.

—Menudo par. Es increíble que sigáis vivos todavía —constató Alex entre risas—. En fin, ¿qué tal si entramos ya? Me muero de hambre.

El Grimaldi's tenía un aire neoyorquino particular, una mezcla entre un cuadro de Hopper y *Érase una vez en Améri-*

ca con una gama cromática más estridente. Los acomodaron junto a uno de los enormes ventanales que daban a la calle, en una mesa cubierta con el típico mantel de cuadros blancos y rojos. El ambiente olía a salsa de tomate, orégano y harina. Alex y Marcel se sentaron a un lado; Siobhan, al otro. Un camarero —uno de esos italoamericanos que matizan el inglés con el acento del país de sus bisabuelos, aunque jamás hayan pisado Italia ni sepan decir otra cosa que *cannoli* o *vaffanculo*— les tomó nota enseguida. Pidieron una botella de *prosecco* y tres *pizzas* Margarita que resultaron hechas a la medida del estómago de Tony Soprano; imposible terminárselas, habría que llevarse las sobras en la célebre *doggy bag*. El local estaba abarrotado. Sonaban clásicos de la música italiana como «Tu vuo fa' l'americano», de Renato Carosone, o «Il mondo», de Jimmy Fontana. Había que alzar un poco la voz, lo cual no impedía que la gente conversara de forma animada. A fin de cuentas, Nueva York es una ciudad que propicia la relación entre seres humanos. Digamos que los neoyorquinos tienen una necesidad imperiosa de comunicarse todo el tiempo. Brindaron por el cumpleañero, que no parecía especialmente entusiasmado con la celebración. Al principio, Alex y Siobhan hablaban mientras Marcel se limitaba a fundirse el vino, con el semblante ido, como si cargara en su interior con algún trauma inconfesable. Charlaron sobre temas tan variopintos como la gentrificación de Brooklyn o el favorecedor cambio de *look* con el que había reaparecido Macaulay Culkin en Instagram. Con la segunda botella de *prosecco*, Marcel dejó de estudiarse las cutículas y se mostró más participativo. De vez en cuando, la mirada de Siobhan volaba hacia sus manos. Las tenía bonitas. Fuertes pero suaves, con unos dedos largos, delgados y elegantes. Cuando se descubrió pensando qué más sabría hacer con ellas aparte de escribir, se censuró a sí misma y le pidió a su imaginación una tregua silenciosa.

—Bueno, contadme. ¿Cómo va ese *best seller*? —preguntó Alex, a la vez que doblaba una porción de *pizza* para metérsela en la boca.

—Ya sabes que no me gusta hablar de un libro mientras lo escribo. Le roba fuerza a la historia —respondió Marcel, con la condescendencia fatigosa de un profesor que ha escuchado la misma pregunta cientos de veces.

—Tonterías —lo reprendió Siobhan, agitando la mano—. A ver, la curva de aprendizaje con Marcel es dura. Aun así, creo que la novela progresa adecuadamente. Es una mezcla entre *Castle, Sherlock Holmes* y *Kate & Leopold*.

—Más *Sherlock Holmes* que *Kate & Leopold* —matizó Marcel.

—Mmmm… —Alex terminó de masticar, tragó y se limpió las comisuras con la servilleta—. Interesante. Aunque las comparaciones sean odiosas, el éxito tiene mucho que ver con la asociación de ideas. A vuestro editor le va a encantar.

—Pues claro que le va a encantar —farfulló Marcel—. Bob Gunton es el tipo más avaricioso del sector editorial. Ese cretino está convencido de haberme descubierto. A veces incluso se permite el lujo de hablar de «nuestros libros» para referirse a *mi* trabajo. Pero, sinceramente —Arrugó los labios y llevó el cuerpo hacia atrás en actitud chulesca—: ¿quién creéis que ha pagado su casa de la playa en los Hamptons? Seguro que también se anotará el tanto con *Dos formas* y andará por ahí presumiendo, como si hubiera sido idea suya.

Alex frunció el ceño.

—*Dos formas de resolver un asesinato en Manhattan.* Así se titula —aclaró Siobhan.

—¡Caray!

—¿Te gusta?

—Ya lo creo. Es la clase de título que te provoca una sacudida interna. ¿De quién fue la idea?

—Suya —dijo Marcel.

—De los dos —dijo Siobhan.

Marcel la miró de reojo, aunque no comentó nada.

—Ajá. Bueno, cuando llegue el momento, nos reuniremos con el equipo de diseño de Baxter Books. Debemos asegurarnos de que lo integran bien en la cubierta. La tipografía es crucial. Creo que una sans serif que transmita fuerza y elegancia a la vez podría quedar perfecta. Es básico que el lector distinga a simple vista que se trata de una novela negra y romántica.

—¡Gracias a Dios! —clamó Siobhan, con las palmas de las manos hacia arriba—. ¿Has oído eso, Marcel? «Negra y romántica». No es necesario que dejes tu marca personal en cada página del libro como un meado en el tronco de un árbol.

A Alex se le escapó una carcajada estruendosa.

—Cómo decirte que tienes demasiado ego sin decirte que tienes demasiado ego. Me encanta esta chica.

Marcel arqueó una de sus densas cejas oscuras y sacó la artillería pesada para contraatacar. Quienes lo conocían habrían reconocido esa expresión y se habrían puesto a cubierto enseguida.

—Si no escribieras como una *groupie* que se pone cachonda con Superman, no tendría que corregirte hasta la lista de la compra.

—Vaya. Reconozco que esperaba alguna de tus brillantes metáforas, pero quizá algo un poco más lírico.

—Ya te encargas tú del lirismo, princesita.

—¿Qué tiene de malo escribir con el corazón?

—*Ese* es tu problema. Un buen autor no escribe con el corazón ni con ningún otro órgano que no sea el cerebro.

—¿Por qué tienes que ser siempre tan extremadamente racional? A veces parece que estés hecho de piedra. Es... —Siobhan barajó una docena de maneras de terminar la frase antes de optar por un adjetivo en concreto— desmoralizante.

—Entonces, quizá lo más inteligente por tu parte sería que dejaras de intentar entenderme —repuso, incapaz de enmascarar el tono a la defensiva de su voz.

La impactante verdad la golpeó en la cara, como una corriente de aire.

«Que me aspen si eso no ha sido una revelación absoluta».

Asintió en silencio. Al fin y al cabo, Marcel tenía razón. Tratar de comprender a ese hombre esquivo y misterioso era como meter el cuello en la jaula de un león desnutrido. Aun así, cuanto más tiempo pasaba a su lado, más crecía su deseo de acercarse a la fiera. Quería examinarlo con lupa y a la vez no volver a pensar en él durante el resto de su vida.

Era una auténtica locura.

De pronto, alguien gritó su nombre y la sacó del trance.

—¡Shiv!

Era Paige. ¿Paige? ¿En serio? ¿Cuántas probabilidades hay de encontrarse con alguien conocido en uno de los miles de restaurantes repartidos por toda la ciudad? Una ciudad donde habitan más de ocho millones de personas, por cierto. El azar es muy caprichoso. Claro que se alegraba de ver a una de sus mejores amigas, pero ni el momento ni el lugar eran los más indicados para la socialización. Y mucho menos, la compañía. ¿Cómo iba a presentar a Marcel? ¿Qué iba a decir?

Ambos intercambiaron un cruce de miradas fugaz que decía: «Estamos jodidos».

—¡Paige! ¡Qué casualidad! —exclamó. Se levantó de la mesa y abrazó a su amiga de manera prolongada, buscando ganar tiempo para construir una narrativa lo bastante sólida—. Deja que te vea. Estás… distinta. ¿Te has hecho algo en el pelo?

—Eh, no.

—¿De veras? Porque lo tienes más…

—¿Suelto?

—¡Sí!

—Oh, eso —dijo, y agitó su preciosa melena pelirroja de Jessica Rabbit con un movimiento seductor—. Debe de ser por mi nueva mascarilla. Es orgánica. Nada de sulfatos ni parabenos, ya sabes. Bueno, ¿qué te trae por aquí?

—He venido a cenar.

—Claro, eso es evidente.

—Cierto.

Se produjo una pausa incómoda en la que prácticamente pudo oír sus propias pulsaciones.

—¿No nos vas a presentar?

—¿Qué? ¡Sí, sí! Perdona, no sé ni dónde tengo la cabeza. —Carraspeó—. Este es Alex Shapiro, agente literario.

—Paige D'Alessandro. —Le tendió la mano—. Por favor, no te levantes. ¿Nunca te han dicho que te pareces un montón a Aaron Eckhart?

—¿El que hacía de Harvey Dent en *El caballero oscuro?* Creo que no. Supongo que lo recordaría. Pero acabas de conseguir que mi autoestima suba diez puntos de golpe.

—Asegúrate de mantenerla en esa posición de privilegio. —Se dirigió a Marcel—. ¿Y tú eres…?

Siobhan decidió tomar la iniciativa. Era el momento de poner a prueba su valía como fabuladora profesional.

—Este es Ma… Michael. Se llama Michael. Y es… —Contó hasta tres mentalmente y soltó la bomba—… el novio de Alex.

Marcel apretó la mandíbula con fuerza mientras su amigo se esforzaba en aguantar la risa.

«Madre mía, esto se va a poner feo y no ha hecho más que empezar, lo presiento».

—Ah, ya veo. Hacéis muy buena pareja. No lo digo porque lo interracial esté, ya sabéis —Entrecomilló con los dedos—, «de moda». Creo que la diversidad es positiva. Nuestra amiga Lena es judía y sale con una chica de origen palestino. A ver, técnicamente Noor no es de color, pero su piel es, digamos, lo bastante oscura como para caber bajo el paraguas BIPOC. Espera, ¿se puede utilizar el término BIPOC o es demasiado amplio? O sea, ¿no estaremos invisibilizando las particularidades de cada colectivo si los metemos a todos en el mismo saco? Por ejemplo, la historia de los afroamericanos en Estados Unidos está marcada por la esclavitud y la segregación, una experiencia distinta a la que sufrieron los nativos americanos. Corrígeme si me equivoco, Michael.

—No, no te equivocas.

En el transcurso de los siguientes minutos, Paige se subió al tren de la conciencia social y dejó claro que no tenía intención de bajarse pronto. Cargó contra Trump, contra la Asociación Nacional del Rifle, contra los supremacistas blancos de Altright, contra Friends of Abe, contra la violencia policial, contra la tiranía de Wall Street, contra la desigualdad y la pobreza... Al menos tuvo la gentileza de no utilizar conceptos técnicos del tipo «racismo sistémico», «culpa colectiva» o «interseccionalidad», como habría hecho Lena.

Una vena palpitaba con fuerza en la frente de Marcel.

—El Gran Despertar de la América progresista blanca. Gracias por la TED Talk —le espetó con sarcasmo.

Au. La bofetada se oyó hasta en Pensacola.

—Joder. Menudo corte. ¿Siempre eres tan simpático?

—Normalmente no. Hoy es tu día de suerte.

Alex se apresuró a reconducir la situación.

—No le hagas caso. Es que Michael es un poco... sensible a ciertos temas. Oye, Paige, ¿por qué no te sientas y te tomas una copa de vino con nosotros? Las amigas de Shiv son nuestras amigas. ¿Verdad, cariño? —dijo, y pasó el brazo por el hombro de Marcel en actitud amorosa.

Mientras que Shapiro parecía estar pasándoselo en grande con aquel *sketch* de comedia, la vena de Marcel amenazaba con estallar de un momento a otro y ponerlo todo perdido.

—No puedo, he quedado para cenar con mi cita de Tinder. Es italiano. Bueno, en realidad es de Bensonhurst, ya me entendéis. —Consultó el iPhone—. ¿Dónde se habrá metido? Ya debería estar aquí. ¿No ha oído hablar de la regla de los quince minutos de antelación? Juro por Dios que, si llega tarde, lo enviaré directo a la *friendzone*. Por cierto, ¿cómo va la nueva novela?

—Oh. Bien. Supongo.

Paige la miró como si acabara de comerse un bote entero de pepinillos en vinagre.

—Jesús, Shiv, estás rarísima esta noche. ¿Es por ese psicópata de Marcel Black? ¿Te tiene amenazada o algo? No me digas que sigue teniendo un palo metido por el culo…

Siobhan tragó saliva. Y Marcel debió de tragar otra cosa. Su propia ira, lo más probable. Todo eso mientras Alex apretaba los labios para no troncharse de risa. A lo mejor todavía estaba a tiempo de gritar «¡Un terremoto!» y esconderse debajo de la mesa.

—Bueno… las cosas han mejorado bastante en las últimas semanas.

—Por si acaso, lleva siempre un espray de pimienta encima. Y si intenta matarte con la excusa de que necesita documentarse o algo así, asegúrate de que tienes su ADN debajo de las uñas. Nunca hay que fiarse de los guapos. La mayoría son unos pervertidos que disfrutan enviando *fotopollas* y guarradas por el estilo.

—¿Cómo sabes que Black es guapo? —preguntó Marcel, con un tono que denotaba un interés genuino—. ¿Acaso lo conoces?

—¿A ese cabrón escurridizo? Qué va. Shiv nos lo contó. Sus palabras textuales fueron que estaba buenísimo de cojones.

Pues ya era oficial: iba a darle un infarto.

Un irritante atisbo de sonrisita triunfal se perfiló en los labios de Marcel. El hoyuelo bajo su barba resultaba injustamente encantador. Siobhan comenzó a rascarse el cuello de forma compulsiva mientras miraba para otro lado. La cara le ardía de pura vergüenza.

—No recuerdo haber usado esas palabras exactas —murmuró.

Sin embargo, el daño ya estaba hecho.

—En fin, me alegro mucho de haberte visto —concluyó Paige, y tomó a su amiga de las manos—. Sé que estás superocupada con la novela, pero Lena y yo te echamos de menos.

A Siobhan se le ablandó el corazón.

—Oooooh… Y yo a vosotras. Hagamos una cosa. Salgamos por ahí una noche de estas.

—¡Sí, hagámoslo! Conozco un sitio nuevo en el Meatpacking District. Es *gay friendly*. —Volvió la cabeza hacia la mesa—. ¿Os apuntáis?

—De cabeza —convino Alex, para gran consternación de Marcel.

El sonido de una notificación en el móvil de Paige puso fin al teatro. Cuando se hubo marchado, Siobhan notó que toda la tensión acumulada en la parte baja de su espalda se elevaba sobre sus hombros y se evaporaba hasta el techo. Se dejó caer en la silla como si acabara de pasar un tornado y solo entonces se permitió estallar en carcajadas. Alex la imitó.

—A mí no me hace ni pizca de gracia —protestó Marcel—. Y tú, princesita. ¿No podías haber pensado algo mejor? ¿Su novio? ¡Venga ya!

—Eh, que tampoco estoy tan mal. Ya has oído a Paige: me parezco a Aaron Eckhart.

—Sí, y yo a Obama. ¿Por qué demonios has dicho esa gilipollez?

Siobhan no daba crédito.

—O sea, que mi amiga te llama psicópata y a ti lo que te molesta es que sugiera que eres gay. ¿De verdad, Marcel? Perdona, no sabía que tuvieras una masculinidad tan frágil.

—Tocado y hundido —murmuró Alex.

Marcel miró hacia arriba y suspiró.

—No se trata de eso, ¿vale? ¡Por Dios, hay que andar con pies de plomo para que no te acusen de retrógrado a la primera de cambio! Simplemente, no es creíble. Punto. Seguro que tu amiga se ha dado cuenta de que estabas improvisando sobre la marcha, como una novela mal planificada. Si es un poco avispada, habrá atado cabos enseguida.

—Bueno, ¿y qué pretendías que dijera? ¿Que estás en el Programa de Testigos Protegidos y que por eso no puedo revelar tu identidad?

—Podrías haber dicho que estamos juntos.

Por un instante, Siobhan sintió un ligero cosquilleo en el estómago que ascendía hacia el pecho. No iba a fingir que nunca había fantaseado con la idea de pasear de la mano con Marcel por la senda colorida y frondosa del High Line, la histórica vía de tren en desuso transformada en uno de los mejores parques públicos de Manhattan.

Pero solo fue eso, un instante improbable.

—¿Juntos? ¿Tú y yo? ¿Como en una cita? ¡Oh, por favor, no me hagas reír! Eso sí que habría resultado inverosímil.

—¿Por qué? —preguntó con cierto recelo.

—Porque yo no saldría contigo ni aunque fueras el único superviviente de un ataque alienígena y la responsabilidad de repoblar el planeta recayera sobre mí. Me atraes lo mismo que Danny DeVito en bañador.

—¿Danny DeVito también está buenísimo de cojones? Vaya, qué gustos más peculiares tienes.

Y, de nuevo, ese calor sofocante en las mejillas. «Eres una bocazas, Paige», pensó.

—Puede que en algún momento haya mencionado que tu apariencia no es… digamos… uhm… desagradable. Nada más —zanjó—. Así que no te hagas ilusiones.

—¡Ja! ¡Esa sí que es buena! ¿Ilusiones? ¿Contigo? ¿La señorita Finales Felices? ¿La reina del azúcar? Antes le pido matrimonio a Shapiro.

—No te ofendas, Michael, pero no me gusta ser el segundo plato de nadie —bromeó Alex, que llevaba un rato contemplándolos como si estuviera en un partido de tenis. Se echó a reír y se frotó la cara entre suspiros—. Cielos, sois tal para cual. ¿Os habéis dado cuenta de que saltan tantas chispas entre vosotros dos que parecen los fuegos del Cuatro de Julio? Ahora mismo se os ve hasta en Jersey.

Siobhan agachó la cabeza y se mordió la parte interior del carrillo. Ella también lo había notado, o creía haberlo hecho. La noche que cenaron juntos en su casa y él le masajeó la mano para aliviarle las molestias experimentó algo. Calor. Electricidad estática. Una descarga. Un campo gravitacional en medio de los dos que los empujaba el uno hacia el otro. Había sido un momento extrañamente íntimo y revelador para ella, y eso la aterraba. Le daba miedo sentirse tan atraída por un hombre como Marcel Dupont.

Un hombre cuya existencia podría zarandearla tan fuerte que le cambiaría el corazón de sitio.

—Lo que me faltaba por oír... —masculló Marcel justo cuando se levantaba.

—¿Adónde vas? —preguntó Alex.

—Al baño. Tengo a Jordan colgando del aro y a punto de encestar. ¿Necesitas que sea más específico, *cariño?*

—*Nah.* Puedes ahorrártelo.

Cuando Siobhan y Alex se quedaron solos, se miraron con complicidad.

—Tiene un carácter de mierda.

—Lo sé. Aun así... —Se mordió el labio—. Nunca creí que diría esto, y si te atreves a repetirlo delante de Marcel negaré que las palabras hayan salido alguna vez de mi boca. El caso es que creo que he empezado a acostumbrarme. Me gusta escribir con él. Es muy estimulante.

—A él también le gusta, estoy seguro.

—Como te oiga decir eso, te cortará las pelotas, las troceará y las convertirá en comida para peces.

—Veo que lo conoces muy bien.

—Bueno, Marcel es hermético para unas cosas y transparente para otras. ¿Te conté que encontré un ejemplar de mi novela escondido bajo los cojines de su sofá?

—¡Nooo!

—Ya lo creo que sí. Y cuando le pregunté dijo que no tenía ni idea de cómo había llegado hasta allí.

—Típico de Marcel. No obstante, creo que ambos estáis haciendo un trabajo fantástico. Formáis un buen equipo. —Esbozó una sonrisa enigmática y añadió—: Aunque os llevéis como el perro y el gato. Cambiando de tema, tu amiga... ¿sale con muchos tíos de Tinder? Solo lo pregunto porque... yo también estoy en Tinder y... me gustaría saber qué tipo de hombres le interesan.

—Digamos que, si votas al Partido Demócrata y lees a Jonathan Franzen, tus posibilidades de gustarle aumentan.

Los brazos de Alex se abrieron en un gesto teatral.

—Pero si me acabas de describir.

—Vale. Entonces, le diré que has dejado a Michael y que te estás replanteando tu sexualidad. ¿Te parece bien?

—Me parece cojonudo. Y, por favor, no te olvides de mencionar que soy un *antifotopollista* convencido.

Marcel regresó al cabo de diez minutos. Por lo visto, no solo se había encargado de sus asuntos estomacales, sino también de pagar la cuenta.

—Eso no era lo que habíamos acordado —protestó Siobhan—. Se suponía que iba a invitarte yo por ser tu cumpleaños, pero ya veo que no entiendes de qué va el empoderamiento femenino. Otra de las razones por las que nunca saldría contigo. Eres esa clase de tío que se cree en la obligación moral de pagarme la cena.

—Santo cielo. —Se pellizcó el puente de la nariz—. ¿Puedes apagar el interruptor reivindicativo durante al menos cinco minutos y darme un respiro? No lo he hecho porque sea un tío, ¿vale? —pronunció la palabra como si estuviera dolido.

Alex intervino.

—Es su forma de pedirte disculpas por haber sido un idiota. ¿Qué? ¿Por qué me miras así, Marcel? Alguien tenía que decírtelo.

—¿Habéis conspirado contra mí mientras estaba en el baño? Venga, vámonos de una vez.

En la calle, Siobhan les propuso ir a tomar una copa por la zona.

—Pero esta vez pago yo —recalcó.

—Uy, yo no puedo —se excusó Alex—. Mi pila de manuscritos para revisar es así de alta. En esta ciudad, todo el mundo tiene un manuscrito guardado en el cajón o una idea para una novela; es increíble. Id vosotros. Seguro que a Marcel le apetece mucho seguir celebrando su cumpleaños contigo. ¿Verdad que sí, amigo?

Capítulo 17

Marcel

«Nota mental: matar a Alex con mis propias manos la próxima vez que lo vea».

Lo había hecho aposta. Ese cabronazo se había quitado de en medio con la intención de dejarlos solos. Manuscritos para revisar, las pelotas. ¿Y a qué venía esa gilipollez de las chispas? ¿Tan evidente era que le gustaba Siobhan? Porque, de ser así, tenía un problema añadido. En cuanto a su amiga, Paige, ¿se habría dado cuenta también o estaba demasiado ocupada con su exhibición de moral *woke* prefabricada? Quizá el motivo por el que se había comportado como un imbécil grosero e inmaduro durante gran parte de la cena fuera precisamente ese: disimular lo que sentía a ojos de los demás. Aunque no parecía que se hubiese esforzado lo suficiente, dadas las circunstancias. Ahora que estaban a solas, el cuerpo le pedía a gritos que dejara de estar irritado por todo y por nada al mismo tiempo. Siendo honestos, no le apetecía lo más mínimo ir a tomar una copa, pero sí quería disfrutar de su compañía un poco más. De modo que, en un acto en parte generoso y en parte egoísta, le propuso que dieran un paseo.

—¿Estás seguro de que el aire de Brooklyn no te hará vomitar? —preguntó Siobhan con malicia.

—Uhm… creo que podré soportarlo.

Dejaron atrás el puente y enfilaron hacia el Promenade, un amplio camino peatonal construido junto al East River.

Aquel agosto hacía un calor de mil demonios. El aire, denso y caliente incluso de noche, se adhería tenazmente a la piel. El cielo brillaba sobre el manto de luces que se extendía hasta Nueva Jersey. A lo lejos, la Estatua de la Libertad aguardaba impasible la llegada de un nuevo día, y con ella, la masa de turistas con sus cámaras de fotos y sus coronas verdes de gomaespuma. Los parques y las alamedas los flanqueaban a un lado. Al otro, más allá de las aguas oscuras, se alzaban los edificios de color gris y azul metálico de Manhattan. Por un momento pensó en William J. Knox. Se lo imaginó allí mismo, en el turbulento verano de los años veinte, con el sol naciente a la espalda, viendo el amanecer reflejado en un perfil urbano todavía en construcción. Hoy, era el más célebre del mundo. Resultaba curioso observar esa jungla urbana de naturaleza inconstante desde la orilla contraria. Parecía irreal. Salvo que era real. Él mismo se había deslizado por cientos de pasos de cebra y bajo un millón de andamios oxidados. Había esquivado carritos de *pretzels* entre bocinazos, sirenas de policía y el estruendo de las grúas y los martillos neumáticos. Había cruzado manzanas repletas de gente a la que no les importaba quién era ni cómo había llegado hasta allí. Se había convertido en un neoyorquino más. La ciudad lo había instruido en la idea de no ser nadie o ser solo lo que uno decide mostrar.

Por algo dicen que una temporada en Nueva York cambia a cualquiera.

—No pienso que tengas un palo metido por el culo —dijo Siobhan de repente.

Marcel esbozó una sonrisa de medio lado.

—Ni yo que escribas como una *groupie*. A ver, no eres Joyce Carol Oates, pero estoy seguro de que tienes un gran futuro por delante.

—¿Eso es un cumplido?

—Podría serlo.

—¡Vaya! ¿A qué dios habré honrado?

—Quién sabe. De todas maneras, procura no acostumbrarte. No soy el tipo de hombre que va por ahí haciendo cumplidos a escritoras novatas.

—No me digas… —replicó con ironía. Luego, sonrió hasta que se le ensanchó la nariz.

Estaba preciosa cuando sonreía con esa naturalidad.

—¿Cómo tienes la mano?

—Mucho mejor, gracias —afirmó, y rotó la muñeca a modo de demostración—. He hecho los estiramientos que me enseñaste.

La escena aterrizó de emergencia en su cabeza. Mentiría si no reconociera que se había recreado en aquel gesto en apariencia insignificante una y otra vez desde entonces.

Era ridículo.

Era nuevo.

—Buena chica. Debes fortalecer la musculatura si no quieres que el dolor te vuelva loca durante las próximas semanas. Y, créeme, nos esperan semanas muy intensas. Ahora viene la parte más complicada del proceso, el verdadero *rock 'n' roll*.

Siobhan resopló como si tuviera que subir a la cima de una montaña justo después de haberse comido media docena de tortitas con sirope.

—¿Sabes? A veces pienso que escribir un libro se parece bastante al sexo: necesitas una buena dosis de trabajo previo para llegar al clímax. —Y acto seguido añadió—: Me refiero al sexo impecable y casi coreografiado de Hollywood, claro. En la vida real, lo más común es quedarse atascada en medio de la trama.

La carcajada de Marcel vino acompañada de una palmada espontánea. Se rio tan fuerte que dejó de caminar un momento y se dobló por la mitad.

—Me parece que necesitas cambiar de género, encanto —dijo con una voz melosa que le marcaba aún más el acento.

¿Estaba flirteando?

Que lo condenaran si aquello no había sonado a insinuación.

Caminaron un rato, envueltos en una agradable bruma de silencio. Marcel, con las manos en los bolsillos; Siobhan, agarrada al asa del bolso por delante del pecho. Las luces rojas de los aviones que iniciaban el descenso hacia La Guardia o el JFK parpadeaban sin parar. En aquel recodo de Brooklyn, la ciudad desprendía la energía chispeante del verano a un ritmo más pausado. A lo largo del paseo había grupos de adolescentes escuchando rap, parejas besándose, familias latinas muy numerosas, niños jugando a la pelota o turistas que se hacían selfis con los rascacielos de fondo.

—¿Cómo os conocisteis Alex y tú?

—Es una larga historia, te aburrirías.

—Pero tu capacidad de síntesis es asombrosa.

Un suspiro de resignación brotó de la garganta de Marcel. Intuía que Siobhan no se daría por vencida, así que decidió satisfacer su curiosidad.

—Cuando llegué de Nueva Orleans —comenzó a relatar—, pasé dos años haciendo malabares con varios empleos de poca monta para pagar el alquiler mientras escribía mi primera novela. Yo vivía aquí en aquella época, ¿sabes?

—¿Quieres decir… en Brooklyn?

Lo había preguntado con voz vacilante, sorprendida y medio maravillada.

—Pues sí. En un apartamento cochambroso de Bed-Stuy, entre una peluquería afro y una antigua iglesia baptista reconvertida en el centro de ocio favorito de los drogatas, las putas y los camellos más chungos de la zona.

—Qué inspirador.

—Ni te lo imaginas.

—Por eso detestas Brooklyn, porque te recuerda lo duros que fueron tus inicios en esta ciudad antes de convertirte en un claro ejemplo del sueño americano.

—Lo creas o no, nunca me he olvidado de quién soy ni de dónde vengo. El dinero no ha deslavado la melanina de mi piel ni me ha convertido en una Oreo. No soy negro por fuera y blanco por dentro, aunque viva en el Upper y no necesite tildar de racista a todo el mundo todo el tiempo.

Se produjo un momento de silencio lo bastante largo como para que Marcel rebobinara y se diera cuenta de que tal vez había sido demasiado duro con ella. Frente a sus ojos apareció un titular imaginario de Buzzfeed que rezaba:

«La has cagado, tonto del culo».

Apretó los párpados.

—Lo siento. No pretendía…

—Está bien, Marcel. De verdad —zanjó, tocándole el brazo con delicadeza. Y hasta la última de sus aristas se suavizó al instante—. Venga, continúa.

—Vale. Conocí a Alex por casualidad. Uno de los empleos que tenía por aquel entonces era de friegaplatos en un *diner* de Hell's Kitchen. A veces, si había mucho trabajo, también me encargaba de echar una mano con las mesas. Una noche, reparé en un tipo que estaba sentado al fondo del local. Me llamó la atención que estuviera leyendo porque, ya sabes, un *diner* no es la clase de lugar donde uno se pone a leer. Así que le sirvo su hamburguesa especial de la casa y me fijo en el libro que tiene encima de la mesa. *La trilogía de Nueva York,* de Paul Auster. Total, que le digo que no está mal, pero que *Leviatán* es mucho mejor porque el argumento es lineal solo en apariencia y blablablá. Recuerdo que me miró y luego miró hacia todos lados, como si buscara la cámara oculta o algo así. Fue muy divertido. Supongo que uno no espera oír un análisis literario en un sitio que apesta a aros de cebolla. Y mucho menos, de un camarero negro con acento de Luisiana y pendientes en las orejas.

—¡No! No puedo creer que llevaras pendientes.

—Afortunadamente, me he reformado —añadió, toqueteándose los lóbulos. Los agujeros se habían cerrado con el tiempo.

—Bueno, ¿y qué pasó?

—Que él dijo: «Te contaré un secreto. En realidad, Auster me parece un tostón».

Siobhan alzó ambos pulgares.

—Retuit.

—Me cayó bien enseguida. Cuando me explicó que acababa de abrir su propia agencia literaria, pensé que aquello debía de ser algún tipo de señal del universo y decidí hablarle de *Un hombre corriente*. La idea le interesó. Y eso que todas las editoriales lo habían rechazado antes.

—Espera. ¿Qué? ¿Te rechazaron? ¿A ti?

—Ya lo creo. Y cada rechazo era como una puñalada al corazón. Claro que también fue el preludio del éxito.

Siobhan soltó un resuello de incredulidad.

—Más de un editor habrá querido cortarse las venas.

—Algunos son auténticos especialistas en dejar escapar oportunidades de oro. ¿Sabes cuántas editoriales le rechazaron *Carrie* a Stephen King? Unas treinta.

—Menuda carnicería.

—Forma parte del proceso. Lo tuyo, señorita Harris, es una extraordinaria excepción.

—Lo sé. Soy consciente de la suerte que tengo. Aunque Paige siempre dice que la suerte es un concepto relativo. En fin, da igual. ¿Qué pensaba Alex de que hubieran descartado tu novela?

—Que probablemente no la había vendido bien. «Vale. ¿Y cómo tengo que hacerlo?», le pregunté. Y él contestó: «Eso déjamelo a mí».

—Suena como el principio de una gran amistad.

La boca de Marcel se curvó en una sonrisa nostálgica.

—Una cosa sí es segura: de no ser por él, no estaría donde estoy. No fue fácil, claro. La industria editorial es un ecosistema complicado. Pero Alex es un tipo muy inteligente que sabe lo que quiere. En mi opinión, debería ser su agencia la que te representara a medio plazo. No tengo nada en contra de Bella Watson, solo digo que Shapiro es el más adecuado.

Silencio.

—Es todo un detalle por tu parte que te preocupes por mí.

Marcel dejó escapar una risita nasalizada.

—¿Quién ha dicho que me preocupe por ti, princesita?

Ella respondió con una mueca de burla.

Cerca de Fort Stirling Park, un saxofonista tocaba «Summertime» a la luz de una farola frente a un pequeño público improvisado. Se detuvieron a escuchar la magnética melodía unos cuantos pasos por detrás de la multitud.

—Así se toca, hermano —dijo Marcel, emulando el compás de la música con los dedos y un movimiento rítmico de la cabeza.

Entonces, advirtió que Siobhan sacaba el móvil del bolso y se disponía a grabar un vídeo. Aquello lo enervó tanto que, en un impulso, le arrebató el teléfono de las manos y se lo llevó a la espalda.

—Pero ¿qué…? ¿Por qué me lo has quitado?

—Porque tienes que aprender a vivir el momento. Sin registrarlo.

—Chorradas. Vamos, devuélvemelo.

—Ni hablar.

—¿Quieres hacer el favor de devolverme mi teléfono, Marcel?

—Que no.

—Vale, tú lo has querido.

Todo lo que ocurrió a continuación, lo hizo en una nebulosa. Siobhan se acercó a Marcel y empezó a forcejear con él hasta que recuperó el móvil. No lo tuvo nada fácil, pues la diferencia de altura entre ambos era considerable. Tras la guerra de tirones, perdió el equilibrio y chocó contra su torso. Marcel la agarró enseguida, una mano en el hombro y la otra en aquella finísima cintura.

El saxo lo presionó con un sensual *crescendo*.

—Te tengo —susurró.

—Me tienes.

Los ojos de Siobhan parecieron oscurecerse. De pronto, en un gesto estúpido e imprudente, Marcel deslizó la mano desde la cintura hasta la curva de su espalda y la posó sobre el escote trasero del vestido. Deseaba tocar su piel caliente, arrastrar las yemas de los dedos entre las ascuas, jugar con el fuego. Quemarse. Ella se humedeció los labios, y él notó que cualquier pensamiento inteligente huía de su cabeza. Su hermoso rostro brillaba como el Chrysler de noche. Durante medio segundo, la música, la gente y todo lo demás existían al otro lado de una burbuja.

Y, de nuevo, le aleteó en el estómago esa jodida sensación de vértigo.

Como si estuviera al borde de un precipicio, a punto de caer en picado.

La pregunta era si sería capaz de retroceder a tiempo.

Capítulo 18

Siobhan

Por más que lo intentara, aquella mañana no había forma humana de concentrarse. Cada vez que evocaba la caricia de Marcel, sentía el mismo calor envolvente como el asfalto líquido de la noche pasada. Había sido especial. Intenso. Tan especial e intenso que creyó que significaba algo. Pero cuando los últimos acordes de «Summertime» se extinguieron, él se apartó de ella a toda prisa, y la sensación se desvaneció igual que un dibujo en la orilla del mar barrido por la marea. Pasarse el tiempo diseccionando el antes y el después de ese momento no la ayudaba a concentrarse. Tampoco lo hacía que Marcel la hubiese recibido en ropa deportiva —cielos, cómo le marcaban los muslos esas mallas; menudo regalo para la vista— y empapado en sudor porque ese día, inexplicablemente, se había despertado más tarde que de costumbre, lo cual había retrasado su sesión matinal de ejercicio. Ni que, mientras ella preparaba café en la cocina, él estuviera en la ducha. Desnudo. Mojado. Con el agua deslizándose como una cascada sobre su piel de chocolate.

La imaginación es un arma de doble filo.

Después, la conversación que mantuvo con Paige y Lena en el chat grupal acabó de empeorar las cosas.

Paige
No pienso volver a acostarme JAMÁS con un tío.
Me declaro oficialmente en el SEXILIO.

Shiv ✔✔
¿Qué ha pasado?

Paige
El tío con el que estuve anoche se tiró un pedo en pleno acto.
UN PEDO.
Estoy traumatizada.

Shiv ✔✔
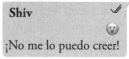
¡No me lo puedo creer!

Lena
De un hombre blanco cis hetero yo me creo cualquier cosa.
Espero que al menos fuera discreto.

Paige
Tan discreto como una cañería que revienta en plena noche.
Por un momento pensé que se había cagado.

Lena
Demasiada información.

Shiv ✔✔
¡ECS!

Lena
Dime que se disculpó. 🙏

Paige
Negativo.
Se echó a reír con la polla todavía dentro de mi vagina y dijo que eran
GASES DEL OFICIO.
El muy capullo ni siquiera parecía avergonzado.

Shiv ✔✔
¡NOOOOOO!

Lena
O sea, que el tío no solo tenía la cañería floja, además era un graciosillo.
Madre mía, Paige. Te ha tocado el PREMIO GORDO.

204

Paige
Lo sé, ¿vale? Soy un puto imán de bichos raros.

Por cierto, Shiv. ¿Estás segura al cien por cien de que tu amigo Alex es gay?

Lo digo porque no dejaba de mirarme las tetas.

Lena
¿Alex? ¿Quién es Alex? ¿Me he perdido algo?

Paige
A ver, anoche me encontré con Shiv por casualidad en Grimaldi's. Iba con dos chicos, Alex y Michael, una pareja supuestamente gay. Y digo supuestamente porque me dio la impresión de que ambos eran MEGAHETEROS. Alex fue encantador, el típico tío que sonríe todo el tiempo, como el gato de Cheshire. En cuanto a Michael… vale, reconozco que está buenísimo, pero es SUPERBORDE.

> **Shiv**   ✓
> No es tan borde. Solo es… un poco difícil de tratar.

Paige
Difícil tirando a imposible.

Lena
¿Y de qué los conoces, Shiv?

Paige
Alex es agente literario. El otro… supongo que viene incluido en el *pack*.

Si es que son pareja, claro.

Lena
Espera. ¿El agente de Marcel Black no se llamaba Alex también?

«Mierda».

En ese punto, Siobhan abandonó la conversación a la francesa. Lena era la más intuitiva de las tres; debería haberse imaginado que sacaría conclusiones enseguida.

Otro runrún añadido a su pobre cabecita atormentada.

Lo que le faltaba.

Un par de horas más tarde, sus dedos flotaban erráticos encima del teclado. Pulsó la letra eme —M de Marcel; qué inesperada coincidencia— y mantuvo el dedo sobre la tecla hasta que una fila de emes apareció en la pantalla del ordenador. Antes de eso, se había hecho y deshecho un moño, había ordenado su lado del escritorio, se había vaciado en la boca media caja de gominolas Jelly Belly, había estirado los brazos por encima de la cabeza y había bostezado una media de cuatro veces por minuto.

Es un hecho que el aburrimiento cambia la percepción espaciotemporal.

Marcel resopló con pesadez.

—Me estás poniendo nervioso. ¿Es que no tienes nada mejor que hacer? Como trabajar o algo por el estilo.

—Lo siento. No sé qué me pasa hoy. —Sí lo sabía—. No me concentro. Las palabras no fluyen. Ni siquiera tengo ganas de escribir.

—Ya. El caso es que yo tampoco —admitió, al tiempo que se quitaba las gafas y las dejaba en el escritorio.

Quizá le pasara lo mismo que a ella. Quizá tuviera la imagen de los dos grabada a fuego en la retina; esa imagen mágica y perfecta bajo la luz de una farola, con el East River de fondo. Quizá la sensualidad del saxo aún resonara en sus oídos. Y quizá se arrepintiera de haber subido a un taxi en lugar de haberse quedado con ella.

Demasiados quizá y ni una sola certeza.

—¿Por qué no nos tomamos el día libre? —propuso Siobhan.

—Vale —concedió, antes de masajearse el puente de la nariz con expresión ausente—. Vete a casa y vuelve mañana con las pilas cargadas.

—En realidad… —Una pausa brevísima para morderse el labio— estaba pensando en hacer algo juntos.

—¿Tú y yo?

—Sí, sí, tú y yo. A lo mejor podríamos… no sé… ¿ir a la playa?

Marcel la miró como si fuera una alienígena. O peor aún, como si fuera una alienígena con una cagada de pájaro en la cabeza.

—Estás de broma, ¿verdad? ¿A la playa? ¿Con este calor? —Señaló la ventana—. No me digas que te has vuelto a olvidar la medicación, señorita Harris.

—Vamos, no seas aguafiestas. Llevamos mes y medio sin parar. ¿No crees que nos merecemos al menos un día de descanso?

—Pues sí, pero… ¿por qué tenemos que ir a la playa? Estamos a mediados de agosto, no cabrá ni un alfiler —se lamentó—. Si lo que quieres es verme en bañador, me lo pongo ahora mismo, no hay problema.

Siobhan entrecerró los ojos y resopló.

—Pero mira que eres engreído, señor Black. Solo quiero ver el mar un rato, nada más. Sentir la arena en los pies y el sol en la piel. Anda, hazlo por mí. —Puso morritos y pestañeó varias veces seguidas para parecer adorable—. ¿Por favor?

Marcel chascó la lengua, notablemente irritado.

—¿Cómo es posible que siempre consigas salirte con la tuya? Está bien. Iremos a la puñetera playa —claudicó, entre suspiros de resignación.

¡Sí! Lo había conseguido.

Llegaron a Coney Island a mediodía. El detestable señor Black se había pasado las veintinueve paradas de metro comprendidas entre la calle 72 y Ocean Parkway, al final de la línea Q, protestando como de costumbre.

«Un *rickshaw* habría sido más cómodo».

«No me gusta el metro de Nueva York, ¿sabes? Hay ratas por todas partes».

«¿Tienes una toallita húmeda? Odio sentarme en el sudor del culo de otra persona».

Era el precio a pagar por satisfacer sus deseos.

El sol caía a plomo en la península al sur de Brooklyn. Como era de esperar, la playa estaba abarrotada. La amplia franja de arena se veía salpicada de parasoles de colores y toallas desde el paseo marítimo, y las notas musicales que salían de los locales competían entre sí. La primera canción que llegó hasta los oídos de Siobhan fue «Shape of you», de Ed Sheeran, que pocos segundos después se confundió con «24K Magic», de Bruno Mars. En general, quienes frecuentan Coney Island en pleno mes de agosto son familias neoyorquinas, aunque aquel día también había grupos de jóvenes divididos en chicos que jugaban al *frisbee* y chicas que se hacían selfis. Y, por supuesto, un montón de turistas. Una avioneta publicitaria sobrevoló el cielo con un enorme anuncio de Budweiser.

Siobhan sacó sus gafas de sol *cat eye* de la bandolera y se las puso.

—¿Vamos?

—¿Adónde?

—A ver el mar de cerca.

Marcel se caló la gorra oscura y cruzó los brazos sobre el amplio torso igual que un niño enfurruñado. Su desdén era palpable.

—Se ve perfectamente desde aquí, gracias. Además, seguro que hay tiburones.

—Venga ya, pero si eres de Luisiana.

—¿Y eso qué tiene que ver?

—¿Me tomas el pelo? Todo el mundo sabe que los de Luisiana tenéis caimanes en el porche.

—Sí, claro. Y nos los comemos en Acción de Gracias porque su carne es mucho más sabrosa que la del pavo.

Siobhan se echó a reír. Agarró a Marcel del codo y tiró de él en contra de su voluntad. Esquivaron a un grupo de patinadoras en forma; la pasarela de madera vibró bajo las ruedas. Bajaron las escaleras que conducían a la arena y sortearon sombrillas y tumbonas. Un pie aquí, el otro allá, zancada a la izquierda, zancada a la derecha; era como jugar al Twister. El ambiente olía a crema solar. Tres gaviotas descansaban sobre el puesto de los socorristas. Las olas rodaban formando rizos bajos y constantes, parecidos a los de una porción de helado que arrancas del bloque con el cucharón. En la orilla, Siobhan se quitó las sandalias y dejó que el Atlántico le lamiera los pies. Una sensación de bienestar la inundó al instante. A veces, cuando captaba el olor del mar, su memoria evocaba los episodios más felices de su infancia. Marcel también se descalzó.

—¿No te parece asombroso? —preguntó ella, con la vista fija en el horizonte.

—¿Que una playa de segunda esté llena de gente apretujada como sardinas en lata? Oh, sí, ya lo creo.

—Me refiero a esto. —Señaló el océano. El azul del cielo se encontraba con el del mar en una línea perfecta en la lejanía—. No sé qué clase de poder tendrá, pero contemplarlo hace que me sienta en armonía con el mundo. Me recuerda a cuando Robin y yo éramos pequeños, y mi padre nos enseñó a pescar.

—Hay estudios que demuestran los beneficios neurológicos del mar. El simple hecho de estar cerca del agua reduce el estrés y mejora la claridad mental. Libera endorfinas. Es un calmante natural.

—¿Lo ves? Ha sido buena idea que viniéramos —se jactó, y acto seguido salpicó a Marcel con el pie.

—¿Acabas de mojarme? —dijo, clavándole una mirada de indignación fingida—. ¿De verdad te has atrevido a mojarme?

Su respuesta fue repetir la acción sin dudarlo.

—Pero serás… Quieres guerra, ¿eh, princesita? Muy bien. Pues te daré guerra.

Se agachó, agarró un puñado de arena y se la lanzó a las rodillas, justo por debajo de sus *shorts* vaqueros, con una rapidez que no vio venir.

—¡Oye, Nueva Orleans! Eso ha sido desmesurado. Pearl Harbour cayó por mucho menos —protestó ella—. ¡Ahora verás!

Dicho y hecho. La revancha consistió en una enorme bola de barro que impactó en el centro de la fina camiseta de Marcel y lo puso perdido. Por su expresión, Siobhan supo que debía huir. Pero él fue más rápido. Cuando la hubo alcanzado, la atrapó entre los brazos y la embadurnó de arena. Ambos estallaron en carcajadas. Marcel tenía una forma de reír encantadora: echaba la cabeza hacia atrás y mostraba esos dientes blancos como el marfil, enmarcados en una boca diseñada para pecar. Era un gesto espontáneo y genuino, que se le ramificaba por todo el rostro, desde los párpados hasta las mejillas. Había ocurrido lo impensable: se estaban divirtiendo juntos. ¡Reír! Quién iba a pensar que sentara tan bien. El zumbido de las olas aumentaba en intensidad, disminuía, volvía a aumentar. Las risas cesaron poco a poco, aunque ellos siguieron enredados. Siobhan extendió la mano para tocar el punto, justo debajo de la nuez, donde la arena se había secado hasta formar una pequeña costra. La retiró con el pulgar y, a continuación, en un impulso, lo deslizó hacia abajo y lo dejó suspendido del cuello de su camiseta. Su piel era de un color tan hermoso que le habría gustado decírselo, aunque no fuera apropiado. La intensa mirada oscura de Marcel voló desde su atalaya. Primero, hacia el dedo. Luego, a los ojos. Después, a ese mechón de cabello rebelde que le cruzaba la cara. Y, por último, a los labios. Una corriente eléctrica fluyó entre los dos, la misma que fluía cada vez que estaban cerca el uno del otro. El fuego que había visto en él la noche anterior regresó, refulgiendo tras el negro azabache de su iris.

—Te vas a quemar —le advirtió, con aquella voz ronca que le salía en los momentos de intimidad y que enfatizaba la musicalidad natural de su acento.

Tres palabras que sirvieron para subir la temperatura unos cuantos grados.

—No me importa —replicó Siobhan, casi sin pensarlo.

Marcel esbozó una sonrisa perezosa.

—Dudo que esos hombros blancuchos opinen lo mismo. Venga, vamos a buscar un poco de sombra. Te compraré un helado.

Siobhan soltó el aire muy despacio, en un intento por aliviar la tensión que sentía en las costillas. En ese instante, deseó golpearse la cabeza contra un muro.

—Ni que tuviera cinco años —protestó—. Pero que sea de menta y pepitas de chocolate.

Antes, fueron a Nathan's —uno no podía ir a Coney Island y no pasarse por el mítico Nathan's, sería una afrenta—. Pidieron unos refrescos y unos perritos calientes que devoraron bajo el enorme parasol de una de las mesas del paseo marítimo. La emblemática noria del Luna Park, símbolo por excelencia del verano neoyorquino, o el Cyclone, la madre de todas las montañas rusas de los Estados Unidos desde su inauguración en 1927, quedaban a sus espaldas. A esas horas, las atracciones estaban cerradas, pero, más tarde, cuando los últimos rayos de sol se disipasen y el horizonte adquiriera una tonalidad anaranjada, el lugar se convertiría en una explosión de ruido, luces de neón y bombillas brillantes.

—Bueno, bueno, bueno. ¿Te das cuenta de que llevas dos días seguidos obligándome a venir a Brooklyn? Supongo que habrás pensado en la forma de compensarme por las molestias —comentó Marcel, antes de dar un bocado al apetitoso perrito.

—Ahora que lo dices, no recuerdo haberte puesto un cuchillo en la garganta en ningún momento. ¿No será que disfrutas de mi compañía?

—Cuando estás calladita.

—¡Ja! Tienes suerte de que el dispensador de kétchup esté a cuatro mesas de distancia —repuso Siobhan. Y acto seguido le sacó la lengua.

Los labios de Marcel se tensaron en una mueca socarrona. Bebió un trago de su refresco, y ella se quedó embobada viendo cómo hundía las mejillas para sorber el líquido por la pajita.

«Por Dios, es guapo hasta en los detalles más tontos. Qué injusticia».

Un helado y un *espresso* más tarde, seguían sentados en el mismo sitio. Ninguno de los dos parecía tener intención alguna de moverse. La brisa del mar, la caricia del sol y los estómagos llenos se lo impedían.

Siobhan se puso las gafas de sol sobre la cabeza, a modo de diadema, y apoyó la mejilla en la palma de la mano.

—Cuéntame algo de ti que no sepa —le pidió.

—Si ya sabes muchas cosas de mí. Sabes más que la mayoría.

—Eso es porque vives como si fueras un agente doble en *The Americans*.

—Para controlar el relato.

—Vamos, no te hagas el interesante —lo apremió, con un gesto.

—Muy bien. —Entrelazó las manos sobre la mesa—. Pero, a cambio, tú harás lo mismo.

—De acuerdo. Empiezo yo. A ver, estudié en la NYU. ¿Dónde estudiaste tú? Imagino que en Nueva Orleans, así que ¿en Loyola o en Tulane?

—No fui a la universidad. Todo lo que sé de la literatura lo he aprendido por mi cuenta. Soy cien por cien autodidacta.

Su confesión la fascinó.

—Un hombre con talento hecho a sí mismo.

—El talento está bien, pero no sirve de nada sin determinación y trabajo duro. Si algo se necesita para tener éxito como escritor es resistencia. Recuérdalo siempre, señorita Harris. Venga, siguiente pregunta.

—Vale. ¿Cuál es el último libro que has leído?

Una sonrisita pícara le curvó las comisuras. Colocó una mano junto a los labios como si fuera a desvelar un secreto y se inclinó hacia delante con aire de misterio.

—Ya sabes cuál —susurró.

Siobhan se quedó boquiabierta.

—¿Te refieres al que me encontré escondido en el sofá y que no admitiste haber comprado porque te daba vergüenza reconocer que se puede leer una novela romántica sin morir en el intento?

—Mmmm. Es posible que hablemos del mismo libro. ¿Quieres saber si me gustó?

—¿Y ver cómo disfrutas destruyendo mi autoestima? Antes me hago el *harakiri*.

Marcel negó con la cabeza.

—Si vas a dejar que cualquiera destruya tu autoestima, será mejor que te dediques a otra cosa. No escribimos para gustar, sino para encontrar sentido a todo aquello que no entendemos. —La escrutó con expresión adusta mientras dejaba que asimilase lo que acababa de argumentar. No habían sido palabras vacías ni tampoco una reprimenda. Fuera lo que fuese, lo había expresado como se expresan las cosas que importan de verdad—. Y para tu información, creo que tienes madera de escritora.

—Espera. ¿Puedes repetir lo último que has dicho?

—Ni lo sueñes. Y ahora me toca a mí preguntar. ¿Cantas en la ducha?

—¿Qué clase de pregunta es esa? Todo el mundo canta en la ducha.

—Yo no.

—Uy, qué raro. Con lo jovial y alegre que eres.

—«Jovial» y «alegre» son sinónimos. —Siobhan puso los ojos en blanco—. ¿Ya te has olvidado de lo que hablamos el primer día? Economía del lenguaje, nena. —La punzada de irritación se transformó en otra cosa al advertir la naturalidad con que la había llamado «nena»—. Bueno, sigo. ¿Película que más veces has visto?

—*Cuando Harry encontró a Sally.* Y antes de que se te ocurra siquiera pedírmelo, no, no pienso emular a Meg Ryan fingiendo un orgasmo en Katz's. —En la expresión de Marcel podía leerse un letrero invisible que decía: «Qué pena»—. ¿Comida favorita? Déjame adivinar. El *filet mignon* o el caviar iraní.

—Casi. El arroz *jambalaya.*

—¿Eso es un plato cajún?

—Error. No es *un* plato cajún cualquiera, es *el* plato cajún por excelencia.

—Nunca he estado en Nueva Orleans. ¿Cómo es?

—Pues… —comenzó a relatar. Se quitó la gorra y jugueteó con ella— yo diría que demasiado intensa. Una amalgama de blancos, negros, inmigrantes, cajunes y criollos. Una ciudad caótica en la que conviven grandes pobrezas y grandes riquezas, ubicadas a menudo en la misma calle. Con problemas bastante previsibles: embotellamiento en hora punta o tiroteos en los barrios más desfavorecidos. Ideal para borrachos y soñadores que no se despierten antes del mediodía.

—Suena bien. Sobre todo, lo de dormir hasta tarde. ¿Alguna afición secreta?

—Me gusta sentarme en el vestíbulo de Grand Central Terminal, observar a la gente e imaginarme sus vidas. Es uno de mis lugares preferidos de Nueva York. ¿Sabías que estuvieron a punto de demolerlo? Se salvó gracias a una campaña de Jackie Kennedy. Hay un restaurante carísimo enterrado desde 1913 en el subsuelo de la estación bajo unas bóvedas de estilo románico. No hacen *jambalaya,* pero tienen el mejor marisco fresco de Manhattan. ¿Cuál es el tuyo?

—¿Mi lugar favorito? —Se pasó un mechón de pelo por detrás de la oreja mientras meditaba la respuesta—. La pista de patinaje sobre hielo del Rockefeller Center en Navidad.

Un resuello involuntario se escapó de los labios de Marcel.

—Cómo no.

—¿Me estás juzgando?

—¡Ja! Dios me libre —se defendió, al tiempo que levantaba las manos como si un coche estuviera a punto de derribarlo—. ¿Qué es para ti un día perfecto?

—Cualquiera que pase junto a los míos. ¿Y para ti?

—Cualquiera que pase escribiendo.

—Pero ¿es que no hay nada que te guste más que escribir?

—Claro que no —replicó, como si fuera evidente—. Ni siquiera el sexo. El sexo está muy bien. Sin embargo, escribir es mucho más personal. Hablando de sexo, ¿cuál es el sitio más raro donde lo has hecho?

Siobhan enrojeció. Sentía la quemazón de la vergüenza en el cuello, enroscada sobre los hombros. Como no encontró los arrestos para mirarlo a los ojos, apartó la vista.

—Pues… eh… en la última fila de asientos de un autobús de Greyhound, de camino a Filadelfia.

Marcel arqueó tanto las cejas que casi le llegaron al nacimiento del pelo.

—¿De veras? —Parecía realmente sorprendido, y Siobhan no pudo evitar que su reacción le resultara ofensiva. ¿Por quién la tomaba? ¿Por una mojigata? Que no se acostara con el primer tío con el que se cruzase por la calle no significaba que no fuera capaz de disfrutar del sexo y hacer cosas, digamos, atrevidas—. Vaya con la princesita. ¿Quién fue el afortunado? ¿Algún rollo de la universidad?

—Yo no… no tengo rollos. Fue Buckley, mi ex. Su familia vive en Philly. —Carraspeó para aclararse la garganta—. Pero eso pasó hace mucho, cuando empezamos a salir.

Silencio.

—¿Todavía piensas en él?

Buena pregunta. En ese momento, Siobhan se dio cuenta de que no recordaba cuándo había sido la última vez que había pensado en Buckley. Y también se dio cuenta de que el único hombre que ocupaba sus pensamientos desde hacía algo más de dos meses era Marcel.

Día y noche.

Una atracción casual se había convertido en una sensación intensa e insoportablemente peligrosa que le erizaba la piel. Y no era solo física. Cada conversación con él revelaba algo nuevo que le gustaba más.

Mucho más.

Así que dijo:

—Todo el tiempo.

Claro que no hablaba de su ex.

—Qué circunstancia tan cruel es que alguien a quien quieres te haga daño y, aun así, tus sentimientos no se extingan —replicó él. Sorbió por la nariz y desvió la vista, con los ojos encogidos, como si le molestase la claridad. O tal vez le molestara otra cosa—. Por eso prefiero estar solo, para evitar males mayores.

—Pues yo creo que la soledad es antinatural. Todo el mundo necesita amar y ser amado.

—Madre mía, pero ¿quién dice ya chorradas como esa? El amor no se parece en nada a la visión ideal que tienes en la cabeza. No es algo brillante y perfecto que hace que recites sonetos de Shakespeare en un campo de lavanda bajo el arcoíris. El amor desequilibra y provoca un dolor infernal. —La miró con cierta desaprobación—. Como si pudiese haber final feliz alguna vez. Nunca lo hay.

Otro silencio; esta vez, mucho más tenso.

Le habría encantado dejar de analizarlo y de buscar pistas sobre su personalidad y su pasado en cada comentario.

Pero ese hombre le interesaba demasiado.

—¿Lo dices por experiencia?

Marcel se pasó una mano por la cara, exasperado.

—No me interesan las relaciones que duran más de una noche. Únicamente asumo riesgos calculados.

—Estás dando por sentado que los sentimientos se pueden domesticar. Y no. Surgen y ya está. A veces uno sabe que va a estrellarse y aun así acelera. ¿Es que nunca te has enamorado, Marcel?

—Bueno, basta ya, se acabó —zanjó, gesticulando con vehemencia—. ¿Qué clase de tío habla de estas cosas? ¿Qué será lo próximo? ¿Preparar malvaviscos y hacernos trencitas? Paso.

—No hace falta que te pongas a la defensiva. Solo preguntaba porque pareces un poco resentido, eso es todo.

—Vale, lo que sea. Cambiemos de tema, por favor.

Siobhan asintió, y Marcel no tardó en recuperar la actitud relajada de antes. Los nervios se calmaron, la conversación volvió a fluir como debería.

Al menos, hasta que Siobhan preguntó:

—¿Cómo se llaman tus padres?

Le resultaba raro pensar que Marcel tuviera una familia y que antes de ser alto, antisocial y un cínico que no creía en los finales felices hubiera sido un niño probablemente adorable.

No por primera vez desde que lo conocía, Siobhan pensó en lo poco que habían hablado de ese tema al que nunca o casi nunca hacía mención. Estaba ansiosa por averiguar más sobre su vida privada.

—Padre. No hay madre. Se llama Bernard. Vive en Nueva Orleans con mi hermana, Charmaine. —Tragó saliva y añadió—: Lleva tiempo luchando contra una enfermedad degenerativa del cerebro. Alzhéimer. Ella cuida de él.

A Siobhan se le formó un nudo en la garganta.

—Lo siento mucho. No tenía ni idea. Debe de ser terrible.

—Hace un año que no voy a verlos. La última vez… —Apretó los párpados—. Verás, mi padre no está en sus cabales y hace cosas que… Chaz se niega a internarlo en una clínica. Y yo me niego a volver a Nueva Orleans mientras ese hombre siga en casa.

Y en esa fracción de segundo, lo vio todo claro.

Fue una revelación en toda regla: Marcel Dupont era un ser humano que sentía dolor, tristeza, confusión y soledad.

Se miraron durante un buen rato, sin parpadear. De sus ojos a los de él pendía un hilo invisible; aun así, sintió cómo la electricidad crepitaba alrededor de ese hilo.

De pronto, una voz rompió la magia.

—Perdona, ¿eres Siobhan Harris?

Cuando se volvió, vio que un grupo de chicas adolescentes rodeaba la mesa.

—Eh… sí.

Las chicas se pusieron a dar saltitos y a chillar emocionadas como si hubieran visto a Harry Styles en bañador. Siobhan y Marcel intercambiaron una mirada de reojo.

—Llevábamos un rato mirándote y no estábamos seguras de que fueras tú de verdad, pero tu cara es, o sea, inconfundible —afirmó la que parecía la líder del grupo—. Oh, Dios mío. Oh, Dios mío. Oh, Dios mío. ¡Eres mucho más guapa en persona de lo que imaginábamos!

—¿Gracias?

Marcel frunció los labios y agachó la cabeza para ocultar el hecho de que se estaba partiendo de la risa.

Otra dijo:

—¡Somos superfans!

Y otra:

—¡Sí! *Con el destino a favor* es nuestro libro favorito.

Y otra más:

—¿Podemos hacernos una foto contigo? ¡Por favor, por favor, por favor!

A decir verdad, ya tenía el móvil en la mano.

—Claro. ¿Te importa, Marcel?

—Sin problema.

Las chicas se arremolinaron junto a Siobhan haciendo el símbolo de la victoria con los dedos. Clic clic. Luego, permanecieron alborotadas a su lado y la acorralaron, sonrojadas por la emoción, con risitas y preguntas tímidas sin visos de acabar pronto. Siobhan comenzó a sentirse un tanto incómoda y expuesta, pero no sabía cómo manejar la situación sin resultar una borde.

Ser borde con aquellas chicas era lo último que quería.

Por suerte, Marcel sí sabía cómo hacerlo.

—Cariño, ¿no decías que querías ir a dar un paseo antes de volver a casa?

Sirvió.

Puede que el detestable señor Black tuviera más habilidades sociales de las que parecía.

Y la había llamado «cariño».

—Guau… Eso ha sido… No sé ni qué decir. ¿Te das cuenta de que me acaban de reconocer unas chicas? ¡Es la leche! —exclamó en cuanto se quedaron solos—. Me he sentido un poco, no sé, como Kim Kardashian —confesó, al tiempo que se levantaba de la silla y se ponía de nuevo las gafas de sol—. Claro que ella tiene mucha mejor retaguardia que yo.

—Te dije que llegarías lejos y no me equivocaba. En cuanto a lo de la retaguardia… bueno, es cuestión de perspectiva.

—Por cierto, gracias por rescatarme.

—Siempre que quieras.

Marcel le dedicó una sonrisa cálida y lenta que le ensanchó la nariz. En ese instante, Siobhan se sintió tan absurdamente feliz que le habría gustado atrapar el momento con las manos y guardarlo en una caja con llave para que no se perdiese jamás.

Entonces, algo falló.

Una notificación sonó en el móvil de Siobhan. Lo que vio la hizo palidecer. Se cubrió la boca con la mano y supo que su felicidad tenía los segundos contados.

Capítulo 19

Marcel

—¿Qué pasa? Te has puesto pálida de repente. ¿Has perdido un *follower?* ¿O es que Superman ha salido del armario y ha arruinado tus planes de futuro con él? —bromeó Marcel, acompañando el sarcasmo con un guiño.

—Henry Cavill no es gay. Pero en fin. Creo que... tienes que ver esto —dijo Siobhan, al tiempo que le pasaba el móvil con el pulso tembloroso.

La aplicación de Twitter estaba abierta.

Mal asunto.

 Grl18 @grl18 · 1m

Mis amigas y yo acabamos de encontrarnos a @siobhan_harris en Coney Island y... GUAU. 🖤 ¡Ha sido una pasada! Es adorable e increíblemente guapa en persona. ADMIRADLA. #PASSIONBHAN

◯ 13   ⟲ 26   ♡ 47   ⬆

Marcel arqueó las cejas.

—Vaya con las superfans. No han tardado ni diez minutos en publicar la foto. Apuesto a que la tal... @grl18 —leyó en la pantalla— estaba redactando el tuit mientras posaba, en vez de disfrutar del hecho de conocer a su autora favorita. Cuando digo que las redes sociales son una forma de esclavitud moderna…

—Sigue el hilo —lo interrumpió ella.

Grl18 @grl18 · 30s
Por cierto, Siobhan estaba con un TÍO BUENÍSIMO. 🔥 ADMIRADLO A ÉL TAMBIÉN.

💬 19   🔁 35   ♡ 67   ↑

Faltó poco para que se le salieran los ojos de las cuencas oculares.

—Pero ¿qué cojones…? ¿Esas niñatas nos han hecho una foto sin que nos diéramos cuenta?

Siobhan tragó saliva.

—Aún hay más. Y me temo que no te va a gustar.

Grl18 @grl18 · 20s
Se llama Marcel. COMO MARCEL BLACK. ¿Casualidad?

💬 1   🔁 11   ♡ 23   ↑

Lady Herondale @LadyHerondale_85 · 10s
A lo mejor @siobhan_harris e @InvisibleBlack están liados. Solo hay que ver cómo se miran. 👀 👀

💬 1   🔁 3   ♡ 9   ↑

Grl18 @grl18 · 7s
Pues es muy posible porque él la ha llamado
CARIÑO.

♡ 1   ⎗ 2   ♡ 6   ↥

Lady Herondale @LadyHerondale_85 · 3s
OH. DIOS. MÍO. 😨 ¡ME ENCANTA! #SHIPPING

♡ 0   ⎗ 1   ♡ 4   ↥

El mundo acababa de saltar por los aires con una violencia equivalente a la detonación de cinco bombas nucleares.

—¡Me cago en la puta! —bramó. Contuvo la tentación de estrellar el móvil de Siobhan contra el suelo y lo dejó sobre la mesa, junto a su gorra. ¡Maldita fuera! ¿Por qué había tenido que quitársela? Se llevó las manos a la cabeza y comenzó a caminar de un lado a otro con nerviosismo. —¡Me han hecho una foto! ¡Una puñetera foto robada! ¡Y la han publicado en el puñetero Twitter de los cojones! —Le clavó una mirada furiosa a Siobhan, que lo observaba parapetada tras sus gafas de sol—. ¿Sabes lo que significa? Que ahora la mitad de América sabe quién soy. Es increíble. Increíble. Más de diez años esforzándome por mantener mi identidad oculta para que ahora vengan esas *paparazzi* de pacotilla a joderme el plan. —Apretó el puño, se lo llevó a la boca y gruñó.

Quería gritar.

Quería destrozar algo.

Destrozarlo todo.

Definitivamente, nada de lo que había sucedido estaba en el guion.

—Si te sirve de consuelo, la imagen no tiene muy buena calidad —argumentó ella—. Podrías ser cualquiera. Podrías ser… no sé… ¿Denzel Washington con diez quilos menos?

Buen intento.

Lástima que solo hubiera servido para prender la mecha que encendería su ira.

—¿Esto te parece divertido? Claro, tú querías tu minuto de gloria, ¿verdad, princesita? Pues enhorabuena. —Aplaudió—. Parece que lo has conseguido.

Las mejillas de Siobhan enrojecieron al instante y sus pecas parecieron multiplicarse como por arte de magia. Si no fuera porque estaba cabreadísimo, se habría entretenido en contarlas. Se quitó las gafas de sol y le devolvió una mirada dolida. ¡Por Dios! Era incluso más bonita con el atardecer reflejado en los ojos.

—¿De qué demonios hablas? Tranquilízate un poco, ¿quieres? Me estás estresando.

—¿Que yo te estoy estresando a ti? —repitió, a la vez que se señalaba el pecho con aire de incredulidad—. ¡Ja! Tiene gracia.

—Te recuerdo que no eres el único que sale en la dichosa foto.

—Pero tu imagen es pública y la mía, no.

—Eso no significa que me guste que especulen con mi vida privada. Y mucho menos, que insinúen cosas que no son verdad, como la tontería esa de que estamos… —Gesticuló de forma despectiva— liados.

«Claro. No vaya a ser que lo vea el memo de tu ex y se confunda», pensó Marcel. Y el mero hecho de haberlo pensado siquiera hizo que le rechinaran los dientes.

—Tú y yo liados… —farfulló—. Es lo más surrealista que he escuchado en mucho tiempo.

Siobhan le dedicó una caída de párpados pesada.

—Bueno, si no me hubieras llamado «cariño», a lo mejor no habrían llegado a esa conclusión.

—¡Y si tú no me hubieras llamado Marcel…!

—¿Qué culpa tengo yo de que tu nombre sea ese?

Abrió la boca para replicar y la mantuvo abierta como el imbécil que era varios segundos antes de cerrarla. Exhaló.

—¿Sabes qué? Olvídalo —murmuró, a la vez que se ponía la gorra de nuevo—. Estoy cansado de estos jueguecitos de mierda.

—¿Qué jueguecitos?

Se miraron fijamente durante unos segundos. La electricidad se palpaba en el ambiente, salvo que, esta vez, estaba generada por la furia.

Marcel sintió una punzada candente en la yugular.

—Sabía que sería un error venir aquí. Sabía que sería un error escribir esa maldita novela. Y, desde luego, sabía que sería un error involucrarme con alguien como tú —le escupió a bocajarro.

Algo ácido le quemó la garganta. Advirtió el desencanto en sus ojos entornados, en el rictus serio de su boca. Nunca había visto a Siobhan tan decepcionada como en ese momento, y la culpa lo golpeó con fuerza.

Aunque el daño ya estaba hecho.

No había marcha atrás.

—Bueno, ¿y por qué diablos aceptaste? ¿Por dinero?

—¿Dinero? —repitió con desdén—. ¿Crees que necesito perder el tiempo contigo para ganar dinero? ¡Solo acepté porque Gunton amenazó con filtrar mi identidad si no lo hacía!

Siobhan se masajeó las sienes como si estuviera haciendo un esfuerzo sobrehumano para entender la situación. Adoptó una expresión seria y preguntó:

—¿De qué te escondes, Marcel? ¿Has matado a alguien? ¿Eres un fugado de la justicia o algo así?

Él resopló.

—Por supuesto que no.

—¿Entonces? ¿Por qué te pones así por una estúpida foto en la que ni siquiera se te ve bien la cara?

—Hazme un favor, Siobhan. De ahora en adelante, métete en tus asuntos —sentenció. Acto seguido, se sacó el móvil del bolsillo y lo desbloqueó—. Y se acabó la discusión. Pido un Uber y nos largamos de aquí.

—Yo vuelvo en metro. No me apetece... ¿cómo era? —Se dio unos toquecitos en la barbilla con el dedo índice—. Ah, sí... involucrarme con alguien como tú ni un minuto más.

Recibió aquellas palabras como un puñetazo en el estómago. Aun así, se encargó de disimular su frustración lo mejor que pudo.

—Haz lo que te dé la gana —masculló, sin molestarse en levantar la vista del teléfono.

—Pues muy bien. Ahí te quedas.

—Estupendo.

—Genial.

Siobhan giró sobre los talones malhumorada y no tardó en desaparecer de su campo visual. En ese instante, Marcel se sintió profundamente solo, como hacía mucho que no se sentía.

Y la sensación lo abrumó.

—Cálmate, hombre —dijo Alex, mientras le servía un *whisky* doble—. Estás haciendo una montaña de un granito de arena. La imagen ni siquiera tiene buena resolución. Es lo que pasa cuando haces una foto con un móvil y ajustas tanto el *zoom*.

Marcel torció el gesto.

—¿Tú también, Alex? Estoy de un humor de perros, así que te aconsejaría que no me llevaras la contraria en lo que queda de año —protestó.

No había ido al *loft* de su amigo para escuchar sermones. Si le había pedido al conductor del Uber que lo llevara a TriBeCa en vez de al Upper East Side era porque necesitaba desahogarse. El trayecto desde Coney Island había sido un infierno. En contra de sus principios, se había descargado la aplicación de Twitter en el móvil y había monitorizado en tiempo real la evolución del jodido tuit de @grl18, que se viralizaba a la velocidad del rayo.

Refrescar.

Refrescar.

Refrescar.

¿Cómo era posible que ya hubiera memes circulando por ahí? La comunidad de Twitter se toma muy en serio los chismorreos; en la red social de la rapidez por excelencia, la capacidad de reacción es básica para sobrevivir. A pesar de que los más prudentes habían tenido el detalle de pedirle que confirmara si el tipo de la foto era él, la mayoría daba por hecho que sí lo era. Algunos alababan su físico y se alegraban de verle por fin la cara al misterioso Marcel Black, aunque fuera solo de refilón. Otros lo acusaban directamente de racista, como si el hecho de ser negro limitara a un autor a contar solo historias negras. Y luego estaban los soñadores, los románticos que enloquecían ante la posibilidad de que Siobhan y él se hubieran marcado un *enemies to lovers* de verdad. Los de este grupo tuiteaban sus fantasías usando la etiqueta #Sioblack.

Alex dejó el *whisky* encima de la mesa de aquel salón de estilo entre bohemio e industrial que solo un diseñador de interiores profesional sabría encontrar y se sentó en una silla colocada del revés frente a Marcel.

—Tienes que reconocer que el *hashtag* es muy ingenioso. Ahora mismo, Siobhan y tú sois como los protagonistas de una serie de Shonda Rhimes para Netflix, y todos vuestros fans se han puesto esa foto de fondo de pantalla en el móvil. ¿No es la leche?

—Eso, tú ríete. Es para descojonarse, vamos —le reprochó, obsequiándolo con una mirada de párpados entornados que se perdió en el líquido color ámbar cuando se dispuso a beber—. ¿No podemos emprender medidas legales contra la cuenta que la ha publicado?

—¡Pero si es una cría, Marcel! ¿De verdad quieres demandar a una adolescente? Además, eso solo serviría para confirmar que el de la foto eres tú. Lo mejor es no hacer nada. Créeme, en unos días la gente se habrá olvidado de esto. TMZ se encargará de darles una historia más jugosa.

—La gente, puede. ¿Pero Google? Google no olvida.

—Oye, tú solo céntrate en terminar la novela y...

—No —lo interrumpió con brusquedad—. He decidido que no quiero seguir con esto. Se acabó. Llama a Gunton ahora mismo y dile que estoy fuera.

Las cejas rubicundas de Alex se unieron en un fruncido dramático.

—¿Qué? Trae para acá ese *whisky* —dijo. Agarró el vaso de Marcel, se bebió prácticamente la mitad de un solo trago y volvió a dejarlo donde estaba ante la mirada de desconcierto de su amigo—. A ver. Me parece que no eres consciente de lo que dices. Debe de haberte dado una insolación en Coney Island o algo. Primero respira hondo, ¿quieres? —Gesticuló con suavidad—. Inhala, exhala. Inhala, exhala. Inhala, exha…

—¿Se puede saber qué coño haces? Ni que estuviéramos en una clase de yoga kundalini.

—Solo intento que te tranquilices antes de tomar —Y aquí subió el tono una octava— una muy mala decisión en caliente. Para empezar, tienes un contrato con Baxter Books. Por el amor de Dios, Marcel. Piensa en Siobhan. No puedes hacerle esa putada.

Siobhan, Siobhan, Siobhan. No quería pensar en Siobhan. Todo iba bien hasta que la dichosa princesita apareció en su vida, con esos ojos azules de expresión suave y esa boca tan condenadamente exuberante, para romperle los esquemas. Ojalá no la hubiera conocido nunca.

—Y una mierda. Es gracias a ella que estoy metido en este lío. Si la muy… —Apretó los dientes como si quisiera retener en la boca alguna palabra de la que fuera a arrepentirse después— no me hubiera llamado por mi nombre delante de esas niñatas…

Alex negó con la cabeza, visiblemente contrariado.

—No me digas que has discutido con ella por esto.

Antes de contestar, Marcel se mordió el interior de los carrillos.

—Yo no lo llamaría discutir. —Alex lo fulminó con una mirada de «A otro perro con ese hueso»—. Está bien, puede que… me haya excedido un poco y le haya gritado cosas… digamos… no muy agradables

—Tienes que estar de broma.

La culpa le retorció las entrañas como si fuera un saca-corchos.

—Tú no lo entiendes.

—¿Qué es lo que no entiendo?

Marcel se limitó a pasarse la mano por la cara entre exhala-ciones. Oyó a su amigo hacer una especie de gruñido a modo de asentimiento antes de responderse a sí mismo:

—Vale, ya lo pillo. Toda esta historia ha hecho que te dieras cuenta de lo mucho que te gusta la chica y ahora estás acojona-do porque no sabes qué hacer.

Un resuello de indignación un tanto exagerado se le escapó desde las profundidades de la garganta.

—¿Qué? No digas gilipolleces —replicó, mientras se fro-taba un punto en el pecho donde sentía una especie de dolor sordo.

—De gilipolleces nada, amigo. He visto cómo la miras. ¿Por qué te crees que os dejé solos anoche?

—¡Lo sabía! Eres un puto traidor.

—Sí, y tú un idiota por no mover ficha. Reconócelo, hombre: estás colado por Siobhan. Y eso te asusta porque choca frontal-mente con tu política de un polvo y hasta luego. ¿Me equivoco?

Silencio.

El movimiento de su nuez lo delató mientras tragaba saliva. Marcel se revolvió en el sofá de diseño de Alex preguntándose si siempre había sido tan incómodo. De repente, el móvil le empezó a vibrar en el interior del bolsillo y se tensó.

—¿Es ella? —preguntó Alex, ansioso.

—Mi hermana —dijo, al tiempo que comprobaba la lla-mada entrante—. Luego la llamo. —Volvió a guardarse el móvil—. Y te equivocas, ¿vale? Te equivocas de pleno. Siob-han y yo no tenemos nada en común. Es… —Agitó la mano con desdén— respondona y absurdamente optimista. Seguro que era la capitana del equipo de debate en el instituto y que chocaba los cinco. No es mi tipo. Ni siquiera me cae bien. Le encanta la Navidad y su película favorita es *Cuando Harry encontró a Sally.* —Se metió dos dedos en la boca y simuló que vomitaba—. Además, tiene pinta de ser de las que se enganchan y te persiguen pidiéndote más; una dependiente emocional en toda regla.

Sin mencionar que seguía coladita por su ex.

Que, por cierto, encajaba a la perfección con su definición de un completo soplagaitas.

Alex esbozó una risita sarcástica.

—No te cae bien, pero te vas a pasar el día con ella a la playa. Claro, tiene toda la lógica del mundo. Venga, llámala. —Lo señaló con el dedo índice—. Ahora.

—¿Que la llame para qué?

—Para sincerarte. Solo hay que ver cómo la miras en la foto, con los ojos brillantes como dos velitas de cumpleaños.

—Que te jodan, Shapiro. ¿No decías que casi ni se me veía la cara?

—Llámala —insistió Alex—. Si te faltan pelotas para decirle lo que sientes, al menos pídele disculpas por el numerito que has montado. Se lo merece. Esa chica ha demostrado tener más pasión en el dedo meñique que la mitad de escritores consagrados que conozco. Y muchas agallas. Por aceptar escribir una novela contigo, por no tirar la toalla y por aguantarte día tras día. —Marcel se llevó la mano al pecho con una mueca ofendida—. Venga, deja de hacerte la víctima y llámala.

¿Debía llamarla o no? Difícil disyuntiva. Una parte de él quería sacudir el tablero de ese día y que todo volviera a la normalidad. A *su* normalidad. Y otra deseaba arreglar las cosas con Siobhan más de lo que era capaz de reconocer. Suspiró y se frotó la cara con impotencia.

Entonces, el móvil le volvió a sonar.

Era Charmaine otra vez.

«¿Qué demonios querrá?», se preguntó, extrañado.

Capítulo 20

Siobhan

Eran las diez de la noche cuando Siobhan se desplomó en la cama de su pequeño apartamento. Se sentía un poco mareada. Puede que las dos cervezas artesanales que se había tomado en el Smorgasburg, el popular mercado gastronómico al aire libre de Brooklyn, no le hubieran sentado del todo bien. O puede que la cabeza le diera vueltas de tanto pensar.

«Sabía que sería un error involucrarme con alguien como tú».

El eco de aquellas palabras le reverberó en los oídos con fuerza. Y mientras la atormentaban, visualizó a Marcel bajo el enorme parasol de Coney Island, mirándola con displicencia desde su metro ochenta y-lo-que-fuera. Odiaba que su altura la hubiera colocado en una clara posición de desventaja frente a él. Odiaba haberse sentido tan pequeña. Odiaba que la hubiera culpado por lo ocurrido. Y odiaba que las cosas entre ellos se hubieran estropeado después del día tan maravilloso que habían pasado juntos. El asunto de la dichosa foto de Twitter le había arruinado el ánimo hasta tal punto que había necesitado reunir a su gabinete de crisis con carácter urgente. Cuando no soportas estar a solas con tus pensamientos, únicamente existe una solución: rodearte de las personas que te ayudan a mantenerte a flote, aunque te estés ahogando.

Esas eran Paige y Lena.

Su círculo de apoyo.

Quedaron en el East River State Park, que es donde se montan las carpas del mercado todos los sábados de abril a octubre. Con el buen tiempo, las docenas de mesas de madera dispuestas en el césped se llenan de hípsters ansiosos por degustar los platos más originales y alocados de Nueva York, como el *ramen burger,* los dónuts de espaguetis de Pop Pasta o las patatas fritas con sabor a trufa, y publicar la experiencia *#foodporn* en Instagram. La parte positiva fue que pudo desahogarse rodeada de un montón de comida deliciosa, lo cual siempre viene bien. La negativa, que no tuvo más remedio que contárselo todo a sus amigas.

Y todo significaba todo.

—Entonces... ¿es él de verdad? ¿Es Marcel Black? —quiso saber Paige.

Siobhan asintió despacio.

—¡Lo sabía! ¡Sabía que ese tío no era gay! Y, sinceramente, tampoco tenía cara de llamarse Michael —agregó, mientras mojaba un nacho en el guacamole orgánico que habían comprado en uno de los múltiples puestos de comida para llevar.

—Puede que... os haya mentido un poquito. Y puede que él... me guste. Mucho.

Había estado a punto de atragantarse con su propia lengua.

Lena abrió los ojos como platos y gesticuló como si no entendiera nada.

—¿Qué? Será una broma, ¿no? ¿Qué tipo de persona se siente atraída por alguien que va por la vida con un bate lleno de clavos? Enrollarse con él sería como pasarse al lado oscuro. ¿Eres Kylo Ren? No, no eres Kylo Ren.

—Guapo pero imbécil, qué pena. Los tíos como Marcel Como-Se-Llame son un arma de doble filo —apuntó Paige.

—Dupont. Se llama Marcel Dupont y es de Nueva Orleans. —Cuando Siobhan se percató de que probablemente había hablado de más, bajó la voz y las miró a ambas con una amenazante expresión de delegada de la clase—. Supongo que no hace falta que os recuerde que si alguna de vosotras se va de la lengua, sus abogados me harán papilla, ¿verdad?

Paige resopló.

—Prefiero emplear la lengua en cosas más interesantes, gracias —replicó, a todas luces ofendida por el hecho de que su amiga se planteara siquiera la posibilidad.

—Por si acaso. En cuanto a lo otro... bueno, reconozco que el noventa por ciento del tiempo es un estirado y un antipático, pero... el diez por ciento restante es encantador e interesante.

—La cuestión es si vale la pena complicarse tanto por un diez por ciento —argumentó Lena—. Quiero decir, ¿era necesario montar una escena por esto? —Señaló el móvil de Siobhan, que reposaba sobre la mesa—. Que esté obsesionado con mantener la privacidad no le da ningún derecho a levantarte la voz.

—Sin mencionar que lo único que se aprecia en la foto es que es afroamericano —añadió Paige—. ¡Venga ya! ¿Sabéis cuántos afroamericanos hay en los Estados Unidos?

Siobhan tomó una bocanada de aire. Sin embargo, la opresión que sentía en el pecho no desapareció.

—Tenéis razón —claudicó—. Es un capullo integral. —Una breve pausa—. El problema es que... a veces... me mira de un modo que me confunde. Al menos, cuando es un imbécil sé a qué atenerme. Pero cuando no lo es... Hoy, sin ir más lejos. Lo estábamos pasando tan bien juntos, hablando de esto y aquello... había una conexión real entre nosotros. —Se llevó una mano al corazón y descubrió que lo tenía acelerado—. Ni siquiera me he acordado de mirar el móvil. No tener que comprobar las notificaciones cada veinte segundos es sumamente liberador, ¿sabéis? Hasta que lo he hecho y se ha ido todo al garete, claro. En fin, yo... no quiero que me guste, pero me gusta muchísimo y... ay, Dios, esto no es bueno.

Paige le acarició el brazo para consolarla.

—¿Qué piensas hacer? —preguntó.

—Nada. Limitarme a terminar mi parte de la novela. De todas maneras, dudo que volvamos a vernos después de entregar el manuscrito. Marcel y yo... somos demasiado distintos. No puedo colgarme de un hombre al que solo le interesan los rollos pasajeros, sería un suicidio.

—Es lo más inteligente, Shiv —convino Lena—. Ya sufriste bastante cuando Buckley se largó. Se supone que la vida es divertida; si no, ¿para qué demonios sirve? A la mierda los hombres y a la mierda las relaciones. Es tu momento, tuyo y de nadie más.

—Ahí le has dado —concordó Paige—. ¿Sabéis qué os digo? Que voy a por otra ronda de cervezas. Necesitamos una borrachera de validación de grupo.

Mientras contemplaba el techo de su dormitorio, se preguntó si debería volver a casa de Marcel al día siguiente y retomar su rutina como si nada. ¿Era lo más aconsejable después de lo que había sucedido? Francamente, lo dudaba. Seguro que el muy cretino seguiría cabreado para entonces y ni siquiera se molestaría en abrirle la puerta. Él nunca daría su brazo a torcer, jamás. Su verdadera identidad y cualesquiera que fueran sus motivos para mantenerla oculta parecían la puñetera piedra angular de su existencia. Claro que Siobhan también estaba enfadada. Y muy dolida. Así que, como había más probabilidades de que una lluvia de cronuts inundara la ciudad de Nueva York que de recibir una disculpa por parte del detestable señor Black, decidió que volverían al principio.

«De ahora en adelante, trabajaremos por separado. Él en su casa y yo... en Starbucks».

Suspiró con aire abatido y se abrazó los hombros. Esbozó una mueca de dolor. Los notaba candentes, al rojo vivo; justo lo que Marcel había predicho que pasaría. ¿Qué estaría haciendo en ese instante? ¿Estaría pensando en ella? Eliminó la posibilidad de un manotazo y trató de abstraerse mirando el móvil. Un error de consecuencias catastróficas, pues lo primero que hizo su traicionero dedo índice fue deslizarse hacia la aplicación de Twitter como si tuviera vida propia, buscar la foto de la discordia y descargarla. Amplió la imagen hasta que el perfil borroso de Marcel ocupó toda la pantalla. Qué guapo era, por Dios. Y qué relajado parecía en la instantánea. Cómodo. Tranquilo. ¿Feliz? ¡Si incluso estaba sonriendo! Era como si le gustara su compañía.

Como si ella le gustara.

¿Acaso…?

—No. Qué va. Imposible —se respondió a sí misma en voz alta.

Entonces, ocurrió algo para lo que no estaba preparada en absoluto.

Ding.

Un mensaje de Marcel.

Marcel
¿Estás despierta?

El protocolo de actuación en estos casos es muy claro: hay que esperar como mínimo diez minutos antes de responder para no parecer demasiado interesado. Digamos que Siobhan se olvidó convenientemente del protocolo y tecleó de inmediato un escueto aunque desesperado:

Shiobhan ✓
Sí.

Claro que podría haber sido peor.

Podría haber insertado un humillante emoticono de fiesta.

El teléfono empezó a sonar a continuación.

—Oh, Dios mío. ¿Me está llamando? ¡Me está llamando!

Esperó tres tonos —no era cuestión de saltarse el protocolo dos veces seguidas— y al cuarto descolgó. Sentía el pulso desbocado, las manos temblorosas, la boca seca. Cerró los ojos un segundo, con un nudo en el estómago. Estaba hecha un manojo de nervios.

Pero debía mantenerse firme.

—Hola.

—Hola —repitió él, susurrante.

Siobhan apretó los párpados. Odiaba que Marcel tuviera una voz tan grave y tan *sexy*. Y ese maldito acento melódico de Luisiana que conseguía que hasta la palabra más insignificante destilara sensualidad.

A la mierda la firmeza.

Estaba perdida.

—No he sido sincero del todo —dijo de repente. Hizo una breve pausa y aclaró—: Antes, cuando me has preguntado si había algo que me gustara más que escribir... yo... he dicho que no y... bueno, no es cierto. Sí hay algo que me gusta más que escribir, Siobhan.

Cada vez que pronunciaba su nombre le temblaba todo el cuerpo.

—Ya veo. ¿Y qué es, si puede saberse?

—Escribir contigo.

Silencio.

El corazón se le acababa de expandir en el pecho.

—¿Sigues ahí?

—Sí —repuso con un hilo de voz. Carraspeó—. Sigo aquí. ¿Por qué te gusta escribir conmigo? —preguntó, intentando no sonar demasiado emocionada—. Creía que no me soportabas.

—Puede que al principio me sacaras un poco de quicio.

—Porque somos muy distintos y todo eso, ¿no? —le reprochó.

—He llegado a la conclusión de que no somos tan distintos como pensaba.

Una sonrisita pícara le asomó a los labios mientras jugueteaba con un mechón de pelo igual que una adolescente enamorada.

—Ah, ¿no?

—No. Dime una cosa. ¿Por qué escribes novela romántica?

Los carrillos se le hincharon de aire, que soltó muy despacio antes de contestar a la pregunta.

—Pues… supongo que me gusta desentrañar los misterios del corazón. ¿Y tú? ¿Por qué escribes novela negra?

—Me gusta desentrañar los misterios de la mente humana. ¿Ves? Es una mera cuestión de matices.

—Ajá. Venga, dile a Alex que se ponga.

—¿Alex? —Sonó confundido—. Pero si no está aquí.

—Entonces, ¿quién te está chivando lo que me tienes que decir?

El sonido de su risa inundó la línea telefónica a la vez que le acariciaba los oídos.

—No me hace falta nadie para eso. Se me dan bien las palabras. Más que bien. Soy una jodida máquina.

En ese momento, su voz le recordó a su manera de escribir.

—¿Te estás disculpando conmigo o me estás vacilando?

—Estoy siendo sincero. Disculparme es el siguiente paso.

—Vale, ahora en serio. Seas quien seas, no tengo dinero para pagar el rescate de Marcel Black. Será mejor que llames a Bob Gunton.

—Muy graciosa. Oye.

—¿Qué?

Marcel exhaló al otro lado de la línea.

—Lo de antes no ha estado bien. No he debido gritarte. Tú no tienes la culpa de lo que ha pasado. En realidad, nadie la tiene. Supongo que… mis circunstancias son complicadas. Lo siento. He sido un gilipollas.

—Espera. ¿Puedes repetirlo? Ha habido una interferencia y no estoy segura de haberte escuchado bien.

Siobhan advirtió que Marcel se había reído soltando el aire por la nariz.

—Eres perversa, princesita.

—Tengo al mejor maestro. Y ya que lo mencionas, sí, antes has sido un auténtico gilipollas.

—Sigues enfadada conmigo, por lo que veo.

—Pues sí. Muy enfadada. Pero menos que hace cinco minutos —añadió, tras una breve pausa.

—Bueno, algo es algo. ¿Vendrás a casa mañana?

No había dicho «a trabajar» ni «a escribir». Había dicho «a casa». Y Siobhan se descubrió paladeando las palabras.

—¿A ese campo de prisioneros? Todavía no lo he decidido —mintió.

—Vale. A ver. ¿Y si te compro una cesta de magdalenas y unas flores?

—Me acabo de marear. ¿Harías eso por mí?

—La verdad es que no.

—Mira que eres idiota, Dupont.

Solo lo dijo porque necesitaba recuperar el control de algún modo. Había calculado fatal lo poco que ese encantador de serpientes sureño tardaría en ablandarla.

—Escucha, Siobhan. Detesto esta situación. Sé que la he provocado yo mismo, pero… no me gusta. Tú me…

«Dilo».

«Dilo».

«Vamos, dilo».

—¿Sí, Marcel? ¿Qué ibas a decir?

—Nada. Solo que me gusta tu compañía. Profesionalmente —se apresuró a matizar, con demasiada vehemencia—. Creo que formamos un buen equipo. Yo me ocupo de la parte sórdida y tú, de la azucarada. En fin, entenderé que necesites espacio, aunque… esta novela no saldrá adelante sin ti, de modo que… me encantaría que vinieras mañana.

Fue bonito.

Y decepcionante a la vez.

—Está bien. Iré.

—¿De verdad?

—Pero solo porque acabo de darme cuenta de que mi portátil está en tu casa.

—Me sirve. Gracias por ser tan comprensiva.

—Sí, vale, buenas noches.

Cuando colgó, la invadió una sensación extraña, como de pérdida. Y en la quietud de su habitación flotaron todas las palabras que deseaba que se hubieran dicho.

Apenas cinco minutos después, el sonido de una nueva llamada entrante volvió a interrumpir el silencio. Siobhan frunció el ceño.

Era él otra vez.

—¿Qué pasa? ¿La conciencia no te deja dormir en paz?

—No, no es eso. Verás, me preguntaba si… ¿te gustaría venir conmigo a Nueva Orleans, Siobhan?

Capítulo 21

Siobhan

La primera sensación al bajar del avión en el Aeropuerto Internacional Louis Armstrong, a dieciocho kilómetros de Nueva Orleans, fue térmica. Eran las siete de la tarde, el sol se hundía tras la línea del horizonte entre salpicaduras anaranjadas. Sin embargo, nada más poner un pie en la escalerilla, el bochorno la envolvió como un puño cerrado. Marcel ya se lo había advertido. «En NOLA, cuando hace calor, hace mucho calor. Y cuando llueve, llueve de verdad». De modo que, siguiendo la premisa de una climatología por demás cambiante, había metido todo tipo de por si acasos en la maleta: desde un bañador, un repelente para mosquitos y un bote de crema solar comprado a última hora en Duane Reade a unas botas de lluvia o un chubasquero. Solo iban a quedarse una semana y, aunque se suponía que debían trabajar, Siobhan no tenía ni idea de qué le depararían los próximos días. Durante las tres horas y media de vuelo se había preguntado varias veces cómo era posible que el hombre que leía a James Ellroy en el asiento contiguo hubiera pasado de pensar que involucrarse con alguien como ella era un error a proponerle que lo acompañara a su ciudad natal. Y no solo eso, también se había ofrecido a pagar los billetes en primera clase y a alojarla en su propia casa. ¿Acaso su generosa invitación respondía a la voluntad de resarcirla o había algo más? No parecía el Marcel

239

de antes, el que consideraba la empatía un defecto de fábrica y no un rasgo de humanidad; aun así, no convenía que se hiciera demasiadas ilusiones. Antes de partir, le contó que su hermana había accedido a internar a su padre en una clínica geriátrica. Puede que esa fuera la razón que lo hubiese empujado a ir a Nueva Orleans precisamente en ese momento, aunque era un misterio para Siobhan por qué había querido llevarla con él. En cualquier caso, cambiar de aires y salir de la vorágine neoyorquina les vendría muy bien, con la que estaba cayendo. Unos días de perfil bajo y, con suerte, nadie se acordaría ya de #Sioblack.

Perfil bajo, en el idioma del señor Black, significaba:

1) nada de redes sociales hasta nuevo aviso.

—¿Nada de nada? ¿Ni siquiera para publicar una foto del ala del avión? Pero Bella se enfadará si no tuiteo al menos un par de veces al día.

—Oh, por el amor de Dios. ¡Que la jodan! Créeme, serás más feliz cuando decidas no estar tan sujeta a las —Y aquí entrecomilló con los dedos— obligaciones vinculadas a la popularidad.

Y 2) pasar desapercibidos.

—¿No te parece que llevar sombrero y gafas de sol durante todo el vuelo es pasarse un poco? Ni que fuéramos Brangelina.

—Habla por ti. Yo soy clavadito a Brad Pitt. De hecho, me confunden con él todo el tiempo.

Recogieron el equipaje y se dirigieron a la salida de la terminal. Una mujer afroamericana con el pelo corto y unos pendientes de aro enormes se fumaba un cigarrillo junto a una Chevy Silverado color rubí estacionada frente a las puertas giratorias. Era alta y robusta, pero había algo en sus facciones, una especie de delicadeza simétrica, que le recordó a Marcel. Siobhan dedujo de inmediato que se trataba de Charmaine Dupont.

Se acercaron a ella.

—Esa mierda te acabará matando —la reprendió Marcel.

La mujer tiró el cigarrillo al suelo y lo aplastó con la suela de su sandalia de plataforma. Exhaló el humo con una parsimonia casi ofensiva.

—¿Así es como saludas a tu hermana, maldito mocoso? Marcel Javarious Dupont, dame un abrazo ahora mismo o me aseguraré de que ese escuálido culo negro no se pueda sentar a escribir en cuatro semanas.

Siobhan frunció los labios para evitar que se le escapara la risa. No había duda de que la mayor de los Dupont tenía carácter.

Los hermanos se abrazaron con efusividad.

—Te veo muy bien, Chaz.

—Me verías mejor si te dignaras a venir más a menudo.

Marcel bufó.

—Soy un hombre ocupado, ya lo sabes.

—Usted perdone, señor presidente de los Estados Unidos de América. —Entrecerró los ojos y dio un manotazo al aire—. Bueno, ¿y esta preciosidad quién es? ¿La primera dama?

Una risa ahogada delató a Siobhan: le gustaba el sentido del humor de aquella mujer.

—Soy Siobhan Harris. —Extendió la mano y la hermana de Marcel se la estrechó con calidez—. Encantada de conocerte, Charmaine. Si alguna vez llego tan lejos, te contrataré para que pongas firme al personal de mi gabinete.

Charmaine echó la cabeza hacia atrás y soltó una carcajada gutural que dejó a la vista una ligera separación entre los incisivos superiores.

—Oh, eso se le daría de fábula, créeme —convino Marcel.

—No escuches a este idiota, cariño. Y llámame Chaz, ¿quieres? Así que tú eres la que tiene el privilegio de ver cómo el gran autor de la novela negra americana intenta escribir una historia romántica, ¿eh? —dijo, y una sonrisa malvada le asomó a un lado del labio superior.

—Medio romántica —aclaró él.

—Madre mía. ¿Cómo demonios lo aguantas? Es insufrible.

—Eso mismo me pregunto yo.

—Bueno, terminarás cogiéndole cariño dentro de veinte años, más o menos.

—¿En serio?

—No, en realidad no.

Ambas se echaron a reír. Marcel negó con la cabeza.

—Hace cinco segundos que se conocen y ya son las mejores amigas. Hay que joderse —masculló.

—Se llama sororidad —replicó Charmaine, combativa, y a continuación le guiñó el ojo a Siobhan.

—Lo que sea. Venga, vámonos.

Dejaron el equipaje en el maletero y se subieron a la camioneta. Una melodía de *jazz* alegre irrumpió en el interior del vehículo en cuanto se pusieron en marcha. Salieron del aeropuerto y tomaron la Interestatal 10 en dirección a la ciudad. A pesar de que el aire acondicionado estaba a la temperatura de un iglú, Siobhan notaba el calor dentro del cuerpo como la promesa de una noche febril. Buscó un pañuelo en el bolso para secarse el sudor que le perlaba la frente.

Charmaine le deslizó una mirada breve a través del espejo retrovisor.

—¿Primera vez en Nueva Orleans?

—Ajá.

—Desde luego, agosto no es el mejor momento para venir. El tiempo es cosa de locos en esta época del año: o llueve a cántaros o hace un calor infernal. Pero creo que te gustará. «The big easy» es una ciudad con mucha vida.

—Siempre que Entergy no corte el suministro eléctrico, claro.

—Querido hermano, esa es la clase de óptica reduccionista que da mala prensa al estado de Luisiana. ¿Qué va a pensar nuestra amiga neoyorquina de nosotros?

—Nuestra amiga neoyorquina cree que tenemos caimanes en el porche, Chaz. ·

—No fastidies…

«Muchas gracias por hacerme quedar como una ignorante con prejuicios delante de tu hermana, cabronazo».

—¡Si solo fue una broma! —se defendió Siobhan—. Además, todo el mundo sabe que Nueva York y Nueva Orleans tienen mucho en común.

Marcel ladeó la cabeza y la miró por encima del hombro.

—¿Te refieres a que ambas parecen amables y hospitalarias, pero en el fondo son clasistas, violentas y racistas?

Charmaine suspiró.

—Tú siempre viendo el vaso medio vacío, ¿eh?

—Yo lo llamo tener pensamiento crítico, hermanita.

—Ya. Y yo ser un tocapelotas de mucho cuidado.

La respuesta de Marcel fue subir el volumen de la radio y ponerse a tararear algunos compases.

Siobhan se centró en observar el exterior. El sol todavía no se había extinguido del todo, y los últimos rayos de luz bañaban la maltrecha carretera de un resplandor crepuscular. El paisaje era poco atractivo: fábricas, grúas, gasolineras y grandes superficies comerciales diseminadas aquí y allá; lo habitual. A lo lejos se divisaban los cañaverales y los campos de batatas, las ruinas de alguna mansión señorial y los sauces inclinados por la brisa. Dejaron atrás el puente que une Nueva Orleans con Covington sobre el lago Pontchartrain —50 kilómetros, el más largo del mundo— y tomaron la salida 12-D hacia el Mid-City. El panorama fue cambiando a medida que se adentraban en la ciudad. Como sucedía en tantos otros estados norteamericanos, la brecha entre los suburbios y el centro era manifiesta, aunque allí daba la sensación de que los lugareños se sintieran cómodos con las distinciones de clase. Las tradicionales casas *shotgun* convivían con la arquitectura francesa y los vestigios del estilo colonial español. Había color por todas partes: púrpura para representar la justicia, verde para representar la fe y dorado para representar el poder; los colores del Mardi Gras. Torcieron a la derecha por la concurrida St. Charles Avenue, con los sonidos metálicos y los zumbidos del viejo tranvía como banda sonora, y siguieron el curso del río Misisipi hasta Garden District, donde las calles se volvían arboladas y las casas, considerablemente más grandes.

Aparcaron a los pocos minutos.

—Hemos llegado —anunció Charmaine.

—¿Es aquí? —preguntó Siobhan, estirando el cuello para ver bien la mansión color amarillo claro tras el enrejado.

—Ajá.

Silbó sin poder disimular su sorpresa.

—¡Caray!

—Y ahí enfrente vive Anne Rice —señaló Marcel.

—¿Me tomas el pelo?

—¿Quién sabe? —Se encogió de hombros—. Como dijo Bon Jovi, nada es lo que parece en Nueva Orleans.

La residencia de los Dupont se encontraba en una zona tranquila de mansiones sureñas del siglo XIX y jardines coloridos en aceras rebosantes de raíces. Custodiada por un roble centenario que muy probablemente ya se encontraba allí en tiempos de Jean Lafitte, constaba de dos plantas sostenidas por columnas y porches en ambos niveles; en el superior, había un par de mecedoras y en el inferior, helechos reales pendían de las arcadas. Cuatro grandes ventanales con sus correspondientes contraventanas daban a un jardín delantero con vegetación exuberante. Buganvillas, bananos y lilas de indias; una mezcla de fecunda belleza tropical y elegancia.

Charmaine abrió la cancela rematada con pinchos en forma de flor de lis, el símbolo de Nueva Orleans por excelencia. Siobhan siguió a los hermanos hacia el interior, que era aún más impresionante: suelos de madera noble, techos altos, una gran escalera de caracol que desembocaba en el vestíbulo, molduras, puertas francesas y una decoración que daba cuenta de la gran cantidad de dinero invertido en la propiedad. Trató de imaginarse a Marcel de niño correteando en esa casa, aunque no pudo. Se le hacía raro.

—¿Siempre habéis vivido aquí?

—Qué va. Antes vivíamos en Tremé. A lo mejor te suena el nombre. Es famoso por ser la cuna del *jazz* y el barrio negro más antiguo de los Estados Unidos. Tan antiguo que estaba antes de que Estados Unidos fuera Estados Unidos.

Marcel se acercó a Siobhan como si fuera a compartir con ella una confidencia y le dijo:

—En realidad, es más famoso por la serie de HBO, pero resulta que mi hermana es una idealista. —Charmaine lo golpeó en la nuca con la mano abierta—. ¡Au! ¿A qué viene esa violencia?

—Cierra el pico si no quieres que me ponga violenta de verdad. Y sube las maletas de nuestra invitada, vamos. Haz algo útil por una vez, que no se diga.

—Lo que hay que aguantar —protestó Marcel.

Iba a ser una semana prometedora. Lo presentía. Cada célula de su cuerpo se lo gritaba.

El jardín trasero era un pequeño paraíso con una piscina iluminada, una tumbona colgante de tres plazas y una zona de barbacoa. La mesa estaba puesta. Marcel destapó la olla que reposaba en el centro, encima de una tabla de madera. Al instante, una columna de vapor se elevó desde el interior y flotó en el aire. Olía de maravilla.

—No puedo creer que hayas hecho *jambalaya* para cenar, Chaz. Dios mío, esto es un milagro. —Metió la mano con la intención de pescar una gamba, pero su hermana le dio un manotazo para disuadirlo.

—¿Dónde están tus modales, jovencito? ¿Te los has dejado en Manhattan? —preguntó con un tonillo nasal repipi que imitaba el acento neoyorquino—. Venga, sentémonos antes de que se enfríe. Esto hay que comérselo en cuanto se termina de cocinar. Siobhan, espero que te guste.

—Tiene muy buena pinta. ¿Qué lleva?

—Arroz, pollo, salchichas, gambas y un montón de pimienta. Es el plato estrella de la comida cajún, cariño.

—Lo sé. Y el favorito de Marcel.

Él la miró en ese momento y le dedicó una sonrisa preciosa, una que no le había visto nunca. Siobhan sintió que podría desintegrarse en un millón de pedacitos allí mismo.

Los ojos de Charmaine, perfilados de negro oscuro, mostraron unas arrugas de satisfacción asomando por los ángulos.

—Ya veo que conoces bien a mi hermano.

Comieron sin prisa mientras charlaban de trivialidades: el tiempo —no había llovido en dos semanas y la temperatura rondaba los cuarenta grados. También había huelga de basureros y, por lo visto, todas las moscas de América se habían desplazado al sur—, el colmado de Burnell Cotlon en la avenida Caffin o las obras en la «loncha junto al río», que es como llaman los locales al terreno elevado que se encuentra al lado del Misisipi, enfrente de Algiers. En Nueva Orleans hay una norma tácita que prohíbe hablar de política o trabajo en la mesa. Los problemas del mundo tienen una importancia relativa. No hay nada por lo que merezca la pena estropear una buena comida. Y la comida, igual que el *jazz*, el Mardi Gras y los Saints, es sagrada para los lugareños.

—En NOLA decimos que no hemos terminado una comida y ya estamos pensando en la siguiente. Y es verdad —empezó a relatar Marcel con una voz susurrante que le acentuaba el dejo sureño. Charmaine murmuraba un «mmm» cada tanto, como si estuviera escuchando un sermón en una iglesia de Harlem—. Le damos tanta importancia por una razón: cuando el calor cae a plomo y el aire es tan sofocante que hasta cuesta respirar, solo puedes engañar al paladar. Especias picantes, guisos oscuros y cócteles fríos son tu salvación. Igual que la música.

Siobhan lo escuchaba atentamente, con la palma de la mano apoyada en la mejilla, los ojos muy abiertos y la sensación de que podría pasarse la vida oyéndolo hablar.

—Amén. Por fin dices algo sensato sobre el lugar que te vio nacer —concordó su hermana.

—Solo son palabras, Chaz.

—Cierto. Me había olvidado de que te ganas la vida con eso.

La noche cayó y trajo consigo el croar de las ranas arborícolas y el zumbido de los mosquitos, que habían comenzado a atacarles los tobillos sin piedad. Una vez terminada la cena, vaciadas las copas de Pimm's digestivas y extinguida la dinámica de la conversación, Siobhan tuvo una especie de epifanía moral. No era estúpida, sabía que los hermanos Dupont necesitaban hablar. O su padre era un tema tabú o bien no habían querido mencionar la situación familiar delante de una extraña. En cualquier caso, era el momento de dejarlos a solas. Tendrían mucho que contarse, después de un año. Se excusó alegando cansancio por el viaje y subió a la habitación de invitados, dos veces más grande que su apartamento de Brooklyn y decorada al estilo francés, con baño privado y una cama con dosel. Se dio una ducha, se puso una camisola blanca y se dejó caer sobre el mullido colchón como un peso muerto.

—Madre mía, es comodísima.

Rodó hacia un lado y hacia el otro. Luego, se hizo una selfi que envió al chat grupal. Había llegado la hora de poner al día a sus amigas.

> **Shiv** ✓✓
> No pretendo daros envidia, pero acabo de tener la experiencia gastronómica más intensa de mi vida y ahora mismo estoy tumbada en una cama en la que cabría toda la tripulación del Titanic. INCLUIDO JACK. #JusticiaParaJackDawson

> **Paige**
> ¡Genial! Seguro que entonces no pasas la noche como Rose. 🌝

> **Shiv** ✓
> ¿Es decir?

> **Paige**
> SOLA.
> #JusticiaParaSioblack

Shiv ✓✓
Ay, qué graciosa. ¿Ahora estás de su parte?

Paige
Estoy de parte de cualquiera que te saque las telarañas de ahí abajo DE UNA VEZ, cariño. 👉👋🕸️

Shiv ✓✓
Mis telarañas y yo estamos bien así, gracias.

Paige
Y una mierda.

Lena
Me va a explotar el cerebro. Pero a ver. ¿El señor Black no era un capullo al que solo le interesaban los rollos pasajeros hasta hace diez segundos?

Shiv ✓✓
La culpa es de Paige, que es una instigadora encubierta.

Lena
Lo sé. ¿Has llegado bien a NOLA?

Shiv ✓✓

Lena
Guay. ¿Y qué tal la hermana?

Shiv ✓✓
Es MARAVILLOSA.

Lena
¿No es una curandera que practica vudú en el bosque, prepara pócimas y adivina el porvenir con huesos de pollo ni nada de eso?

Shiv ✓✓
Lo dudo. Es muy simpática y tiene un gran sentido del humor. Lo mejor de todo es que sabe cómo poner al señor Black en su sitio.

Paige
ME CAE BIEN.

Lena
Y a mí. Bueno, ¿qué planes tenéis para mañana? ¿Por qué no le pides que te lleve a visitar el Cementerio de San Luis? Dicen que está embrujado. Podría ser divertido.

Paige
También dicen que Nicolas Cage compró una parcela y mandó que le construyeran un mausoleo enorme en forma de pirámide blanca que está siempre lleno de marcas de pintalabios.

Shiv
¿EN SERIO? Por Dios, qué macabro.

Paige
A lo mejor es un guiño a *La leyenda del tesoro perdido.*

Lena
O a lo mejor es que el viejo Nicolas pertenece a los Illuminati.

Paige
En fin, volviendo al TEMA, me parece muy fuerte que estés con él en Nueva Orleans.

Lena
¿Con Nicolas Cage?

Paige
No, por Dios. CON MARCEL. Y reconozco que tengo sentimientos encontrados al respecto. O sea, hace una semana pensaba que era un imbécil guapo, pero este giro de la trama ha eliminado de la ecuación gran parte de su imbecilidad. ¿Y si solo es guapo?

Lena
No lo estarás cosificando, ¿no? Porque eso es exactamente lo que parece.

Paige
Lo que quiero decir es que puede que lo hayamos juzgado mal. Puede que no sea un imbécil. Y puede que le gustes, Shiv.

Shiv
Yo no le gusto, Paige. Le caigo bien, eso es todo.

Paige
Sí, pero… ¿tú llevarías a conocer a tu familia a un chico que te cayera bien?

Lena
Ahí le has dado. Y hay que reconocer que hacéis buena pareja. Si os liarais, sería un bonito cuento de hadas inclusivo.

Shiv
Madre mía … 😅 Pero ¿cuántas novelas románticas habéis leído últimamente? Creo que soy una pésima influencia para vosotras. Me voy a la cama. SOLA.

249

Negó con la cabeza.

Pese al cansancio, intuía que no podría conciliar el sueño porque su cerebro era un torbellino de emociones, así que se dedicó a buscar cosas sobre Nueva Orleans en Google.

Cosas que, de alguna forma, la acercaran un poco más a Marcel.

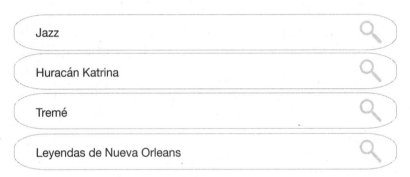

Alguien llamó a la puerta con los nudillos al cabo de un rato.

—Adelante.

Era él.

Siobhan dejó el móvil a un lado y se sentó en la cama.

—He visto que había luz y... —Se pasó la mano por la nuca—. En fin, solo quería asegurarme de que no te había devorado un caimán ni nada por el estilo.

—A diferencia de los mosquitos, no parece que los caimanes me encuentren demasiado apetecible por el momento. A lo mejor son veganos.

—¿Veganos en Luisiana? *Nah.* Es altamente improbable.

Ambos se rieron a la vez. El gesto hizo que se le acentuaran esas preciosas arruguitas que se le formaban alrededor de los ojos.

—Charmaine me ha caído muy bien. ¿Seguro que sois hermanos? Porque no os parecéis en nada.

Marcel le mostró los dientes.

—Qué simpática eres. Me parece que voy a cambiar tu billete de vuelta a Nueva York para mañana a primera hora. —Siobhan le sacó la lengua de forma burlona y él soltó una risita nasalizada—. Bueno, me voy a la cama. Si necesitas algo, el dormitorio de Chaz está en la planta baja y el mío, aquí al lado. Que descanses. —Giró sobre los talones, pero al instante se volvió de nuevo hacia ella. Apoyó la mano en el pomo de la puerta, se humedeció los labios y dijo—: Me alegro mucho de que estés aquí.

Había un matiz de confesión en su voz.

—Yo también me alegro.

Por un instante, se mantuvo inmóvil como una estatua de jardín, envuelto en una densa nube de incomodidad y quietud. La miró intensamente. Nunca había estado con un hombre capaz de transmitir tanto sin decir una sola palabra. Y lo que transmitía era que estaba viviendo un conflicto interno.

El mismo que ella.

—Buenas noches, Siobhan —dijo por fin.

—Buenas noches, Marcel.

Todo parecía igual.

Pero todo parecía distinto.

Capítulo 22

Siobhan

Cuando abrió los ojos, contempló cómo giraba el ventilador del techo hasta que la vista se le desenfocó con el movimiento de las aspas. Los párpados le pesaban como si estuviera despertando de una anestesia y tardó un buen rato en darse cuenta de dónde estaba.

—Nueva Orleans —dijo en voz alta, al tiempo que se incorporaba de un salto.

Abrió la ventana típicamente sureña, con sus hojas de guillotina y su contraventana, y dejó a la vista el porche y parte de la fachada de la casa más cercana. Era tardísimo. El sol entraba a raudales e iluminaba las motas de polvo que flotaban en el aire. Se desperezó y se vistió con rapidez, dispuesta a abrazar la promesa del nuevo día. Unos quince minutos más tarde, con la cara lavada y el pelo recogido en un moño despeinado, bajó las escaleras. Oyó trajín en la cocina. La señora Robicheaux, la empleada doméstica, le indicó que Charmaine se encontraba en el jardín trasero y le señaló la puerta, que estaba abierta. Apartó la mosquitera y salió. Los pájaros trinaban. El perfume de los magnolios impregnaba el ambiente, suspendido de las azaleas. Siobhan advirtió el clic característico del encendido de un mechero y luego una inhalación de humo seguida de una larga exhalación.

No había duda.

—Buenos días, Chaz.

El calor y la bruma dominaban la atmósfera. Charmaine estaba sentada en una butaca de mimbre, tomándose una taza de café y leyendo el *Times-Picayune*. Levantó la vista del periódico, aplastó el cigarrillo en un cenicero de cristal y trató de ahuyentar el humo con la mano.

—Buenos días, cielo. ¿Qué tal has dormido?

—Como un bebé.

—Me alegro. Ven, siéntate. Le pediré a la señora Robicheaux que te prepare el desayuno.

Siobhan se acomodó frente a ella. No soplaba la brisa y las copas de las palmeras estaban tiesas. «Genial», pensó. «Y eso que ni siquiera es mediodía». Sintió una gota de sudor que le resbalaba por el cuello.

—¿Dónde está Marcel? —preguntó, a la vez que se aireaba la camiseta.

La mujer compuso una mueca de disgusto.

—Ha salido temprano a correr. Ese descastado prefiere pasar calor antes que estar con su hermana.

—No te lo tomes como algo personal. En Nueva York hace lo mismo. Todos los puñeteros días. Sin excepción.

La señora Robicheaux trajo el desayuno enseguida; claro que llamar «desayuno» a aquel despliegue de bandejas más propio de la boda de un sultán era quedarse corto. Consistía en un plato de huevos revueltos con beicon, tostadas francesas, gachas de maíz con mantequilla, panqueques regados de sirope, un bol de fruta fresca y una taza de café humeante.

Un silbido de asombro salió de los labios de Siobhan.

—Ya veo que no os andáis con medias tintas en Nueva Orleans —bromeó—. Si desayunáis, desayunáis de verdad.

—Ah-ah. Come con calma. No hay ninguna prisa. No estás en Nueva York paseando un *latte* de Starbucks de una punta de la ciudad a la otra. Aunque —Levantó el dedo índice para puntualizar— la verdad es que el vaso para llevar lo inventamos aquí, en Luisiana. Todo el mundo lo sabe.

Siobhan se echó a reír. Pinchó un trozo de beicon con el tenedor y se lo llevó a la boca. Crujió entre sus dientes.

—¿Cuándo fue la última vez que estuviste en la Gran Manzana?

Charmaine se inclinó hacia delante para darle a sus palabras un toque de íntima confesión.

—Nunca he estado en Nueva York, cielo.

—¿Nunca has ido a visitar a tu hermano? —preguntó, intentando no sonar como si la juzgase.

—Verás, Siobhan. Los últimos años de mi vida los he dedicado por completo a atender a mi padre. —Charmaine hizo amago de encenderse un cigarrillo, pero se detuvo—. ¿Te importa que fume? —Siobhan negó con la cabeza—. Ya sabes que tiene alzhéimer. En fase avanzada. —Una larga bocanada de humo formó una voluta a pocos centímetros de su boca—. No te imaginas lo absorbente que resulta hacerse cargo de una persona tan enferma. Y desesperante. No puedes planear nada. No puedes ir a ninguna parte. Tu día a día consiste en limpiar excrementos, aguantar gritos e insultos o soportar que te escupan las pastillas a la cara. Mira. —Levantó el brazo izquierdo y mostró un gran hematoma del color de las ciruelas maduras en la parte interna—. Su regalito de despedida.

Siobhan lo observó, horrorizada.

—¿Tu padre te ha hecho eso?

La mayor de los Dupont se encogió de hombros con resignación. Las mejillas se le hundieron al dar una calada al cigarrillo. Retuvo el humo unos segundos antes de expulsarlo de forma sonora.

—Últimamente se le había metido en la cabeza que intentaba envenenarlo. Ser testigo de cómo un hombre pierde el juicio hasta el punto de no reconocer a sus propios hijos y no poder hacer nada para evitarlo es… —Apretó los párpados—… terrible. Yo no quería internarlo. No, señor. —Negó con la cabeza frunciendo los labios para dar énfasis a la declaración—. Dios sabe que Nueva Orleans no es ciudad para viejos. ¿Dónde iba a estar mejor que en su casa? ¿Quién iba a cuidarlo mejor que yo? Pero mi hermano me convenció. Me dijo: «Chaz, no importa cuántos sacrificios hagas. La vida de nuestro padre seguirá deteriorándose; ya es hora de que vivas la tuya propia». ¿Y sabes qué? Creo que es la mejor decisión que he tomado. Ahora me siento… aliviada. ¿Te parezco mala persona? —preguntó, tras una breve una pausa.

—Por supuesto que no. Es comprensible que te sientas así, ha tenido que ser una situación muy difícil. Seguro que tu padre estará muy bien atendido.

—Oh, puedes apostar que sí. Marcel ha desembolsado una fortuna para ingresarlo en Lakeview House. Si esa gente no se ocupa de él como es debido, se armará la de San Quintín.

—¿Marcel está pagando la clínica?

Charmaine esbozó una sonrisa indulgente y aplastó el cigarrillo contra el cenicero.

—Cielo, todo lo que ves ahora mismo ha salido de su bolsillo: esta casa, el sirope de tus tortitas, el café, la ropa que llevo puesta e incluso este paquete de tabaco. Mi hermano es un hombre muy generoso. De no ser por él, no sé qué habría sido de nosotros.

—¿A qué te refieres?

En los cinco segundos en que Charmaine infló los carrillos para luego soltar el aire de forma controlada, la idea de que apenas conocía a Marcel Dupont fue tomando forma en la mente de Siobhan hasta convertirse en una certeza absoluta.

—A ver, por dónde empiezo… Marcel y yo venimos de una familia humilde. Mi padre era dueño de una pequeña carpintería en el Distrito 9, el más extenso de los diecisiete que componen la ciudad. El negocio estaba pegado a la que entonces era nuestra casa, a cuatro calles del Canal Industrial. Yo me ocupaba de los números, atendía el teléfono, ese tipo de cosas. Tú debías de ser solo una cría cuando el Distrito 9 de Nueva Orleans salió en todos los informativos del país. Para que te hagas una idea de cómo nos retrataron en los medios, dijeron que éramos la definición por excelencia del gueto negro —Enumeró con los dedos—: criminalidad, peleas de bandas, desempleo, pobreza, drogadicción… Vale, el barrio no era ninguna arcadia feliz, pero contábamos con el mayor índice de viviendas en propiedad de NOLA. Y te diré más: nadie cerraba la puerta con llave cuando salía de casa. Podías estar fuera todo el santo día y lo peor que te podía ocurrir al volver es que te encontraras al gato del vecino merodeando en tu cocina. Claro que esa basura blanca de FOX News prefería una narrativa simplona que su público pudiera asimilar fácilmente en su cerebro de mosquito. No te ofendas. Por lo de «basura blanca». Es una forma de hablar.

—No me ofendo.

—El caso es que el 9 está construido bajo el nivel del mar, encajado entre el Misisipi, el *bayou* y un canal. Así que, cuando la inundación de 2005 por poco destruye Nueva Orleans, esa fue una de las zonas más castigadas. De hecho, dos semanas después, todavía seguía inundada. Y la parte baja del distrito, arrancada de cuajo. Literalmente.

Un dolor punzante desgarró el corazón de Siobhan, como si le hubieran clavado una estaca. Bajó la vista hacia sus manos, entrelazadas alrededor de la taza de café, y musitó:

—Debió de ser terrible.

—Pues sí. El Katrina es una mancha en la historia de esta ciudad. Y sigue aquí doce años más tarde. Hay manchas que no se van por mucho que las frotes.

—No me explico cómo pudo ocurrir algo así. A veces la naturaleza es demasiado cruel.

Charmaine alzó una ceja con el mismo aire inquisitivo con que solía hacerlo su hermano.

—¿La naturaleza? —Soltó una carcajada sin humor—. Digamos que el huracán fue una catástrofe natural. En cuanto a la inundación de Nueva Orleans… —Negó con la cabeza—… Eso fue una cagada de dimensiones épicas que se podría haber evitado si al gobierno federal y a las autoridades locales les importara una mierda este lugar. Y juro por Dios que no me cansaré de repetirlo.

Sus palabras habían adquirido un tono combativo. Siobhan extendió una mano con la que tocó suavemente a Charmaine. Su piel perlada de sudor brillaba oscura, en contraste con la palidez de ella. El contacto pareció calmarla. Prosiguió el relato.

—Hacía una semana que se hablaba de una tormenta tropical que estaba atravesando los Cayos de la Florida y cabía la posibilidad de que se dirigiera hacia el norte. Pero cada agosto se presenta una situación similar y la mayoría de la gente ni se inmuta. Tres o cuatro veces por estación las noticias advierten en tono alarmista de huracanes que avanzan directos hacia la ciudad, aunque luego siempre cambian de trayectoria o amainan en el Golfo de México. Si alguna tormenta llegaba a NOLA, sería ya debilitada, reducida a poco más que un día gris y lluvioso. En Luisiana estamos acostumbrados a la rutina de los huracanes y su letanía de preparativos. Todo el mundo tiene un hacha en casa desde que Vic Schiro lo recomendara en tiempos de Billion Dollar Betsy. Cada vez que había una alerta, nos veíamos desbordados de trabajo en la carpintería; docenas de clientes nos llamaban para entablar puertas y ventanas antes de que llegasen las ráfagas de viento. Entonces, el CNH elevó la categoría del huracán a 2 y la gente se volvió loca comprando contrachapado. El alcalde Nagin, la gobernadora Blanco y la FEMA aconsejaban que dejáramos la ciudad y nos dirigiéramos hacia el interior. Claro que eso implicaba abandonar las propiedades, las obras, los trabajos… Mi padre era demasiado tozudo para rendirse a la fuerza climática, de modo que nos quedamos. Y no fuimos los únicos.

—Marcel me contó que ya no estaba aquí cuando sucedió la catástrofe.

—No. Por suerte, se había marchado a Nueva York mucho antes. Hacia el 26 de agosto, el CNH apuntó a que el Katrina alcanzaría pronto la categoría 3. Se habló de vientos de hasta 240 kilómetros por hora. La posibilidad de que los diques de contención cedieran estaba encima de la mesa, y si eso pasaba, cabía esperar olas de hasta seis metros de altura. Sin embargo, ese malnacido de Ray Nagin no ordenó la evacuación de la ciudad hasta dos días más tarde, poco después de ser calificado como categoría 5. Sí, lo que oyes. Cuando las autoridades comunicaron que el Superdome permanecería abierto como refugio, me horroricé solo de pensarlo; el año anterior, con el huracán Iván, el mismo plan había resultado un fracaso rotundo.

Siobhan buscó en los archivos de su memoria y encontró una serie de imágenes calamitosas que se reprodujeron frente a sus ojos como una película. Las había visto docenas de veces en la televisión: cientos de personas caminando hacia el tristemente célebre estadio de la ciudad cargadas con neveras, mantas y maletas; árboles arrancados de raíz y postes eléctricos derribados; vehículos flotando por riadas de agua sucia; casas destrozadas, algunas incluso sin tejado, marcadas con una gran equis en sus fachadas o lo que quedase de ellas y un montón de tiendas de campaña.

Fue inevitable que se estremeciera.

—Al final pasó lo que tenía que pasar —prosiguió Charmaine, jugueteando con el mechero entre los dedos—. Los diques no aguantaron y el río reclamó lo suyo. Recuerdo que escuché un rugido, como una explosión, y después vi una masa ondulante de agua a punto de engullir nuestra casa.

—¡Jesús!

—La tormenta reventó puertas y ventanas; el agua lo arrasó todo. Mi padre abrió el techo a hachazos y nos refugiamos en el tejado; aún no sé cómo lo logramos. Estuvimos allí arriba unas ocho horas, agitando unas banderolas improvisadas con nuestra propia ropa, hasta que los equipos de salvamento nos metieron en una lancha y nos sacaron del Distrito 9. Eso fue el 29 de agosto de 2005.

—¿Adónde os llevaron?

—Al Centro de Convenciones. Se suponía que nos iban a trasladar a Baton Rouge, Houston, Jackson, Shreveport u otras poblaciones, pero los autocares tardaron seis días en llegar. Seis puñeteros días en los que tuvimos que convivir con cadáveres a treinta y cinco grados. Sin comida, sin agua potable y sin instalaciones sanitarias para atender a los heridos de forma adecuada. ¿Te das cuenta, Siobhan? Los pobres de NOLA fuimos abandonados a nuestra suerte. Algunos nos quedamos allí, otros emprendieron el camino a pie hacia el oeste por la interestatal 10.

Siobhan bebió un trago largo de café con la esperanza de que el líquido le deshiciera el nudo de la garganta.

No fue así.

—¿Pudisteis contactar con Marcel?

—No. El ochenta por ciento de la ciudad había quedado anegado. Menos el Barrio Francés, que solo sufrió daños a causa del viento y del reventón de una cañería bajo el Museo de Cera. Porque el puñetero Barrio Francés nunca se inunda. Qué conveniente, ¿verdad? —dejó caer—. Aquello era el caos. No había luz, no había agua corriente, no había combustible, no había tiendas de suministros abiertas y por supuesto no había línea telefónica. Como el alcantarillado había rebosado, caminar por la ciudad era caminar por la inmundicia. Hasta que no nos instalamos en Baton Rouge no encontramos la manera de comunicarnos con mi hermano, que ni siquiera sabía si estábamos vivos o no. Con la tormenta hubo gente a la que no se la volvió a ver; simplemente desapareció. Dios, fue un infierno… —murmuró, al tiempo que se masajeaba las sienes.

»Volvimos a las pocas semanas. El Distrito 9 era peor que Chernóbil. Ni los pájaros quisieron volver allí. Cada cuatro o cinco edificios, había una casa derrumbada entre un montón de escombros o a punto de venirse abajo en cualquier momento. Las que se mantenían en pie tenían una equis pintada con espray en la fachada; era el sistema de marcación de la FEMA. El ángulo superior de la equis indicaba el día en que se había efectuado el rescate; el izquierdo, el grupo que lo había llevado a cabo; el derecho, cualquier información específica y en la parte de abajo, el número de personas vivas o muertas halladas en el interior. Nuestra casa estaba parcialmente destruida. La estructura seguía en pie, pero aquel lodazal era inhabitable. Apestaba a moho, había basura por todas partes. Cuando vi las marcas del nivel que había alcanzado el agua en las paredes, me puse a llorar. La carpintería tampoco resistió. Lo perdimos todo. —Exhaló—. Nos quedamos sin nada y la aseguradora se desentendió por completo. Esos bastardos dijeron que nuestra póliza no cubría los daños por inundaciones, ¿te lo puedes creer? Como si hubiéramos abierto el grifo de la bañera y lo hubiéramos dejado correr. Fue Marcel quien nos sacó de la miseria. Primero, nos ayudó a instalarnos en Tremé. Y luego, cuando mi padre enfermó, compró esta casa. Garden District es un barrio de blancos con pasta; aquí, la gente no se mezcla con los negros ni con los criollos. Aun así, mi hermano quería lo mejor para nosotros. Es un buen chico, Siobhan. ¿Sabes que empezó a escribir a los ocho años? —Siobhan arqueó las cejas con asombro—. Le encantaban las historias de fantasmas, piratas decapitados y criaturas terroríficas del *bayou*. Cuanto más oscuras y retorcidas, mejor; por aquel entonces ya apuntaba maneras. Tenía una imaginación desbordante. Y era muy observador. Lo sigue siendo, de hecho. —Una sonrisa nostálgica asomó a sus labios—. Siempre supe que llegaría lejos.

—Tu hermano es un escritor formidable, Chaz. Su manera de describir el mundo es única.

—Oh, lo sé. Créeme que lo sé. He leído todos sus libros. Incluso guardo un álbum de recortes de la lista de los más vendidos desde que publicó el primero. Mi padre nunca le perdonó que se marchara, pero si no lo hubiera hecho, no sería el hombre que es ahora.

—¿Por qué lo hizo?

La pregunta le salió sin pensárselo dos veces.

—Mira, este lugar te traga si no te andas con cuidado. He visto demasiadas veces lo que Nueva Orleans es capaz de hacerle a la gente, dejémoslo ahí. De todas maneras, Marcel ha

260

hecho muchas cosas buenas por la ciudad desde el Katrina. Cada año dona miles de dólares para su recuperación.

Un calambre gélido la atravesó. El hombre que describía Charmaine Dupont no se parecía en nada al que ella había conocido en Manhattan unos meses atrás.

Marcel Dupont era generoso.

Marcel Black, por otro lado, era un tipo que había querido joderla renegociando el anticipo y los beneficios de la novela a su favor.

Estaba confundida.

—¿Lo dices en serio? Creía que odiaba Nueva Orleans.

—No la odia. Es solo que… verás, mi hermano tuvo una infancia muy difícil. Se ha pasado media vida fuera de la tienda de caramelos y mirando hacia dentro. Marcel es un pájaro herido, Siobhan. Y todos los pájaros heridos vuelven al nido tarde o temprano.

Siobhan tragó saliva para liberarse de algo afilado que de repente se le había trabado en la garganta.

—¿Qué pasa con vuestra madre? Nunca la menciona.

—¿No te ha hablado de ella? Pensaba que lo habría hecho. Se nota que confía mucho en ti.

—No sé, Chaz. Hay muchas cosas de él que desconozco. Ni siquiera me ha contado por qué utiliza un seudónimo. Hace poco tuvimos una discusión porque… —Movió la mano— da igual. Se lo he preguntado varias veces y siempre me responde con vaguedades. Marcel es muy reservado. Es como si llevara un cartel de «Prohibida la entrada» colgado al cuello —reconoció, envuelta en un aire de abatimiento.

Charmaine suspiró.

Y en ese suspiro, Siobhan creyó advertir algo parecido a la empatía.

—Bueno. ¿Sabes qué te digo? Que se acabó de hablar de cosas malas. Como decimos por aquí, *laissez les bon temps rouler*. Ahora quiero que me lo expliques todo sobre tu novela. *Con el destino a favor*, ¿verdad?

—¿Cómo sabes…? ¿Te lo ha contado Marcel?

—Cielo, Marcel no me ha contado nada. ¿Crees que solo es hermético contigo? Sí, la familia Dupont es complicada. —Siobhan intentó no sonreír. Era algo que habría podido decir su hermano perfectamente—. Digamos que… te he estado investigando. ¿Cómo no iba a hacerlo, si eres la primera chica que trae a casa ese tontorrón? —admitió, con un tono de complicidad femenina—. Por cierto, te sigo en Twitter. Soy @renew_orleans2005, por si me quieres seguir tú a mí.

Capítulo 23

Marcel

«Me alegro mucho de que estés aquí».

La confesión de la noche anterior lo atormentó mientras trotaba por el sendero que discurría junto al pantano. Se detuvo un instante para beber agua y después se vació el contenido de la botella sobre la cabeza; hacía calor, pese a que era temprano. ¿Por qué demonios había dicho eso? Menudo fallo argumental. No era propio de él. Su padre se lo había advertido en incontables ocasiones: «Controla tus sentimientos. El día que sean tus sentimientos los que te controlen a ti, estarás muerto». Una quemazón asfixiante le ardió en el pecho. Solía ocurrirle cada vez que el viejo se le colaba en el pensamiento. Inspiró profundamente, se dobló por la mitad y dejó salir el aire de forma controlada. El olor a barro le lamió la cara. Los cañaverales, gruesos y verdes, brillaban a la luz; los nenúfares estaban llenos de flores y tenían las hojas cubiertas de gotas de rocío; el sol asomaba sobre la línea de los árboles. Nueva Orleans ejercía un efecto contradictorio sobre él: cuanto más lejos estaba de la ciudad, más la necesitaba, y cuanto más cerca, más se sentía como un tronco flotando a la deriva.

Pensándolo bien, con Siobhan le pasaba algo similar.

Las visitas no eran cada vez más espaciadas porque sí. En parte, le costaba tolerar esa sensación de suciedad frondosa que no lograba sacarse de encima en toda la estancia —quizá era

263

cierto que Manhattan lo había aburguesado, como solía reprocharle Charmaine—. Y en parte, no soportaba estar en la misma habitación que su padre. Pero había algo distinto en aquella ocasión, una ligereza en el espíritu que en un principio había atribuido a la ausencia del viejo y que se veía reflejada no solo en el aura de su hermana, sino en la placidez que se respiraba en una casa desprovista por fin de enfermedad y malas vibraciones. Sin embargo, cuando aquella mañana volvió de hacer ejercicio y vio a Siobhan en el jardín trasero desde la ventana de la cocina, experimentó algo con lo que no estaba familiarizado.

Aquello era lo más parecido a un hogar que cualquier otra cosa que pudiera recordar.

Un hogar con las luces encendidas y las puertas abiertas.

Y la sensación de estar perdiendo el control se intensificó.

—Lo siento, pero no estoy de acuerdo —dijo Siobhan, mientras hojeaba desinteresadamente un libro al azar de la extensa biblioteca de los Dupont. Se trataba de *La conjura de los necios*, de John Kennedy Toole. Lo colocó en su sitio de nuevo y se volvió hacia Marcel, que la observaba desde el escritorio—. Una novela romántica sin al menos una escena erótica no tiene demasiado sentido. Es como… no sé… —Buscó en el techo la frase correcta—… ir a McDonald's y pedir una ensalada.

Marcel rio soltando el aire por la nariz. Se quitó las gafas y las dejó junto al portátil. A continuación, se reclinó en la silla, con los brazos cruzados detrás de la cabeza.

—¿De verdad es tan importante saber de qué tamaño tiene Jeremiah el… apéndice? ¿Las lectoras te lo imploran?

Siobhan resopló.

—No se trata de eso. Una escena erótica bien narrada no tiene por qué parecer un estudio de anatomía. Tú no has leído a J. R. Ward, ¿verdad? No, claro que no; qué pregunta tan estúpida —se respondió a sí misma—. Los encuentros íntimos entre la pareja protagonista dotan de realismo al relato. —Marcel la miró con interés genuino—. A ver, cuando un hombre y una mujer se enamoran… al principio… la pasión hace que … bueno, ya sabes lo que pasa, ¿no?

Por supuesto que lo sabía, no era estúpido. Que las relaciones sentimentales le interesaran lo mismo que la gran migración de la mariposa monarca no significaba que desconociera su mecánica. Sin embargo, Siobhan le resultaba tan encantadora cada vez que se ponía nerviosa que decidió jugar un poco con ella.

Había cosas a las que simplemente no podía resistirse.

Frunció los labios.

—Lo cierto es que no, no tengo ni idea. ¿Por qué no me ilustras?

—Pues verás…

La diversión se terminó en el momento en que Charmaine apareció en la biblioteca. La buena noticia era que traía una bandeja de comida.

—Os he preparado un tentempié —anunció—. Lleváis aquí un buen rato, debéis de estar hambrientos.

—Ya lo creo. Dios te bendiga por pensar en todo, hermana.

—Sí, muchas gracias, Chaz. Eres muy amable —añadió Siobhan.

—No hay de qué. —Dejó la comida en el escritorio y los apremió—. Venga, a comer.

Siobhan se acercó y echó un tímido vistazo a la bandeja. Había un par de *po' boys* de pescado rebozado con mostaza criolla, una cesta rebosante de patatas fritas y dos botellines de cerveza Jax helada.

Un auténtico festín.

Marcel ofreció uno de los bocadillos a Siobhan y engulló el otro con fruición. Un sonido de placer prolongado le brotó de dentro de forma espontánea.

—¡Ajá! —exclamó Charmaine—. Parece que alguien echaba de menos la comida sureña.

265

—Lo creas o no, en Nueva York también tenemos sándwiches —replicó.

Siobhan se puso el puño en la boca para disimular una risita mientras masticaba y Marcel le guiñó el ojo.

Charmaine chasqueó la lengua.

—Esto no son sándwiches, hombre. Esto es un estilo de vida. Bueno, ¿qué planes tenéis para esta tarde?

—Seguir trabajando —contestó Marcel, como si fuera lo más obvio del mundo—. Estábamos en medio de algo importante y no vamos a dejarlo a medias porque detesto dejar las cosas a… —Alargó la mano y sacó una patata frita de la cesta al mismo tiempo que Siobhan. Los dedos de ambos se rozaron durante un segundo y la sensación lo atravesó con fuerza. Se apartó rápido—… medias.

—Pero el sobresfuerzo mata la creatividad —opinó Charmaine.

—Ah, ¿sí? ¿Y eso quién lo dice? ¿Las hermanas Kardashian?

Su hermana le lanzó una de sus formidables miradas de «Déjate de gilipolleces».

—Corta el rollo, ¿quieres? ¿Por qué no mueves el culo de una vez y llevas a nuestra invitada a conocer la ciudad? Eres un pésimo anfitrión, ¿sabes? Debería darte vergüenza.

Marcel suspiró, frustrado.

Lo primero que sintieron al bajarse del coche fue un olor fortísimo a podredumbre, como a descomposición orgánica; una vaharada apestosa que ascendía desde el suelo y que había calado entre el empedrado y el alquitrán mucho tiempo atrás. Siobhan compuso una mueca de disgusto que le hizo reír.

—Bienvenida a Nueva Orleans, princesita.

Empezaron el recorrido por Canal Street, la arteria principal que conforma el sentido urbanístico de la ciudad y por la que desfila el Mardi Gras. Marcel le explicó que el carnaval, más que una fiesta, era una forma de expresión, un símbolo identitario.

—Claro que, si empleáramos la misma energía en solucionar los problemas endémicos de este sitio que en lanzar collares al aire, tal vez nos iría mejor —argumentó—. ¿Sabes cómo llamamos aquí al Miércoles de Ceniza? Miércoles de Basura. Imagínate cómo quedan las calles el día después.

Torcieron por Royal Street, con sus anticuarios, sus galerías y sus balcones de hierro forjado colmados de helechos, y entraron de lleno en el popular Barrio Francés. El olor nauseabundo se intensificó de forma arrolladora en el *Vieux Carré*. Siobhan lo contemplaba todo como si quisiera absorber hasta el último detalle, con una adorable expresión de fascinación en el rostro. De su boca semiabierta asomaba un atisbo de sonrisa mientras veía pasar la ciudad frente a sus ojos. Aquel gesto la hacía parecer aún más despierta. Y él, que renegaba de Bourbon Street y su hedonismo desmesurado, accedió a mostrarle la calle con más bares, restaurantes, *sex shops,* clubes de estriptis y músicos callejeros por metro cuadrado de los Estados Unidos solo para satisfacer su curiosidad. En ese momento, debía reconocerlo, habría hecho cualquier cosa que ella le hubiera pedido. Allí, el olor a cerveza se mezclaba con el sudor, diluyendo el característico tufo urbano. La pestilencia perdería fuerza al caer la noche, cuando bajara un poco el calor; hasta entonces, la temperatura parecía subir un grado cada diez pasos. Había muchísimo ruido. La música brotaba de forma atronadora de las entrañas de los locales, cuyas puertas se abrían y se cerraban sin parar. La gente bebía en vasos de plástico, reía, fumaba, cantaba, celebraba despedidas de soltero, cumpleaños y todo tipo de festejos. Negros, blancos, criollos o asiáticos rendidos a la *joie de vivre* de Big Easy. Muchos llevaban sombreros festivos adornados con plumas, llamativos collares con los colores del Mardi Gras o incluso disfraces. En la puerta de un club de estriptis, un predicador arengaba a los clientes que entraban al local desde una tarima improvisada. A unos cuantos metros, un grupo de jóvenes golpeaba unos cubos de pintura vacíos a modo de tambores; otros bailaban extasiados a la sombra de una columna de hierro forjado. Y un poco más allá, una mujer gritaba. Estaba colocada, muy colocada. Ni las moscas le hacían caso. Tampoco se entendía qué demonios decía. Solo era una salmodia llena de insultos dirigidos contra el mundo. Un tipo medio borracho intentó bailar con Siobhan, pero Marcel la rodeó por la cintura con un brazo e interpuso el otro a modo de barrera.

—Piérdete —le advirtió, en un tono severo.

El tipo renunció a su fantasía etílica, alzó las manos y se dio la vuelta.

Luego, alguien los empujó sin querer.

—¡Oye, tú! ¡A ver si miras por dónde vas!

Y luego, los pusieron perdidos de cerveza.

—¡Gilipollas!

Marcel recordó entonces por qué evitaba Bourbon Street a toda costa: aquello era una locura.

—Vámonos de aquí, por favor. Hay mucho tarado suelto y al final me voy a liar a puñetazos con alguno. No te rías, que hablo en serio.

—No me estoy riendo —replicó con falsa candidez, sin poder disimular una carcajada.

Y qué guapa estaba cuando se reía así.

Dejaron atrás la majestuosa Catedral de San Luis y el Museo Presbiteriano y se detuvieron en Jackson Square. Lejos quedaban las horcas donde se colgaban a los esclavos rebeldes en los siglos XVIII y XIX. Ahora, la antigua Place d'Armes era el punto de encuentro de turistas, adivinos, prestidigitadores, artistas y, sobre todo, músicos callejeros que llenaban el aire de la alegría que salía de sus trompetas, clarinetes y saxofones. Unas calles más adentro, en Congo Square —actualmente Beauregard Square—, la mítica Marie Laveau, *femme de couleur libre* y reina del vudú, se reunía con sus seguidores para llevar a cabo sus célebres rituales de los domingos, allá por 1830.

—Debo admitir que Nueva Orleans te roba el corazón en un minuto. Es muy literaria. Da para unas cuantas novelas —comentó Siobhan, frente a un grupo que tocaba *blue grass* junto a la fuente.

—¿Te ha pagado la Oficina de Turismo? —Marcel alzó una ceja, interrogativo—. Eso lo dices porque no vives aquí y no ves cómo se deshace por las costuras día tras día. Para empezar, es la única ciudad de todo el país construida bajo el nivel del mar, es decir, mordisqueada constantemente por el río y la boca oscura de la marisma. A escala nacional ocupa el primer puesto en delitos de sangre y en licencias municipales para festejos públicos. Paradójico, ¿no?

—Bueno, vivir en cualquier urbe tiene sus complicaciones. De hecho, toda América es como un gran ring de boxeo donde hay que luchar por la supervivencia. Pero hay algo en la belleza marchita de este lugar que lo hace distinto a cualquier otro.

—Damas y caballeros, el romanticismo de la decadencia. Si pudiera darte un *like* ahora mismo, ten por seguro que lo haría.

Ella rio sin complejos y le chocó el hombro contra el brazo en un gesto que destilaba una naturalidad sobrecogedora. Marcel no se había sentido tan a gusto con una mujer en toda su vida.

Era como si el destino la hubiera puesto allí mismo.

Para él.

Pasearon hasta el Café du Monde. Ir a Nueva Orleans y no tomarse un *café au lait* con *beignets* a orillas del Misisipi era un sacrilegio. Siempre estaba lleno, a cualquier hora del día. Dentro, el aire acondicionado tenía la potencia de un frigorífico industrial; típico de NOLA. Se sentaron en una mesa junto a la ventana desde la que podían ver el río, el barco de vapor Natchez en el muelle, con su orquesta de baile para turistas en la cubierta de proa, y el cielo veteado de franjas del color de la ciruela partida. Una camarera muy mayor, con una joroba de un palmo y unos pocos dientes que mostraba sin pudor al

269

sonreír, les sirvió enseguida la especialidad de la casa: buñuelos recién hechos con abundante azúcar glasé y un café por el que valía la pena ir desde cualquier parte de los Estados Unidos.

Marcel saboreó el suyo. Al instante, una mueca de satisfacción se le perfiló en el rostro.

—Por fin un *café au lait* de verdad. No un litro de leche hirviendo con un dedo de agua sucia en un deprimente vaso de poliuretano.

—Así que has hecho las paces con tu ciudad, ¿eh? —Siobhan partió un trozo de buñuelo y lo masticó—. Mmmm… Por Dios, pero qué bueno está esto. Tienes que probarlo.

—Como si no supiera a qué saben los *beignets*… Además, te he dicho cientos de veces que los dulces no…

Siobhan dejó ir un gran suspiro. Sin mediar palabra, le metió el pedacito de buñuelo en la boca y, contra todo pronóstico, Marcel se lo comió de buen grado. Esa mujer estaba consiguiendo romperle todos los esquemas.

—¿Lo ves? No ha sido para tanto —dijo, al tiempo que le limpiaba los restos de azúcar glasé de la barba con sus propios dedos—. Hay una persona ahí dentro y, ¡alerta: *spoiler!*, no está tan amargada como parece.

Él la observaba entre aturdido y maravillado por la onda expansiva de sus encantos. Tuvo miedo de que lo debilitaran aún más, así que recurrió al escudo del sarcasmo para fortalecerse.

—¿Qué ha pasado para que de repente me veas con tan buenos ojos? ¿Te has dado un golpe en la cabeza, princesita?

—Chaz me ha contado algunas cosas esta mañana.

El aire se le quedó atrapado en la garganta unos segundos.

—Vaya. Mi hermana no ha perdido el tiempo. ¿Qué te ha contado, exactamente?

—Que el Katrina destrozó vuestra casa y la carpintería, pero que tú los ayudaste a remontar. Y también… —Siobhan hizo una breve pausa y se mordió el labio—… que eres un pájaro herido.

Una ola de temor lo invadió. Bajó la vista y la posó en su taza de café.

«No preguntes, por favor. Aquí no. Ahora no».

—Quiero pedirte una cosa, Marcel. Me gustaría ver el lugar donde creciste. ¿Me llevarás al Distrito 9?

Marcel la miró perplejo.

—Esa zona está muy deprimida. La tormenta la destrozó y sigue prácticamente igual que entonces. No hay nada que ver por allí, salvo miseria y pobreza. Quédate con la cara bonita de Nueva Orleans. Saca fotos para Instagram.

—No quiero fotos. A la mierda Instagram y a la mierda Mark Zuckerberg. Lo único que quiero es… —Alargó la mano por encima de la mesa como si buscara un contacto que no llegó—… saber quién eres.

—Ya sabes quién soy, Siobhan.

—Solo en parte. Aún me faltan muchos detalles para entenderte del todo.

Un mechón solitario le cayó sobre el rostro y Marcel tuvo la tentación de colocárselo detrás de la oreja. Siobhan decía que los protagonistas de las novelas románticas lo hacían todo el tiempo. Incluso había querido atribuirle el gesto a Jeremiah en una escena de *Dos formas,* pero Marcel lo censuró porque le parecía ridículo. «Explícame por qué demonios tiene que pasarle el pelo a Felicity por detrás de la oreja. ¿No puede hacerlo ella solita?», recordó haberle dicho. «Porque es tierno, Marcel. Y no hay nada más puro y verdadero que un gesto tierno», había argumentado ella.

Tenía razón, ahora lo sabía.

Salvo que él estaba lejos de ser el protagonista de una novela romántica.

Así que se contuvo.

—Te pedí que renunciaras a entenderme —musitó.

—¿Entonces, por qué me has traído a Nueva Orleans?

No era un reproche. Había algo más latiendo tras la pregunta, algo incontestable.

Le resultó difícil soportar aquella mirada capaz de bucear en el fondo de su alma. Bajó la vista hacia la mano de Siobhan, que seguía encima de la mesa, y arrastró muy despacio la suya, hasta que las puntas de sus dedos se toparon con los de ella. En ese preciso momento, se sintió colmado de calidez, como si hubiera encontrado su lugar en el mundo.

Apretó la mandíbula.

—Está bien. Mañana te llevaré al Distrito 9.

Capítulo 24

Marcel

Cuando decidió salir a tomarse una cerveza al jardín trasero con el torso desnudo en mitad de la noche, no esperaba encontrarse allí a Siobhan. Estaba sentada en la hamaca balancín, con las piernas cruzadas a lo indio y el portátil en el regazo. Todavía sorprendido, se tomó unos segundos para contemplarla desde el quicio de la puerta. La luz de la luna brillaba sobre la piscina y reflejaba destellos azulados en su bonita silueta. Sus manos flotaban indecisas por encima del teclado. Escribían, borraban, volvían a escribir. Sonrió, fascinado. Cualquier cosa relacionada con ella le parecía fascinante: el suave frufrú de su camisola, inocente y seductora a la vez, la forma nerviosa de mover el dedo gordo del pie, como si tratara de despegarlo de los demás, e incluso el sonoro manotazo que se dio en la nuca para ahuyentar a un mosquito. ¿Estaba perdiendo la cabeza o solo se fijaba en ese tipo de detalles porque era escritor? Tal vez, lo más sensato habría sido dar media vuelta y largarse con su cerveza a otra parte, pero…

Que jodieran a la sensatez.

Abrió la puerta mosquitera con cuidado, bajó los escalones y se le acercó por detrás.

—¿Te han desvelado las musas? —preguntó.

Sobresaltada, volvió la cabeza. Los ojos le brillaron como dos ascuas al verlo sin camiseta. Se quedó unos segundos embobada, hasta que apartó la vista.

—Más bien, no me dejan dormir.

—¿Quieres compañía?

—Claro, por qué no.

Se sentó a su lado. Su perfecta rodilla desnuda le rozó la pierna y experimentó un fogonazo. Menos mal que el ladrido de un perro a lo lejos le devolvió rápido el sentido común.

—Cuéntame. ¿Qué estás escribiendo?

—La escena en la que Felicity le cura a Jeremiah la herida de la ceja después de la pelea con esos borrachos y...

Marcel completó la frase por ella.

—Acaban en la cama.

—Sí, bueno, primero se besan —aclaró—. Ya sé que no hemos llegado a un acuerdo sobre esta parte, pero me apetecía probar. De todas maneras, no me gusta cómo ha quedado.

—Déjame leerla.

—Ni de coña. Es una basura.

—Venga, seguro que no está tan mal. Tu estilo ha evolucionado mucho.

Siobhan exhaló.

—Si tú lo dices...

Intercambiaron la cerveza por el portátil y, mientras Marcel leía, ella se balanceaba en la hamaca y se ventilaba su botellín de JAX helada.

Cuando terminó, soltó un silbido grave.

—Tienes razón. Es una basura.

La pequeña esquirla de emoción que Siobhan había mostrado se disipó tras una máscara de furia.

—Cabronazo —murmuró, entre dientes—. Lo tuyo es la diplomacia, ¿eh?

Él encajó el reproche con una sonrisita de soslayo.

—A mi modo de ver, hay algo en la composición espacial de la escena que no funciona. Fíjate en esto —Señaló la pantalla con el dedo índice—: «Felicity se sentó en las rodillas de Jeremiah con un algodón empapado en alcohol entre las manos y se inclinó ligeramente hacia él para limpiar la sangre que le manaba de la ceja izquierda» —leyó en voz alta—. Sentarse en las rodillas es lo que haría Heidi con su abuelo. No hay energía sexual en la postura. No hay anticipación. No hay… fuego.

—Vale. Entonces, ¿cómo se supone que debería sentarse Felicity para que hubiera… fuego? ¿A horcajadas?

—Eso es demasiado explícito. Mira, el fuego solo necesita dos cosas para crecer: combustible y oxígeno. Démosles un poco de cada. Que sea el propio Jeremiah quien la siente en sus rodillas y la bese cuando ya no aguante más.

Siobhan se llevó el dedo índice a los labios en actitud reflexiva.

—Probémoslo —sugirió al cabo—. Hagamos un *roleplay*. Así sabremos si es adecuado o no. ¿Qué te parece?

La curiosidad le ardía en los ojos.

Marcel parpadeó varias veces seguidas.

—A ver si lo he entendido bien. ¿Quieres que finjamos que somos Jeremiah y Felicity en la antesala de la escena erótica? —preguntó en un tono dudoso.

—Es solo por el bien de la novela. Además, no tenemos que besarnos de verdad. Será teatro. Ya sabes, como si fuéramos actores de Broadway.

«Dile que no».

«Dile que no».

«Dile que…».

«Oh, joder».

—De acuerdo. ¿Qué quieres que haga?

—Veamos. —Siobhan dejó la cerveza y el portátil en el suelo y se incorporó—. Separa las piernas para darme espacio. Eso es. Ahora voy a inclinarme ligeramente sobre ti y voy a limpiarte la herida. Levanta un poco la cabeza —le pidió, y luego le sujetó la barbilla con suavidad, como si fuera algo precioso que hubiera que mantener a salvo, mientras simulaba curarlo.

Las pulsaciones se le dispararon enseguida. Era demasiado hermosa y esa camisola, demasiado fina. Marcel estaba tan ner-

275

vioso que ni siquiera sabía dónde poner las manos sin delatarse. Se notó las palmas mojadas y maldijo por dentro.

—¡Au! —protestó. Ella frunció el ceño, extrañada—. Es para que parezca más realista. Ya sabes que los tíos somos unos blandengues —se justificó.

Siobhan se echó a reír.

—Ahora, siéntame en tus rodillas.

«Vamos, campeón. No es para tanto que tengas las manos del tamaño perfecto para agarrarla por la cintura. Ni que, cuando te mire como te está mirando ahora, lo único en lo que seas capaz de pensar es en besarla hasta que ninguno de los dos pueda respirar. Eres Marcel Dupont, tío. Sobrevivirás».

Sin embargo, en cuanto la tuvo encima y notó el roce de su trasero en el muslo, temió que sus diques de contención se desmoronaran tan catastróficamente como los de Nueva Orleans durante el Katrina.

—¿Y bien?

—Me siento como el puto Santa Claus. ¡Ho ho ho! —canturreó.

—No creo que Santa Claus tenga esos pectorales. Probemos otra cosa. ¿Qué te parece si me siento a horcajadas?

¿Que qué le parecía? Que iba derechito a la autodestrucción, eso le parecía.

—Claro —murmuró, aunque era más una exhalación que una palabra.

Cuando Siobhan cambió de postura, Marcel permaneció inmóvil, aguantando el tipo. Todo el peso de su cuerpo recaía sobre sus muslos. El dolor era candente, punzante; claro que un poco más arriba era aún peor. Si ella se movía hacia delante, aunque solo fuera un par de centímetros, estaba perdido.

—¿Puedes sujetarme? Como antes. —Siobhan le tomó las manos y se las llevó a la cintura—. Así.

—¿Y ahora qué?

—Ahora yo debería…

276

Entonces, ella se movió y… Dios. Un escalofrío le recorrió la columna de arriba abajo. Marcel contuvo el aliento durante diez segundos. De forma inconsciente —o puede que no—, la agarró con más fuerza y su camisola se tensó en la zona del vientre. La sensación de fricción se intensificó a través de la tela de sus pantalones deportivos. La sangre le bombeaba en el pecho y en algún otro punto.

Estaba excitado.

Muy excitado.

Y ella solo llevaba unas braguitas minúsculas debajo de la camisola.

—No quiero ser grosero, pero me estás aplastando las pelotas.

«Aplastar» era una forma muy elegante de decirlo.

—Uy. Perdona. Lo siento.

—Tengo una idea. ¿Por qué no…? —Le indicó que se recostara y ella lo hizo, aunque no llegó a estirarse del todo. Marcel apoyó los brazos a ambos lados de su cuerpo y se inclinó sobre Siobhan lo suficiente. La hamaca se balanceó—. Mucho mejor, ¿no crees?

«Mucho mejor ahora que soy yo quien tiene el control de la situación».

—S-sí —respondió, recorriendo con los ojos las venas hinchadas de su musculatura en tensión. Carraspeó—. ¿Qué crees que haría Jeremiah ahora?

La noche pendía pesada y húmeda como el algodón empapado. Marcel inspiró profundamente antes de contestar.

—Supongo que… —comenzó a relatar, mientras le apartaba de los labios un mechón de pelo con cuidado—… la acariciaría aquí… —Deslizó los dedos a lo largo de la línea del cuello hasta el hueco de la garganta, que se contrajo de un modo casi obsceno—… y aquí.

La respiración de Siobhan se volvió más sonora. Marcel observó el contraste de su piel oscura sobre la de ella, blanca, cremosa y tan sensible al tacto que se le había erizado.

—¿Y después?

—Después…

Bajó un poco más la cabeza y le rozó los labios con la punta de la nariz, imitando el gesto de besarla sin llegar a hacerlo, lo cual era una tortura. Siobhan dejó ir un gemido involuntario y él percibió en su cálido aliento notas lejanas de cerveza. El pecho se le expandía con cada respiración.

—¿Y qué más, Jeremiah? ¿Qué más me harías?

—Te haría de todo, Felicity.

Ese juego era muy peligroso, lo sabía. Pero, en aquel punto, la frontera entre ficción y realidad empezaba a diluirse, y Marcel se aferró a esa baza para seguir jugando.

—¿Me deseas? —preguntó ella, al tiempo que le acariciaba tímidamente el brazo en dirección ascendente.

—Ya lo creo. Desde la primera vez que te vi.

Siobhan se lamió los labios y un millar de imágenes se sucedió en su mente a la velocidad del rayo: él besándola, él arrancándole la camisola, él succionándole los pezones, él tocándola por dentro de las bragas, él…

Por Dios, iba a explotar.

—¿Piensas en mí?

—Cada jodido segundo —confesó, con un tono agravado. Paseó la mirada por su rostro, consumido por la lujuria. Vagó de sus ojos a su boca, y de su boca a aquel par de pechos cuyos pezones endurecidos comenzaban a intuirse a través de la tela casi transparente. Deslizó el dedo por encima de los botones, con delicadeza, sin apenas rozarla, y continuó descendiendo hasta la zona del vientre. Ahí se paró. La tela le ardía en la mano—. ¿Quieres que subamos de nivel?

La voz le salió ronca y áspera.

Ella asintió en silencio, aunque enseguida puntualizó:

—Solo por el bien de la novela.

—Única y exclusivamente por el bien de la novela.

Marcel se tumbó de lado, a su espalda. El balancín chirrió. La agarró de la cintura con destreza y la atrajo hasta que estuvo completamente pegada a él. El corazón le palpitaba tan fuerte que ella debía de notarlo entre los omoplatos. Enterró la cara en su pelo y aspiró. Por dentro era como una casa ardiendo hasta los cimientos y quería que ella lo sintiese en toda su plenitud. Quería que supiese lo dura que la tenía. Le acarició la cadera por debajo de la ropa. Cielos, qué suave era. Empezó a trazar círculos en esa minúscula parcela de piel candente y, como respuesta, Siobhan se contoneó de una manera muy sensual. Creyó que se perdería en ella, en la sensación de su contacto, en su olor, en su manera de moverse.

Creyó que se volvería loco.

—Quiero tocarte —le susurró al oído. Avanzó posiciones con la mano desde la cadera hacia el interior del muslo—. Dios… me muero de ganas de tocarte.

Siobhan le frotó el trasero contra la erección. Fue un movimiento sutil, pero lo suficientemente poderoso como para que llevara la cabeza hacia atrás, dolorido de anticipación, cerrara los ojos y jadeara.

—Sigue hablando —le pidió ella.

—¿Te excita que te hable? Sí, claro que te excita. Seguro que ese dulce coñito tuyo está listo para que me lo folle ahora mismo.

Entonces, se puso rígida de golpe.

—¿Qué has dicho? —preguntó con un siseo iracundo.

«Vale. La he ofendido. Ahora es cuando se gira, me retuerce los huevos y me dice que soy un puto pervertido. Por Dios, qué cagada tan grande».

Apretó los párpados y tragó saliva para eliminar el nudo que le subía por la garganta. Ella volvió la cabeza y lo escrutó con perplejidad. Emitió un sonido que parecía una mezcla entre una burla y un gruñido, y de ahí pasó a la risa; una carcajada que bien podría haber salido del hocico de una puñetera hiena. Marcel necesitó parpadear varias veces seguidas para que sus ojos recordaran cómo enfocar.

Una oleada de sensatez disipó la niebla que le embotaba los sentidos y lo hizo incorporarse de golpe.

—¿Se puede saber qué demonios te hace tanta gracia?

Esta vez la voz le salió ahogada.

—¡Has dicho «coñito» y «follar»! ¿Te das cuenta, Marcel? ¡«Coñito» y «follar»! —repitió sin parar de reírse—. Jeremiah no puede hablar así. ¡Venga ya, que viene del siglo XIX! Ay, esto es hilarante.

Y continuó riéndose.

«Oh, sí, hilarante de cojones».

Indignado, se pasó las manos por la cara. Casi prefería haberla ofendido a soportar semejante humillación. Pese a todo, tuvo la dignidad de fingir que el asunto lo divertía tanto como a ella.

—Hay que ver. ¿Cómo se me ocurre decir eso en vez de «virtud», «fornicar» o cualquier otra palabra igual de erótica? De verdad que es para descojonarse. —Su habitual tono sarcástico había vuelto—. En fin, ¿quieres que continuemos con el *roleplay* o…? Podemos enfocarlo desde una perspectiva más… decimonónica —improvisó.

—No hace falta. Creo que tengo material suficiente para escribir una escena con mucho… fuego. Pero gracias por la ayuda —dijo, y le pellizcó suavemente el brazo—. Me has sido de mucha utilidad.

—Claro, sin problema. Siempre que quieras.

Siobhan se levantó, se alisó la camisola, recogió el portátil del suelo y se esfumó.

¿Qué acababa de pasar? ¿Y por qué se sentía como un puto experimento? Desconcertado, bajó la vista hacia el bulto de sus pantalones y dejó caer la cabeza contra el balancín entre suspiros de resignación.

Alguien necesitaba una ducha fría urgente.

Y pelársela como un mono, eso también.

Capítulo 25

Marcel

Espiarla a través de la ventana de la cocina se estaba convirtiendo en una costumbre inquietante. Se sentía como un *voyeur*, mirando cómo movía las piernas con indolencia dentro del agua, sentada en el borde de la piscina. El sol le tostaba los hombros y le iluminaba la sonrisa distraída de la cara. Un hormigueo le recorrió el estómago. ¿Estaría pensando en la noche pasada? Marcel no había pegado ojo. Una parte de él se castigaba por haber ido tan lejos; la otra, por no haberlo hecho. Deseaba acostarse con ella, tenerla en su cama, ver cómo quedaba esa bonita melena color cobrizo sobre su almohada. Lo cual era problemático, porque una mujer como Siobhan querría algo más que un revolcón, y él no estaba dispuesto a ceder. Cerró los ojos un segundo para organizar los pensamientos. Sacudió la cabeza como si regresara de un trance y se vació en la garganta media botella de bebida isotónica. De acuerdo, no tendría que haberse prestado a ese jueguecito; sin embargo, lamentarse *a posteriori* de su locura transitoria no servía de gran cosa. Debía ser práctico, frío como el acero. Fingiría que no había pasado nada, que todo había sido un *roleplay* inocente y que solo se había dejado llevar porque... maldita sea, era humano. Actuaría con total normalidad, aunque por dentro estuviera al límite de su resistencia. Y si ella mencionaba el tema, se haría el tonto. «No sé de qué me hablas, princesita. Yo me limité a interpretar un papel. ¿Acaso tú no?».

—Es una chica magnífica, ¿verdad?

La voz ronca de Charmaine irrumpió en la cocina. Marcel se tensó de golpe, como un niño al que han pillado con la mano dentro del bote de galletas. Un hilillo de sudor se le deslizaba por la espalda en un reguero solitario que descendía hasta la base de la espina dorsal.

—Ya veo que os habéis hecho muy amiguitas en mi ausencia —replicó, mientras enroscaba el tapón en la botella.

—Pues sí. Y más vale que no la cagues o juro por la Biblia que me pondré de su parte.

Marcel se dio la vuelta y la miró de hito en hito.

—¿Qué quieres decir con cagarla?

—Quiero decir lo que quiero decir.

—Guau. Podrías haberte ganado la vida como oradora, ¿eh? —ironizó.

Charmaine gesticuló con vehemencia.

—No me cambies de tema, jovencito. ¿Cuándo vas a contárselo?

—¿Contarle el qué? —preguntó con un dejo de recelo.

—Todo. Lo del seudónimo, lo de mamá… todo. No le has contado una mierda. Sigues apostando por la melancolía y el misterio.

Un sentimiento de rencor inimaginable le punzó el corazón. Marcel bajó la vista y jugueteó con la botella. Durante años se había arrastrado encolando los pedazos de sí mismo como un cristal roto. El tiempo había atemperado el dolor de ciertos recuerdos, pero la perspectiva de desenterrarlos hacía que se sintiera igual que si tuviera un insecto atrapado en la garganta. Se le revolvió el estómago solo de pensarlo.

Ni hablar.

Él volaba en solitario y tenía intención de seguir así.

—Remover el pasado no sirve para nada.

—Lo que no sirve para nada es vivir con tanto rencor acumulado. Si arrojaras el tuyo al Misisipi, el nivel del agua subiría tanto que inundaría la ciudad. Otra vez. Y, de todos modos, ya que la has invitado a entrar en tu pequeña burbuja de escritor atormentado, lo mínimo que podrías hacer es ser honesto.

—Yo no la he invitado. Te aseguro que se ha colado ella solita en la fiesta.

—Tal vez porque tú has dejado la puerta entreabierta. Piénsalo.

—No tengo que pensar nada, Chaz. —Abrió la nevera con determinación y guardó la bebida isotónica en el interior—. Pero ¿qué coño te pasa? ¿Qué coño os pasa a todos? Primero Alex, luego esas locas de Twitter y ahora tú. Siobhan es... una compañera de trabajo temporal. Punto. —Puso cara de hastío—. ¿Qué quieres que te diga? Cuando terminemos de escribir la novela, ella seguirá su camino y yo el mío.

De los labios de Charmaine se escapó un melódico y prolongado «ajá» a la vez que asentía con la cabeza.

—Prueba a repetirlo convencido de verdad. Que parezca que te lo creas. —Marcel entornó los ojos y resopló de forma sonora—. Bueno, qué más da, ahora mismo no tengo tiempo para hacer que madures emocionalmente. Voy a Lakeview a ver a papá. Deberías venir conmigo. Hay mucho papeleo que revisar todavía.

—Me pasaré en otro momento. Le he prometido a Siobhan que la llevaría al Distrito 9. Necesitaré la Chevy, déjame las llaves antes de irte.

Una tos estruendosa salió de lo más profundo del pecho de Charmaine.

—¿Al Distrito 9? ¿No había algún sitio un poco más decente para hacer turismo?

Marcel se encogió de hombros.

—Me lo ha pedido ella.

—No me digas... Así que vas a volver a ese estercolero solo porque te lo ha pedido ella. Vaya, vaya, vaya. Te tiene pillado por las pelotas, ¿eh? —le soltó, antes de guiñarle el ojo para suavizar la puñalada.

—Deja ya de decir tonterías, ¿quieres? La culpa es tuya por hablar de más. —La apuntó con el dedo índice—. Si no te hubieras puesto a desempolvar la maravillosa historia familiar de los Dupont y su epopeya post-Katrina, Siobhan ni siquiera sabría qué cojones es el Distrito 9.

—Puede. Aun así, vas a llevarla. Me parece que la dama blanca ha encerrado al rey negro y está a punto de hacerle jaque mate —especuló, en tono jocoso.

Un teatral «¡Ja!» salió del diafragma de Marcel.

—Madre mía, Chaz. No tienes ni puta idea de ajedrez. La dama no puede hacer jaque mate por sí sola.

—Ay, Señor —murmuró—. Para ser tan listo, a veces pareces tonto de remate. En fin, pasadlo bien en los suburbios. Y no te olvides de ir a ver a papá hoy mismo. Hasta la vista, Kaspárov.

La Chevy Silverado redujo la velocidad hasta detenerse en la esquina entre Caffin y North Galvez Street. Marcel bajó las ventanillas y señaló una parcela cubierta de hierba seca en medio de la nada. La luz del sol caía dura e implacable contra el asfalto.

—Ahí era. Ahí estaba la casa antes de que la tormenta la destrozara. Y en ese descampado de allí, había un cine —dijo.

Un dejo de tristeza le tiñó la voz.

Para alguien que no conociera Nueva Orleans, el Distrito 9 podría pasar por un barrio rehecho a sí mismo, con algunas construcciones nuevas y jardines bien cuidados. Sin embargo, esa imagen representaba solo una pequeña parte de la realidad. Bastaba darse una vuelta por la zona para caer en la cuenta de que, doce años después, la tragedia del Katrina persistía en cimientos, piedras, viviendas abandonadas, vecindarios desiertos, negocios con la persiana bajada y los rótulos medio descolgados y carreteras devoradas por la maleza y deformadas por los baches. Por cada casa construida había cuatro o cinco espacios vacíos y un coche desvencijado, olvidado en algún porche, junto a un bidón de gasolina. En la fachada de un edificio en ruinas, una pintada en espray naranja avejentada por el paso del tiempo decía:

**FIX
EVERYTHING
MY
ASS!**

Si uno se fijaba en las iniciales (FEMA), lo entendía enseguida. Aquella frase con naturaleza de eslogan satírico se hizo muy popular en las semanas posteriores a la inundación y seguía presente en la memoria colectiva. La población expresaba así su descontento ante la falta de una respuesta efectiva por parte de las autoridades.

Siobhan se quitó las gafas de sol y observó desde el asiento del copiloto.

—No queda nada —se lamentó. Parecía confusa—. Charmaine dijo que la casa se mantuvo en pie.

—La demolió una empresa contratista de Texas, como a tantas otras. Todo esto —continuó, mientras apagaba el motor y se desabrochaba el cinturón de seguridad— eran viviendas. Y hoy no es más que mala hierba. Las que quedaron abandonadas tras la estela del Katrina pertenecen a gente que todavía no ha vuelto. No sé si lo sabías, pero se marcharon alrededor de ochocientas mil personas entonces; el mayor desplazamiento en los Estados Unidos desde el *Dust Bowl* de los años treinta. Muchos terrenos quedaron vacíos. Hace un tiempo, el ayuntamiento comenzó a expropiar los jardines enmarañados de vegetación para subastarlos, porque a estas alturas nadie va a reclamarlos. Lo que pasa es que la administración en Nueva Orleans es lenta e ineficaz; un mal endémico al que hay que añadir el de la corrupción, por supuesto. Digamos que, aquí, la mayoría de las manzanas están podridas.

—Sí, pero… ¿cómo es posible que después de doce años esto siga así? Es indignante —dijo, sin apartar la vista de un

285

panorama que se presentaba extremadamente desolador—. ¡Y yo que creía que la recuperación del World Trade Center después del 11-S fue lenta!

Marcel dejó ir un suspiro de resignación.

—Hay una cosa que debes saber sobre NOLA. —Siobhan volvió la cabeza y escuchó con atención—. Todo el mundo adora su música, todo el mundo adora su comida, su arquitectura colonial, el Mardi Gras… En cuanto a su gente… —Hizo una pausa dramática que remató con un gesto de negación. Las facciones se le endurecieron—. Y ya que mencionas el 11-S, la Reserva Federal desembolsó un montón de millones para reconstruir Nueva York después del atentado. Con el terremoto de San Francisco, igual. ¿Qué hizo el gobierno de Bush por Nueva Orleans? Meter a la gente en caravanas y cerrar las puñeteras viviendas sociales para que vivieran como refugiados en su propio país. Cabrones de mierda… —masculló, revolviéndose furioso en el asiento.

Siobhan le puso la mano en el brazo y la deslizó en una caricia suave que incendió cada milímetro de piel que rozaba. Y, extrañamente, también lo calmó.

—Eh… ¿Estás bien?

Asintió en silencio. Cada vez se sentía más cómodo hablando con ella. Era como si tuviera el poder de liberar un grito atrapado en una botella durante mucho tiempo. Y la sensación le proporcionaba alivio.

—Hacía bastante que no venía por aquí, eso es todo. ¿Sabes? A veces sueño con Nueva Orleans. En esos sueños siempre estoy en la ciudad durante la inundación —confesó.

Era la primera vez que se lo contaba a alguien.

—Imagino que volver para buscar a tu familia debió de ser muy duro para ti.

—Fue peor para ellos. Al fin de cuentas, yo tenía mi vida en Nueva York. Baxter Books iba a publicar mi segunda novela y Alex ya estaba negociando el contrato para la tercera; las cosas empezaban a irme bien. Pero sí, me impactó muchísimo comprobar con mis propios ojos que lo que había visto en las noticias era verdad. Las imágenes más dolorosas, las que revelaron al resto del mundo el abandono de los barrios negros en este país, procedían de este punto —Golpeó con el índice sobre el salpicadero—, el Distrito 9. La tormenta lo destruyó todo: los hogares donde crecimos, nuestros recuerdos e incluso el espíritu del barrio. Has oído hablar de los indios del Mardi Gras, ¿verdad? Los Cazadores del Noveno solían reunirse para coser sus trajes de plumas, cuentas y lentejuelas a unas pocas manzanas. Ensayaban en la calle, no era raro encontrárselos por ahí, bailando y cantando en su lengua extraña, aunque faltaran meses para el carnaval. Dudo mucho que ninguno siga por aquí. —Exhaló hasta vaciar los pulmones y después se masajeó los ojos con impotencia—. Como decía Al *Carnival Time* Johnson en su «Lower 9th Ward Blues», «Ahora no sé adónde ir, porque mi casa ya no está allí». Es una canción. De un músico de *jazz* local —aclaró—. Te la cantaría, pero no pienso arriesgarme a que me pongas una demanda.

—Tranquilo, la buscaré en iTunes —dijo, siguiéndole el juego. Volvió a fijar la vista en el terreno donde una vez estuvo la casa de los Dupont y retomó el hilo de la conversación—. Chaz mencionó que las aseguradoras se portaron fatal con vosotros.

Una carcajada teñida de indignación resonó en el interior del vehículo.

—¿Sabes cuánto dinero ofrecieron a mi padre en compensación? Cuatrocientos noventa y cinco dólares.

Siobhan le devolvió una mirada de incredulidad.

—¿Qué? No puede ser. Me tomas el pelo.

—Ojalá. Esos hijos de puta alegaron que la póliza cubría los daños ocasionados por el huracán, no por la inundación. Por eso las malditas aseguradoras nunca quiebran. Mi padre no quiso cobrar el cheque; que se le mearan encima habría sido menos humillante que eso. Bernard Dupont es un tipo muy orgulloso. O lo era, antes de perder la chaveta. —Suspiró—.

287

De todas maneras, fue de los afortunados. La mayoría de la gente del 9 no tenía seguro, y, si lo tuvo alguna vez, dejaron de pagar las mensualidades. Por si no te has dado cuenta todavía, este es un vecindario pobre y negro.

—¿Y no había algún tipo de programa estatal de ayudas?

—Road Home, aunque seguía siendo insuficiente. En fin, el caso es que conseguí un sitio decente en Tremé para ellos. Me costó un ojo de la cara, porque entonces el alquiler estaba por las nubes gracias a los especuladores, pero…

—No ibas a dejarlos en la calle.

—Exacto —concordó.

—Lo cual te honra.

—Solo los ayudé un poco para que pudieran ir tirando. Cualquiera en mi situación habría hecho lo mismo. Vale, nunca me he llevado bien con mi padre; aun así, sigue siendo mi padre. En cuanto a mi hermana… bueno, a Charmaine se lo debo prácticamente todo.

—Es curioso que ella diga lo mismo de ti. Y también es curioso que ahora seas tan modesto. Cuando nos conocimos no hacías más que presumir de tu sofá de quince mil pavos —le espetó, y sonrió triunfal—. No tienes que disimular conmigo, Marcel. Sé que compraste la casa de Garden District y que donas una buena suma de dinero para la recuperación de la ciudad.

—¿También te ha contado eso? Me parece que Chaz y yo vamos a tener unas palabras esta noche.

—Ni se te ocurra, ¿me has oído? O te las verás con esta neoyorquina.

—Bah. No me das miedo, princesita de Brooklyn.

Era admirable que mantuviera la mirada fija, sin parpadear siquiera, mientras soltaba por la boca una mentira tan descarada como esa.

Porque, en realidad, Siobhan sí le daba miedo.

No ella, sino su luz.

Esa luz cegadora que de repente le impedía ver el camino correcto.

288

—Yo que tú no subestimaría mis habilidades, señor Black. —La réplica cortó el aire como un cuchillo bien afilado. Dios, le encantaba esa mujer—. Hablando de Brooklyn, ¿tardaste mucho en volver?

—No. Me largué de aquí en cuanto pude. La cosa se puso muy pero que muy fea. Tiroteos, robos, atracos, peleas entre bandas, brutalidad policial… La Guardia Nacional patrullaba las calles como si esto fuera la puñetera Faluya, incluso decretaron el toque de queda. No me extraña que la gente le diera a la botella o al OxyContin para soportarlo.

Los ecos de una melodía alegre se abrieron paso desde alguna parte. De pronto, una *brass band* de músicos afroamericanos vestidos de uniforme apareció desfilando por un cruce, seguidos de un cortejo fúnebre que bailaba al ritmo del trombón, la trompeta, la tuba y la caja. Una atmósfera de carnaval recorría el desfile, que serpenteaba por aquellas calles agrietadas y salpicadas de hierbajos.

Siobhan asomó la cabeza por la ventanilla.

—¿Qué es eso?

—Un funeral al estilo Big Easy. Nosotros lo llamamos «segunda línea».

—Suena bien. Parece una forma perfecta de despedirse.

Una sonrisa melancólica se dibujó en el rostro de Marcel.

Tal vez esa fuera la fortaleza de Nueva Orleans: que, pese a todo, siempre había algo que celebrar. Aunque tal vez fuera su debilidad. Las dos caras de una misma moneda. Fuera como fuese, la ciudad siempre encontraba la manera de seguir adelante, de aguantar por más difíciles que se pusieran las cosas. Y, de algún modo, aquella conclusión hizo que se sintiera en paz.

—¿Sabes qué te digo, señorita Harris? —dijo, al tiempo que repiqueteaba con los dedos sobre el volante—. Que estás de suerte. Esta noche por fin sabrás lo que es música de verdad.

Horas más tarde, fueron a cenar a un pequeño restaurante en el corazón de Marigny, uno de los antiguos barrios criollos más hermosos de Nueva Orleans. La noche acababa de tomar el relevo y las luces de los establecimientos se encendían de manzana en manzana mientras la máscara oscura de la ciudad se acomodaba en su sitio.

—Verás, el *gumbo* es como el *jazz:* un emblema cultural de Nueva Orleans —afirmó Marcel, a la vez que se colocaba la servilleta sobre las rodillas—. Un crítico musical dijo una vez que el *gumbo* es *jazz* culinario y el *jazz, gumbo* musical. También es verdad que agosto no es la época del año más indicada para comer el de cangrejo azul; quizá tendríamos que haber pedido el de carne ahumada —sopesó, más para sí mismo—. En fin, no importa. Espero que lo disfrutes tanto como en Mardi Gras. *Bon appétit.*

Siobhan asintió educadamente y se llevó a la boca una cucharada del estofado que les acababan de servir, acompañado de una botella helada de vino blanco.

—Mmmmm… —Paladeó la mezcla de arroz y cangrejo con los ojos cerrados—. Delicioso —reconoció, para gran satisfacción de su acompañante. Tomó un poco más antes de preguntar—: ¿Qué le echan al caldo para que sea tan denso?

—Roux oscuro, ocra y hojas de sasafrás, una contribución de los nativos Chocktaw —explicó—. Algunos ven en este plato una conexión con las sopas de quingombó africanas; otros la vinculan con la bullabesa francesa, e incluso, con los cajunes, los franco-canadienses que se instalaron en Luisiana tras ser expulsados de Acadia por la Corona británica.

—Cuántas influencias.

—Lógico. Nueva Orleans tiene un pasado colonial. Y, unas décadas después, cuando los Estados Unidos se la compraron a Napoleón por unos pocos centavos cada acre, se convirtió no solo en un importante puerto de comercio de esclavos, sino también en la ciudad más cosmopolita de los estados algodoneros del sur. Una ciudad construida sobre la espalda de la esclavitud cuyos ciudadanos más importantes, o muchos de ellos, eran *gens de couleur libres*. Menuda paradoja —argumentó. A continuación, bebió un trago generoso de vino que le bajó por la garganta como una caricia.

Ella frunció los labios con aire reflexivo. La luz cálida del restaurante le iluminaba la curva superior, ese espacio diminuto comprendido entre la nariz y la boca. La suya era particularmente hermosa.

—Deberías escribir una novela que transcurriera aquí, Marcel.

Una sonrisa de complicidad se le dibujó en el rostro.

—De hecho —Bajó la voz en actitud confidencial—, es lo que planeaba hacer después de... ya sabes... —Miró de reojo a un lado y a otro para asegurarse de que sus palabras no aterrizaban en los oídos equivocados—... matar a Willy.

—¿En serio?

—Pues sí. Un *thriller* ambientado en un futuro distópico, con una Nueva Orleans prácticamente engullida por el agua y devastada por el cambio climático, y un asesino en serie atemorizando a la población. A Alex no le gustó el enfoque racial que quería darle, decía que era demasiado sensible para los tiempos que corren, blablablá. De todas maneras, pienso escribir esa novela algún día.

Y dicho esto, se dio cuenta de que era la primera vez que hablaba de alguno de sus proyectos con alguien que no fuera su agente o su editor.

Claro que Siobhan no era cualquiera.

Siobhan era Siobhan.

La única persona que entendía de verdad sus pasiones y su frustración.

—Entonces, es cierto que un pájaro herido regresa al nido tarde o temprano.

—¿Cómo?

Siobhan negó con la cabeza.

—Nada, no me hagas caso; solo divagaba. Es una idea brillante, Marcel. De veras. Supongo que ahora mismo estarías metido de lleno en ese *thriller* si yo no hubiera aparecido en escena, así que… siento mucho haberte arruinado los planes.

Lo sentía de verdad; Marcel la conocía lo suficiente como para estar seguro de ello.

—Bueno, técnicamente la que apareció en escena primero fue Letitia Wright. Además… —Desvió la vista y la centró en el plato, incapaz de hacer frente a aquel par de ojos azules que lo desarmaban con cada pestañeo—… para serte sincero, llevaba meses bloqueado. Ni una sola línea desde que terminé *El fin de los días*. Nada. Cero. Tenía un miedo atroz a fracasar, a no estar a la altura de lo que se esperaba de mí como autor. Y para colmo, Michiko Kakutani escribió una crítica infame en el *New York Times* que casi daba por finiquitada mi carrera.

Hubo un silencio.

Siobhan lo rompió.

—Una crítica solo es una crítica. No tiene el poder de impedir que una buena novela ocupe el sitio que se merece ni de drenar el alma de un autor brillante.

Notó que se le tensaba un músculo del cuello. Ojalá hubiera tenido agallas para besarla en ese momento. No obstante, solo fue capaz de susurrar un «gracias» contenido en el aliento antes de esconderse detrás de un trago de alcohol.

Menudo cobarde.

—¿Por qué me das las gracias? ¿Por decir la verdad?

—No, Siobhan. Por ayudarme a recuperar la capacidad de contar una historia. De no ser por ti y por *Dos formas,* lo más probable es que siguiera perdido.

Si alguien le hubiera dicho semanas atrás que estaría dando las gracias a la señorita Finales Felices por sacarlo del lodazal creativo en el que se encontraba, se habría echado a reír, le habría dado a esa persona veinte pavos por las molestias y después, probablemente, se habría pegado un tiro.

En la sien, que es más novelesco.

—¿No te parece que eso es un poco drástico? Tarde o temprano habrías salido del bloqueo. Tú has nacido para escribir,

Marcel. Lo llevas en la sangre. Sé que empezaste siendo un crío, Chaz me lo dijo.

Marcel dejó ir un resuello.

—Cómo no —murmuró.

—Lo que intento decir es que no tienes por qué agradecérmelo. Yo no he hecho nada, no soy importante. Te habría pasado lo mismo con cualquier otra autora de novela romántica que se hubiera cruzado en tu camino.

Lo que pensó en ese instante fue:

«Y una mierda. Claro que eres importante. No hay otra como tú, Siobhan Harris. Joder, ¿es que no lo ves? No existe siquiera una remota posibilidad de que haya en el mundo una mujer que te haga sombra. Tú... eres especial».

Sin embargo, las palabras que pronunció fueron:

—¿Quieres probar el pastel de pacanas?

Una botella de vino después, el mundo parecía un poco menos complicado. La noche comenzaba a arrancar y la animada Frenchmen Street derrochaba esa energía caótica tan propia del lugar materializada en la cultura *go-cup* de beber en la calle, tocar en la calle, bailar en la calle. Y luego estaban todos esos bares y restaurantes que se alternaban con los clubes de *jazz* —quizá no tan elegantes como el Preservation Hall, en el Barrio Francés, aunque sí mucho más reales—, la esencia de la ciudad. El *jazz* y Nueva Orleans son indivisibles. Como dijo alguien alguna vez, el *jazz* en Nueva Orleans es una forma de plenitud, es como estar todo el día colocado, como vivir en el paraíso a buen precio. Sin ir más lejos, que el nombre del aeropuerto sea el de un músico y no el de un gobernante es garantía de que, en The Big Easy, se cree en el arte y en la vida por encima de todo.

A pesar de todo.

Marcel se detuvo delante de la puerta del Blue Nile, bañada de neones azules, y, sin disimular un ápice su entusiasmo, dijo:

—Este sitio es la auténtica quintaesencia de lo que debe ser un club de *jazz* en Nueva Orleans. En media hora como mucho se pondrá hasta arriba de gente y será imposible entrar. Así que, si quieres hacerlo, si quieres descubrir lo que es música de verdad, es ahora o nunca. ¿Quieres? Por favor, di que sí.

—¿Es una pregunta retórica? Pues claro que quiero.

Dentro, la temperatura era relativamente agradable. En el escenario, una banda interpretaba versiones de clásicos al estilo *stomp,* acentuando el compás de la melodía al golpear el suelo con el pie; imposible no hacer lo mismo. Se acercaron a la barra. Marcel le preguntó qué le apetecía tomar y ella se decantó por algo fuerte: un Sazerac.

—Vaya, vaya, vaya. Parece que la señorita Harris se ha hecho mayor —bromeó.

—Vamos, hombre. Que no soy una muñequita de porcelana.

Continuó entrando gente; tanta que cada vez había menos espacio, de modo que tuvieron que apretujarse mientras se tomaban las bebidas.

Tampoco iba a quejarse por estar pegado a una mujer bonita, suave y femenina.

—¿Y dices que hay música en directo en todos los locales de la zona? —preguntó Siobhan, encaramada al hombro de Marcel.

Le hizo cosquillas en el lóbulo de la oreja, y la sensación le gustó, para qué negarlo.

—En todos los que son de cierta envergadura, sí. Y los músicos tocan siempre, haya público o no. *Ragtime. Dixieland. Blues. Hot jazz.* Lo que sea.

—¡Pero es maravilloso! Vivir aquí es como estar en una fiesta que no se acaba nunca. ¿De verdad que no lo echas de menos ni un poquito?

—*Nah.* Ya tengo todo lo que necesito en Nueva York —dijo.

La miró a los ojos.

En ese momento, sintió un calor abrasador que le trepaba como la hiedra desde el vientre hasta el plexo solar. Y supo que todo empezaba a encajar.

O a desmoronarse.

Igual que un castillo de naipes que iban cayendo poco a poco, unos sobre otros, hacia un destino inevitable.

Era ella.

Ella y nada más.

Siobhan apuró el Sazerac y dejó el vaso encima de la barra con un golpe estruendoso.

—Vamos —le ordenó.

—¿Adónde?

—A bailar.

—Pero…

—No hay peros que valgan, señor Black. —Le puso el dedo sobre los labios—. Esta noche no.

Marcel rio como un tonto y se dejó guiar hasta la pista. Los músicos estaban a tan pocos metros que podías sentir la energía de la trompeta, el ritmo del clarinete y la sensualidad del saxofón entre los claroscuros del escenario. Siobhan empezó a contonearse al son de «Basin Street Blues» y… Dios, cómo se movía.

—¡Así se baila, nena! —exclamó él, entre vítores.

Las ondulaciones de su cuerpo lo fascinaban. ¿En qué momento se había transformado la ingenua señorita Harris en aquella mezcla imposible? Siobhan era todos los elementos a la vez: agua, tierra, aire y muchísimo fuego. No recordaba haber estado frente a un ser más irresistible ni haber deseado a nadie con tanta intensidad. La melena cobriza le caía sobre los hombros como una cortina cada vez que se inclinaba hacia adelante. Decidió unirse a ella y seguir sus pasos. Caderas contra caderas. Dedos entrelazados. Brazos arriba. Un giro para un lado. Un giro para el otro. Y vuelta a empezar. No le costó; al fin y al cabo, el ritmo le venía de serie. A su alrededor, la gente parecía cada vez más animada, alzaba sus vasos de plástico o vitoreaba al vocalista de la banda cuando este se dirigía al público. Ella no paraba de reír y, con ello, le contagiaba su alegría de vivir, su optimismo, su despreocupación. ¿Era posible que incluso le doliera la cara de felicidad? Sentirse así era una bendición, un bálsamo para el alma.

Entonces, el momento adquirió otra dimensión.

Una más íntima.

Los primeros acordes de «Anyone Who Knows What Love Is» anunciaban que era el momento de las lentas. Marcel estiró el brazo, la palma de la mano bocarriba, en un gesto que Siobhan interpretó a la perfección. La tomó por la cintura y ella entrelazó los dedos alrededor de su nuca; ambos estaban empapados en sudor, pero a ninguno le importaba lo más mínimo. Desde su altura, la observaba con ojos bajos y penetrantes. La muchedumbre a su alrededor se volvió borrosa e irrelevante mientras giraban en pequeños círculos sobre la pista.

—¿Por qué me miras así? —preguntó Siobhan, elevando ligeramente la barbilla, preciosa en su desconcierto.

—¿Cómo te miro?

—Como si fuera una copa de helado doble. Igual que anoche.

Marcel trató de no revelar la sonrisa interior que le refulgía en el pecho.

—¿Anoche? No sé de qué hablas.

Siobhan sonrió, hermosa y feroz.

—Así que vamos a seguir fingiendo que no pasó nada, ¿eh?

Que en realidad sonó más a: «Es un hecho irrefutable que anoche estuvimos a punto de enrollarnos en el jardín trasero de tu casa. Que llevemos todo el día evitando el tema no hará que desaparezca».

—Es que no pasó nada.

Que en realidad sonó más a: «Lo que es un hecho irrefutable es que, si a ti no te hubiera entrado la risa floja en el último momento, te habría echado el mejor polvo de tu vida en la piscina».

Y para zanjar el tema añadió:

—Venga, déjame disfrutar del momento.

—Espera, espera. ¿Disfrutar? ¿Quién eres tú y qué has hecho con mi amigo?

—«Amigo». —Negó con la cabeza con una mueca presuntuosa en el rostro. Fingida, por supuesto—. Vaya, eso es subir tres niveles de golpe. Qué halagador. No sé si estoy preparado para tanta responsabilidad.

Captó un leve gesto de escepticismo en el rostro de Siobhan. La agarró con más fuerza contradiciendo sus propias palabras; ella le acarició el nacimiento del pelo en la nuca con una delicadeza que le erizó la piel.

—Bueno, no creo que tengas que desempeñar el papel de «amigo» mucho más tiempo. Por suerte, queda poco para terminar la novela —dijo. Y le dedicó una caída de párpados pensada para que bajara las defensas. Funcionó bastante bien.

Las comisuras de los labios se le curvaron hacia arriba.

—Menos mal. Porque ser tu «amigo» empieza a resultarme insoportable —replicó, clavándole la mirada en la boca.

Qué fácil sería olvidarse de todo y permanecer en ese momento para siempre.

Con ella.

El taxi los dejó en Garden District sobre las dos de la madrugada. Marcel le dio treinta dólares al conductor y le dijo que se quedara con el cambio. Salió del vehículo y se las arregló para bajar a Siobhan, que apenas se tenía en pie. Se tambaleó, pero él la agarró por la cintura a tiempo.

—Ohhhhh… Graciassss —intentó decir entre hipidos—. Eres como un caballero del siglo pasado, señor Black. Un caballero… ¡hip!… al rescate de la damisela en apuros. —Trató de hacer una reverencia y por poco terminó en el suelo.

—Muy bien, damisela. Es hora de ir a dormir la mona. Vamos, andando.

Sin dejar de sujetarla, empujó la cancela que protegía la propiedad de los Dupont. En ese instante, Siobhan se puso a cantar «Fever» a pleno pulmón.

—Shhhh... Baja la voz. Vas a despertar a todo el jodido vecindario.

—¡Pero si esto es Nueva Or...!

No pudo terminar la frase. Marcel le tapó la boca y le lanzó una mirada de advertencia. Ella le apartó la mano.

—Vale, vale. No te... ¡hip!... pongas así. ¿Sabes una cosa? —preguntó, mientras se dirigían hacia el porche. Perdió el equilibrio de nuevo y, de nuevo, Marcel hizo gala de sus rápidos reflejos—. Upssss... —Se le escapó una risa floja de beoda—. ¡Que los que se pelean se desean! —canturreó, imitando el tono de una niña pequeña.

Marcel se echó a reír. La verdad, ebria le resultaba graciosísima.

—Y... —Se paró delante de él y le rodeó el cuello con los brazos de un modo bastante provocativo—. Yo te gusto. Estás loco por mí —aseguró, pese a las serias dificultades para vocalizar que mostraba.

Una vaharada de alcohol le inundó las fosas nasales. El vino de la cena, el Sazerac y los dos Jameson con Coca-Cola que se había bebido la princesita estaban ahí, contenidos en esa nube de aliento etílico.

—¿Qué? —Se apartó intentando reprimir algo parecido a una sonrisa nerviosa—. ¿En qué te basas para afirmar eso?

—En que tengo ojos en la cara —respondió, y se tiró de los párpados hacia arriba exageradamente. Marcel le retiró las manos para evitar que se hiciera daño—. Sé que quieres... —Le señaló el pecho—... la palabra que empieza por efe. Conmigo.

—No me digas. ¿Y cuál es la palabra que empieza por efe?

Siobhan le acercó los labios al oído y susurró:

—Efe. O. Ele. Ele... —Se detuvo y se rascó el cuello con aire pensativo—... Ay, se me ha olvidado qué letra... ¡hip!... viene después.

—Madre mía, Siobhan. No estás en condiciones ni de deletrear.

—¡Eh! —exclamó, y le pegó en el hombro. Él fingió dolerse del descoordinado puñetazo—. No te metas conmigo. Lo importante es que tú también me gustas. Eres… —comenzó a decir, aunque la lengua se le volvió a trabar—… Me gusta absolu… ¡hip! absolutamente todo de ti.

Entonces, se inclinó hacia delante, lo agarró de las mejillas y se atrevió a besarlo en los labios. Fue un beso inocente, apenas un roce torpe, pero que lo condenaran si aquel pequeño gesto no había conseguido sacudirlo por dentro. Fue como beberse un vaso de *bourbon* de un trago, como subirse a una montaña rusa con los ojos cerrados, como lanzarse al vacío desde lo alto de un acantilado. Desde luego, ese piquito insignificante no justificaba cómo se le había desbocado el corazón en el pecho ni que, de repente, todo pareciera un poco borroso.

Marcel puso las manos sobre las de ella, que aún seguían en su rostro.

—¿Por qué has hecho eso?

—Porque puedo. Y porque quiero. Y porque eres muy guapo. Y muy alto. Y muy *sexy*.

—Y porque estás borracha.

—Sí, eso tam… ¡hip!… también.

Siobhan empezó a troncharse de la risa y a cantar otra vez, así que a Marcel no le quedó más remedio que auparla y echársela al hombro como si fuera un fardo. La agarró por las pantorrillas y enfiló hacia el porche.

—Se acabó la fiesta. Ya veremos si mañana te ríes tanto cuando te cuente esto.

—Qué buenas vistas tengo desde aquí —murmuró ella, antes de clavarle el dedo índice en el glúteo.

—¿Me acabas de tocar el culo?

—Solo un poquito de nada.

—Sin mi consentimiento.

—Ay, creo que me estoy mareando…

Marcel la bajó del hombro con rapidez y la tomó en brazos.

—Eh. Oye. Siobhan. ¿Te encuentras bien?

Ella emitió un leve sonido, apoyó la cabeza en su pecho y cerró los ojos.

Charmaine apareció en la puerta justo cuando estaban a punto de entrar.

—¿A qué demonios viene tanto escándalo? ¿Sabes qué hora es, muchacho? —le reprochó. Enseguida frunció el ceño en una arruga de preocupación y preguntó—: ¿Qué le pasa a Siobhan? ¿Está indispuesta?

—¿Indispuesta? Lo que está es como una cuba.

—Pero bueno, ¿qué se ha tomado?

—Di mejor qué *no* se ha tomado.

—¿Y tú por qué la dejas beber hasta perder el sentido, idiota?

—¿Ahora la culpa es mía? Hay que joderse. Ni que fuera su niñero. Deja ya de sermonearme y hazte a un lado, anda. Me estoy destrozando la espalda. No entiendo cómo puede pesar tanto, con lo delgada que está —murmuró.

La mayor de los Dupont cerró la puerta y lo apremió a que llevara a Siobhan a su habitación. Marcel recorrió con la mirada la curva de las escaleras, preguntándose cómo manejar la situación.

—Estás de coña, ¿no? No puedo subir hasta ahí arriba con ella en brazos.

—Tanto hacer ejercicio y resulta que eres un flojo. Venga, hombre, no fastidies… Si son cuatro escalones de nada.

—Ah, ¿sí? Pues súbela tú, *Superwoman*. A ver si eres capaz de pasar del tercero.

Charmaine chasqueó la lengua.

—De acuerdo. Que duerma en el cuarto de papá.

—Ni hablar, esa habitación huele a enfermedad. La llevo al sofá. Hazme un favor, ¿quieres? Tráeme almohadas y sábanas limpias. Y un poco de agua. Necesita hidratarse.

Marcel se dirigió al salón y dejó a Siobhan en el sofá con mucho cuidado. Se sentó a su lado, le desabrochó las sandalias y las apiló en el suelo, junto a su bolso. Cuando su hermana volvió con las sábanas y las almohadas, utilizó un juego para acomodarla a ella y otro para improvisar una especie de cama en el suelo.

—¿Vas a dormir ahí? —preguntó, con asombro.

—Claro —contestó, como si fuera una obviedad. Se descalzó sacándose una zapatilla por los talones y luego la otra—. No querrás que la deje aquí sola, ¿verdad? ¿Qué pasa si se despierta en mitad de la noche con náuseas? Alguien tendrá que sujetarle el pelo o… lo que sea.

Una sonrisita de lo más irritante se formó en los labios de Charmaine.

—¿No te lo dije, hermano? Esta dama se ha merendado al rey.

Marcel suspiró de puro agotamiento.

—Vale. Vete a la cama, Chaz.

Por fin a solas, volvió a sentarse junto a Siobhan, que dormía ajena al tormento interior de Marcel. Observó un instante los movimientos ascendentes y descendentes de su pecho al respirar. Su expresión serena le provocó una ternura inmensa que amenazaba con ahogarlo de emoción. Le retiró un mechón de pelo del rostro y le acarició la mejilla con el dorso de la mano. Y mientras la contemplaba, se preguntó qué habría pasado si la hubiera conocido en otro momento de su vida.

Pero la respuesta era que ningún momento de su vida habría sido adecuado para una mujer como ella.

—Los finales felices no existen. Los finales felices no existen —repitió, como si se tratara de un mantra del que tuviera que convencerse a sí mismo.

Siobhan gimió, murmuró algo ininteligible y se dio la vuelta.

Capítulo 26

Siobhan

La luz le dio de lleno en los ojos. Entre gruñidos, trató de mover los brazos para cubrirse la cara, pero le pesaban como si le hubieran colocado sacos de arena encima. Se notaba la boca pastosa, casi anestesiada, y una máquina perforadora en la cabeza que no le daba tregua. El aire apestaba a alcohol. Corrección: era ella quien apestaba a alcohol. Despegó los párpados con gran dificultad. Tardó unos segundos en enfocar la vista para distinguir el techo de algún lugar. ¿El salón de los Dupont? ¿Qué hacía en el salón? ¿Y por qué había dormido en el sofá? Una imagen confusa nadó hacia arriba desde lo más profundo del cerebro y salió a la superficie; aun así, no recordaba nada. Trató de incorporarse despacio, sujetándose las sienes para minimizar los ecos de la cefalea. Alargó el cuello y miró por la ventana. En el cielo, las nubes se estiraban formando largas tiras que atravesaban el amanecer. Poco a poco, la cronología de la noche anterior se fue ordenando en su mente. Había salido a cenar con Marcel y después se habían tomado un... ¿Sazerac, se llamaba? Habían bailado; juntos, muy pegados, de eso sí se acordaba.

A partir de ahí, nada.

—Buenos días, princesita —la saludó al entrar en el salón. ¿Cómo podía ser que él estuviera fresco como una rosa y ella se sintiera peor que un detrito?—. ¿Qué tal te encuentras esta mañana? ¿Mucha resaca?

302

—La cabeza me zumba como una colmena.

Marcel esbozó una leve sonrisa.

—No me extraña. Toma —Le tendió un vaso con agua burbujeante—. Te he traído una aspirina. He supuesto que la necesitarías.

—Gracias. ¿Tanto bebí anoche?

Él le devolvió una mirada escéptica.

—No me digas que no te acuerdas —dijo, y cruzó los brazos sobre el pecho.

—A ver, sé que fuimos a cenar y luego a un club de *jazz* y todo eso, pero… ¿cómo he acabado durmiendo en el sofá?

—Muy sencillo: perdiste el conocimiento. Chaz pretendía que te llevara a tu habitación como si fuera un puto superhéroe de Marvel y tuviera la habilidad de subir cuarenta escalones con un peso muerto en los brazos sin que se me partiera la espalda. Por cierto, ¿cuánto pesas?

—Cincuenta y dos kilos. ¿Chaz me vio así? —Suspiró y centró la vista en el vaso de agua, que sostenía con ambas manos—. Madre mía, qué vergüenza. No pienso volver a probar el alcohol en mi vida—afirmó, antes de tomarse la medicina.

—Tampoco fue tan dramático. Lo más remarcable fue el beso que me diste, pero aparte de eso…

Las burbujas le salieron disparadas de la boca al instante. Faltó poco para que se atragantara.

—¿Que yo hice qué? —preguntó, con los ojos abiertos como platos.

—Me besaste.

—¿Qué? ¡No! ¡Yo no…! ¡No puede…! —La capacidad de producir frases sintácticamente coherentes se le evaporaba en el cerebro, de modo que hizo acopio de fuerzas y trató de mantener un tono razonable y calmado—. ¿Hablas en serio? Por favor, dime que no hablas en serio.

—Cien por cien en serio.

Siobhan se cubrió la cara con un cojín y al instante deseó que un meteorito le cayera justo encima.

—Lo sé, la osadía etílica, supongo—. Su actitud de «no es para tanto» debería haber tranquilizado a Siobhan, aunque en realidad no hizo sino aumentar su pánico—. Ah, y también me tocaste el culo —añadió. Parecía que aquel puñetero desastre lo divertía mucho.

Una nueva ola de humillación se abatió sobre Siobhan como un tsunami.

—¡No es verdad! ¡Te lo estás inventando!

—Me besaste. Sin mi consentimiento. Y me tocaste el culo. ¿Sabes que podría demandarte por eso? Y también podría demandarte por roncar como un pavo antes de que lo sacrifiquen para Acción de Gracias.

—Yo no ronco —refunfuñó.

—Oh, sí, ya lo creo.

—Es imposible que me hayas oído desde tu habitación.

—¿Quién ha dicho que haya dormido en mi habitación?

—Entonces, ¿dónde has dormido?

—Pues aquí. —Señaló el suelo—. ¿Qué? No podías quedarte sin vigilancia. ¿Sabes el dineral que me habría gastado en la tintorería si llegas a vomitar en la alfombra? Y créeme, tal y como estabas, habrías vomitado a propulsión.

Siobhan apretó los dientes. Parecía que el mentón le fuera a estallar de lo mucho que los apretaba.

—Bueno, pero al final no vomité. —Compuso una mueca de horror—. ¿Verdad? —Marcel negó con un gesto divertido y se sintió aliviada al instante. Tras una breve pausa, lo miró de reojo—. ¿Estuvo bien al menos? Ya sabes… —Se humedeció los labios—… el beso.

Marcel paseó la mirada por su rostro unos segundos y juraría que algo parecido a la adoración titilaba en sus ojos. Se le hinchó el pecho al respirar hondo.

—Mmm. No estuvo mal, aunque me los han dado mucho mejores, princesita.

—¡Serás capullo! —le espetó, herida en el orgullo, justo antes de lanzarle un cojín a la cara.

—Un capullo guapo, alto y *sexy*, según tus propias palabras —replicó, al tiempo que agarraba el cojín al vuelo. Siobhan no tardó nada en abrir la boca para protestar y tardó aún menos en cerrarla—. Oye, no te ofendas, pero apestas a destilería. ¿Por qué no te das una ducha antes de desayunar? Le diré a la señora Robicheaux que te prepare algo reconstituyente. Nada mejor que unas buenas chuletas de cerdo al estilo sureño para curar la resaca.

La náusea le trepó por la garganta casi al instante.

La ducha le quitó el olor a alcohol, pero no la vergüenza ni el temblor de piernas. Lo había besado. Había besado a Marcel. Y no sabía si lo que más le fastidiaba era haberlo hecho o, por el contrario, no recordarlo. Mientras el agua se llevaba consigo los últimos rastros de jabón, se tocó los labios con las yemas de los dedos y trató de imaginarse cómo habría sido ese beso. ¿Dulce y suave? ¿O ardiente y apasionado? Su mente retrocedió a la noche del *roleplay*. Pensar en lo que pudo haber ocurrido entre ellos si no le hubiera entrado aquel ataque de risa tonta la atormentaba. Y, de todos modos, ¿fue risa o miedo? No lo había decidido todavía. Como tampoco tenía ni idea de si para él había sido tan real como para ella o simplemente un juego. Se había pasado cada minuto del día siguiente debatiéndose sobre si sacar el tema o no, tratando de aparentar normalidad y disimulando lo mucho que le flaqueaban las rodillas cada vez que visualizaba a Marcel encima de ella, debajo, detrás. Y ahora… ese beso que no recordaba. ¡Maldito alcohol y maldita resaca! Besar a ese hombre protagonizaba sus fantasías desde hacía mucho tiempo. La solución pasaba por alterar ligeramente los hechos en su fuero interno: había sido él quien la había besado a ella. Y había sido un beso de película. No concebía que fuera de otra forma; no después de haber casi intimado con él e intuir lo apasionado que era en las distancias cortas. La mera imagen de Marcel besándola primero en los labios y después en el cuello, acariciándole los pechos y luego agarrándola de las nalgas para apretarla contra su cuerpo semidesnudo mientras le susurraba obscenidades al oído... esa imagen convirtió la chispa en una llama y la llama en un incendio.

Tuvo que llevarse las manos al pecho para intentar que se le ralentizaran los latidos del corazón.

—Por Dios, Siobhan. Cálmate.

Salió de la ducha con la respiración entrecortada por aquella tortura exquisita. Aparcó los pensamientos eróticos, pero no obvió el detalle de la aspirina y de que había dormido en el suelo para no dejarla sola. A su manera, Marcel se preocupaba por ella. Conectaban. Se entendían. Se divertían. Y a veces, la miraba de un modo que la hacía sentir mareada, como si el mundo se hubiera desplazado de su eje. No podía permitirse pensar en él de forma romántica, pues la suposición de que albergara algún sentimiento por ella era absurda. Claro que no era el mismo hombre arrogante y reservado que había conocido en Nueva York. Se secó el pelo y se lo recogió en un moño alto despeinado. Miró el reloj: las diez. Como no iba a refrescar ni por casualidad, se puso un vestido vaporoso y bajó a desayunar. Las voces que venían de la cocina hicieron que se detuviera en seco: Marcel y su hermana estaban discutiendo. Sabía que no debía escuchar las conversaciones ajenas, pero no pudo luchar contra su propio instinto. Había demasiadas piezas en el puzle familiar de los Dupont y no sabía dónde encajarlas. De modo que se quedó inmóvil y aguzó el oído.

Fue inevitable.

—Lo único que te he pedido es que vayas a verlo, maldita sea. Una vez. Una puñetera vez. ¿De verdad es tanto pedir? Llegaste hace cuatro días, Marcel. ¿Pretendes que me trague que todavía no has tenido tiempo?

—Me importa un comino lo que creas o dejes de creer, Chaz.

—Pero ayer me prometiste que irías.

—No, yo no te prometí una mierda. Solo dije que…

—Tu obligación…

Las voces sonaban tan alteradas que se pisaban la una a la otra.

—Alto ahí, Charmaine. No sigas por ese camino. No lo hagas. —Siobhan contuvo la respiración. El tono de Marcel había adoptado un matiz más serio—. No me hables de obligaciones porque me parece que he cumplido con creces.

—¿Me estás echando algo en cara?

—No te estoy echando nada en cara. ¡Por el amor de Dios! ¿Alguna vez lo he hecho? Eres mi hermana. Sabes que daría la vida por ti. Ahora bien, ¿crees que habría vuelto a casa si el viejo siguiera aquí? ¿De verdad lo crees? La última vez fue un infierno. ¿O es que se te ha olvidado? ¡Te pegó, joder! Delante de mis narices.

Siobhan silenció un grito con la mano al oír lo que había dicho Marcel.

—Papá está enfermo. No es él mismo. Ha perdido la cabeza.

—¡Deja ya de justificarlo! —le espetó—. Cuerdo o enfermo, ese hombre te ha amargado la existencia. Nos la ha amargado a los dos. No quiero ir a verlo. ¿Para qué? Si antes no soportaba estar cerca de él, ahora menos. Pagaré lo que haga falta para que pase sus últimos días lo más dignamente posible, pero no me pidas que sienta compasión porque no lo haré.

—Un día, Marcel Javarius Dupont, ese orgullo tuyo te va a dar un buen golpe de realidad. El orgullo o la rabia, no sé cuál de los dos te golpeará primero.

Marcel se echó a reír, una carcajada sarcástica y estruendosa.

—Dime una cosa, Chaz. ¿Cuánto hace que no sales por ahí a divertirte? ¿Cuánto hace que no piensas en otra cosa que no sea el bienestar del hombre que te ha absorbido a lo largo de los años como un jodido parásito? Primero fue lo de mamá. Después, la carpintería. Después, la puta tormenta. Luego, su maldita enfermedad. Y ahora, la clínica.

—Bueno, ¿y qué más te da? ¿Acaso estabas aquí? ¡No! Tú no estabas aquí, nunca has estado aquí. Te largaste a Nueva York a la primera de cambio y me dejaste sola con él. ¿Crees que eres el único que sufrió lo de mamá? Sí, puede que tú hayas puesto el dinero sobre la mesa, pero yo he tenido que soportar la cruz de ser la hija que se quedó. He sido yo la que ha aguantado su amargura y su mal carácter todos estos años, la que le ha limpiado la mierda, la que ha puesto la otra mejilla sin dudar. Y la que se siente culpable por haberlo internado, a pesar de todo. Tú has cumplido tu gran sueño de ser un escritor de éxito y vivir en Manhattan, pero… ¿yo qué, Marcel? ¿Qué tengo yo? Nada.

—Me tienes a mí. Aunque parece que no soy suficiente.

Entonces, oyó un ruido de pasos que se acercaban. Era Marcel. La vio allí, junto a la escalera, aunque pasó de largo. Parecía estar mirando algo muy lejano, inalcanzable. Siobhan sintió un peso plomizo y desagradable en el estómago cuando advirtió que cogía las llaves del coche y se dirigía hacia la puerta.

—¿Vas a Lakeview? —gritó su hermana, que apareció antes de que le diera tiempo a abrir. Tenía una expresión terca en los ojos y el mentón.

Marcel se dio la vuelta. Soltó el aire y llevó la vista hacia arriba como si acabara de perder la poca paciencia que le quedaba.

—No, ¿vale? No voy a ir a Lakeview. Ni hoy, ni mañana ni la próxima vez que venga a Nueva Orleans. Si es que hay una próxima vez. ¿Satisfecha?

El portazo que dio al salir zarandeó a Siobhan por dentro.

Charmaine apretó los párpados.

—Ve con él, por favor —le pidió—. No lo dejes solo.

Capítulo 27

Siobhan

Marcel condujo en silencio por la Ruta 90 hasta Bayou Sauvage. Cuando llegaron al parque natural, aparcó cerca del inicio del sendero y se desabrochó el cinturón de seguridad. Permaneció quieto unos segundos, con las manos laxas sobre el volante, mirando a la nada; parecía pensativo.

—¿Estás bien? —preguntó Siobhan.

—Sí —respondió al cabo de demasiados segundos.

El ligero temblor en su voz la hizo dudar. Casi pudo verlo: cómo se tragaba lo que fuera que hubiera sopesado decirle.

Los treinta minutos de trayecto habían sido los más largos, tensos e inciertos de su vida. Apenas habían intercambiado unas pocas palabras desde que se habían subido al coche. A él no parecía molestarle su compañía, más bien lo contrario; sin embargo, había permanecido callado casi todo el rato —excepto cuando se detuvo en una gasolinera a llenar el depósito y le preguntó si quería un refresco o un café para llevar—, y, aunque fuera comprensible, no dejaba de ser inquietante.

Soltó el aliento hacia el techo del coche y su mandíbula pareció relajarse; había tregua, por fin.

—Venga, salgamos a respirar un poco de aire fresco —la apremió, con un tono más resolutivo—. Te irá bien para la resaca. Aquí es donde vengo a correr por las mañanas mientras tú aún sigues en fase REM. Menos cuando te emborrachas, claro.

—No sé qué insinúas.

—¿Yo? —Alzó las manos para defenderse—. Dios me libre de insinuar nada.

Bueno, al menos había recuperado su tono sarcástico habitual.

Lo del aire fresco debía de ser otra ironía, porque hacía un calor terrible, pegajoso y denso. Enfilaron por una pasarela de madera circundada de abundante vegetación que seguía el curso irregular de la marisma. El sudor le chorreaba por todos los poros. Era como adentrarse en un incendio forestal. Se desviaron en un recodo del camino, donde se abría una zona frondosa que desembocaba en una ciénaga. Rayos de luz penetraban entre las ramas de los árboles, que formaban una cúpula protectora sobre sus cabezas. El ambiente era más agradable a la sombra. Olía a los líquenes de las cortezas de madera, y el único sonido que se oía, además de las ramas crujiendo bajo sus pies, era el canto de los pájaros y el zumbido de los insectos. Había un banco de madera desportillada a la vera de un majestuoso ciprés cuyas raíces retorcidas se extendían hasta el agua, formando un entramado. Se sentaron cada uno en una punta, la vista fija en el paisaje. El lago desprendía una humedad de agua estancada.

Siobhan tomó aire. Deseaba con todas sus fuerzas que se le ocurriera algo que decir, pero ¿el qué? No lo sabía. Se mordisqueó el interior de la mejilla mientras intentaba dar con las palabras más adecuadas, aunque, para sorpresa de nadie, fracasó de manera estrepitosa.

—No está mal este sitio. Parece ideal para huir de la tensión de la ciudad, disfrutar de la naturaleza y buscar inspiración.

—Sí.

Se produjo un silencio, uno incomodísimo.

—Hay muchos cipreses en Luisiana.

—Cada vez menos.

Otro silencio. A lo mejor lo de la tregua había sido un espejismo.

—Oye, Marcel…

—Escucha, Siobhan…

Habían hablado los dos a la vez. Se miraron y se sonrieron.

—Tú primero. ¿Qué ibas a decir?

—Que siento haber escuchado vuestra conversación a escondidas. No he debido hacerlo. No ha estado bien. ¿Y tú?

—Que siento que hayas tenido que presenciar una escena tan desagradable.

—Bueno, no ha sido para tanto —adujo, para quitarle hierro al asunto—. Yo también discuto con Robin. A veces, incluso me permito el lujo de imaginarme que lo estrangulo con mis propias manos. No te haces una idea de lo exasperante que puede llegar a ser mi hermano. ¿Sabes que cuando tenía diez años me hizo creer que mis padres me habían encontrado en un contenedor de basura? Estuve traumatizada gran parte del curso. —A Marcel se le curvaron las comisuras de los labios hacia arriba; parecía que la cosa mejoraba—. El caso es que, por mucho que discutamos, al final siempre hacemos las paces. Es el ciclo de la vida fraternal: discutir-hacer las paces-volver a discutir-volver a hacer las paces. De todos modos, estoy segura de que Chaz no hablaba en serio. La gente dice cosas sin pensar todo el tiempo.

—Lo sé, lo sé, la conozco bien. No es eso lo que me preocupa.

—¿Y qué te preocupa?

Marcel se pasó la mano por la barba y exhaló con fuerza, como si quisiera vaciarse por dentro o algo así.

Definitivamente, la cosa no mejoraba.

—El otro día vi un caimán. Justo ahí. —Señaló hacia los nenúfares y los juncos—. Sacó la cabeza unos centímetros por encima del agua, y me quedé pasmado observándolo.

Siobhan le deslizó una mirada de asombro.

—Madre mía. ¿Viste un caimán y no saliste pitando?

—Son animales fascinantes. A diferencia del resto de reptiles, los caimanes cuidan de sus crías hasta que son mayores. No todos los humanos pueden presumir de lo mismo —añadió, con un toque amargo.

Un escalofrío la recorrió de arriba abajo. Tardó solo unos segundos en procesar que hablaba de su padre.

—Mira, no sé qué ocurre entre vosotros y no quiero meterme donde no me llaman, pero tal vez deberías hacer caso a Charmaine e ir a visitar a tu padre antes de que…

—¿Se pudra en el infierno para siempre?

El dejo de certeza y rotundidad de su tono la sorprendió.

—Tú no piensas eso de verdad.

—Oh, ya lo creo que sí. Mi padre no ha hecho otra cosa que jodernos la vida desde que éramos unos críos, ¿sabes? No guardo muy buenos recuerdos de esa época. Un montón de broncas, castigos y alguna que otra paliza. —Había tensión en su voz, como si fuera un tema que no acostumbrase a tratar. Y también hartazgo—. La típica infancia feliz de cualquier niño americano.

—¿Os pegaba?

La pregunta casi le explotó en la boca.

—Solo cuando estaba borracho, que era la mitad del tiempo. La otra mitad ni siquiera aparecía por casa; lo único que le importaba era la dichosa carpintería de los cojones —admitió, a la vez que hacía un gesto despectivo con aquellas manos preciosas suyas—. Nunca entenderé que Charmaine haya sido capaz de olvidar todo lo que nos ha hecho.

Siobhan sintió un peso enorme en las entrañas al pensar en aquella imagen: Marcel mucho antes de ser el Marcel que ella conocía.

Un niño maltratado por su propio padre.

—Lo siento —musitó, impotente—. Siento muchísimo que pasaras por algo así. ¿Vuestra madre estaba…?

El cuerpo de Marcel sufrió una transformación al instante. Tensó los hombros hasta que fueron perceptibles bajo la tela de su camiseta y apretó la mandíbula como si masticara sus propios dientes. Se volvió hacia ella, claramente superado, y negó con un gesto leve. Siobhan no pudo evitar buscar en aquel par de pupilas señales de la historia que había empezado a contarle, tal vez sin ser consciente, tiempo atrás. Parecía que fluían de él años de rabia, tristeza y soledad en una especie de lluvia sin control. Luego, se metió las manos debajo de los muslos, bajó la cabeza y centró la vista en las formas que dibujaban las puntas de sus zapatillas deportivas en el suelo.

—Nos abandonó. Se largó cuando yo tenía ocho años y mi hermana, doce —relató.

Después de la confesión, pareció relajarse. Como si hubiera estado sumergido bajo el agua durante mucho rato y aspirase la primera bocanada de aire tras salir a la superficie. A ella, en cambio, se le había formado un nudo en la garganta y ni siquiera podía articular palabra. Ella, que había crecido al abrigo de una familia unida y que soñaba con tener lo mismo que tenían sus padres, aquello que con tanto esmero habían cuidado durante décadas.

—Claudette —continuó Marcel—. Una vez me preguntaste por su nombre. Así se llama.

El nudo le apretó la garganta y le estranguló la voz, que sonó débil al decir:

—Pero… ¿por qué? ¿Por qué se fue?

—¿Francamente? No lo sé. No sé qué razón puede llevar a una madre a abandonar a sus dos hijos pequeños. Supongo que era muy infeliz. Aun así, eso no justifica que se largara. Dejó una nota. Igual que tu ex y que el protagonista de tu novela; parece que a los cobardes les encanta ese recurso. —La sonrisa más triste del mundo rompió su expresión de angustia—. Decía que no aspiraba a que entendiéramos su decisión porque todavía éramos unos niños y que algún día volvería a por nosotros. —Hizo una breve pausa—. La creí, y por eso me sentaba a esperarla en los escalones del porche, día tras día. Pero no volvió. Y no he vuelto a verla desde entonces.

El relato vino acompañado de una miríada de emociones. Siobhan se obligó a parpadear varias veces para reprimir las lágrimas. «No llores. Ahora no. No es tu momento». Claro que es difícil contenerse cuando sientes que te vierten plomo fundido en el alma. Hay personas capaces de sensibilizarse hasta ese punto con el dolor ajeno; Siobhan Harris era una de ellas. Se quedó inmóvil, asimilando lo que Marcel le había contado. Lo observó, encorvado en el banco, y por primera vez desde que lo conocía, supo que había algo roto ahí dentro, una grieta en alguna parte que solo era visible a través de la lente de aumento adecuada. No pudo seguir mirándolo. Ni un segundo más. Apartó la vista y soltó hasta la última gota de aire de los pulmones, sobrepasada por la importancia de la revelación.

—Yo... no sé ni qué decir. Es terrible.

—En la nota también nos pedía que la perdonáramos, pero yo nunca podré perdonarla. Estuve mucho tiempo enfadado, muchísimo; creo que aún lo estoy, de alguna forma u otra. Algo así te arranca de la vida, es como navegar en un océano en calma y que una ola gigantesca aparezca de golpe para hundirte el barco —explicó. Entonces, levantó la cabeza y miró hacia arriba un instante. Las nubes que habían comenzado a cubrir el cielo contribuían a disparar la temperatura. Su mirada volvió a perderse en la densidad del pantano—. Cuando te abandonan, dejas de ser un niño.

Siobhan acusó una punzada de dolor en lo más profundo del pecho. Se le acercó hasta que sus rodillas se rozaron. Ninguno de los dos se apartó y todo el calor de su cuerpo pareció concentrarse en ese punto.

—Por eso te refugiaste en la literatura.

Un atisbo de sonrisa asomó a sus labios.

—Bonita forma de verlo —dijo—. Hay quien bebe para olvidar, como el viejo Bernard; yo escribía historias de monstruos y criaturas misteriosas.

—¿Fue entonces cuando te aficionaste a las novelas de crímenes?

Marcel asintió.

—En casa no había muchos libros, así que los tomaba prestados de la biblioteca pública. Agatha Christie, Dashiell Hammett, Poe, Wilkie Collins… Leer a todos esos autores me ayudó a descubrir mundos donde las limitaciones de la vida real no existían. Y con el tiempo me di cuenta de que relatar las tragedias de los demás es muy útil para olvidarse de las propias. La escritura tiene un gran poder terapéutico. —Volvió la cabeza y miró a Siobhan—. Seguro que sabes a qué me refiero, aunque tu especialidad sea más proclive a la luz que a la oscuridad. —Una tímida carcajada deshizo el nudo de emoción que aún tenía y mitigó un poco el dolor de su pecho—. Me entusiasmaba la idea: una realidad donde solo yo impusiera las normas. Supongo que por eso decidí enseguida que quería ganarme la vida como escritor.

—Pero tu padre tenía otros planes.

—El viejo quería que aprendiera el oficio para encargarme del negocio familiar en el futuro. Antes me habría volado la tapa de los sesos —reconoció, e hizo el gesto de apuntarse en la sien con una pistola—. ¿Escribir? Eso no servía para nada, era cosa de holgazanes con demasiados pájaros en la cabeza. Curiosamente, no lo oí quejarse nunca cuando empezó a recibir cheques, al cabo de unos años. ¿Sabes lo que hizo el día que encontró mis primeros cuadernos? Los destrozó. Delante de mis narices. Con sus propias manos. Sin contemplaciones. Desde entonces, siempre guardo mis escritos en un lugar seguro.

«Eso explica su desconfianza y que el despacho de su casa en Nueva York tenga un código de seguridad de acceso. Aunque a mí me dejó entrar sin apenas conocerme», pensó Siobhan.

Una lágrima se posó en la punta de sus pestañas; sin embargo, se negó a dejarla caer.

—Por lo menos no destrozó tu sueño.

—No, pero se cargó muchas otras cosas. Cuando mi madre se fue, empezó a darle a la botella. Se volvió un tipo mezquino y amargado que amenazaba a sus hijos con que nadie los que-

315

rría jamás. «La gente siempre se va, igual que la puta de vuestra madre». Su frase predilecta. Éramos unos críos y ni siquiera nos permitía tener amigos, por el amor de Dios. ¿Por qué crees que mi hermana y yo somos unos disfuncionales? —Exhaló—. Fue Chaz quien cuidó de mí. Era *ella* quien se encargaba de que tuviera ropa limpia para ir a la escuela y un plato de comida caliente en la mesa. Era *ella* la que venía corriendo a mi cama en mitad de la noche cuando tenía pesadillas. Mi padre se limitaba a romperme los cuadernos y a pegarme. Actuaba como si yo fuera un vago malcriado y un egoísta. ¿Cómo voy a querer verlo? —preguntó, y su mirada oscura se le clavó como un sacacorchos—. El título de padre no viene incluido en el esperma, hay que ganárselo. No puedes pagar tus jodidas frustraciones con tus hijos y pretender que te respeten, las cosas no funcionan así.

—Te fuiste de aquí porque no aguantabas más.

—Y no me arrepiento. ¿Sabes de lo que sí me arrepiento? De no haberme llevado a mi hermana conmigo. Ella prefirió quedarse, algo que nunca entenderé. Tal vez… —Alzó las manos y las dejó caer laxas contra los muslos—… no fui lo bastante convincente. Tal vez debería haberle hecho ver de alguna forma que, si se quedaba, sería muy infeliz.

—Charmaine tomó su propia decisión. Es lo que hacen los adultos. No es justo que te culpes por ello.

En ese punto de la historia, Siobhan creía saber por qué Marcel Dupont era un hombre solitario y hermético que afirmaba no creer en el amor, y la razón no tenía nada que ver con que el romanticismo le pareciera una cursilada ni con la idea absurda de que los hombres huyen del compromiso. Tenía que ver con su infancia. Debió de ser en la soledad de aquella infancia sin apenas vínculos emocionales, con un padre maltratador que añadía dramatismo al abandono de su madre, donde forjó el individualismo feroz de su carácter.

—Siobhan.

—¿Qué, Marcel?

—Una vez me preguntaste por qué me escondía detrás de un seudónimo. —La nuez se le movió con violencia en la garganta. Inspiró profundamente y dijo—: No quiero que mi madre me encuentre nunca. Y eso es todo. Ahora ya conoces mi patética verdad.

De repente, algo le hizo clic en el cerebro y las piezas sueltas encajaron. Siobhan comprendió que la armadura de Marcel estaba fabricada de miedo. Un miedo traumático al abandono, a la pérdida, a que no hubiera nadie que lo abrazara si volvían las pesadillas. La idea de ser de nuevo el niño de la infancia interrumpida que esperaba sentado en la puerta lo aterraba. ¿Qué ocurriría si su madre regresaba? Probablemente creyera que se marcharía otra vez. Igual que se acabaría yendo de su lado cualquier persona que se le acercara demasiado. Porque «la gente siempre se va». Él era un pájaro herido. ¿Cómo podría soportar pasar por algo así de nuevo?

Marcel Black solo era un escudo necesario.

Y Claudette, su madre, la causa y el efecto de su creación.

Era la historia más triste y complicada que había escuchado en su vida. Y le dolió muchísimo pensar en la infancia tan dura que debía de haber tenido.

Ningún niño se merecía eso.

—Eh —susurró Marcel con una dulzura inusitada—. ¿Estás llorando?

—Lo siento, soy una idiota —se excusó, al tiempo que se enjugaba las lágrimas con las manos.

—No eres ninguna idiota, ¿vale? Eres cualquier cosa menos eso. Eres sensible. Eres generosa. Eres especial. Y eres importante. Al menos, para mí. Y para un buen puñado de gente. Mírame —le pidió. Ella se sorbió la nariz y alzó la cabeza. Marcel le secó una lágrima con el pulgar—. Tienes unos ojos preciosos, ¿sabes?

La tentación de abrazarlo era irresistible.

—Dilo otra vez.

—¿Que tienes unos ojos preciosos?

—No, que soy importante para ti.

—Eres importante para mí.

—¿Cómo de importante?

—Lo bastante como para compartir cosas contigo que no he compartido con nadie. ¿Te parece un grado de importancia adecuado?

—Sí.

—Bien.

Un anhelo incontrolable de tocarlo se apoderó de ella, y eso hizo. Acarició con la ligereza de una pluma cada ángulo de su perfecta cara, tratando de suavizar sus líneas de expresión en un gesto muy simbólico. Marcel cerró los ojos y se dejó hacer, lo cual era muy significativo también. Mientras deslizaba el dorso de la mano sobre su piel, observó cómo se le entreabrían los labios, cómo se le movía la nuez en el cuello, cómo se le dilataban las aletas de la nariz, cómo se le desbocaba el pulso.

Bajó la mano hacia el pecho y se la puso sobre el corazón. Le palpitaba rápido; lo sentía bajo la palma.

—¿Qué está pasando ahí dentro, Marcel?

—No lo sé, Siobhan. No lo sé —susurró, con un rictus de angustia en el rostro.

Entonces, la tomó de las mejillas y apoyó la frente en la suya. Por un instante, respiraron juntos. Se respiraron el uno al otro. Siobhan se aferró a su camiseta y sintió el calor abrasador de su piel a través de la tela. Y lo único en lo que podía pensar era en lo poco que le importaría quemarse. Creyó que iba a besarla; tuvo la certeza de que iba a hacerlo. Hasta que un rayo partió en dos el cielo, que, de pronto, se había vuelto de color plomizo. Antes de que Marcel se diera cuenta, le cayó en la cara una gruesa gota de lluvia. Sobre el suelo empezaron a aparecer círculos marrones muy espaciados, del tamaño de una moneda de veinticinco centavos.

—¡Mierda! —exclamó, al tiempo que lanzaba una mirada fugaz hacia arriba—. Tenemos que irnos. Va a caer una buena.

Lástima. Habría sido romántico que la besara bajo la lluvia.

Al menos se merecía un beso que sí pudiera recordar.

Maldito fuera el destino por tener otros planes.

Y maldita la climatología de Luisiana.

La lluvia cayó con furia, sin avisar. No era una llovizna que aumentara de intensidad poco a poco, sino un chaparrón tempestuoso. Llegaron al aparcamiento llenos de barro y calados hasta las cejas. El camino de vuelta fue complicado. Marcel iba callado, muy concentrado en la conducción. Daba la impresión de que la lluvia fuese a reventar el techo de la Chevy, de tanto acribillarlo. Tenían razón los lugareños con eso de que, en Nueva Orleans, cuando llueve, llueve de verdad. En la radio avisaron de que se preveían cortes en las carreteras, vientos huracanados e inundaciones en la línea costera a lo largo del día. El tráfico era un auténtico caos. Retenciones, bocinazos y algún que otro choque mientras los relámpagos se sucedían y las nubes se acumulaban en el horizonte, al sur del golfo.

—Por Dios. Es peor que el apocalipsis —murmuró Siobhan, mientras observaba cómo los parabrisas barrían el agua.

Él le lanzó una mirada fugaz y le dio la mano. Las mantuvieron unidas, apoyadas en el cambio de marcha, el resto del trayecto.

Por fin en Garden District, con la Chevy a resguardo bajo la cochera familiar, salieron del vehículo y corrieron el escaso tramo que los separaba del porche. De pronto, Marcel se detuvo bajo la lluvia.

—¡Siobhan!

Ella frenó en seco. Se dio la vuelta y se cubrió la cabeza con las manos a modo de paraguas.

—¿Qué?

—Yo solo… solo quería decirte que… —Tragó saliva. La nuez se le asentó en la garganta—… me alegro de habértelo contado. Nunca se me ha dado bien hablar de las cosas que me afectan, pero… tú… haces que me resulte muy fácil. Cuando estoy contigo, todo lo que llevo dentro se afloja y las palabras me salen solas.

Siobhan no dijo nada. Al verlo allí frente a ella, empapado de pies a cabeza, con la respiración acelerada, las pestañas llenas de gotas de agua y el corazón en las manos, pensó que era la criatura más frágil y más hermosa del mundo. No pudo controlar el impulso de abalanzarse sobre él y abrazarlo con todas sus fuerzas. Cuando, tras unos segundos de vacilación, Marcel también la rodeó con los brazos, cerró los ojos.

No es quien te besa bajo la lluvia.

Es quien te abraza durante la tormenta.

El último velo que oscurecía sus sentimientos cayó. Y entonces lo supo: estaba irremediablemente enamorada de Marcel.

Enamorada hasta el fondo de su alma de aquel chico roto de piel chocolate.

El ruido de una rama azotando el lateral de la casa la sobrecogió. Era medianoche, pero el temporal no había dado tregua a la ciudad todavía. Se habían producido cortes de electricidad y en muchas calles no había luz, aunque la mayoría de las viviendas contaban con generadores; algo bastante común en Nueva Orleans, donde la interrupción del suministro era, como mínimo, mensual —a veces, dependiendo del momento del año y del distrito, incluso semanal—. El viento soplaba a grandes ráfagas. La lluvia siseaba y golpeaba el tejado con fiereza. Las contraventanas se agitaban; daba la sensación de que no fueran a resistir el embate del vendaval. Siobhan se sentía inquieta. Un montón de imágenes de desastres naturales desfilaban ante sus ojos como en uno de esos documentales de Discovery Channel narrados con voz catastrofista. Huracanes.

Terremotos. Tsunamis. Inundaciones. La propia corteza terrestre resquebrajándose indefectiblemente, igual que los troncos de las lilas de indias en verano, cuando se hallan en plena floración y desprenden grandes tiras que caen en torno a sus raíces como piel muerta. Un trueno retumbó fuera. Encogió los dedos de los pies y se tapó hasta la cabeza para tranquilizarse. No surtió efecto. ¿Cómo iba a tranquilizarse? Demasiadas cosas irrumpiendo, merodeando e infiltrándose en su pensamiento, y no todas tenían que ver con la lluvia. Intentó alejar la maraña de emociones —la confesión de Marcel, el abrazo prolongado bajo la tormenta, el caos que había ahí fuera, el que había dentro—, pero, en lugar de eso, tuvo la impresión de que crecían y se hacían más fuertes.

Algo la empujó a levantarse. Cuando se quiso dar cuenta, estaba delante del dormitorio de Marcel, blandiendo el móvil como si fuera una linterna. La puerta estaba cerrada. La abrió despacio, con el corazón a mil por hora. No sabía muy bien por qué estaba allí ni qué hacía; había sido un impulso incontrolable. Se acercó a la cama y la alumbró con el teléfono. Dormía a pierna suelta. Y en calzoncillos. Unos de esos ajustados que lo marcaban todo. Absolutamente todo. «Por Dios, esto debería ser ilegal», pensó. Carraspeó, se inclinó hacia él y le movió el brazo con suavidad.

—Marcel —susurró—. Marcel, despierta.

Él gruñó y se dio la vuelta, lo que le dejó una visión de su anatomía interesante. Esa espalda era tan ancha que se habría podido escribir en ella la saga *Cazadores Oscuros* completa. Y ese trasero... Sacudió la cabeza. «No te has colado en su habitación en medio de la noche para mirarle el culo, atontada».

—Marcel —insistió—. ¡Marcel!

—¿Qué? ¿Qué? ¿Qué? ¿Qué pasa? —gritó, al tiempo que se incorporaba sobresaltado. Extendió el brazo para protegerse la vista de la luz. Parecía desorientado—. Siobhan, ¿qué estás...? ¿Qué haces aquí?

—¿Cómo puedes dormir cuando la civilización moderna está a punto de derrumbarse hasta los cimientos ahí fuera?

—Y yo qué sé. ¿Porque soy de Luisiana, tal vez? Oye, ¿te importaría dejar de alumbrarme, por favor? Me vas a dejar ciego.

—Sí, claro, perdona. —Siobhan apagó el teléfono—. Pues te envidio, ¿sabes? Ojalá yo también fuera de Luisiana para no estar cagada de miedo ahora mismo por ese puñetero huracán.

—No es un huracán, solo es una tormenta —dijo, como si fuera lo más evidente del mundo—. Mañana habrá pasado. Venga, vuelve a la cama.

—Ya, pero…

Lo oyó exhalar.

—Pero qué, Siobhan.

—Me preguntaba si… —Arrugó el gesto. No, aquello había sido una completa idiotez. Debía de estar loca para haberse atrevido siquiera a colarse en su dormitorio—… ¿Sabes qué? Da igual. Déjalo. Es una tontería. Ya me voy. Buenas noches.

—Anda, ven aquí.

—¿Te refieres a… ahí-ahí? ¿Contigo? ¿Los dos juntos? ¿En la misma cama?

Marcel rio expulsando el aire por la nariz.

—¿No has venido a eso?

—A ver, no. O sea, sí. Pero… Quiero decir que no es…

—Señorita Harris, esta oferta caducará en cinco, cuatro, tres…

—Vale, vale, ya voy.

Aunque estaban a oscuras, notó cómo Marcel apartaba las sábanas para hacerle sitio. Se tumbó a su lado, apoyó la cabeza sobre su pecho y dejó que él la rodeara con el brazo. Fue espontáneo, como si abrazarse se hubiera convertido en un acto natural entre ellos; una especie de constante, un punto de amarre, el equilibrio. El contacto le resultó reconfortante pese al temporal exterior. Los latidos del corazón de Marcel le resonaban en el oído. Pumpum. Pumpum. Pumpum. La calidez de su piel le abrasaba la mejilla. Su olor natural le acariciaba el olfato.

Dios, aquello era el paraíso.

Un pequeño paraíso privado.

—¿Mejor así?

El pecho le vibró al hablar, y el temblor la atravesó con fuerza.

—Mucho mejor.

—Bien. Este es un espacio seguro para ti y tu miedo irracional a las tormentas.

—¿Irracional? He visto imágenes, ¿sabes?

—Aquí estamos a salvo.

Le gustó que hablara en plural. Hacía que se sintiera parte de su vida. Quizá no fuera gran cosa, pero Marcel y ella eran algo, y tal vez podrían seguir siendo ese algo después de *Dos formas.* Sabía que su relación con él estaba destinada a ser platónica; aun así, la posibilidad de perder lo que fuera que tuviesen le dolía como si le clavaran un millón de agujas a la vez. No quería renunciar a él. Deslizó los dedos en dirección a su abdomen. Tenía una enorme cantidad de músculos lo bastante definidos como para que resultara fácil contarlos. Y eso hizo. Trazó una línea hacia abajo, luego hacia la derecha y después hacia arriba; así unas cuantas veces.

—¿Por casualidad me estás metiendo mano? —preguntó Marcel.

—¿Qué? ¡No! ¡Pero ¿qué dices?! —exclamó abochornada, a la vez que retiraba rápido los dedos—. Solo estaba contando tus abdominales. ¿Cuántos tienes? ¿Veintisiete? Es de locos. La gente normal tiene un par, y eso con suerte.

—Eres de lo que no hay. Primero me besas y luego me manoseas bajo el pretexto más absurdo de la historia. Voy a tener que plantearme muy en serio pedir una orden de alejamiento, princesita —afirmó, socarrón. Acto seguido, hundió la nariz en su pelo—. Sobre todo, porque hueles de maravilla —susurró, con un tono que destilaba una falsa angustia existencial—. ¿Qué diablos usas para oler así?

—Champú de… —Siobhan tuvo que aclararse la garganta porque sus cuerdas vocales se atascaron al notar que Marcel la

acariciaba entre los omoplatos—… coco orgánico. De Bath &
Body Works.

—Ya, pues tu puñetero champú de coco orgánico me vuelve loco, ¿sabes?

Siobhan sintió que algo se derretía en su interior y apretó los labios para reprimir la risita boba que amenazaba con dejarla en evidencia.

—Cuánto lo siento. La próxima vez procuraré revolcarme en estiércol para tu tranquilidad de espíritu.

—Qué considerada.

—Y otra cosa. Puede que mi olor te altere las hormonas, pero déjame decirte que tú eres insoportablemente suave. —Mientras hablaba, volvió a acariciar aquel torso pecaminoso en dirección descendente—. Por Dios. —Continuó bajando hasta llegar a la zona del ombligo, donde se entretuvo dibujando pequeños círculos—. ¿De qué estás hecho? ¿De pelo de gatitos?

—Siobhan…

Había un extraño dejo de advertencia en la manera de pronunciar su nombre.

—¿Qué?

—Me estás tocando una zona erógena y… bueno, no soy de piedra.

—Ah. —Se detuvo en seco—. Perdona, no pretendía hacerte sentir incómodo.

Siobhan notó el sonido amortiguado de algo parecido a una risa mordaz en su caja torácica.

—«Incómodo» no es el mejor adjetivo calificativo de mi estado en este momento. «Cachondo perdido» es mucho más adecuado.

Lo soltó sin titubear. De una forma clara que sonó extrañamente elegante. Agradable. Y excitante.

Oh, sí.

Tan excitante que algo le palpitó en el vientre y se le licuó un poco más abajo.

—Vaya, eso es… problemático —murmuró Siobhan.

—Una putada —concordó Marcel.

—Pues sí, porque no podemos…

—Claro, no podemos.

—Sería… inconcebible.

—Un desastre de magnitudes incuantificables. Peor que un huracán. —Pausa—. ¿Tú también estás…? —quiso saber él.

—S-sí.

—¿Cómo de…?

—Bastante. Mucho —respondió ella, con la voz ronca.

—Joder, Siobhan —susurró en la oscuridad, casi como un suspiro.

Se movían en terreno pantanoso. Otra vez. ¿Cuántas más iban a terminar en situaciones como esa? ¿Y cuánto tardaría alguno de los dos en perder el control?

Marcel le rozó un pecho con la mano, aunque enseguida la apartó.

—Perdona, ha sido sin querer.

—No pasa nada.

La atmósfera en aquella habitación era cada vez más densa. Siobhan se humedeció los labios. Una ola de calor la recorrió desde la garganta hasta la pelvis de un modo brutal, doloroso y casi paralizante. Fotogramas fugaces de la noche del *roleplay* le cruzaron la mente como fuegos artificiales; las chispas cayeron y la quemaron por todas partes. Pensó en cómo una persona podía desear a otra con tanta desesperación pese a tener la certeza de que era un error.

—Pero ¿qué pasaría si…?

—No es buena idea, Siobhan. Créeme —zanjó.

Todas las chispas se apagaron de golpe.

A decir verdad, se sintió un poco decepcionada. Y después se sintió un poco furiosa por sentirse decepcionada. El deseo y la vergüenza la recorrían de arriba abajo, entrelazados. ¿Qué había hecho? ¿Por qué lo había sugerido siquiera? Probablemente él estuviera tan confundido como ella. Debería haber sido más sensata. Si traspasaban esa línea, habría consecuencias. Ella se enamoraría aún más de él y él se alejaría. Notó un pinchazo en el estómago y un sabor agridulce que le trepaba por la garganta mientras meditaba la respuesta apropiada.

—Tienes razón, es una idea pésima —dijo al fin—. Será mejor que vuelva a mi habitación.

Contra todo pronóstico, él la apretó contra su cuerpo con una intensidad que sugería que no quería que se fuera a ninguna parte, lo cual era desconcertante y placentero al mismo tiempo.

—Puedes quedarte. Pero solo si me prometes que no te vas a aprovechar de mí mientras duermo. —Siobhan le dio un puñetazo en el hombro—. ¡Au! —protestó.

—No tengo ninguna intención de aprovecharme de ti mientras duermes, idiota. Por desgracia, no puedo decir lo mismo acerca de dibujarte una polla en la cara, hacerte una foto y publicarla en Twitter.

—Pero qué graciosa eres, señorita Harris. Venga, duérmete ya, ¿quieres? Y no ronques.

—Yo no ronco, listillo. Buenas noches.

El eco de su risa sonó como un traqueteo.

—Buenas noches.

Treinta segundos después:

—Marcel.

—¿Mmm?

—¿Crees que Jeremiah y Felicity deberían acabar juntos?

—¿Qué clase de pregunta es esa? ¿No se suponía que el final feliz era imprescindible en una novela romántica? Espera. No me digas que por fin has abierto los ojos…

—No, no es eso. Verás, yo creo que sí deberían acabar juntos. No porque sea una norma del género romántico, sino porque, aquí dentro —Se tocó el corazón, aun siendo consciente de que él no la veía—, siento que se lo merecen. ¿Nunca has tenido la sensación de enamorarte perdidamente de una historia y de sus personajes mientras la escribías? Ya sé que suena raro, pero… en fin, da igual. Quiero saber qué crees tú. O sea, en el hipotético caso de que Jeremiah y Felicity existieran de verdad y no fueran personajes de ficción, en el muy hipotético caso de que Jeremiah pudiera viajar al Manhattan del futuro, conociera a Felicity y empezara a sentir algo por ella…, ¿funcionaría?

—¿Con sinceridad? Lo dudo. Son personas muy distintas. Dejando a un lado el hecho de que pertenezcan a épocas diferentes, el problema fundamental es que Jeremiah es un alma rota.

—Pero las almas rotas se pueden recomponer. Igual que un jarrón de porcelana que se cae al suelo. Solo hay que encolar las piezas. Los japoneses lo hacen. ¿Cómo se llamaba…?

—*Kintsugi.* De todos modos, aunque lo repares, las fisuras seguirán estando ahí y el jarrón nunca será el mismo.

—Te equivocas. El jarrón no solo seguirá siendo un jarrón, que es lo esencial, sino que será incluso más bello.

—¿Cómo puede ser bello algo que está lleno de cicatrices?

—Porque las cicatrices son la prueba de que hasta los materiales más frágiles tienen arreglo. La herida es el lugar por donde entra la luz.

No solo hablaban de Jeremiah y Felicity, claro.

Porque, en realidad, había mucho de Jeremiah y Felicity en ellos mismos.

Marcel permaneció callado. Si ella hubiera levantado la cabeza, quizá habría visto el fulgor que centelleaba en sus ojos negros. No hizo falta. Él la abrazó con la fuerza de alguien que necesita un punto de apoyo y buscó su mano para que lo sostuviera mientras caía por galaxias enteras. Siobhan no habría podido soltarse ni aunque hubiese querido. Y en aquel momento sintió adoración por ese hombre. Por cada una de sus capas, de sus miedos, de sus complicaciones.

Capítulo 28

Siobhan

El último día en Nueva Orleans fue muy emotivo, un final redondo para un viaje inolvidable. Por la mañana, cuando Siobhan se despertó, descubrió algo importante: Marcel había ido a ver a su padre a la clínica. Se lo contó Charmaine mientras desayunaban en la cocina porque el jardín estaba embarrado y cubierto de ramas caídas tras la tormenta.

—Chica, no sé qué le habrás dicho a ese cabezota, pero, sea lo que sea, has conseguido que dé su brazo a torcer —dijo Chaz, al tiempo que colmaba una taza de café y leche caliente a la vez, al estilo de Nueva Orleans—. Está claro que eres una buena influencia para él, así que espero verte de nuevo por aquí muy pronto —añadió, dedicándole una mirada cómplice—. La próxima, en Mardi Gras, para que tengas una experiencia de NOLA completa. ¿Qué te parece?

—¡Me encantaría! ¡Sería genial! —exclamó, entusiasmada. Sin embargo, el entusiasmo se le borró de la cara de un plumazo al darse cuenta de un hecho objetivo—. Aunque, para entonces, la novela ya estará publicada y dudo que Marcel... —Charmaine asintió muy despacio, como si quisiera incitarla a terminar la frase—... tenga motivos para traerme.

La mayor de los Dupont se encendió un cigarrillo y le dio una larga calada. Siobhan observó cómo se consumía el papel.

—Cariño, al igual que el noventa y cinco por ciento de los hombres, mi hermano no sabe lo que quiere. Todavía —puntualizó—. Pero tú —La señaló con el cigarrillo entre los dedos— eres una mujer inteligente; estoy segura de que sabrás cómo mostrarle el camino correcto.

—Que es el de…

—Hacer que entienda que lo único que importa en esta vida es el presente. Y da la casualidad de que tú formas parte del suyo.

—Solo temporalmente.

Los ojos perfilados de Charmaine brillaron de un modo que Siobhan no entendió.

—Eso está por verse —replicó, antes de exhalar el humo de forma sonora—. De todas maneras, puedes venir siempre que quieras, cielo. Con o sin Marcel. Serás más que bienvenida. Si es que la dichosa tormenta de ayer no te ha quitado las ganas de volver a NOLA, claro. Menudo chaparrón.

Siobhan se mordió el labio al recordar cómo, dónde y con quién había dormido. Y al punto, notó que sonreía como una idiota.

Una idiota con las mejillas encendidas.

—Oh, no fue para tanto.

Algo más tarde, salió a hacer unas compras. El tiempo era benigno aquella mañana; el sol resplandecía en el cielo y el aire parecía más limpio que nunca. Los gusanos se habían adueñado de las aceras y se quedaban allí sin enroscarse, despidiendo vaho perezosamente. Tomó un taxi hasta Canal Street. Unos operarios apartaban una palmera que atravesaba los raíles del tranvía. Salvo por eso y por algunos socavones llenos de agua de lluvia, daba la impresión de que la ciudad se había recuperado del temporal. Nueva Orleans es Nueva Orleans; siempre encuentra la manera de seguir adelante. Deambuló un rato entre la masa zigzagueante de compradores, paseantes y turistas. La calle bullía de animación. Frente al antiguo edificio de la Maison Blanche, ahora el Ritz-Carlton, un predicador pontificaba sobre la expiación de los pecados, y, justo al lado, alguien repartía folletos publicitarios de un club de dudosa reputación llamado El Paraíso. Siobhan sonrió. Echaría de menos aquel lugar único y contradictorio. A pesar de sus calles destartaladas y su gloria deslucida, era fácil quedar embrujado por la ciudad. Pasó gran parte de la mañana comprando *souvenirs* en las tiendas del Barrio Francés. También se hizo con unas láminas al óleo de un artista callejero, un ramo de lirios rojos para Charmaine y un libro sobre el arte del *kintsugi* que encontró por casualidad —maravillosa casualidad— en una librería de Decatur Street. Pensó que debía de tratarse de algún tipo de señal del destino y decidió que se lo regalaría a Marcel. Después, tomó el tranvía en St. Charles y dio un paseo por el pintoresco Audubon Park, que había reabierto sus puertas tras la lluvia.

De vuelta en casa de los Dupont, subió a su habitación a hacer la maleta mientras esperaba a Marcel. No sabía con qué ánimo regresaría de la clínica, y la idea de que el reencuentro con su padre pudiera desestabilizarlo la preocupó.

—Hola.

Siobhan giró la cabeza y lo vio en la puerta, con ese ceño perpetuo y las manos en los bolsillos.

—Hola.

—¿Has ido de compras? —preguntó, en referencia a las bolsas de *souvenirs* desperdigadas encima de la cama.

—Pues sí. Y te he traído esto. —Cogió una de las bolsas y se la dio—. Lo he encontrado por casualidad en una librería del Barrio Francés y he pensado que te gustaría.

—¿Para mí?

—En realidad era para Anne Rice, pero parece que no hay nadie en la casa de enfrente.

Puso los ojos en blanco, aunque el ligero arqueo de sus labios lo delató. Se acercó y sacó el libro del interior de la bolsa. Cuando vio la cubierta, ilustrada con un jarrón roto cuyas fracturas estaban reparadas con polvo dorado, se le dibujó una mueca que mudó progresivamente del desconcierto al asombro hasta que se transformó en una sonrisa preciosa y brillante, de las que se expanden por toda la cara.

—*El arte del kintsugi* —leyó en voz alta. Le dio la vuelta y ojeó la contracubierta—. Vaya, qué coincidencia tan… interesante.

—¿Y ya está? Madre mía, Dupont. Eres el tío más soso del planeta.

—¿Soso? —repitió despacio. La voz le salió aguda, como si estuviera ofendido—. Puede que yo sea un soso, pero al menos no me da miedo la lluvia. Un poco de agua y vienes corriendo a apretujarte contra mí.

—No fui a apretujarme contra ti, listillo —protestó, enfurruñada—. Aunque… —Hizo una breve pausa y el enfurruñamiento se evaporó—… mentiría si no reconociera que te he echado de menos en la cama esta mañana.

«Ay, no. No, no, no».

Eso había sonado tan mal que se arrepintió al instante de haberlo dicho. Ahora él creería que ella creía que el hecho de haber compartido colchón significaba que podían jugar a las casitas cuando ese ni siquiera era un escenario probable.

«Genial, Siobhan».

Claro que no solo habían compartido colchón.

Habían dormido abrazados toda la noche, lo cual distaba mucho de *solo* haber compartido colchón.

Marcel se pasó la mano por la nuca.

—He ido a Lakeview —admitió—. A ver a mi padre. O lo que queda de él.

—¿Ha ido bien? —preguntó Siobhan con cautela.

—Todo lo bien que se podía esperar, tratándose de un enfermo de alzhéimer en fase terminal —dijo, y se encogió de hombros, tal vez con la esperanza de sacudirse la imagen de encima.

—Entiendo. ¿Y tú cómo estás?

—¿La verdad? Cabreado. Y aliviado al mismo tiempo. No sé cuándo volveré, así que es posible que esta sea la última vez que vea al viejo con vida. Si es que puede llamarse vida a ese estado tan precario. Está muy mal. —Se quedó callado un momento;

había adoptado un aire pensativo—. ¿Nunca te has preguntado por qué una persona emprende la cuesta abajo? ¿Cuál es el detonante de la caída? ¿Es el destino? ¿O es algo que incorporamos a la existencia mediante nuestros actos? Siempre he creído que uno recoge lo que siembra; sin embargo, hoy he sentido…

No pudo acabar la frase.

—¿Compasión? —Marcel asintió en silencio. Parecía angustiado—. Es natural que sientas compasión por él. Sigue siendo tu padre. Y tú eres un ser humano. No seas demasiado duro contigo mismo, ¿vale?

—Vale —respondió, con un tono sosegado. Sonrió y le dedicó una mirada que irradiaba adoración absoluta—. ¿Sabes? Creo que se te darían bien los libros de autoayuda. Tienes que ampliar tus horizontes.

Siobhan resopló y lo empujó hacia la puerta.

—Y tú tienes que hacer el equipaje, así que largo.

—Cierto. El vuelo no sale hasta las ocho, pero he reservado mesa para tres en el Commander's Palace. ¿Lista para una última comilona sureña, princesita?

—Dudo que todavía me quede algo de espacio en el estómago. Bueno, qué demonios, sí, claro que sí.

—Esa es mi chica.

«Su chica».

Es increíble cómo un par de palabras pueden sonar tan prometedoras.

La comida sirvió para constatar que los hermanos habían hecho las paces. Rieron, contaron anécdotas, se lanzaron pullas el uno al otro, y Siobhan se alegró de ser testigo del reencuentro. De camino al aeropuerto, se sintió apenada. No quería volver a Nueva York. Había sido una semana maravillosa y estaba segura de que un trozo de su corazón se quedaría en Nueva Orleans para siempre. Fijó la vista en los hombros de Marcel, sentado en el asiento del copiloto, y notó que los tenía mucho menos tensos que al llegar. Ahora sabía quién era aquel misterioso escritor que ocupaba sus pensamientos día y noche. Era como si el propio Marcel hubiera descorrido las cortinas de una casa que ella llevaba tiempo contemplando desde fuera. Y lo que había dentro era hermoso. Marcel Dupont era un hombre bueno, a pesar de lo mal que lo había tratado la vida. Tal vez nunca correspondiera sus sentimientos; no obstante, se había apoyado en ella para aligerar el terrible peso que llevaba a cuestas.

Ella era importante para él.

Y, definitivamente, él era importante para ella.

En la terminal de salidas, los hermanos se despidieron entre abrazos, con la promesa de no dejar pasar demasiado tiempo antes de volver a verse.

—Y no se te ocurra volver sin la chica o no te abriré la puerta —le advirtió Charmaine.

Siobhan apretó los labios para reprimir la risa.

—Lo que hay que aguantar —murmuró Marcel, negando con la cabeza.

—¿Piensas privarme de mi legítimo derecho de hermana mayor a avergonzarte delante de tu novia?

—Siobhan no es mi novia. Es mi…

Charmaine agitó la mano de forma disuasoria.

—Sí, sí. Compañera de trabajo temporal, ya lo sé. En fin, cuídate mucho, ¿quieres?

—Tú también, Chaz.

Mientras se ocupaba de sacar el equipaje del maletero, Charmaine se dirigió a Siobhan, la tomó del codo para apartarla unos cuantos pasos y le dijo en voz en baja:

—¿Puedo pedirte un favor?

—Claro, Chaz, lo que sea.

—Ten paciencia con mi hermano. Él es la persona adecuada para ti. Y que me parta un rayo ahora mismo si tú no eres la persona adecuada para él. Marcel todavía no lo sabe, pero lo hará. Tarde o temprano se dará cuenta.

Siobhan tuvo que hacer un esfuerzo titánico para no ponerse a llorar allí mismo.

Una chispa de esperanza le calentó el corazón.

Capítulo 29

Siobhan

—¡No me lo puedo creer! —exclamó Paige, al tiempo que corría sobre la cinta. Le devolvió el móvil a Siobhan, que estaba en la máquina contigua, aunque su velocidad de zancada era considerablemente más baja, y añadió—: He tenido que leer el mensaje dos veces seguidas. ¿Cómo se atreve ese miserable a aparecer justo ahora?

—La pregunta no es esa —argumentó Lena, mientras galopaba como una gacela que escapa de un guepardo sin perder el resuello—. La pregunta es por qué. Por qué ahora y no hace ocho meses.

—¿Acaso no es evidente? Porque ha descubierto que Shiv es una ganadora y quiere recuperarla. Punto. ¡Venga ya! ¡Si hasta la ha seguido en Twitter y ha tenido la desfachatez de dar *like* a su tuit fijado!

—Un tuit fijado que habla sobre su novela.

—Una novela inspirada en él.

—Exacto.

—¡Que le den a Buckley! —vocearon al unísono.

Siobhan resopló. Empezaba a cuestionarse que decidir sobre su futuro sentimental inmediato de forma democrática hubiera sido una buena idea.

—Chicas, no me estáis ayudando —protestó—. ¿Qué hago? ¿Quedo con él? ¿Lo ignoro? ¿Le envío un enlace de com-

334

pra a mi libro y lo invito amablemente a que lo puntúe en Goodreads? —Notó que le costaba respirar. Bajó un par de puntos la velocidad y se secó el sudor de la frente con el dorso de la mano—. ¡Por Dios! ¿Es que no había otro sitio para quedar un domingo por la mañana más que el puñetero gimnasio? Se me va a salir el hígado por la boca.

—Oye, que la que se ha quejado de haber comido como una ballena del Ártico durante una semana has sido tú —la reprendió Paige—. Por eso estamos aquí y no bronceándonos en Central Park como si fuéramos turistas suecas con melanoma.

—Tampoco es que me haga mucha falta la vitamina D. ¿Habéis visto la cantidad de pecas que me han salido? El sol de Luisiana es matador.

—Pues yo te encuentro monísima —aseguró Lena.

—Tú no eres objetiva. Pero gracias, de todos modos.

Paige carraspeó.

—Volviendo al asunto más importante de la agenda del día, en mi opinión deberías pasar de tu ex. El tío desaparece de la noche a la mañana después de… ¿cuánto? ¿Un siglo y medio de relación? Se larga sin darte explicaciones. Te bloquea de sus redes sociales. Te deja con un montón de deudas. Y no nos olvidemos de lo más importante: te rompe el corazón. Y ahora sale de la nada y pretende que vayas a cenar con él. Decidme que no es lo más absurdo que habéis oído en vuestra vida.

—Bueno, a lo mejor habría que preguntarle a Shiv cómo se siente ella al respecto, ¿no te parece, Paige? —puntualizó Lena.

Ese era el problema, que no sentía nada en absoluto. No sintió mariposas revoloteándole en el estómago cuando abrió la bandeja de entrada el día anterior y se encontró con el correo de Buckley. No sintió vértigo ni tampoco la necesidad de entender por qué la había dejado ocho meses atrás. Ni siquiera rabia o dolor. Si acaso, extrañeza. Pero ni una sola brizna de emoción. Aun así, ¿no debería al menos escuchar lo que él tuviera que decirle? Buckley había sido una persona muy importante para ella; que su relación no hubiera cuajado no cambiaría ese hecho. Por otra parte, cenar con su ex ocupaba la última posición en la lista de las cien cosas que menos le apetecían del mundo.

—Todavía no lo he decidido —admitió.

Paige sacudió la cabeza con un movimiento enérgico. Su larga coleta pelirroja se agitó.

—Yo que tú lo tendría clarísimo. No tiene ningún sentido que os veáis. Y menos, después de todo lo que ha pasado en Nueva Orleans.

—No ha pasado nada en Nueva Orleans —objetó Siobhan.

—Excepto que besaste a Marcel.

—Porque estaba borracha.

—Y dormiste en su cama. Abrazada a él como si fuera Teddy el osito de peluche —contraatacó Paige. Lena tosió, intentando disimular una risita.

—Porque estaba cagada de miedo. ¿Tenéis idea de lo aterradoras que son las tormentas de verano en Luisiana? Llovía como si se fuera a acabar el mundo.

—Entonces, supongo que lo de casi enrollaros tampoco cuenta, ¿no?

—Solo estábamos…

—No me lo digas. ¿Documentándoos para la novela?

—¡Bingo! ¿Cómo lo has adivinado?

Paige pulsó el botón de parada de la cinta, aminoró la marcha y se volvió hacia su amiga.

—Shiv, mírame.

—No puedo mirarte, Paige. Si muevo la cabeza, me caeré de culo.

—¿Tanto te cuesta reconocer que te has enamorado?

Lena también se detuvo, aunque en su caso, la parada fue mucho más dramática.

—No. Me. Jodas. Vale. A ver. ¿Estamos seguras de eso? Quiero decir, en una escala del uno al diez, ¿cómo de intensos son tus sentimientos? Porque no es lo mismo que te guste para un revolcón a que te guste-guste, ya me entiendes.

—No lo sé… ¿seis?

—Doce y medio —la corrigió Paige, mientras se secaba con una toalla que luego se dejó colgada al cuello—. Le gusta-gusta. En realidad, lo quiere-quiere.

Los ojos de Siobhan se transformaron en dos resquicios afilados y su boca, en un nudo apretado.

—Ni que estuvieras en mi cabeza —masculló.

—No me hace falta. Te conozco muy bien. Tú no besarías a un hombre por el que no sientes nada ni estando como una cuba. ¿Y desde cuándo te asustan las tormentas?

—Bueno, es que en Luisiana…

—Sin mencionar que, desde que has vuelto de tu luna de miel sureña, los ojos te hacen chiribitas cada vez que hablas de Marcel. Cariño, me temo que eres más transparente que el vestido que llevó Halle Berry a los Premios Óscar de 2002.

Siobhan suspiró.

—Vale, tienes razón. Me gusta-gusta. Lo… quiero-quiero.

—Oh. Entonces, es grave —dijo Lena, a la vez que estiraba los cuádriceps.

—Bastante grave. —Siobhan dio por finalizada la sesión de ejercicio. Cuando la máquina se detuvo del todo, se dobló sobre sí misma para recobrar el aliento—. Pero él no siente lo mismo por mí, así que lo mejor es que nos olvidemos del asunto y finjamos que esta conversación no ha tenido lugar. —Se incorporó y bebió un trago de agua—. ¿Podemos ir ya a la sauna, por favor?

—¿Te lo ha dicho él? —preguntó Paige.

—¿Estás loca? ¡Claro que no! Simplemente, lo sé.

—Ya, pues su hermana no parece opinar lo mismo.

—Da igual lo que opine Chaz. Marcel no es la clase de hombre que se compromete. Está fuera de mi alcance, dejémoslo así. ¿Nos vamos ya a la sauna?

En otras palabras: «No estoy preparada para enamorarme de un hombre que no cree en los finales felices».

337

—Eso no significa que no tenga sentimientos por ti, Shiv. Te lleva a Nueva Orleans, te presenta a su hermana, te cuenta sus secretos y te deja meterte en su cama porque te da miedo una puta tormenta.

—Ya os he dicho que los temporales de Luisiana son… —Gesticuló exasperada—… qué más da.

En otras palabras: «La vida de Marcel es demasiado complicada, y yo no soy la protagonista de una novela romántica. No tengo el poder de reparar todas sus grietas por el simple hecho de existir».

Lena se bajó de la cinta y se plantó delante de sus amigas.

—¿Y si lo único que necesita Marcel es un revulsivo?

Siobhan frunció el ceño.

—No te sigo.

—Cuéntale que Buckley ha reaparecido. Dile que vas a cenar con él y veamos cómo reacciona. La mejor manera de saber si de verdad siente algo por ti es dejando la pelota en su tejado.

Buena idea.

Salvo por un pequeño detalle. No pensaba mentir a Marcel para ponerlo a prueba, de manera que no le quedaba más remedio que aceptar la invitación de Buckley.

Aunque cenar con su ex fuera lo menos tentador del mundo.

Siobhan se aclaró la garganta, miró a Marcel por encima de la pantalla del ordenador y dijo:

—Necesito pedirte un favor. Dos, en realidad.

—Claro. Tú dirás.

—Pues… es que tengo una cita esta noche, dentro de un par de horas para ser exactos. —La expresión de Marcel mudó en un gesto indescifrable—. ¿Podemos dejarlo por hoy?

—No hay problema. ¿Qué más necesitas?

—Darme una ducha. Y arreglarme. En tu cuarto de baño. Por cuestiones logísticas. Brooklyn me pilla un poco lejos —matizó.

—Así que es una cita importante, ¿eh? —preguntó, escrutándola con un brillo de interés en los ojos.

—Podría decirse que sí. —Siobhan tomó aire mientras se preparaba para soltar la bomba—. Voy a cenar con… Buckley. En Gramercy.

Marcel arqueó una ceja con aire inquisitivo y cruzó los brazos sobre el pecho.

—¿Buckley? ¿Buckley, tu ex? ¿El mismo Buckley que te dejó tirada sin darte explicaciones y que casi te aboca a la mendicidad? ¿Ese Buckley?

—Suenas igual que Paige. A lo mejor podríais llegar a ser buenos amigos.

—Creía que ese tipo y tú no os hablabais.

Había pronunciado «ese tipo» como si le hubiera picado un insecto en la lengua.

—Y no lo hacíamos. Hasta que el sábado por la noche recibí un mensaje suyo.

—¿En serio? Vaya, qué casualidad que aparezca justo ahora que hay una foto de ti y de mí circulando por ahí —argumentó—. Espero que, como mínimo, te lleve a cenar al Rose Club y no a alguna hamburguesería cutre.

«La foto».

Ni ella ni sus amigas habían barajado esa posibilidad.

Y que fuera precisamente Marcel quien la sacara a colación desconcertó a Siobhan.

—Dudo mucho que Buckley pueda permitirse ir al Rose.

Marcel rio con sorna.

—Ya.

—¿Qué pasa? ¿Te molesta que salga con él?

Esto último lo preguntó con la esperanza de que dijera que sí. Algo bastante irracional, por otra parte, y muy de otra época.

Una profunda arruga vertical se formó entre las espesas cejas negras de Marcel.

—¿Qué? Claro que no. Tu vida privada no es de mi incumbencia, princesita. Solo prométeme que, si te reconcilias con él, lo publicarás en Twitter para que las fans de #Sioblack me dejen tranquilo de una vez.

¿«Tu vida privada no es de mi incumbencia»? ¿En serio? ¿Después de la semana que habían pasado juntos?

Aquello había sido un golpe bajo. Y, como todos los golpes bajos, dolía el doble.

—Descuida, me aseguraré de redactar un hilo con la crónica de la velada —contraatacó.

—Perfecto. Lo esperaré ansioso.

—Bueno, ¿me dejas usar tu ducha o no?

—Adelante, usa todo lo que necesites. ¿Quieres que te preste una corbata también? Por si te da por estrangular a tu novio en mitad de la cena.

—No es mi novio. Y no creo que haga falta que lo estrangule.

—Qué pena. Sería un argumento estupendo para una novela negra.

Siobhan le mostró los dientes —su manera educada de llamarlo idiota—, se levantó con toda la dignidad de la que fue capaz y salió del despacho sin tener claro cómo debía sentirse.

Tras la ducha, se secó el pelo y optó por dejárselo suelto. Sacó de su mochila un conjunto de ropa interior negra, un vestido de tirantes ajustado y unos zapatos *peep-toe* del mismo color. Los había escogido la noche anterior, después de recibir un mensaje excesivamente entusiasta de Buckley —«Gracias por responderme, Shiv. Me alegra comprobar que todavía podemos arreglar las cosas. Te espero mañana a las nueve en Pete's Tavern. Estoy impaciente por verte. Tuyo, Buck»— con la hora y el lugar exactos de la cita. Se vistió despacio, como si quisiera retrasar su partida el máximo tiempo posible, y se maquilló; rímel, polvos mate, pintalabios rojo y unas gotas de perfume. La chica que la miraba desde el otro lado del espejo parecía más confundida que nunca. ¿Qué estaba haciendo? No lo sabía. Suspiró. Cuando terminó de arreglarse, bajó. Marcel estaba en el salón, dando vueltas mientras tecleaba algo en el móvil. En cuanto levantó la vista y la vio, se detuvo. Boquiabierto, la contempló de arriba abajo con una mirada envuelta en llamas.

Ella se puso tan nerviosa que lo único que atinó a decir fue:

—¿Te importa que deje aquí mi mochila? No creo que combine con este vestido.

Marcel negó en silencio y volvió a centrar la atención en el móvil, lo que hizo que se sintiera estúpida, frustrada y terriblemente decepcionada. Como si hubiera estado esperando algo que jamás llegaría.

«¿Es que no piensas decir nada, Marcel? Hemos dormido, bailado, reído y llorado juntos, y… ¿ahora vas a dejar que me vaya sin más? ¿De verdad vas a empujarme a los brazos de otro?».

—Siobhan, ¿me estás escuchando?

—¿Qué? Perdona, me he distraído.

—Decía que he alquilado un coche de Blacklane para ti. Estará a tu disposición toda la noche.

Un detalle por su parte. Sin embargo, le molestaba. Le dolía, a decir verdad. ¿Por qué le dolía?

—Gracias, pero no tenías por qué.

—Oh, no es nada. ¿Quieres una copa mientras llega? Para calmar los nervios.

—No estoy nerviosa —replicó, con brusquedad.

—Pues lo pareces.

—Pues no lo estoy —insistió. Exhaló una larga bocanada de aire y, sin que viniera a cuento, soltó de repente—: Echo de menos Nueva Orleans. Echo de menos los desayunos en el jardín trasero, el *jazz*, la comida profundamente grasa, el calor pegajoso, la lluvia y a Chaz.

«Echo de menos estar contigo como estábamos en Nueva Orleans».

Marcel sonrió.

—¿Cómo es posible, si volvimos hace cuatro días? No te habrán embrujado en alguna de esas tiendas de vudú del *Vieux*, ¿verdad?

Siobhan le dio un leve puñetazo en el bíceps.

—Eres un idiota —le recriminó, haciendo un mohín de enfado.

Su sonrisa se tornó más curvilínea.

—Ya lo sé —convino.

—Y no te mereces a una compañera de trabajo temporal como yo.

—Eso también lo sé.

Se miraron a los ojos un instante, protegidos por una burbuja en la que solo existían ellos dos y todo lo que los unía: sus bromas sarcásticas, Nueva Orleans, Coney Island, «Summertime», la costumbre de escribir juntos en aquel ático del Upper, sus *Dos formas*.

Fue mágico.

Por desgracia, el sonido de una alerta en el móvil pinchó la pequeña burbuja y la magia se desvaneció. Marcel apretó los labios, cerró los ojos y durante un segundo pareció que le estuvieran arrancando la piel.

—El coche está aquí. Vete ya o llegarás tarde.

—Vale.

Entonces, pronunció su nombre de aquel modo tan singular.

—Siobhan.

Había algo contenido, algo que no terminaba de salir a la superficie; una sensación de profundidad.

De posibilidad, tal vez.

—¿Sí?

Marcel tomó aire. Los hombros le subieron y bajaron al mismo ritmo que los latidos del corazón de ella.

—Esta noche estás preciosa —confesó—. En realidad, eres preciosa. Y si ese tipo no es capaz de verlo, es un imbécil y un cobarde.

Había sinceridad en el tono bajo de su voz.

Desesperación.

Y otra cosa que Siobhan no supo o no pudo identificar y que amenazaba con destrozarla por dentro.

Asintió, abrió la puerta despacio y se marchó con un nudo en la garganta. En el ascensor tuvo que esforzarse mucho para mantener a raya las lágrimas. Le escocían los ojos. ¿Por qué se sentía así, como si alguien estuviera cortando con una navaja la cuerda que la mantenía a salvo del abismo?

Como si el propio Marcel la estuviera cortando.

Un Mercedes Clase A con los cristales tintados esperaba estacionado en la calle. El chófer le dio la bienvenida y la invitó a acomodarse en el interior. Minutos más tarde, introdujo en el GPS la dirección indicada y se puso en marcha. Siobhan apoyó la cabeza en la ventanilla y dejó vagar la vista por la Quinta Avenida. Los edificios iban quedándose atrás; sus sentimientos, en cambio, estaban cada vez más presentes. Si ocho meses antes le hubieran dicho que Buckley volvería, lo habría perdonado sin pestañear. Probablemente, habrían acabado comiendo palomitas en el sofá mientras veían *Jeopardy*. Se habrían quedado dormidos y ni siquiera habrían echado un polvo de reconciliación, pero daría igual porque al menos estarían juntos. El problema era que nada de eso tenía sentido ahora. Era como si su corazón permaneciera frío e inalterable cuando pensaba en la posibilidad de volver con él. Sacó el móvil del bolso y abrió la galería de imágenes con la intención de buscar algo, cualquier recuerdo, que la sacudiera por dentro. Sin embargo, lo que se encontró fue una foto borrosa y movida de Marcel y ella en el Blue Nile la noche que se emborrachó. Debió de haberla hecho él, porque ni siquiera era consciente de su existencia. Marcel la miraba sonriente mientras ella le sacaba la lengua. Amplió la imagen y estudió su rostro, ese rostro perfecto y anguloso que había acariciado con sus propios dedos. Observó las arrugas que se le formaban alrededor de los ojos, la hilera de dientes blancos que asomaba bajo esos labios cuyo sabor no recordaba, la chispa en su mirada, la confianza en la postura, la naturalidad de su risa, la escasa distancia entre sus cuerpos…

Algo le hizo clic en el cerebro.

Recordó todas las veces que Marcel había estado ahí para ella, todas las veces que la había ayudado, todas las veces que se había preocupado por su bienestar, aunque lo hubiera disimulado con sarcasmo. Recordó todos los gestos, todas las miradas, todos los roces y las insinuaciones veladas. Recordó lo desesperado que sonaba cuando la llamó para pedirle perdón el día que discutieron en Coney Island. Recordó la primera noche en Nueva Orleans. La segunda. La tercera. Recordó cómo la había protegido de los borrachos de Bourbon Street. Recordó el abrazo prolongado bajo la lluvia, el abrazo prolongado en la cama, el deseo contenido y latente. Y recordó cómo se había abierto el pecho en canal cuando le había hablado de su pasado.

«Eres importante para mí».

Marcel sentía lo mismo que ella; acababa de verlo con la claridad del amanecer.

En ese momento, Siobhan supo lo que tenía que hacer, y no era cenar con Buckley.

—He cambiado de idea. ¿Puede dar la vuelta, por favor? —le pidió al chófer.

Capítulo 30

Marcel

Marcel deambulaba de un lado a otro del salón como un animal enjaulado. El hielo tintineaba en el vaso de *bourbon* que sostenía en la mano. Mientras sonaban los acordes de «Anyone Who Knows What Love Is», a su pensamiento acudía una y otra vez la noche en que la vio bailar y se dio cuenta de lo jodido que estaba. Siobhan era como el mejor *jazz:* se te metía dentro en las primeras notas. Sin embargo, la había dejado marchar. No había luchado por ella, no había cedido un milímetro para hacer que se quedara, y ahora le dolía todo el cuerpo. La cabeza. Las entrañas. Se preguntó si ya estaría con ese tipo. El mero hecho de imaginarlos juntos lo cabreó. Luego se enfadó consigo mismo por permitir que aquello le importase cuando ni siquiera era asunto suyo. Qué desconocidos eran los celos para él; una sensación muy diferente a la soledad que lo acompañaba como una capa invisible desde los ocho años. El dolor de la infancia lo había motivado a escribir; al menos, había sabido transformarlo en un propósito. En cambio, los celos no acarreaban nada bueno. Tan solo un puñado de ideas absurdas y una presión en el pecho cada vez que pensaba en Siobhan con ese tío. ¿Por qué no le había pedido que se quedara? Simplemente, porque él no era ese tipo de hombre. Él no era el tipo de hombre que Siobhan se merecía. Por eso se había esforzado tanto en alejarla cada vez que se acercaban. Había contenido su deseo hasta límites más allá de lo humanamente soportable.

Y ahora se estaba volviendo loco.

Aunque hubiera hecho lo correcto.

O lo creyera.

Cuando sonó el timbre, se le disparó el pulso. Maldijo porque sabía que era ella. Siobhan era la única persona que tenía el privilegio de entrar en su casa, en su vida y en sus sueños sin avisar. Tomó aire y abrió la puerta, preparado con un montón de excusas que amenazaron con desvanecerse igual que lágrimas en la lluvia nada más verla. Allí estaba otra vez, como una droga adictiva y peligrosa que no dejaba de tentarlo. Con el corazón en las manos, pidiendo a gritos que se lo rompiera. Sí, también sabía a qué había ido; lo sabía perfectamente.

Así que levantó un muro defensivo.

No tenía elección.

—¿Qué haces aquí, princesita? ¿Te has olvidado el pintalabios en la mochila?

—Tenemos que hablar.

Marcel le bloqueó el paso.

—Ahora no es un buen momento. Estoy con alguien —improvisó—. Con una mujer.

Siobhan asintió como si reconociera la validez del argumento. No obstante, no parecía que la hubiera convencido. Rio con sorna y dijo:

—Para ser tan buen escritor, mientes como el culo.

Maldita fuera.

—Vete a casa, por favor —le pidió él, dedicándole una caída de párpados a medio camino entra la exasperación y la indulgencia.

Una petición que ella ignoró, por supuesto. Cuando se quiso dar cuenta, ya había cruzado el umbral. El cerebro y los reflejos le habían respondido a cámara lenta. La historia de su vida en los últimos meses:

• 1) Ella llamando a su puerta.

- 2) Él tratando de cerrarle el paso.

Y

- 3) Él resignándose a dejarla entrar porque esa era su única opción, la única viable.

Un ciclo que se repetía sin parar, una constante.

En sentido literal y figurado.

Siobhan se quitó los zapatos y los dejó en la puerta, junto a su bolso, con una naturalidad agradable. Bajó unos pocos centímetros de golpe y su rostro mudó a una expresión de alivio. Marcel se preguntó cómo era posible que sus delicados pies desnudos pudieran resultarle mucho más sugerentes que un par de tacones.

Señaló el *bourbon* que tenía en la mano.

—¿Me pones uno a mí también?

—Uno. Y luego te marchas —dijo él, en un tono de advertencia velada.

Fueron a la cocina. Marcel sirvió un dedo escaso de alcohol en un vaso con hielo y se lo ofreció. Siobhan miró a uno y otro alternativamente y adoptó un aire de «No me fastidies».

Él se encogió de hombros.

—Ya sabemos lo que pasa cuando bebes de más, princesita. Bueno, ¿por qué no estás en… —Hizo un gesto despectivo con la mano— donde quiera que sea con tu novio? ¿Le has dado plantón o qué?

—Buckley no es mi novio. Deja ya de decir que es mi novio. Y, para tu información, le he enviado un mensaje para avisarle de que no iría, ¿vale?

—Vale, vale. Jesús… Oye, ¿por qué estás enfadada conmigo?

Antes de contestar, bebió un trago largo de *bourbon* y dejó el vaso con estrépito sobre la encimera.

—No. ¿Por qué estás *tú* tan enfadado conmigo como para no quererme aquí?

—Yo no… —Apretó los párpados y se frotó la cara—. No estoy enfadado contigo, Siobhan. Estoy… otras cosas, pero enfadado no.

—¿Qué otras cosas? —insistió, acercándose hacia él despacio.

—Pues… cansado. Así que di lo que tengas que decir y vete a casa. Hablo en serio.

Ella lo observó con fijeza, como si lo estuviera analizando.

—¿Por qué me pediste que fuera a Nueva Orleans contigo? —Marcel le devolvió una mirada de desconcierto y abrió la boca para responder, visiblemente confundido; sin embargo, la cerró al ver que Siobhan levantaba una mano en señal de aviso—. Por favor, ahórrate los pretextos. Te conozco. Sé que vas a decir que lo hiciste para no romper el ritmo de escritura, pero no me lo trago. Ya no. Quiero la verdad. Quiero oírla de tus labios.

—No vamos a tener esta conversación, ¿vale? Olvídalo.

—¿Por qué no?

—Porque… porque… ¡Ah! —Emitió algo parecido a un gruñido y se llevó el puño a la boca—. Muy bien. ¿Quieres la verdad? De acuerdo. La verdad es que te lo pedí porque era lo correcto después de lo que pasó en Coney Island. Fui un imbécil y me sentía culpable. Fin de la historia.

Siobhan sacudió la cabeza.

—Eso no es cierto.

La boca de Marcel se curvó en una sonrisa amarga.

—¿Qué pasa, princesita? ¿No te ha gustado la respuesta? Tal vez esperabas otra que se ajustara a tus expectativas.

—Una que fuese sincera no estaría mal.

—Bueno, ¿y qué quieres que te diga? ¿Que te pedí que vinieras porque no concibo estar lejos de ti? ¿Prefieres escuchar eso? ¿Quieres que me arrodille también?

—¡Solo quiero que me digas lo que sientes por mí!

La frase se le clavó como una flecha en el centro del pecho. Y sintió que se desangraba.

No.

Podía.

Soportarlo.

Más.

—¡Por Dios, Siobhan! ¿Acaso no está claro ya lo que siento? La noche del *roleplay*. ¿Crees que fingía cuando te dije que pensaba en ti cada jodido minuto del día? ¿O cuando te dije que te deseaba? —Tragó saliva. Quiso parar. No pudo. Las palabras le brotaban descontroladas de dentro—. ¿De verdad crees que hablaba con un personaje de ficción y no con la mujer de carne y hueso que tenía junto a mí? ¿No notaste que me moría de ganas de… estar contigo? Dentro de ti. —La voz le salió ahogada al pronunciarlo—. ¿No lo sentiste cuando dormimos juntos? ¿No oíste cómo me latía el corazón? Yo… —Una mueca de desesperación le deformó el rostro—… estoy viviendo una auténtica agonía, maldita sea. ¿Crees que fingía cuando te dije que me importabas hasta el punto de compartir contigo cosas que no he compartido con nadie? ¿Crees que finjo la electricidad que me eriza la piel cuando te miro, cuando te toco, cuando huelo tu champú de coco, cuando escucho tu voz o cuando me llamas por mi nombre? O este estúpido sentimiento de plenitud por el simple hecho de estar a tu lado. ¿Crees que lo finjo? ¿De verdad lo crees?

Se quedó inmóvil un momento, con el pulso disparado al doble de su velocidad habitual y la sangre corriendo veloz por sus venas, abrumado por el vértigo de haberlo asimilado todo.

De haberlo confesado.

—No, Marcel. Sé que no lo finges, lo sé muy bien. Por eso he vuelto.

—Bien. Pues ahora que ya lo sabes, deberías irte.

Siobhan acortó todavía más la distancia, hasta que estuvieron tan cerca que Marcel distinguía las vetas diminutas del iris azul de sus ojos, el espesor de sus pestañas, la forma caprichosa de sus pecas. Nervioso, desvió la vista hacia su boca, lo cual no fue de gran ayuda, porque conocía el sabor de aquellos labios suaves y brillantes, aunque hubiera sido durante un lapso muy breve. No se apartó cuando ella lo tomó de las mejillas, no fue capaz. Y con cada respiración, con cada parpadeo, sentía cómo su autocontrol se erosionaba un poco más, igual que un muro golpeado sin tregua por el embate de las olas.

—No voy a irme a ninguna parte. No voy a permitir que me alejes de ti. Voy a quedarme, Marcel. ¿No ves que ya no tiene sentido que pongas distancia entre nosotros?

—No quieres esto, Siobhan. No lo quieres —susurró con los ojos bajos, anclados en su boca.

—Sé muy bien lo que quiero. Y tú también lo sabes. La pregunta es si vas a seguir empeñado en luchar contra tus sentimientos.

Intentó hablar, intentó decirle que no podía ser, que era un error, pero ella lo besó con dulzura y anuló cualquier tentativa. La calidez de sus labios fue su perdición. Marcel se apartó, aturdido por lo que estaba sucediendo, el pecho agitado, sin saber si lograría calmarse en algún momento. La música seguía sonando en alguna parte. Dejó volar una mirada trémula sobre el óvalo de su precioso rostro y se preguntó si podría soportar un segundo más de su existencia sin estar con ella.

Si todo eso que sentía era real o pura metafísica del deseo.

Si merecía la pena estropear aquella historia.

Pero en la vida, como en la literatura, hay historias que tienen que estropearse antes de convertirse en algo bueno de verdad.

Entonces, ocurrió. Un caudal a presión brotó descontrolado de su interior y desbordó sus diques de contención. Y fue esa corriente de agua salvaje la que lo arrastró inevitablemente hacia aquellos labios sedosos, que eran naufragio y puerto seguro al mismo tiempo. La capacidad de razonar lo había abandonado, tenía el cerebro consumido por la pasión. Ya no era él mismo. O quizá lo fuese más que nunca. Lo único que podía pensar era «Por fin, por fin, por fin» mientras se rendía al juego de sus lenguas, al sabor del *bourbon* en la boca de Siobhan, a las manos que se deslizaban con urgencia sobre la nuca, el cuello, los brazos y la espalda. Besarla era como recibir el sol en la cara tras una noche oscura y gélida. Después, todo se volvió borroso. La alzó en vilo para sentarla en la isla y se encajó entre sus piernas; ella lo agarró de los hombros, como si necesitara un punto de apoyo. La química que los unía danzaba a su alrededor en forma de llamaradas. Marcel le besó primero la mandíbula y luego el cuello a la vez que le bajaba muy despacio los tirantes del vestido. Pensar en los días de deseo comprimido que estaba a punto de dejar atrás lo llevó a presionar el punto afilado de sus pantalones contra ella. Cuando le masajeó los pechos, Siobhan gimió, y ese sonido lo precipitó en caída libre hacia la gloria de la fatalidad.

Necesitaba estar con ella.

Dentro de ella.

Y ni una sola parte de su ser soportaría cualquier otro desenlace.

—La de cosas que quiero hacerte… Ni te imaginas —susurró, al tiempo que le colaba el pulgar por dentro del sujetador y le acariciaba la cumbre tersa de su pezón rosado.

Ella volvió a gemir.

—Marcel…

Sonó como si le hubieran arrancado su nombre de las entrañas.

La lógica le decía que la excitación tenía un límite, pero, de ser así, aún no lo había alcanzado. Se inclinó sobre ella y le besó los pechos con hambre. No tardó en deslizar la mano bajo el vestido, entre aquellos muslos suaves, y llevarla hacia sus bragas. La rozó con el dedo por encima de la tela, que ya estaba húmeda; Siobhan jadeó y buscó apretarse contra él de forma instintiva. El deseo de Marcel se volvió atómico, lo arrasó, y las palpitaciones lo sacudieron en el mismo momento en que metió el índice por el elástico y apartó el encaje hacia un lado. Tocarla fue como hundir la mano en caramelo caliente.

—Dios… ¿Estabas así de mojada la noche del *roleplay*? —preguntó, muy cerca de su boca.

—S-sí…

La voz apenas le salía de la garganta, era casi un murmullo.

—Es una lástima que me lo haya perdido —la provocó, sin parar de acariciarla—. Dime, ¿hiciste algo para solucionarlo?

Siobhan se mordió el labio inferior y asintió.

—Enséñamelo, nena. Enséñame lo que hiciste.

—Ma-Marcel, por favor…

—Enséñamelo. Quiero verlo —repitió.

Dejó un reguero de besos desde el lóbulo de su oreja hasta el cuello y se apartó un poco para mirarla. Le pareció que en ese instante estaba más bonita que nunca, con la boca entreabierta, una pincelada de rubor en las mejillas, la expresión contraída en una mueca de placer doloroso que no le daba tregua. Entonces, Siobhan se quitó el sujetador y comenzó a estimularse los pezones con los dedos.

Era un regalo para la vista.

Un jodido regalo.

—¿Así es como lo hacías?

—Ajá… Y también me tocaba ahí.

—¿Aquí? —preguntó, presionándole suavemente el clítoris.

—Sí… Dios… Sí. Ahí, justo ahí. Pero un poco más rápido.

—Conque más rápido, ¿eh? Menuda pervertidilla estás hecha, princesita. —Siobhan emitió un sonido que era una mezcla de risa y gemido de placer—. ¿Y qué pensabas mientras te acariciabas?

—Quería… quería que subieras a la habitación y…

No pudo acabar la frase. Tenía la respiración entrecortada.

—¿Qué, nena? ¿Qué querías?

—Que me follaras. Quería que me follaras, Marcel. De todas las maneras posibles. Fuerte y suave y dulce y sucio.

Marcel exhaló ruidosamente. Iba a explotar. Ella estaba cada vez más empapada, más densa. Y a él le dolía todo de las ganas que tenía de meterle algo más que el dedo.

—Qué desconsiderado por mi parte no haber satisfecho tu deseo.

—Sí. Mucho. Muy desconsiderado.

—En compensación, voy a follarte ahora mismo. De todas las maneras posibles. Fuerte y suave y dulce y sucio. ¿Te parece bien? —Siobhan pronunció algo que recordaba vagamente a un sí—. Y quiero que sepas —le susurró al oído con palabras lánguidas y prometedoras— que pienso hacer que cada segundo cuente.

El gemido que se le escapó de los labios cuando la penetró con el dedo le pertenecía solo a él. Fue fácil, como una roca que se hunde en el agua sin obstáculos. Siobhan era estrecha, y al anticipar lo que vendría después, se le nubló la vista.

Pero todavía no.

Todavía deseaba llevarla al límite un poco más.

Mientras lo hacía, ella trató de desabrocharle la camisa. Se le resistió el tercer botón, así que él mismo se deshizo de la molesta prenda, que acabó en el suelo de la cocina, junto al sujetador. La caricia de esos labios deslizándose sobre su torso desnudo le despertó hasta la última de las terminaciones nerviosas. Sintió las manos de Siobhan recorriéndole la espalda en dirección descendente y se estremeció. Cuando notó que le apretaba las nalgas, sonrió satisfecho.

—Te morías de ganas de tocarme el culo, ¿eh?

—La culpa es tuya por tenerlo tan redondito y perfecto. Cielos, me vuelve loca…

—Bueno, veamos si es lo único que te vuelve loca —dijo. Y a continuación le cogió la mano y se la colocó sobre la enorme erección.

Siobhan empezó a hurgar en su bragueta. Marcel llevó la cabeza hacia atrás y jadeó de placer en el momento en que sintió que aquellos dedos delicados se le colaban en los calzoncillos y se cerraban en torno a su pene duro.

—Joder… —siseó.

Unos segundos después tuvo que pedirle que parara.

—¿No te gusta cómo lo hago? —preguntó, algo confusa.

Él la tomó de la barbilla con suavidad y sonrió, mirándola con devoción.

—Me pone como una moto. Por eso necesito que pares. Para no correrme ahora mismo.

Volvió a besarla apasionadamente y después, sin previo aviso, se arrodilló entre sus piernas. Deslizó los labios desde las rodillas hacia el interior de sus muslos, cuya cara interna estaba caliente y húmeda. Tiró hacia abajo del vestido; la prenda le resbaló por las piernas hasta el suelo. Iba a quitarle las bragas también, pero entonces ella dijo:

—Espera. Rómpemelas.

Levantó la cabeza y la miró entre asombrado y divertido.

—¿Quieres que te rompa las bragas?

—Tranquilo, son de GAP, no cuestan mucho. Es que... en una novela de Christina Lauren, el chico se las rompía a la chica cada vez que lo hacían y... bueno, me pareció muy excitante.

Marcel se echó a reír.

—Eres de lo que no hay. Vale. Separa más las piernas. Allá voy. —Agarró la tela por los extremos y trató de rasgarla. No hubo suerte—. La leche... Serán baratas, pero resistentes. ¿Cómo demonios las fabrican? ¿Con acero valyrio? —Una risita adorable le acarició los oídos. Volvió a intentarlo. Nada—. Joder. No sabía que romper bragas fuera tan complicado. Mira, ¿sabes qué te digo? Que si un personaje de ficción puede, yo también. Claro que ese cabronazo tenía práctica —masculló para sí mismo. Probó de nuevo, esta vez aplicando el doble de fuerza; tanta que las venas se le tensaron desde el cuello hasta los antebrazos.

La tela se desgarró por fin.

—Tenías razón. Es excitante de cojones —susurró, observando con ojos brillantes la fina línea de vello claro que le cubría el pubis—. Esto me lo quedo, por las molestias. —Se guardó el jirón en el bolsillo trasero del pantalón—. Y ahora... creo que me he ganado a pulso una recompensa —anunció, al tiempo que la agarraba por las caderas y le enterraba la cara entre los muslos.

—¿Qué estás...? Marcel... Oh, Dios mío...

La sensación de saborearla era increíble, de otro mundo. Su lengua lamía, entraba y salía, trazaba círculos en el centro exacto del placer; su nariz aspiraba su olor dulzón. Levantó la mirada y la vio tratando de mantener contacto visual con él mientras se recostaba en la isla de la cocina, con los dedos de los pies en tensión sobre sus hombros.

—Marcel, por favor… —suplicó.

Él separó ligeramente la cara.

—Un poco de paciencia, nena —dijo, y empezó a soplar las paredes húmedas de su sexo.

—No tengo paciencia. No quiero esperar. No puedo…

Ella se llevó el dorso de la mano a la boca y se dejó caer arqueando la espalda. El clímax llegó rápido. Mientras convulsionaba entre gemidos, volvió a observarla por encima del monte de venus; la cabeza de lado, los ojos vueltos de placer, los labios brillantes.

Acababa de tener un orgasmo y estaba preciosa.

Y toda su vida pareció quedar reducida a ese momento.

Se moría por estar dentro de ella, pero no iba a hacerlo en la isla de la cocina. Se incorporó rápido y la tomó en brazos con agilidad. A Siobhan se le escapó un gritito adorable que lo hizo reír. La llevó en volandas hacia las escaleras y subió los escalones sin ninguna dificultad.

—¿Hoy no te quejas de mi peso? —preguntó ella con picardía, acariciándole las venas hinchadas del bíceps.

—La fuerza física de un hombre se multiplica por tres cuando está cachondo. ¿No lo sabías?

—¿De verdad?

—En realidad, no —admitió, entre risas.

—Idiota.

—Pero este idiota te ha roto las bragas, nena.

—Sí, bueno, al tercer intento.

—Más vale tarde que nunca.

Entraron en el dormitorio riéndose y Marcel la dejó en la cama con delicadeza. Se arrodilló a sus pies y paseó la vista por cada ángulo de su cuerpo desnudo.

—Eres tan hermosa… —susurró, fascinado.

Le acarició los labios con el pulgar y después se dedicó a recorrer con la boca todas las zonas placenteras posibles —cuello, garganta, pechos, vientre, caderas— en su tortuoso camino descendente, dirigiéndose hacia allí aunque sin llegar del todo. Ella separó más las piernas, quizá en un gesto involuntario, y gimió para rogárselo.

—Marcel, por favor, te necesito más cerca.

No la hizo esperar. Se bajó los pantalones y los calzoncillos torpemente y se tumbó encima de ella. Siobhan le agarró el pene por la base y lo frotó contra su hendidura empapada. Un alarido ronco de placer le brotó del fondo de las entrañas; aquello era alto voltaje.

—Joder, Siobhan… No puedo más… Voy a ponerme un condón ahora mismo y voy a follarte hasta que salga el puto sol.

Estiró el brazo hacia la mesita de noche, abrió el cajón y sacó una caja de preservativos. Estaba tan ansioso que se le resbaló de las manos y se le cayó al suelo.

—¡Mierda! —exclamó.

Se incorporó para recogerla y mientras se enfundaba el condón a toda prisa, oyó que Siobhan se reía a su espalda.

Volvió la cabeza y la miró por encima del hombro.

—¿Te hace gracia, princesita? —le preguntó con un fingido tono de indignación.

—Es que… me resulta muy divertido verte tan nervioso y con ese… —Apretó los labios y le señaló la entrepierna—… pollón.

Apenas pudo contener las carcajadas.

Marcel siseó.

—Conque esas tenemos, ¿eh? Bueno, a ver si te ríes tanto cuando te meta *este pollón* hasta el fondo, cariño.

Y dicho esto, volvió a tumbarse encima de ella y la penetró. La risa se convirtió en un suspiro y finalmente en un gemido encadenado al crujido de la cama bajos sus cuerpos. Se adentró en ella con delicadeza; aun así, sintió que contenía el aliento y que le hundía los dedos en los bíceps. La miró. Su cabello cobrizo caía alborotado en la almohada.

Había soñado tanto con ese momento que apenas podía creer que estuviera sucediendo de verdad.

Pero estaba ocurriendo.

Estaba dentro de ella.

Y no quería salir de allí jamás.

La lujuria lo desbordaba, le saturaba el cerebro. Ella le rodeó las caderas con las piernas y él la tomó de la pantorrilla para llegar más adentro, hasta sellarla. La cara de Siobhan condensaba todo el placer del mundo mientras balanceaba la pelvis, apretándole las nalgas. Él continuó bombeando sin parar.

—¿Te parece… divertido… esto? —susurró con la voz entrecortada contra su cuello. Ella gimió y negó con la cabeza—. ¿Y… esto? —Empujó más adentro. Ella gritó y él sintió que le quedaban apenas unos minutos de vida cuando notó que sus paredes se cerraban en torno a su polla como si quisieran retenerla dentro para siempre. Quería más, quería todo lo que fuera posible tener, quería desaparecer en su interior y no volver jamás. Apoyó una mano entre su preciosa cabecita y el cabecero y la penetró con más ímpetu; la cama golpeaba contra la pared una y otra vez—. ¿O… esto?

—Marcel… Mar… cel…

A través de la bruma de lujuria que lo envolvía, la oyó pronunciar su nombre entrecortado y supo que se estaba deshaciendo por segunda vez aquella noche. La certeza de su placer hizo que perdiera el escaso control que le quedaba. Marcel explotó enseguida. Su cuerpo dejó de pertenecerle y su mente estalló en mil pedazos mientras llegaban juntos al clímax. Fue intenso, apremiante y tan devastador que no pudo más que enterrar la cara en su cuello y dejar que su olor lo acunara en la dulce sacudida. Cuando se hubo calmado, le besó la clavícula. Ambos respiraban de forma errática y estruendosa en el silencio de la habitación, temblando de la tensión. De repente, lo sentía todo. Desde el mismo momento en que la conoció supo que haría trizas su coraza. Levantó la cabeza para mirarla, le apartó un mechón húmedo de la frente y se echó a reír. Ella hizo lo mismo. La música todavía sonaba.

Estirados en la cama, el uno frente al otro, las manos entrelazadas sobre la almohada. Marcel la miraba como nunca había mirado a otra mujer, como nunca creía haberlo hecho. Siobhan sonreía. Estaba preciosa después del sexo; los ojos le brillaban, la boca le brillaba, la piel le brillaba.

—Quédate el fin de semana —le pidió él de repente.

—¿Te preocupa que nos retrasemos?

—No hablo de escribir. Hablo de estar juntos. A solas. Tú y yo.

—¿Todo el fin de semana?

—Todo.

—Pero no tengo ropa de recambio.

—No necesitas ropa para lo que tengo en mente —susurró, y luego se llevó la mano de ella a los labios y le besó una a una las yemas de los dedos.

—¿Estás pensando en…?

—¿Una maratón de sexo duro y sin control? ¡No, por Dios! ¿Por quién me tomas? —Fingió una mueca de indignación que hizo reír a Siobhan. ¿Cómo era posible que verla feliz le calentara el corazón de aquella manera? Definitivamente, había perdido la cabeza—. En realidad, estaba pensando en cocinar y ver películas. Desconozco cuál es el protocolo en estos casos, sobre todo en los períodos de prueba, aunque imagino que ese es el tipo de cosas que hacen las… —Tragó saliva—… parejas. —Hizo una breve pausa y frunció los labios—. Pensándolo bien, si tienes el mismo gusto pésimo con el cine que con los libros…

No vio venir la almohada que le lanzó Siobhan. Y ella tampoco lo vio venir a él cuando se le subió encima de un movimiento rápido y la inmovilizó bajo el peso de su cuerpo.

—Descartemos las películas, entonces.

—Pues habrá que cocinar.

—No me parece mal que mi chica cocine algo para mí.

Siobhan dejó escapar un resuello.

—¿Perdona? Eso suena tremendamente machista.

—No me has dejado acabar la frase. Quería decir que no me parece mal que mi chica cocine algo para mí mientras yo cocino algo para ella. Una especialidad sureña de las que tanto te gustan. ¿Trato hecho?

—Depende de lo que entiendas por cocinar. ¿Abrir latas y volcar su contenido en un plato cuenta?

Marcel soltó una carcajada estridente.

—Bueno, en realidad yo tampoco soy un virtuoso de los fogones, que digamos. Así que, si eliminamos las películas y la cocina, solo nos queda…

—La maratón de sexo duro y sin control.

—Me temo que tendremos que sacrificarnos —concordó él, antes de morderle el cuello con suavidad.

Entonces, Siobhan lo apartó ligeramente y lo escrutó con expresión confusa.

—Has dicho «mi chica».

Una sonrisa pícara asomó a los labios de Marcel.

—Qué va.

—Sí.

—No me acuerdo.

—Pues lo has dicho. Dos veces. Y también has dicho que estábamos en periodo de prueba. Como pareja.

—Me habrá traicionado el subconsciente.

Algo centelleó en los ojos de Siobhan con un brillo especial. Un brillo de triunfo.

—Ya. Pero es que el subconsciente no «traiciona», solo anula las barreras de la autocensura para manifestar nuestros pensamientos más profundos. ¿No te suena de nada esa frase, señor Black? —Marcel le devolvió una mirada de desconcierto. Ella le dedicó una leve sonrisa y entrecerró los párpados con sorna—. Fue lo que me dijiste cuando nos conocimos y se me escapó que eras *sexy*.

Marcel negó con la cabeza.

—Menudo gilipollas arrogante.

—El número uno en la categoría de los tíos más gilipollas y arrogantes del planeta. Me caíste tan mal que la mera idea de tener que pasar el verano escribiendo una novela contigo me ponía enferma.

—Tú tampoco me caíste nada bien, señorita Harris. Me pareciste una mojigata insoportable. En cambio, míranos ahora —añadió, al tiempo que entrelazaban las manos.

—¿Por qué no hemos hecho esto antes, Marcel?

—Porque este giro de la trama no estaba previsto, cariño.

Y después, volvieron a enredarse el uno en el otro. Y esta vez, la pasión no era como un bosque ardiendo sin control, sino como una llama imparable y constante.

Porque esta vez el incendio se les desató en el corazón.

TERCERA PARTE

EL DESENLACE

«He venido aquí esta noche porque cuando te das cuenta de que quieres pasar el resto de tu vida con alguien, deseas que el resto de tu vida empiece lo antes posible».

CUANDO HARRY ENCONTRÓ A SALLY

Capítulo 31

Siobhan

Marcel no estaba en la cama cuando se despertó por la mañana. Extendió el brazo sobre las sábanas arrugadas, que aún conservaban la tibieza de su cuerpo. A la luz del día, la noche anterior le pareció un sueño febril. Pero los muslos doloridos, la huella del roce de su barba en el cuello y su olor en la almohada le proporcionaron el alivio de la certeza. Rodó sobre el colchón sintiéndose estúpidamente feliz y hundió la cara en el rastro de su perfume. Había sido alucinante. Todo. Lo que Marcel le había hecho en la cocina, lo que le había hecho dos veces seguidas en la cama y lo que ella le había hecho a él después, con una determinación que desconocía por completo que tuviera. «Tú no eres una princesita, eres una puñetera diosa», le había susurrado, rendido al placer de su boca, mientras le acariciaba el pelo. Al evocar su confesión, se estremeció. «¿Crees que finjo este estúpido sentimiento de plenitud por el simple hecho de estar a tu lado?». Qué curioso que un hombre que afirmaba no creer en el amor hubiera sabido definirlo tan bien. Marcel sentía lo mismo que ella y estaba dispuesto a arriesgarse, a dejar el miedo atrás. Que le hubiera pedido que pasaran el fin de semana juntos era una prueba irrefutable de ello. Como pareja, no como escritores. Y estaba pletórica. Menos mal que había confiado en su propio instinto. Haber ido a cenar con Buckley habría sido un error imperdonable.

Oyó ruido en el piso inferior y decidió levantarse. Echaba de menos a Marcel, aunque hubieran dormido abrazados toda la noche; así de incomprensible, inclasificable e imprevisible es el amor. Estaba desnuda. Cuando cayó en la cuenta de que su vestido se había quedado tirado en el suelo de la cocina, rio con picardía. ¿Y qué habría sido de sus bragas? O, mejor dicho, de lo que quedaba de ellas. ¿Las habría guardado como si fueran un trofeo? La idea le pareció sórdida y excitante al mismo tiempo. Como su mochila también estaba abajo, se tomó la libertad de entrar en el vestidor de Marcel y recrearse unos minutos en busca de algo que ponerse. Optó por una de las pocas camisas blancas que tenía. Le llegaba por las rodillas, pero se sintió cómoda con una prenda suya. Antes de bajar, pasó por el cuarto de baño para hacer pis, lavarse la cara y adecentarse el pelo. Un penetrante aroma a café recién hecho le inundó las fosas nasales en cuanto puso un pie en el último escalón. Marcel estaba en la cocina, de espaldas, con los brazos extendidos y las palmas de las manos sobre la encimera; parecía que estuviera esperando algo. O a alguien. Siobhan entró con sigilo, rodeó aquella isla de pecado y lujuria y lo abrazó por detrás, las manos entrelazadas sobre su abdomen firme. Olía a jabón.

—Buenos días, señor Black. Tú siempre tan madrugador. Por un momento he pensado que habrías salido a correr. Como si no hubiéramos hecho bastante ejercicio anoche —bromeó, risueña—. Así que has preparado café para tu chica, ¿eh? Confiesa: ibas a subírmelo a la cama.

Marcel se tensó.

No la tomó de las manos como cabría esperar.

No hizo ningún comentario sarcástico sobre el hecho de que llevara una camisa suya.

Ni se volvió para besarla.

Siobhan entendió enseguida que algo no iba bien. Se apartó unos pasos y preguntó:

—Marcel, ¿qué pasa?

Él exhaló, dejó caer la cabeza hacia delante, se rascó la nuca con lasitud y por fin se dio la vuelta. La hizo pedazos antes siquiera de empezar a hablar, solo por la forma lastimera en que la miró. Vio sombras bajo sus ojos. Vio las líneas de tensión que enmarcaban el adusto gesto de su boca.

Vio arrepentimiento.

Y lo comprendió todo de golpe.

—Lo siento, Siobhan. No puedo hacer esto. Tú y yo… no puedo hacerlo, de verdad que no.

El corazón se le hundió. Y no es una metáfora. Realmente sintió que se le hundía en un agujero negro, muy profundo.

—No lo entiendo. ¿Qué ha cambiado desde anoche? ¿Qué demonios podría haberte hecho cambiar de opinión en cuestión de horas cuando ayer parecías decidido a estar conmigo?

—No eres tú, Siobhan. Soy yo.

Ella dejó ir una risa amarga.

—Al menos podrías haber escogido una frase que no sonara a cliché barato. Haces que me sienta como un cabo suelto que por fin has podido atar —replicó con dureza.

Dos arrugas paralelas se formaron entre las cejas de Marcel. Negó con la cabeza.

—Eso no es justo. Todo lo que dije anoche es cierto, te lo juro.

—¿Pero?

—Te mereces a alguien que esté dispuesto a darte lo que necesitas.

Fue como si la hubieran tirado por un acantilado y la caída no acabara nunca.

—Lo que necesito es que dejes de alejarme de ti —le reprochó, señalándolo con el dedo.

Marcel se pasó la mano por la cara, desconsolado.

—Voy a cagarla. Sé que voy a cagarla. Tú quieres un amor de novela romántica y yo…

—¡No quiero un amor de novela! —exclamó—. ¡Quiero un amor de verdad! Uno real y maduro. Y no me importa lo complicado que sea. Las relaciones, como casi todas las cosas, pueden ser sólidas y valiosas aunque no sean perfectas. ¿Crees que soy una muñequita de porcelana?

—¡Claro que no! Eres una mujer increíble, ¿vale? Pero sé muy bien lo que pasaría si tuviéramos una relación. Sería como conducir campo a través por un terreno escabroso y te romperías en el primer bache por mi culpa, porque estoy defectuoso.

—Y por eso has decidido pisar bruscamente el freno. Bueno, gracias por ahorrarme el trauma.

—No soy lo que buscas, Siobhan, nunca lo he sido. Y no soportaría hacerte daño. —Hizo una breve pausa para tragar saliva—. A ti no.

—Nunca podrías hacerme tanto daño como ahora, Marcel.

La voz le tembló, fundida en el llanto que amenazaba con aniquilar su orgullo.

—Siento mucho oír eso —musitó, cabizbajo.

Tal vez había sido demasiado dura. El problema era que se había ido a la cama como la chica que creía en los finales felices y se había despertado con las ilusiones hechas añicos. ¿Cómo se podía gestionar algo así sin caer en determinadas contradicciones internas?

—Para qué arriesgarse a amar o ser amado. Es mejor romper antes siquiera de empezar —le reprochó, tratando de mantener las lágrimas a raya.

—No lo entiendes, Siobhan. Yo no creo en el amor. No creo en los «te quiero». La lección más importante que tuve que aprender en mi vida fue la de no confiar en un par de palabras vacías que no significan nada.

Le pareció que había resumido la situación con la frialdad quirúrgica de un alma endurecida por la crueldad del mundo, lo cual solo podía significar una cosa: Marcel había dado por sentado que ella también lo abandonaría.

Era comprensible.

Pero no por ello menos lacerante.

—Tienes miedo —dijo Siobhan, como si hubiera descubierto un principio universal.

—¿Y me culpas por ello, sabiendo todo lo que sabes de mí? —le recriminó, dolido.

—¡No! Te culpo por no ser más valiente. Te culpo por no intentarlo. Te culpo por no concedernos al menos una oportunidad. Y te culpo por ir contra ti mismo. Se puede ir contra todo, Marcel. Excepto contra uno mismo.

—¿De qué sirve ser valiente? Los valientes son los primeros en ir a la batalla, y justamente por eso, también son los primeros en caer.

—Entonces, supongo que este es el fin.

Permaneció callado, con la mandíbula prieta. Siobhan lo miraba como quien mira una puerta cerrada con llave. Nada de lo que dijera la abriría, estaba segura. Marcel se había rendido. El hombre que la había llevado en brazos a su dormitorio la noche anterior y el hombre que tenía delante ahora no eran el mismo. Eran dos personas distintas que se habían cruzado en el camino, con direcciones opuestas.

—No vas a decir nada, ¿verdad?

Había chocado contra un muro de tensión silenciosa. En su caja torácica se oyó un sonido metálico y hueco, la sensación de fatalidad propia de un cuento. El destino le tendía la mano y se la retiraba justo cuando ella iba a estrechársela.

Qué crueldad.

—Vale, ya lo capto.

No se puede guardar el amor en una botella. No puedes cogerlo con las manos y obligarlo a que se quede donde no quiere estar.

La visión de su vestido y su sujetador pulcramente doblados sobre uno de los taburetes le pareció lo más triste del mundo. Agarró ambas prendas con premura y salió de la cocina. Recuperó su mochila, que seguía en el salón desde la noche anterior, y se dirigió al despacho de Marcel. Estaba vaciando su lado del escritorio cuando él entró. La atrapó por la muñeca, como si tratara de detenerla. Siobhan alzó las pestañas despacio y sus ojos vidriosos se clavaron en los de él.

—¿Por qué recoges tus cosas?

—Porque creo que es mejor que terminemos la novela por separado. No queda mucho. Unos cuantos capítulos y habré desaparecido de tu vida, como siempre has querido.

A ella se le quebró la voz. Y él, que parecía dudoso entre acercarse más o mantener las distancias, acabó soltándola.

—¿Crees que a mí me gusta que las cosas sean así, Siobhan?

—No lo sé, Marcel —reconoció con un suspiro—. Y, francamente, no quiero saberlo. Solo quiero… —Se masajeó las sienes—… irme de aquí. Así que, por favor, no me lo pongas más difícil.

Marcel asintió en silencio.

—Si no te importa, subiré a tu habitación a vestirme.

—Claro. Tómate el tiempo que necesites.

No tardó demasiado en borrar cualquier rastro de su presencia en aquella casa. La afligía una sensación de irrealidad; lo había encontrado y perdido todo en el lapso de unas horas. Sin embargo, seguir allí hacía que el dolor fuera más agudo. Una cosa era romperle el corazón a alguien y otra muy distinta, quebrar su orgullo. No había necesidad alguna de pasar por ambas. Si había de perderlo, que fuera rápido, como arrancarse una tirita. Cuando estuvo lista, bajó de nuevo. Marcel la esperaba apoyado en la puerta, con el aire abatido de un príncipe destronado. La miró a los ojos; había angustia en los suyos, confusión y un montón de palabras retenidas. Mejor no preguntar. Mejor no poner a prueba su debilitada voluntad. Entonces, la atrajo hacia sí y la envolvió con los brazos. Y ese abrazo fue tan largo, tan intenso y tan de verdad que se perdió en él. Deseó que su protección durase una eternidad y que el dolor desapareciera engullido por aquel instante.

Estaba demasiado enamorada para irse.

Y demasiado enamorada para quedarse.

Sacó sus últimas reservas para separarse de él y, con un hilo de voz, dijo:

—Adiós, Marcel. No sé qué podría hacerte feliz, pero, sea lo que sea, espero que lo encuentres.

Marcel apretó los párpados como si hubiera entendido que todo, lo que fuera que hubiesen tenido, había terminado entre ellos. Siobhan giró el pomo de la puerta con un único pensamiento en la cabeza: no iba a llorar. No. Iba. A. Llorar. Inspiró profundamente y salió. Más tarde se arrepentiría de no haberse marchado dando un portazo. De no haber dicho. De no haber hecho. La eterna tortura del ojalá. El llanto le inundó los ojos antes de que llegara al ascensor.

La herida era profunda.

Sangrante.

Real.

Capítulo 32

Marcel

—¿Me puedes explicar qué significa esto? —le exigió Alex, al otro lado de la línea telefónica.

—Ya sabes lo que significa —contestó Marcel. El brillo de la pantalla del ordenador se le reflejaba en las gafas—. No creo que a estas alturas tengas problemas de comprensión lectora. De ser así, a lo mejor deberías plantearte cambiar de profesión.

—Ja. Ja. Ja. Y yo que creía que te habrías relajado un poco en Luisiana. Veo que sigues siendo el mismo capullo de siempre.

—Como dicen por ahí: «Mala hierba nunca muere» o «Hagamos que América vuelva a ser grande».

Alex suspiró con pesadez.

—Vale. Mira, es demasiado temprano para seguirte el ritmo. Lo único que quiero saber es por qué le has enviado un correo electrónico a Bob Gunton conmigo en copia pidiéndole que invierta el porcentaje de derechos de autor de *Dos formas*. ¿De verdad quieres que Siobhan se lleve el diez por ciento y tú el dos o es que te has sometido a algún ritual de vudú en Nueva Orleans?

—Nada de vudú. Simplemente, prefiero que ella se quede con la porción más grande del pastel, eso es todo.

—Sí, pero ¿por qué has tomado esa decisión? ¿Por qué ahora? Hasta donde yo recuerdo, el día de la firma del contrato fuiste muy específico. «Es mi reputación la que está en juego, así que exijo ser yo quien se lleve el porcentaje de derechos más alto». Palabras textuales. No me lo invento.

Marcel deslizó la vista hacia el otro lado del escritorio, insoportablemente vacío desde hacía tres días, tres interminables días con sus noches, y un sentimiento de tristeza infinita lo invadió al momento.

—He cambiado de parecer.

—Has cambiado de parecer —repitió Alex, dubitativo—. Muy bien. De acuerdo.

—Oye, si lo que te preocupa son tus ganancias…

—¿Por quién demonios me tomas? ¿Por un bróker de Wall Street? Estás hablando conmigo, soy Alex, tu amigo. El único que tienes, si no recuerdo mal. Y si vuelves a insinuar algo así, te revocaré todos tus derechos de amistad. Me importa un carajo ganar más o menos dinero con este libro. Solo quiero asegurarme de que sabes lo que haces.

—Sé lo que hago.

—Está bien. En ese caso, habrá que decirles a los de Recursos Humanos que redacten un contrato nuevo para que Siobhan y tú lo firméis.

—No —repuso Marcel, tajante.

—¿No?

—Deja a Siobhan fuera de esto. Ella no puede saberlo. Si se entera, se negará a aceptar; la conozco muy bien. Tiende a confundir orgullo y terquedad con empoderamiento.

—¿Y cómo pretendes que lo hagamos, entonces? ¿Falsificando su firma?

—¡Y yo qué sé, joder! —bramó—. ¿Por qué no haces tu puto trabajo y piensas en algo?

El sonido de un resuello de irritación ocupó el espacio de la conversación telefónica.

—Pero qué cojones pasa contigo, ¿eh? ¿Por qué me tratas como si fuera tu puñetero asistente? ¿Tengo yo la culpa de tus problemas, sean los que sean?

371

Marcel apretó los párpados. Inspiró profundamente y luego soltó el aire muy despacio.

—Lo siento. Me he pasado de la raya.

—¿Me vas a contar de qué va todo esto? ¿Qué ocurre, Marcel?

Que le costaba concentrarse.

Que la casa se le caía encima sin ella.

Que la echaba de menos hasta el desaliento.

Que escuchaba en bucle la dichosa canción que bailaron juntos en el Blue Nile porque aquellos días en Nueva Orleans habían sido los más felices de su vida.

Que no paraba de preguntarse si había hecho lo correcto dejándola escapar.

Odiaba que la respuesta a esa pregunta fuera que sí.

Porque no quería hacerle daño.

Pero tampoco soportaría perderla.

—La he cagado hasta el fondo. Eso es lo que ocurre —admitió, por fin.

—¿Con Siobhan?

—Sí.

—A ver, ¿qué has hecho esta vez? —preguntó, arrastrando la voz igual que un padre al que se le ha agotado la paciencia con las travesuras de su hijo—. ¿Has vuelto a criticar su estilo? Espero que la publicación de la novela no corra peligro por culpa de tus gilipolleces —le advirtió—. Lo digo en serio.

—La novela no corre peligro, así que respira tranquilo. Y te alegrará saber que no tengo motivos para criticar su estilo. Siobhan ha evolucionado mucho como escritora. Tarde o temprano, acabará encontrando una voz propia que la distinga de los demás, estoy seguro. Es buena. Y tiene ese fuego que hace que esta vocación valga la pena.

—Entonces, ¿qué ha pasado?

Silencio.

Uno muy elocuente.

—No. Me. Jodas. ¿Te has acostado con ella?

Otro silencio.

Este, aún más esclarecedor.

—¡Te has acostado con ella! —exclamó Alex—. ¡Lo sabía! Te has acostado con ella y luego te has acojonado y ahora te sientes como un cabronazo y estás buscando cualquier excusa que alivie el terrible sentimiento de culpa que te asola.

—No sé si eres consciente de lo tremendamente retorcida que suena tu teoría.

—Y una mierda. Me di cuenta de que sentías algo por ella el día de tu cumpleaños. Y que se fuera contigo a Nueva Orleans confirmó mis sospechas.

—No es para tanto, Sherlock. Tú también viniste conmigo una vez.

—Con la diferencia de que yo tuve que hospedarme en el Dauphine.

—Eran otras circunstancias, hombre. Mi padre estaba en casa por aquel entonces; la estancia no te habría resultado agradable, créeme. ¿Y por qué hablas como si nos hubiéramos ido de vacaciones? Hemos estado escribiendo, ¿sabes?

—Oh, sí, claro. —Oyó que su agente soltaba una risita mordaz—. Apuesto a que *eso* es lo que habéis estado haciendo la mayor parte del tiempo.

Marcel dudó un instante antes de decir:

—La verdad es que ha sido un viaje muy… —Pestañeó varias veces seguidas mientras buscaba la palabra exacta—… intenso. Para ambos. Y no por lo que estás pensando. Allí no pasó nada.

—Lo importante no es dónde, sino qué. Te has acostado con ella y luego te has acojonado y ahora te sientes como el cabronazo que eres. Admítelo. Es el primer paso para la salvación, muchacho.

—No me he acojonado, ¿vale? Pero ella quiere algo que yo no puedo darle. Fin de la historia —zanjó, y se puso la mano en el pecho como si hubiera sentido el zarpazo de sus propias palabras—. Y para tu información, no he decidido invertir los porcentajes de los derechos de autor porque me sienta culpable ni nada parecido. Es solo que… Siobhan es el alma de esta novela. Se merece todo el reconocimiento. Se merece… brillar.

—Tío, me parece que estás jodidamente enamorado de esa chica —sentenció su amigo.

Marcel notó una sequedad repentina en la garganta, igual que si acabara de tragar cristales rotos.

No lo estaba.

De ninguna manera.

Él no podía enamorarse.

Quizá Siobhan no fuera tan importante y, cuando se le pasara el hechizo, su breve aventura quedaría reducida a la nostalgia de un romance de verano que se evoca en enero.

—Alex.

—¿Qué?

—Ocúpate de arreglar el contrato, ¿quieres? —dijo.

Y colgó.

Capítulo 33

Siobhan

El primer día ni siquiera tuvo ganas de levantarse del sofá. Estaba demasiado cansada para subir aquella pendiente abrupta en la que se había convertido su vida. Lloró un océano de lágrimas, engulló la bolsa de chocolatinas Reese's que guardaba para momentos de crisis extremas y se tragó la primera temporada de *This Is Us,* lo cual resultó una pésima idea que solo sirvió para añadir sufrimiento a su deplorable estado de ánimo. ¡Malditos guionistas! Entre capítulo y capítulo, revisaba el móvil, pero la señal que esperaba nunca llegó. Por la noche, quiso acallar los demonios escribiendo. Dicen que la melancolía es el mejor aliado de un escritor y que la inspiración brota con facilidad a partir de los estados carenciales. Sin embargo, lo único que consiguió fue acabar hecha un ovillo en el sofá con una copa de vino barato que reflejaba el insoportable brillo de la pantalla del portátil. Sabía perfectamente lo que debía escribir, aunque no sabía cómo. Todas las palabras le sonaban vacías y los detalles, falsos. Tampoco pudo dormir mucho, pues el sueño estaba teñido de la misma ansiedad indefinida que la agobiaba despierta. Su mente galopaba de acá para allá en zigzags.

Marcel. Nueva Orleans. El beso en la cocina. Las sábanas enredadas entre sus cuerpos desnudos. Los ecos del placer. Los planes. El día después. El adiós. Sus *Dos formas.*

El segundo día, hizo un esfuerzo titánico por sobreponerse. Miró a través de la pequeña ventana de la cocina y advirtió que el otoño se posaba en el horizonte. La seriedad de septiembre había puesto un pie a las puertas de la ciudad, aunque todavía hacía mucho calor. Pensó en llamar a Paige y Lena para ponerlas al tanto de lo que había ocurrido, pero decidió posponerlo porque no estaba preparada para hablar de cómo se sentía. De todos modos, hacerlo no cambiaría nada. Y la perspectiva de oír frases tipo «Todos los tíos cis hetero son iguales: prometen y prometen hasta que la meten, y una vez la han metido, adiós a lo prometido» (esa podría ser de Lena), «No se puede confiar en un hombre que duerme contigo y ni siquiera intenta meterte mano. Por Dios, es antinatural» (esa podría ser de Paige) o «Tienes que olvidarte de él y ampliar tus horizontes» (esa podría ser de ambas) le parecía muy desalentadora. Para ser sincera, no quería olvidarse de él. Lo que había habido entre ellos, aunque breve, había sido intenso, fuerte y determinante. Marcel la había ayudado a conocerse mejor a sí misma, a saber qué buscar y dónde encontrarlo. Con él había aprendido a escribir mirando hacia fuera, hacia el mundo y las historias de otras personas. Sí, tenía treinta años y el corazón hecho añicos. Estaba triste y furiosa porque amaba a un hombre roto que no deseaba recomponerse. Pero la vida y la literatura debían continuar. Siobhan era una persona adulta, no un cursor parpadeante a la espera de instrucciones. Era escritora. Y lo era porque el destino le había puesto un obstáculo en el camino que la había obligado a hacer una catarsis. Si Buckley no la hubiera dejado, jamás se habría atrevido a contar su historia. Había hecho falta un cambio para que dejara de ser la chica que soñaba con escribir y se convirtiera en la chica que escribía; un matiz importante. Porque los cambios, aunque aterren o duelan al principio, a la larga son positivos.

Los cambios le habían traído a Marcel.

Y Marcel representaba un sueño para Siobhan.

En muchos sentidos.

Claro que el sueño, esa carrera literaria meteórica que había comenzado como una casualidad, solo se afianzaría si conseguía sacar adelante la novela que la había llevado al punto exacto en el que se encontraba.

O, al menos, la parte que le correspondía.

El tercer día se puso las pilas. Se duchó, se prohibió a sí misma tomar helado para desayunar, cogió el portátil y salió de aquel apartamento con olor a desesperación y un aparato de aire acondicionado espantosamente ruidoso. Después de un desengaño, resulta difícil imaginar que alguna vez te sentirás mejor. No obstante, sucede. Poco a poco, las emociones comienzan a parecer menos abrumadoras, aunque sigan doliendo, y día a día, hora tras hora, minuto a minuto, a un ritmo tan lento que apenas te percatas de que esté ocurriendo, vuelves a conectar con tu propósito. Siobhan se reencontró con el suyo en el Café Grumpy de la calle 20 con la Séptima, cuyo tranquilo y encantador jardín era perfecto para trabajar sin que la visión de las multitudes apiñadas en los cruces, bebiendo café en tazas desechables, hablando por teléfono y mirando furtivamente hacia un lado y otro la desconcentrase. Volvió al cuarto día y también al quinto y al sexto. Porque, al final, la rabia se disipó como una pastilla efervescente y se transformó en el coraje necesario para ponerse en la piel de Felicity Bloom. La tristeza, no. La tristeza siguió ahí; era un fruto que debía madurar antes de caer del árbol. Aun así, descubrió que la escritura es un refugio donde se puede mirar de frente a la felicidad incluso en las horas más bajas. Sin distancia ni indiferencia. Sin rencor ni coste emocional de ningún tipo.

Escribir es un acto de generosidad y egoísmo a la vez.

Una caja fuerte.

La salida de emergencia.

O la casita del árbol.

El séptimo día, su móvil comenzó a vibrar sobre la mesa de la cafetería mientras trabajaba. Cuando vio que era Marcel quien llamaba, ahogó un grito con la mano. Una semana.

Hacía exactamente una semana que se habían despedido. Una semana sin verse, sin hablar, sin reír juntos, sin compartir las inquietudes y los pequeños triunfos del escritorio. Estar sin él se parecía mucho a escribir sin él: era complicado, solitario y menos estimulante. Pero lo cierto es que una pequeña parte de ella había empezado a acostumbrarse a su ausencia. Al menos, de día. De noche, su mente corría sin control por un campo de minas. ¿Y si el hecho de contestar al teléfono suponía un retroceso? ¿Y si la devolvía a la precariedad emocional del primer día? Su equilibrio pendía de un hilo muy frágil, porque, en el fondo, era humana y estaba enamorada. ¿Qué quería? ¿Para qué la llamaba? Miró el teléfono barajando la opción de ignorar la llamada. Claro que su voluntad no era de acero; mucho menos, en lo relativo a Marcel.

Hizo acopio de todo el valor que pudo para responder.

—Hola.

—Hola, Siobhan. —Oír su voz fue como si la golpearan y le curaran la contusión al mismo tiempo—. Iba a dejarte un mensaje. No creía que fueras a contestar.

—Yo tampoco.

—Entiendo. ¿Cómo estás?

—He estado mejor. —Le salió así, sin pensar. Quizá debería haberse esforzado por sonar un poco menos patética y algo más natural, como si apenas le hubiera dedicado algún pensamiento en los últimos días. Tragó saliva y agregó—: ¿Y tú?

—No sé ni en qué día vivo.

Le pareció que había mucha distancia entre ambos. Tanta, que ninguno de los dos podía alcanzar al otro.

—¿Para qué me llamas?

—Ha ocurrido algo, Siobhan, algo gordo, y estoy... no sé... en *shock*. Necesito hablar. ¿Crees que podemos vernos? —preguntó, desesperado—. Iré a Brooklyn o a donde sea.

Una sombra se cernió sobre la cabeza de Siobhan. Su imaginación ideó cientos de posibles escenarios y ninguno le gustaba. Fuera lo que fuese lo que había sucedido, aquella era una llamada de auxilio. De modo que olvidó sus problemas por un momento y ni siquiera lo dudó cuando dijo:

—Estoy en Manhattan ahora mismo. Puedo acercarme a tu casa, si quieres.

—Sí. Sí, por favor. Eso sería… Yo solo… Sé que no me lo merezco, pero te necesito. Solo ven, por favor —le pidió, enredándose con las palabras.

—Iré enseguida —le aseguró, al tiempo que se apresuraba a recoger el portátil. Oyó algo parecido a un suspiro lastimero al otro lado de la línea y se estremeció—. ¿Puedes decirme al menos qué ha pasado?

—Es mi madre, Siobhan. Ha vuelto. Y está aquí, en Nueva York.

Marcel tenía unas profundas ojeras, la barba algo desaliñada y el rictus de alguien que soportaba todo el peso del mundo sobre los hombros. No parecía el de siempre. Daba la impresión de que su aura salvaje y elegante de criatura solitaria en la llanura se hubiera apagado.

—Gracias por venir —dijo con voz tensa cuando abrió la puerta—. Significa mucho para mí.

Siobhan asintió tímidamente. El simple hecho de estar frente a él de nuevo la despojaba una a una de todas las capas de protección que se había fabricado en los últimos días. Por lo visto, el material empleado no estaba hecho a prueba de reencuentros. Hundió las manos en los bolsillos de los vaqueros y lo siguió hasta el salón, sintiendo cómo se desmoronaba por dentro, pero si estaba allí era porque él la necesitaba. Tomó aire un par de veces para serenarse, con el estómago en un puño por la emoción. No entendió por qué Marcel se sentó en el suelo, a los pies del sofá, como un ave de pantano a punto de alzar el vuelo, aunque tampoco preguntó y se limitó a hacer lo propio. Flexionó las piernas y se abrazó las rodillas.

Una intensa quietud pareció estirar el tiempo. Pasaron unos segundos interminables antes de que Siobhan se atreviera a volver la cabeza y se encontrara con la profundidad frágil de su mirada. Marcel exhaló con aire de derrota y se pasó la mano por la cara. El sonido áspero de su barba le erizó la piel.

—Lo que te he contado por teléfono es cierto. Claudette está en Nueva York. Y quiere que nos veamos.

—Pero ¿cómo…? ¿Cómo te ha encontrado? Espera. No me digas que ha visto nuestra foto robada en internet y te ha reconocido.

Marcel dejó escapar una risa amarga. Su expresión se endureció enseguida.

—Ojalá hubiera sido por eso y no porque mantiene contacto con mi hermana desde lo del Katrina.

—¿Qué? —Siobhan abrió los ojos perpleja—. Eso quiere decir que tu madre…

—Ha sabido todo el tiempo quién era Marcel Black.

—No lo entiendo —dijo, y se masajeó las sienes para tratar de asimilar la información.

—Yo tampoco entiendo que Chaz me haya traicionado de esta manera. ¡Si hasta le ha dado mi número! ¿Te lo puedes creer?

—¿Has hablado con ella? —preguntó, con vacilación.

—Todavía no. Estoy demasiado cabreado. Cabreado, impactado, dolido… no sé cuál es la palabra más adecuada para describir cómo me siento. No me esperaba esto de mi propia hermana. ¡Después de todo lo que hemos pasado! Es como si llevara doce años viviendo una puta mentira.

—Me refería a si has hablado con tu madre.

—Ah, sí. Hace dos horas. No suelo responder llamadas de números desconocidos y ojalá no lo hubiera hecho. En cuanto la he oído, me he venido abajo, Siobhan. Me ha dicho «Marcel, soy yo, mamá». —La voz se le quebró. Y no debía de ser lo único que se le estaba rompiendo por dentro, a juzgar por su expresión y su lenguaje corporal—. ¿Cómo puede llamarse a sí misma madre una mujer que abandona a sus hijos pequeños? Dios, es demencial.

Siobhan le puso la mano en la rodilla buscando que el contacto lo consolara de alguna forma, aunque intuía que sería difícil.

—¿Te ha dicho para qué quiere verte?

—He colgado antes de darle la oportunidad. Y espero que no se le ocurra volver a llamarme nunca más. Es que no me cabe en la cabeza. —Gesticuló con vehemencia—. ¿Por qué ha tenido que aparecer justo ahora? ¿Qué demonios quiere de mí esa mujer? ¿Ejercer de madre de un hombre de treinta y seis años? Es demasiado tarde para eso. Sé cuidarme solito.

De nuevo, la sombra de la duda la amenazaba como una losa. Fueran cuales fueran los motivos que habían empujado a Claudette a hacer lo que hizo, Marcel merecía saberlos. Merecía oír la verdad de los labios de su madre, no la versión adulterada por el resentimiento con la que había crecido.

—Si hay algo que he aprendido en este tiempo escribiendo contigo es que una historia no resuelta en el pasado siempre acaba volviendo en el presente —dijo Siobhan con delicadeza—. Es como… —Agitó los dedos en busca de la respuesta exacta y los chasqueó al encontrarla—… como el arma de Chéjov. Bueno, algo así. —Él esbozó una leve sonrisa—. Lo que quiero decir es que tal vez, y solo tal vez —matizó—, podrías considerar la posibilidad de ir a verla.

Marcel la miró como si le hubiera clavado un puñal por la espalda. Una furia tirante se le extendió por el rostro, desde la frente hasta el hoyuelo de la barbilla. Contrajo la boca y meneó la cabeza.

—No. No pienso hacerlo. De ninguna manera. Esa mujer me destrozó la vida. A mí y a mi hermana, aunque a ella se le haya olvidado. Algo muy en su línea, por otra parte.

A pesar de que hablaba con tono firme, Siobhan advirtió cierta confusión en su mirada, así que decidió jugarse el todo por el todo y arriesgarse un poco más.

—¿No estás cansado ya de esconderte, Marcel? —Le apretó la rodilla—. Ve a verla.

—¿Y decirle qué? —musitó, sin conseguir controlar el dolor que le dominaba la voz.

—Quizá no hace falta que digas nada. Quizá basta con que escuches lo que ella tenga que decirte a ti. Sea lo que sea, sé que podrás hacerle frente. Si Charmaine pudo, tú también.

—¡No, no podré! —gritó de repente—. ¡Me volverá a destrozar! ¡Sé que lo hará! ¡Me abandonó, Siobhan! ¡Mi propia madre me abandonó como a un perro!

El alarido que le salió de las entrañas a continuación la sobrecogió. Pero lo peor vino después, cuando Marcel comenzó a golpearse la cabeza con las palmas de las manos como si el cerebro estuviese a punto de estallarle. Eso la asustó de verdad. Conmocionada, se abalanzó sobre él y trató de contenerlo con todas sus fuerzas mientras le suplicaba que parase. Sus ojos negros como el ónice se inundaron al instante, y las lágrimas cayeron sin reservas de ninguna clase, entre sollozos de angustia que le desfiguraban la cara. Todo lo que se había esmerado en enterrar afloraba de nuevo, el espíritu del niño abandonado que fue. ¿Habría dejado alguna vez de sentirse así? El forcejeo cesó por fin. Rendido, hundió la cara en su pecho y se agarró a ella como si estuviera al borde de un precipicio. Siobhan no dijo nada, simplemente dejó que llorara mientras le acariciaba la espalda con suavidad. Puede que el amor verdadero consista en esos pequeños detalles silenciosos que se dan sin esperar nada a cambio en los momentos de máxima vulnerabilidad. Al cabo de un rato, una calma envasada al vacío, llena de suspiros erráticos y algún hipido, sustituyó al llanto.

El momento de tensión había pasado.

—Lo siento —susurró.

—No pasa nada por llorar, Marcel. No te hace parecer débil; solo te hace ser más humano.

Entonces, Marcel levantó la cabeza. Se miraron como dos animales que se encuentran al atardecer, y, de sus ojos brillantes, húmedos y parpadeantes pareció brotar una chispa que decía «Eres tú, siempre has sido tú». La besó sin que opusiera resistencia. Fue un beso apasionado, urgente y desgarrador. Una caída libre. Un siroco de irracionalidad que sopló sobre sus labios obligándola a quedarse quieta con la esperanza pueril de que el tiempo se llevara las malas decisiones.

Salvo que no lo hizo.

Porque el tiempo no decide, decidimos nosotros.

Con gran agitación, le puso la palma de la mano en el pecho y lo apartó.

—No podemos, Marcel. Ninguno de los dos necesita esto ahora. Solo complicaría las cosas.

Aunque parecía desconcertado, asintió.

—Tienes razón. Lo siento. Lo siento mucho, de verdad —se disculpó, al tiempo que se separaba de ella y apoyaba la espalda contra el sofá en un acto de rendición—. No sé qué me ha pasado. Supongo que solo ha sido un momento de debilidad. Otro más.

Y ese «solo» atravesó el corazón de Siobhan como una flecha.

Ese «solo» daba por hecho que no había nada complicado entre ellos.

Suspiró y rebuscó en su bolso. Dio con un paquete de pañuelos de papel que ya estaba abierto, sacó uno del interior y se lo ofreció a Marcel.

—¿Te sientes un poco mejor?

—Sí, gracias. —Se sonó la nariz y se guardó el pañuelo en el bolsillo—: ¿Por qué eres tan buena conmigo, Siobhan? Deberías odiarme y en cambio estás a mi lado, aguantando mis patéticas lágrimas.

—Tus lágrimas no tienen nada de patético. Y yo jamás podría odiarte. Estaré a tu lado siempre que me necesites.

La mirada que le devolvió Marcel contenía tantas emociones que Siobhan no pudo identificarlas todas.

—Antes te he mentido. Te he dicho que sentía haberte besado, pero la verdad es que no lo siento ni una pizca. Volvería a hacerlo. Volvería a besarte ahora mismo sin pensarlo, si no tuviera la certeza de estar haciéndote daño. Yo… estoy hecho un lío. No sé cómo quedarme. Y tampoco sé cómo irme —confesó.

Siobhan sintió que le escocían los ojos. La garganta. Las venas. El corazón. Era como si alguien le hubiera inyectado una sustancia tóxica y se le estuviera diseminando por dentro con rapidez.

No era justo.

—Pero yo no soy un instrumento musical que puedes tocar para consolarte cada vez que te sientas melancólico. Soy una mujer. Y tengo sentimientos por ti, Marcel. Sentimientos muy intensos a los que no pienso ponerles nombre porque no soportaría que me rechazaras de nuevo. Estás confundido y lo entiendo, pero, por favor, no sigas confundiéndome a mí.

Marcel tensó la mandíbula.

—Te mereces a alguien mejor que yo. Y estoy seguro de que, tarde o temprano, lo encontrarás.

«No quiero a nadie mejor que tú. Te quiero a ti, con tus grietas, tus miedos y tus lágrimas. Quiero todas y cada una de tus imperfecciones. Y quiero estar a tu lado para sostenerte cuando te caigas. ¿Tan difícil te resulta de entender?», pensó.

¿Para qué molestarse en verbalizarlo si ya sabía su respuesta?

—Creo que debería irme.

—Espera. ¿Puedo pedirte un último favor? —Ella asintió—. Me gustaría que escribieras tú el cierre de *Dos formas*. Sé que le darás a nuestra historia el final que se merece, Siobhan.

—¿Y qué hay de *tu* historia, Marcel? ¿Cómo acaba?

—Yo… no lo sé —musitó—. Es posible que la mía se quede en un final abierto.

Capítulo 34

Marcel

La mente humana actúa de manera imprevisible ante una situación límite. Cuando vio a aquella mujer afroamericana sentada en una mesa a través de los ventanales del Minetta Tavern, un montón de imágenes que creía olvidadas desfilaron ante sus ojos con la nitidez de una vivencia reciente. No fue el hecho de verla lo que le provocó ansiedad, sino los recuerdos que le manaban de dentro sin control, como activados por un resorte invisible. El aroma a caléndula y a polvos de talco, el sabor del arroz con frijoles o el estribillo de una canción que lo devolvía a un punto inexacto de su infancia.

A peanut sat
On a railway track
His heart was all a flutter
Around the bend came number ten
Choo! Choo! Peanut butter!

Por un instante, sopesó la posibilidad de dar media vuelta y olvidarse de aquello. Estaba enfadado, aterrorizado y nervioso. El pulso le iba a toda velocidad, le sudaban las palmas de las manos y se notaba la boca terrosa como si se hubiera tragado un puñado de arena. Los sonidos rutinarios de la calle MacDougal le reverberaban en los oídos igual que un eco lejano. Nuevas dudas y temores lo asaltaron. Tal vez, si se quedaba allí y esperaba el tiempo suficiente, todo se arreglaría. Sacudió la cabeza tratando de poner en orden sus pensamientos. Le había costado mucho dar ese paso; tres días en los que lo asolaba una indecisión shakespeariana. Ceder o no ceder, esa era la cuestión. Pero Siobhan tenía razón. Una historia no resuelta en el pasado siempre acaba volviendo en el futuro.

Bien, allí estaba la suya, esperándolo en un restaurante del Village para cenar.

A veces, la vida nos exige transigir.

Tomó aire y abrió la puerta del establecimiento. El aroma a carne asada y a salsa bearnesa le habría despertado los sentidos en cualquier otro momento; sin embargo, lo único que le provocó entonces fue una náusea profunda que le trepó desde el estómago a la boca. Caminó con una determinación autoimpuesta bajo la iluminación tenue, procurando pisar solo las baldosas blancas del suelo, que emulaba un tablero de ajedrez; quién sabía por qué. Dejó atrás una barra larga, docenas de cuadros, reservados de cuero rojo y retazos de conversaciones entre el alegre tintineo de las copas y los cubiertos. Casi chocó contra un camarero que sostenía en alto una gran fuente de patatas fritas. Al llegar a la mesa que ocupaba la mujer que debía de ser su madre, sintió que se le paraba el corazón. Y acto seguido se le cayó a los pies desde una altura de diez pisos. Apenas la reconocía. El tiempo se había encargado de borrarle sus rasgos de la memoria, y la persona que lo contemplaba con el rostro contraído por la emoción le pareció una completa desconocida. Bajo un ridículo sombrero de paja que no casaba con el estilo neoyorquino, asomaban más canas y arrugas de las que había esperado encontrar. Fue en aquel par de ojos profundamente oscuros donde halló la esencia de Claudette Dupont; tal vez porque los ojos son el espejo del alma de las personas, y el alma es inmutable.

—Hola, Marcel.

Oír su nombre en boca de su madre hizo que un escalofrío le recorriera la espina dorsal y se quedara en un estado rayano en el estupor.

—Señora Dupont —respondió, en el largo silencio que siguió cuando se dio cuenta de que ella esperaba que dijera algo.

—Preferiría que me llamaras mamá.

—Me temo que perdiste ese privilegio hace mucho.

—Entonces, llámame por mi nombre, si no te importa. —Señaló la silla vacía—. Siéntate, por favor.

Marcel se sentó frente a ella con una postura rígida, distante, que denotaba incomodidad. Cruzó los brazos sobre el pecho y una pierna por debajo de la mesa. Miró a otro lado, a cualquier parte menos a la persona que tenía delante, consciente de las alegres vidas que se desplegaban a su alrededor.

—Me alegro de que hayas venido. Estás muy…

—¿Cambiado desde los ocho años? —sugirió. El sarcasmo se traslució claramente en su tono.

—Iba a decir guapo. Aunque siempre lo has sido, desde que naciste. Fuiste un bebé precioso.

Él entrecerró los ojos y resopló.

—Ahórrate el sentimentalismo barato, ¿quieres?

Claudette asintió con resignación.

—Me he tomado la libertad de pedir té helado mientras te esperaba. —Había dos vasos de tubo con hielo y limón en la mesa. Su madre le acercó uno sosteniendo el posavasos de cartón por debajo—. De pequeño te encantaba.

—No quiero té —replicó Marcel—. Y no me voy a quedar mucho tiempo, así que di lo que tengas que decir para que pueda irme cuanto antes. Soy un hombre ocupado. Claro que, gracias a la traidora de mi hermana, tú eso ya lo sabes.

—Por favor, no te enfades con Charmaine —le pidió, adoptando un aire maternal—. Solo quiere lo mejor para la familia.

—Perdona, ¿a qué familia te refieres? ¿A la que abandonaste hace veintiocho años?

—Hijo… —Claudette alargó la mano sobre la mesa y trató de alcanzar la de Marcel, pero él la apartó con brusquedad.

Entonces sí la miró.

—No me toques.

Un silencio cargado de cristales rotos se interpuso entre ambos.

—Sé que me guardas rencor, y estás en todo tu derecho. Lo único que te pido es que me escuches, Marcel. Te debo una explicación.

—¿Por qué ahora?

—Porque ahora es cuando más la necesitas.

—¿Quién? ¿Tú o yo?

Claudette se quitó el ridículo sombrero de paja y lo dejó a un lado.

—Tu padre me hacía muy infeliz. Y estoy segura de que sabes que no miento —comenzó a relatar, al tiempo que se secaba el sudor de la frente con la punta de la servilleta—. Me casé con él solo porque me había quedado embarazada de Charmaine, y mis padres, tus abuelos, me habían repudiado. Ese fue el primer error que cometí. El segundo, creer que podría conformarme con la vida que me esperaba a su lado. —Hizo una pausa para beber un sorbo de té—. Siempre quise ser actriz, era mi sueño.

—No tenía ni idea —admitió Marcel, devolviéndole una mirada perpleja.

—Hay muchas cosas que no sabes de mí. En fin. —Agitó la mano—. Cuando eres una mujer negra del barrio más pobre de Nueva Orleans, las oportunidades de cumplir tus sueños son más bien escasas —dijo. Un espontáneo sonido afirmativo salió de los labios de Marcel sin que fuera consciente de ello—. Bernard tampoco me apoyaba. Para él, las actrices eran poco menos que fulanas, rameras que se contoneaban delante de una cámara para provocar a los hombres. Él quería que me quedara en casa esperando a que volviera de la carpintería con la ropa limpia, la comida preparada y las piernas abiertas. Y eso hice. De modo que me acabé olvidando del tema.

Marcel se revolvió en la silla. Se reconocía a sí mismo en algunos estratos de aquella historia. El viejo también había intentado coartar su sueño de ser escritor. Lo había insultado, le había dado más de una paliza e incluso le había destrozado sus cuadernos. Había tratado por todos los medios de reducir su mundo a un círculo constreñido y enfermo, que ahora lo acercaba a su madre casi hasta la empatía. Pero sentir empatía por la mujer que lo había abandonado por medio de una nota breve, escrita con trazos rápidos y descuidados, como lo que anotarías antes de salir corriendo a la tienda de ultramarinos, no entraba dentro de sus planes, así que se censuró a sí mismo enseguida.

Seguía siendo un juguete roto.

—En resumidas cuentas, un día te cansaste de interpretar el papel de la esposa entregada y te largaste.

—No es tan sencillo, Marcel. Tu padre convirtió mi existencia en un infierno cuando le pedí el divorcio.

—Y qué te crees que hizo con nosotros después de que te fueras, ¿eh? —le reprochó.

Una lágrima se enredó en las pestañas de Claudette, y ella parpadeó para mantenerla a raya.

—Te juro que no hay un solo día de mi vida que no me arrepienta de haberos dejado con ese hombre, pero no podía llevaros conmigo. Si lo hubiera hecho, me habrían acusado de secuestro. Erais muy pequeños, veros envueltos en algo tan turbio habría resultado traumático para vosotros.

—¿Traumático? —La palabra le revolvió el estómago—. Traumático fue esperarte día tras día en el porche sin saber por qué te habías ido y que no volvieras. No es justo, ¿sabes? Se supone que los padres reciben los golpes de la vida para que sus hijos no tengan que hacerlo. Ese es el trato.

Los ojos de la mujer se llenaron de lágrimas. Marcel sintió una angustia inexplicable al ver aquellas gotas negras como la noche ensuciándole las mejillas, y aunque quiso mantenerse imperturbable, no pudo.

—Ten, límpiate —le dijo, al tiempo que le ofrecía su propia servilleta—. Se te ha corrido el rímel. —Su madre asintió agradecida—. ¿Puedo preguntar adónde fuiste?

—Primero a Houston. Después a Los Ángeles.

—La meca del cine. ¿Conseguiste algún papel?

—Ni uno solo. Resultó que era una pésima actriz, después de todo. —Moqueó—. Aunque he trabajado como empleada doméstica de Marsha Hunt durante quince largos años; es lo más cerca de la fama que he estado y estaré nunca. Ahora vivo en Napa.

—¿Alguna vez intentaste ponerte en contacto con nosotros?

Ella tragó saliva. Una arruga de angustia se le dibujó entre las cejas.

—No hasta después de la inundación. Volví a Nueva Orleans a buscaros. Puedes creerme o no, pero esa es la verdad. La casa ya no estaba allí, se la había llevado la tormenta. Busqué por todas partes, hasta debajo de las piedras. Nadie sabía nada, nadie había visto nada. Era desolador, ni siquiera tenía la certeza de que estuvierais vivos. El caso es que un día la divina Providencia quiso que localizara a tu hermana en Tremé. Me lo contó todo sobre ti. A qué te dedicabas, dónde vivías, cómo te hacías llamar y lo mal que te lo había hecho pasar tu padre desde mi marcha. Ese hombre… —Contrajo los labios en una mueca de resentimiento—… tiene lo que se merece. Me sentí tan culpable que quise coger el primer vuelo a Nueva York, pero Charmaine me pidió que no lo hiciera. Tú no querías que te encontrara. Además, tu carrera como escritor acababa de despegar y mi vuelta podría haberte desestabilizado. Así que me resigné. No sé si fue la decisión correcta, solo sé que lo único que queríamos tu hermana y yo era protegerte. Después, regresé a Los Ángeles y seguí con mi vida. Desde entonces, mantengo contacto con ella en secreto.

Tras el relato, Marcel sintió que la cabeza le martilleaba de tal modo que apenas podía pensar; en su campo visual solo había olas de negrura.

—¿Qué quieres de mí? —preguntó, con el rostro crispado de dolor por aquella repentina jaqueca.

—Que dejes de sufrir por mi culpa.

—Por favor, no —la cortó, abrumado ante la rapidez con que las cosas escapaban a su control—. Tú no sabes nada de mí.

—Sé que eres uno de los mejores escritores de Norteamérica y que te has sacrificado muchísimo para llegar a serlo. Sé que eres un hombre generoso que ha ayudado a personas que probablemente no lo merecían. Sé que estás furioso con el mundo desde que eras un niño y por eso no permites que nadie se te acerque demasiado. Y también sé que no eres feliz.

Marcel dejó ir una carcajada sarcástica.

—¿Quién coño te crees que eres para aparecer después de tantos años y soltarme toda esta mierda? —replicó, tan fuerte que la gente se volvió para mirarlo.

—La mujer que te trajo al mundo, Marcel. Y nada podrá cambiar ese hecho, por muchos errores que haya cometido.

—Si has venido a Nueva York creyendo que podrías ejercer de madre conmigo, ya puedes volver a Los Ángeles o a donde cojones sea.

—Napa. Y no voy a volver. He decidido quedarme aquí.

—¿Aquí? —repitió, incrédulo—. ¿Y por qué no te vas mejor a Luisiana con tu hija? —le recriminó—. Estará encantada de recibirte. Se le da muy bien eso de perdonar a padres que han jodido por sistema la vida de sus hijos.

—Marcel, entiendo tu postura. Solo trata de entender tú la mía, por favor. Eres mi hijo y quiero estar cerca de ti. No te pido que me permitas formar parte de tu día a día ni que me perdones. Me conformo con respirar el mismo aire que tú y saber que tomas la decisión correcta. —Hizo una breve pausa—. Mira, Charmaine me lo ha contado todo. Sé que hay una chica especial, la primera que ha habido. No dejes que se te escape la vida entre los dedos solo porque tu madre no supo hacerlo mejor. Sigue adelante.

Él bajó la mirada y la fijó en la mano derecha, con la que trazaba formas sin sentido sobre la palma de la izquierda. Se quedó en silencio, abstraído del ruido del local, y se preguntó qué habría sido de sus vidas si su madre nunca se hubiera marchado. Y por un instante, un brevísimo lapso de tiempo, creyó entender por qué Claudette estaba allí, por qué entonces y no antes.

—Será mejor que me vaya —anunció, tras un silencio desorientado, a la vez que se levantaba de la mesa.

—Está bien. Tienes mi número. Llámame cuando quieras. Esperaré lo que haga falta.

Cuando llegó a casa, la cabeza le dolía como si se la hubiera golpeado con una tubería de plomo. Se tomó un par de pastillas, apagó el móvil y se metió en la cama. No tardó en quedarse dormido. Aquella noche soñó que volvía a Nueva Orleans para rescatar a su madre y a su hermana de la inundación del Katrina.

Y después soñó que Siobhan lo rescataba a él.

Capítulo 35

Siobhan

Septiembre llegó a su fin y con él, la fiesta del 50.º aniversario de Baxter Books. La esperada celebración tendría lugar nada más y nada menos que en el 1 Oak, uno de los clubes nocturnos más exclusivos de Nueva York, del que eran clientes habituales celebridades como Rihanna, Leonardo DiCaprio, Beyoncé o Jay-Z. Se rumoreaba que Baxter Books había alquilado la sala por un escandaloso fajo de billetes de los grandes. Todo el mundo estaba invitado: desde los directivos hasta los editores asociados, pasando por los asistentes, los diseñadores, los correctores, los agentes literarios, los *bookstagramers* más influyentes, algunos periodistas especializados y, por supuesto, los autores. Se podrían llevar hasta a dos acompañantes. Habría botellas de Dom Pérignon, un servicio de *catering* de lujo y un DJ traído directamente de Mykonos para amenizar la fiesta. Iba a ser un evento memorable; no todos los días el grupo editorial más importante de los Estados Unidos cumplía cincuenta años. Paige estaba emocionadísima ante la perspectiva no solo de ir al 1 Oak —era más fácil viajar a la Luna con Elon Musk que conseguir entrar en ese club—, sino de reencontrarse con Alex Shapiro, ahora que sabía a ciencia cierta que no era gay. Y a Lena le entusiasmaba la idea de conocer a Margaret Atwood e intercambiar impresiones con ella —aunque la autora no había confirmado su asistencia—. En cuanto a Siobhan… digamos que se estaba esforzando en aparentar que le apetecía ir a esa fiesta.

«Dale a nuestra historia el final que se merece».

Habían sido semanas difíciles. Escribir los últimos capítulos de *Dos formas de resolver un asesinato en Manhattan* había resultado más complicado de lo que pensaba. Por un lado, debía asegurarse de que no quedara ningún cabo suelto y de que el cierre estuviera a la altura de un autor de novela negra consagrado. Y por otro, Marcel ocupaba sus pensamientos de un modo tan pertinaz que le costaba centrarse en Jeremiah Silloway y Felicity Bloom. ¿Cómo se podía echar tanto de menos a alguien? Tanto que sentía una intensa nostalgia física, como la necesidad de aire bajo el agua. Había días en los que revisaba el teléfono sin parar, y cuando veía que seguía sin tener noticias suyas, debía obligarse a ser fuerte para no llamarlo. Estaba preocupada. No podía sacarse de la cabeza aquella imagen de él abrazándola entre lágrimas como si fuera su chaleco salvavidas, perdido, sin rumbo. A veces, esa imagen se mezclaba con otras más placenteras sin que pudiera evitarlo y la que acababa perdida era ella. Así pues, decidió volver con sus padres a Mount Vernon y encerrarse en la que había sido su habitación hasta la adolescencia para acabar la novela en paz. Un entorno lo más tranquilo posible es básico para un escritor, aunque en su cabeza se haya desatado una tormenta sin visos de amainar. En esos días fue más consciente que nunca de lo afortunada que era por haber crecido en un hogar al que podía regresar siempre que lo necesitara. Lloró muchísimo al teclear la palabra «Fin». No solo era emocionante terminar su segunda novela, también era liberador y triste al mismo tiempo. Jeremiah y Felicity acababan juntos sin que ningún salto en el eje temporal lograra impedirlo, pero ella había tenido que renunciar al hombre del que estaba enamorada.

En todas sus versiones.

Aunque ninguna la incluyera a ella.

Mientras se arreglaba a desgana para la fiesta, pensó en la última vez que Marcel y ella habían mantenido algo parecido a una conversación. Había sido unos días atrás, después de que Siobhan le hubiera hecho llegar el final del libro.

Marcel
Ya lo he leído.

Shiobhan ✓✓
¿¿Y??

Marcel
Es muy bueno. Justo como tiene que ser. Y no es nada cursi.

Shiobhan ✓✓
¿De verdad?

Marcel
Sí. Enhorabuena, princesita. Vas a tener mucho éxito.

Shiobhan ✓✓
Te recuerdo que esta novela la hemos escrito entre los dos, señor Black. Ambos nos merecemos el reconocimiento. Ya sé que no quieres que se te relacione con el género romántico, pero no te quites mérito. ¿Vas a hacer algún ajuste antes de las galeradas?

Marcel
Lo dudo. De todos modos, dame un par de días para releer el manuscrito entero. Si no detecto nada flagrante, puedes enviárselo a Gunton tú misma.

Shiobhan ✓✓
¡Genial!
Oye.

Marcel
¿Qué?

Shiobhan ✓✓
Me ha gustado mucho trabajar contigo.
Echaré de menos nuestras conversaciones.

Marcel
Y yo lo echaré de menos todo de ti, Siobhan Harris.

Shiobhan ✓✓
¿Crees que volveremos a vernos alguna vez?

Marcel nunca contestó.

Y Siobhan se sintió como un libro al que uno podría acercarse de vez en cuando para hojear sus páginas y recordar lo mucho que disfrutó al leerlo.

Eso era ella para él: un bonito recuerdo.

Al cabo de una semana, Bob Gunton les envió un correo electrónico a ambos con copia a Alex y a Bella, felicitándolos. Enhorabuena, esto va a ser un éxito de los gordos, ya podéis ir pensando en una segunda entrega, blablablá. Para recompensarlos, los invitó a pasar un fin de semana en los Hamptons con todos los gastos pagados; sin embargo, ni Marcel ni ella mostraron el más mínimo interés. Gunton se encargó de poner la maquinaria de Baxter Books al servicio de *Dos formas* para cumplir con la fecha de lanzamiento establecida. Como era la gran apuesta editorial del otoño, el plan de *marketing* incluía una gira con un montón de presentaciones aquí y allá en las que Siobhan sería la cara visible; la única, a decir verdad. Pensar en la que se le venía encima le daba vértigo. Pero lo que peor llevaba era no poder compartir nada de eso con él, la otra mitad del proyecto, su otra mitad. Cada acontecimiento nuevo relacionado con la novela no haría más que separarlos. Se aproximaban días de los que Marcel ya no formaría parte, por lo que la distancia entre ambos sería cada vez mayor.

Exhaló, angustiada.

—Tú puedes, princesita —se dijo para insuflarse ánimos, mirándose al espejo.

Para la ocasión, había elegido un vestido largo negro con escote en palabra de honor y una abertura que dejaba a la vista una de sus esbeltas piernas. Bueno, en realidad, Paige lo había escogido por ella. La idea de recogerse el pelo en un moño tirante se la había copiado a una *it girl,* no sin cierta dificultad. En cuanto llegó el Uber, se puso sus incómodos pero elegantes zapatos de tacón de aguja, cogió su nada práctico aunque estiloso *clutch* y salió de su apartamento con la extraña sensación de dirigirse hacia un destino incierto. El coche se detuvo en la calle 17 alrededor de media hora más tarde. Sus amigas la esperaban impacientes junto a la puerta del club; Paige, despampanante, como de costumbre, y Lena, con ese toque particular de intelectual rebelde.

—Chicas, no sé vosotras, pero yo todavía no me creo que estemos a punto de entrar en este sitio —comentó Paige, señalando hacia atrás con el pulgar—. Que alguien me saque sangre y la analice en busca de sustancias alucinógenas, por favor. ¿Sois conscientes de que la gente deja de comer para pagarse una entrada? Literalmente. ¿Y si nos encontramos a algún famoso? ¡Sería la leche!

—Shiv es famosa —apuntó Lena sin perder la calma.

—No soy famosa.

—Sí que lo eres. ¡Si hasta tienes tu propio *hashtag!* De todas maneras, no me refería a esa clase de fama, sino más bien a algo del estilo de… Leo DiCaprio.

Lena entrecerró los ojos.

—Sigue soñando, Paige. Aunque te encontraras con Leo, tienes más de veinticinco, no estás en su radar. En fin, yo tampoco me creo que vaya a conocer a la autora de *El cuento de la criada.* Menos mal que he traído una lista de temas comodín por si me quedo en blanco cuando la vea, como la cosificación de la mujer y la gestación subrogada como mecanismo de denigración del cuerpo femenino. Los tengo todos anotados en el móvil.

Siobhan le dio un apretón solidario en el brazo.

—Oh, Lena. Me temo que las posibilidades de que Margaret Atwood aparezca esta noche son más bien escasas.

Su amiga suspiró, resignada, y se encogió de hombros.

—Bueno, espero que al menos los canapés sean *kosher.*

—Pero Alex Shapiro sí va a venir, ¿verdad? —se interesó Paige, estudiándose las cutículas.

—Supongo que sí.

—¿Y…?

No hizo falta que nadie pronunciara su nombre. Siobhan negó con aire abatido y se tocó el pecho. Al parecer, su corazón se había olvidado de latir.

—¿Sabéis qué os digo, chicas? —dijo Paige, después de que Lena le lanzara una mirada de advertencia—. Que no es momento de ponernos tristes, sino de… ¡hacernos una selfi! Mirad a la cámara y decid… ¡Leo DiCaprio!

En el interior, el ambiente destilaba exclusividad. Las luces doradas hacían parecer a la gente guapa más guapa todavía. Los techos de madera, las cortinas de terciopelo, los candelabros barrocos y una barra lustrosa que reflejaba las formas zigzagueantes del suelo conferían a aquel sitio un aire glamuroso, casi de película. Incluso la música que pinchaba ese DJ griego tenía estilo. Los camareros se movían de acá para allá con soltura, portando bandejas llenas de copas burbujeantes que no tardaban en vaciarse. Paige se dedicaba a fotografiarlo todo con el móvil mientras Lena especulaba sobre las conversaciones ajenas. ¿Cuántas novelas se estarían comprando o vendiendo en ese instante? ¿Cuántas se estarían gestando? El germen de una historia puede surgir en cualquier momento, en cualquier parte. Las chicas parecían estar pasándolo en grande. Siobhan, en cambio, se sentía cada vez más fuera de lugar, como si no encajara entre todas aquellas personas que la saludaban y a las que se veía obligada a sonreír, aunque no las conociera.

Tal vez le faltara algo.

O alguien.

Acababa de mantener una aburrida conversación con su agente sobre la importancia de los clubes de lectura —«¿Sabes lo que hizo triunfar a Lucinda Edmonds antes de convertirse en Lucinda Riley? Exacto: los clubes de lectura»—, cuando oyó que gritaban su nombre. Al darse la vuelta, vio a Alex saludándola a pocos metros de distancia. Le dijo algo al tipo con el que estaba charlando, apuró su copa de champán y a continuación se dirigió hacia ella. Siobhan se excusó ante Bella Watson y acudió a su encuentro.

—¡Cómo me alegro de verte! —exclamó él, al tiempo que se fundían en un abrazo.

Una sensación de bienestar la invadió enseguida. Adoraba a Alex Shapiro. Era un hombre estupendo.

—Yo a ti también, Alex. Ver una cara amiga entre tantos desconocidos es gratificante. Cuéntame. ¿Qué tal te va? ¿Muy liado?

—Bueno, ya sabes, como siempre. ¿Ha venido Paige? —preguntó, y estiró el cuello por encima de su cabeza para buscarla entre la multitud.

Siobhan se echó a reír. Sí, señor, directo al grano.

—Claro que ha venido. No se habría perdido esta fiesta por nada del mundo. —Volvió la vista y señaló la pista de baile con un leve movimiento de la barbilla—. Está allí, con Lena, mi otra mejor amiga. Y está deseando verte —añadió, con un tono un poco pícaro.

Alex se mostró encantado con la información.

—¿De veras? Vaya, eso es… genial. Enseguida iré a saludarlas. Antes, deja que te diga una cosa. Me ha encantado la novela —admitió, como si hubiera estado guardando un secreto mucho tiempo—. Me ha gustado tanto que me la he leído en un solo día. ¡Ciento cuatro mil palabras en un solo día! ¿Sabes la cantidad de cosas que tengo que leer por trabajo? Pues las he aparcado todas. La cuestión es que no podía parar, y eso es buena señal. Se nota la mano de Marcel, pero tu pasión y tu frescura también están ahí, en cada línea. El equilibrio entre la investigación del crimen y la historia de amor es perfecto, y los personajes tienen un arco evolutivo muy interesante, sobre todo Jeremiah. Va a ser un éxito, Siobhan. Estoy cien por cien seguro.

—Gracias. Tu opinión es muy importante para mí.

—Oh, no tienes por qué darme las gracias por ser sincero —repuso, con un gesto que pretendía restarle importancia al asunto. Luego se inclinó hacia ella con aire confidencial y murmuró—: Gunton anda por ahí presumiendo de ti como si fueras un trofeo. Eres la escritora del momento; me temo que te espera una noche movidita. Los peces gordos de Baxter Books querrán acaparar tu atención. Tú déjamelos a mí, ¿vale? Me ocuparé de quitártelos de encima. Si no tienes inconveniente, claro.

De pronto, una luz cálida y brillante se encendió en el fondo de su cerebro. Alex estaba tratando de protegerla, no le cabía la más mínima duda. Y eso solo podía significar que…

—¿Te lo ha pedido Marcel? ¿Te ha pedido él que cuides de mí esta noche? —preguntó, esperanzada.

Un atisbo de compasión se traslució en la expresión de Alex.

—Lo siento, Siobhan. Él no me ha pedido nada. Ha sido idea mía.

Todas sus esperanzas se hundieron en el barro de la decepción.

¿Cómo podía haber sido tan ilusa?

Marcel la había borrado del mapa.

—Entiendo —musitó. Claro que en el fondo no lo entendía ni quería entenderlo.

Alex continuó hablando, pero Siobhan dejó de escuchar. Aunque lo veía mover los labios, su voz se perdía entre los ecos de la fiesta. Empezó a sentirse mareada. Las luces, la música, la gente… Parecía que le fuera a estallar la cabeza de un momento a otro.

—… y como lo conozco bien, te aseguro que el hombre que es ahora es muy distinto al que era antes de escribir esta novela. Por no mencionar el asunto de los derechos de autor.

Fue en ese punto cuando reconectó con la conversación. Arrugó el entrecejo.

—¿Qué asunto de los derechos de autor?

—Pues… —La mirada de Alex se paseó unos segundos por el local antes de volver a posarse en Siobhan—. Bueno, probablemente no debería decírtelo, pero Marcel quiere modificar el contrato de *Dos formas* para que seas tú la que se quede con el diez por ciento.

Una brusca oleada de ira, confusión y tristeza la zarandeó al oír aquello. Porque, a pesar de todo lo que suponía para ambos haber escrito esa novela juntos, daba la impresión de que Marcel quisiera desvincularse de ella a pasos agigantados. Entonces, lo vio con la nitidez del alba: alejarse de la novela era alejarse de Siobhan. Cada día que pasaba no hacía sino alejarse aún más. La conclusión llegó acompañada de un llanto caudaloso que le anegó los ojos sin que pudiera evitarlo.

—¿Qué te pasa, Siobhan? ¿Por qué estás llorando? ¿He dicho algo inapropiado?

—No, yo… Por favor, diles a mis amigas que me he ido —le pidió.

—¿Qué? Pero… ¿adónde vas? ¿Quieres que…?

La pregunta se quedó flotando en el aire. Siobhan giró sobre los talones y salió corriendo hacia la puerta del club.

—¡Siobhan, espera! ¡No te vayas así! ¡Hablemos de ello! —exclamó Alex.

Capítulo 36

Marcel

Marcel daba vueltas por el salón. Tenía el móvil en la mano y no dejaba de mirarlo. Estaba en una encrucijada. Una y otra vez marcaba el patrón de desbloqueo, accedía a su agenda de contactos y buscaba «Princesita». Intuía que Siobhan estaría en la fiesta de Baxter Books; aun así, el impulso de llamarla le hormigueaba con fuerza en los dedos. ¿Debía llamarla o no? No, era una soberana estupidez. ¿A son de qué iba a llamarla ahora? ¿Qué iba a decirle si lo hacía?

«Hola, Siobhan. Solo quería decirte que me muero de ganas de estar contigo, pero me aterra no ser lo bastante bueno para ti. Únicamente te he apartado de mi vida para que seas feliz. Y eso es todo. Sigue disfrutando de la fiesta y finjamos que esta llamada nunca ha tenido lugar».

Menudo montón de mierda.

Siobhan no se merecía que jugara con sus sentimientos. Ella quería el cuento de hadas completo y él no había sido capaz de ofrecerle más que migajas. Pero ¿cómo iba a entregarse al cien por cien cuando su capacidad de amar era limitada? Él no creía en los finales felices, la mera idea le parecía un fraude. Porque las personas, tarde o temprano, se acaban yendo. Como escritor, Marcel había aprendido que la única forma de tenerlo todo bajo control era planificando cada giro de la trama, cada detalle, cada paso desde el principio hasta el final. Claro que la vida no es una novela. La vida se escribe a ciegas. Entre el planteamiento, el nudo y el desenlace surgen acontecimientos no previstos que obligan a deshacer la planificación original. Esa es la gracia de vivir, que nunca —o casi nunca— se sabe qué capítulo tocará escribir el día de mañana.

¿Cuántos de esos capítulos no planificados había escrito últimamente?

Capítulo no planificado número uno: De cuando Marcel se reencontró con su madre después de veintiocho años.

Capítulo no planificado número dos: De cuando Marcel comenzó a preguntarse si tal vez, y solo tal vez, podría acabar perdonándola con el tiempo.

Capítulo no planificado número tres: De cuando Marcel descubrió que la clave estaba en una frase. «No dejes que se te escape la vida entre los dedos solo porque tu madre no supo hacerlo mejor. Sigue adelante».

Capítulo no planificado número cuatro: De cuando Marcel finalmente entendió que quizá no todas las personas acaban yéndose.

Capítulo no planificado número cinco: De cuando Marcel decidió dejar de engañarse a sí mismo.

Echaba de menos a Siobhan. Echaba de menos su risa, su frescura, su olor a champú de coco orgánico y hasta el último ángulo de su cuerpo. Pensaba en ella cada minuto del día y la imaginaba a su lado en cualquier cosa que hiciera: despertándose desnuda en su cama, compartiendo el café en la isla de la cocina, tecleando juntos las palabras de una nueva historia o cogidos de la mano, mientras se perdían en las calles de Manhattan como una mancha que se diluyera entre el humo y el asfalto desde el último piso de algún rascacielos. Se la imaginaba a su lado en el ayer, en el hoy y en el mañana; en los buenos tiempos, en los malos tiempos, en los tiempos inciertos.

Porque su capacidad de amar no era limitada, sino todo lo contrario.

¿Y si la posibilidad de un final feliz no fuera tan remota como había creído hasta entonces?

Comprobó la hora en el móvil.

Las ocho en punto.

—A la mierda —masculló.

Subió las escaleras a toda prisa, sintiendo el rugido de la adrenalina en las venas, entró en el dormitorio y eligió su mejor traje chaqueta. Se dio una ducha, se perfumó y se vistió. Antes de eso, había solicitado un coche que, por suerte, lo recogió enseguida; ventajas de pagar la tarifa *luxury* de Blacklane. Marcel le pidió al conductor del Mercedes Clase A que lo llevara al 1 Oak lo más rápido posible; quería llegar cuanto antes y hablar con Siobhan. Necesitaba sincerarse con ella y consigo mismo. «Quiero reparar mis grietas. Si los japoneses pueden hacerlo, yo también puedo». Solo esperaba que no fuera demasiado tarde. Por el camino, barajó la opción de enviarle un mensaje para ir preparando el terreno, pero se decantó por el factor sorpresa. Entre otros motivos, porque estaba más nervioso de lo que recordaba haber estado nunca. Pasados quince interminables minutos, el chófer aparcó en la zona VIP del club, donde debía permanecer por instrucciones de su pasajero. Marcel inspiró profundamente antes de bajarse del vehículo. Ni en sus peores pesadillas se habría imaginado yendo a la fiesta de Baxter Books, con lo mucho que detestaba los eventos sociales multitudinarios. Él, que adoraba estar solo, como indicaba hasta el último rasgo de su comportamiento. «La de cosas estúpidas que se hacen por amor», pensó, de forma inconsciente. Al entrar, se sintió abrumado. Había demasiada gente, la música estaba muy alta y las luces le resultaban de lo más molesto. Declinó la copa de champán que le ofreció un joven camarero y se centró en buscar a Siobhan con la mirada. Le pareció ver a Bob Gunton entre la multitud, así que dio media vuelta para evitar un encuentro no deseado. Escaneó el local de un extremo al otro, sin encontrarla por ninguna parte. No le quedaba más remedio que arruinar el factor sorpresa. Desesperado, se sacó el móvil del bolsillo y regresó al vestíbulo para llamarla, pues allí la música sonaba solo en forma de eco. Entonces, se topó de bruces con Alex y otras dos chicas. A una la reconoció enseguida y a la otra, aunque no la hubiera visto nunca, podría decirse que también. Eran Paige y Lena. Y no tenían buena cara.

—¿Marcel? Pero ¿qué haces tú aquí? —le preguntó Alex, envuelto en un aire de duda y sorpresa.

—He venido a buscar a Siobhan. Necesito hablar con ella —añadió, al ver que su amigo lo miraba como si esperase algo más. Luego, se dirigió a Paige y dijo—: Por cierto, en realidad no me llamo Michael, supongo que ya lo sabías. Soy Marcel. —Le tendió la mano, aunque ella parecía reticente a estrechársela—. Siento lo de aquella vez en Grimaldi's.

—Fuiste un auténtico gilipollas —sentenció Paige—. Aunque ya sabes lo que dicen: no hay que juzgar un libro por su cubierta.

Marcel sonrió.

—Gracias, creo.

—Yo soy Lena —se presentó la otra chica—. ¿De qué quieres hablar con Shiv, si puede saberse? Perdona la franqueza, pero me consta que has puteado a mi amiga unas cuantas veces. Comprenderás que quiera protegerla de un ente diabólico como tú —le soltó sin rodeos, escrutándolo con una mirada de párpados pesados por encima de las gafas.

—Me parece justo, Lena. Y lo entiendo. Pero te garantizo que mi único deseo es hacerla feliz. Tienes mi palabra. —Tras un breve silencio especulativo, Lena dio el argumento por válido y asintió—. Oíd, no quiero parecer grosero, pero ¿sabéis dónde está?

—Se ha ido. Hará unos quince minutos.

La respuesta de Alex le hizo arrugar la nariz.

—¿Cómo que se ha ido? ¿Adónde?

—No tengo ni idea. Estábamos hablando tranquilamente de la novela y de pronto se ha puesto a llorar y ha salido corriendo.

—Ni siquiera se ha despedido de nosotras —apuntó Paige, en un tono melodramático.

—¿Que se ha puesto a llorar? —repitió Marcel, un poco frenético. Y luego, se frotó la cara con desesperación—. Mierda, es culpa mía. Yo la he hecho llorar. Sabía que esto pasaría. Lo sabía, joder. —Exhaló—. ¿La habéis llamado?

—No contesta —repuso Paige—. Es posible que tenga el móvil en silencio.

—Tal vez se ha ido a casa —alegó Alex.

—Claro. ¿Tienes su dirección?

—No está en su apartamento —zanjó Lena, que estaba comprobando algo en su teléfono—. Según Girlfriend Safe. Es una *app* que utilizamos las chicas cuando salimos de noche. Para quedarnos tranquilas y eso. Si estuviera en casa, este botoncito —Giró la pantalla— estaría en verde, no en rojo.

Alex parecía perplejo.

—¿Usáis una *app* de geolocalización de chicas?

—Pues claro —contestó Paige—. El mundo está lleno de asesinos y violadores depravados. Tú lo sabes mejor que nadie. —Señaló a Marcel, que compuso una mueca de horror—. Porque eres escritor de novela negra —especificó. Y el rictus de Marcel se relajó.

—¿Dónde demonios se habrá metido?

—A lo mejor ha ido a tu casa —terció su agente.

—Lo dudo. El señor Gonzales me habría avisado. A ver, piensa, piensa, piensa —se dijo a sí mismo en voz alta mientras se daba golpecitos con el dedo en la barbilla. Una idea repentina le iluminó la mente con la energía de mil vatios—. ¿Alguien ha revisado sus redes sociales?

Lena chasqueó los dedos. La pantalla del teléfono se le reflejó en las gafas.

—¡Bingo! Ha publicado algo en Twitter. Hace dos minutos. —Le dio la vuelta al móvil y lo mostró—. Mirad.

Siobhan Harris @siobhan_harris • 3m
Summertime. 💔

💬 9   🔁 25   ♡ 34   ↑

—¿«Summertime»? ¿Como la canción? —sugirió Paige—. Qué raro, no sabía que le gustara Lana del Rey.

—Igual se refiere a la versión de Nina Simone —dijo Lena.

—O de Billie Holiday —aportó Alex.

—Sea como sea, ¿qué habrá querido decir con ese tuit?

Marcel adoptó un aire reflexivo y se encerró en sí mismo un instante. De pronto, una imagen nítida flotó hacia la superficie de su memoria más reciente.

¡Claro!

¡Eso era!

Al final, las puñeteras redes sociales iban a servir para algo.

—Creo que ya sé dónde está —los informó. Acto seguido se miró el reloj—. Y más vale que me dé prisa.

—Voy contigo —anunció Alex.

—¿Hay sitio para dos más?

Había un atasco. A las nueve de la noche. La clase de cosas que solo suceden en Nueva York. Un coche se había averiado en mitad de la carretera a la altura del Anchorage Plaza y todos los que estaban detrás se habían quedado atrapados en la barahúnda de bocinazos e insultos que salían por las ventanillas. El tiempo no transcurría todo lo rápido que debía hacerlo y Marcel estaba desesperado. Resoplaba sin parar, se revolvía en el asiento del copiloto y revisaba el móvil una y otra vez, por si se daba el caso de que Siobhan le devolviera las llamadas.

—Cálmate, hombre. —Alex le dio una palmadita en el hombro desde el asiento de atrás. Estaba en medio de Paige y

Lena, que no habían dejado de hacerle preguntas indiscretas durante todo el trayecto. Especialmente, Paige.

—¿Cómo quieres que me calme? Mi futuro está en juego.

—Seguro que la grúa viene enseguida y despeja la calzada.

—No puedo esperar más. Ya he esperado demasiado —afirmó de pronto, al mismo tiempo que se desabrochaba el cinturón de seguridad.

—Madre mía, esto se pone cada vez más interesante —murmuró Paige.

—Pero ¿qué...? No irás a hacer lo que creo que vas a hacer, ¿verdad? Ni siquiera sabemos si está ahí, Marcel. No contesta al teléfono.

Marcel se giró y miró a su amigo a los ojos.

—Si no está ahí, la buscaré hasta que la encuentre. No lo entiendes, Alex. Lo único que me queda es lanzarme a por ella con todo lo que tengo. Deséame suerte, ¿quieres? Deseádmela los tres. Y usted también —le pidió al chófer. Este sonrió y le mostró el pulgar hacia arriba.

Dicho esto, salió del vehículo con determinación y empezó a correr por Old Fulton Street. Alex, Paige y Lena no tardaron en ir tras él.

—¡Espera, Marcel! ¡Vamos contigo!

—¡Sí, no nos perderíamos esto por nada del mundo! —exclamó Paige—. ¡Oye, ¿sería mucho pedir que no corrieras tan rápido?! ¡Llevo tacones de doce centímetros!

—¡Los tacones son el patriarcado! —gritó Lena, que había sido lo bastante inteligente como para sustituir sus zapatos por unas bailarinas.

Pero Marcel no aminoró la marcha. Los coches pitaban a su paso. Un tipo bajó la ventanilla y le preguntó con descaro que adónde iba tan deprisa. «¡Voy a declararme!», confesó. A lo que el tipo respondió: «¡Buena suerte con eso, hermano!». Ni siquiera se reconocía a sí mismo. ¿El hombre que corría como un loco en dirección a Brooklyn Bridge Park era él de verdad? ¿No lo habría abducido el protagonista de alguna comedia romántica? ¡La de vueltas que daba la vida! Aumentó la velocidad y amplió la zancada hasta llegar al muelle. Gotas de sudor le descendían desde la nuca hasta la espalda. Se notaba las pulsaciones disparadas, la respiración entrecortada, el corazón pidiéndole a gritos que no se rindiera, suplicándole a algún dios, si es que existía alguno, que Siobhan no se hubiera ido.

«Por favor, por favor, por favor».

Entonces, la vio.

Su bonita figura apareció ante sus ojos como una ensoñación.

Seguía allí, en el punto exacto donde presentía que la encontraría. Estaba apoyada en la baranda, con la vista perdida en el East River; tan preciosa y vulnerable como la noche de su cumpleaños, cuando tropezó y cayó en sus brazos igual que un regalo mientras un músico callejero tocaba «Summertime» en su saxofón.

«Te tengo».

«Me tienes».

Qué poco sabía entonces acerca del verdadero significado que encerraban esas palabras, de su doble sentido.

«Me tienes, princesita. Siempre me has tenido».

—¡Siobhan! —gritó, corriendo hacia ella como un asteroide a punto de impactar contra la Tierra—. ¡Siobhan!

Jadeaba y sonreía como un niño. Estaba rebosante de adrenalina y emoción.

Ella volvió la cabeza en su dirección y lo observó con expresión de incredulidad.

—¡Marcel! ¿Qué haces…? ¿Cómo sabías…?

Marcel se detuvo delante de ella, sin fuerzas y aturdido de alivio, se dobló por la mitad y soltó el aire para recuperarse.

—Twitter —logró decir, entre resuellos—. Lo hemos… visto… en Twitter.

—¿Hemos?

Cuando Siobhan llevó la vista al frente, advirtió que Alex, Paige y Lena iban hacia ellos arrastrándose como podían.

—¡Por Dios! —protestó Paige, agarrándose las costillas con las manos—. Voy a… vomitar hasta el… último puñetero canapé.

—Creo que no… corría tanto… desde aquella manifestación LGTBIQ+ en la que me detuvieron por… alteración del orden público —añadió Lena.

—Pues yo… desde que hice la *Course Navette*… en noveno grado. Y eso que… ni siquiera la completé —aportó Alex, que ya había comenzado a aflojarse la corbata.

—No entiendo nada —admitió Siobhan, mientras paseaba la mirada sobre cada uno de ellos con aire interrogante—. ¿Qué hacéis todos aquí? ¿Y por qué habéis venido corriendo? ¿De dónde?

—De la fiesta de Baxter Books —explicó Paige.

—Te fuiste de repente y estábamos muy preocupados por ti —prosiguió Lena.

—Entonces, apareció él —añadió Alex, en referencia a Marcel.

—Como no contestabas nuestras llamadas… —continuó Paige.

—Y sabíamos por Girlfriend Safe que no estabas en casa… —matizó Lena.

—Se nos ocurrió echar un vistazo en Twitter, por si hubieras publicado algo. Marcel dijo que sabía dónde estabas. Y aquí estás —remató Alex.

—Ahora sácanos de dudas —le pidió Paige—. ¿A qué versión de «Summertime» te referías en tu tuit?

—A la de George Gershwin. —Siobhan tragó saliva y se dirigió a Marcel—. ¿Has ido a la fiesta de Baxter Books? —preguntó, sin poder disimular la incredulidad que le teñía la voz.

—Sí.

—Pero…

—He ido a buscarte, Siobhan —replicó de la forma más natural que fue capaz, aunque el corazón le latía con tanta fuerza que notaba las palpitaciones hasta en las yemas de los dedos.

—¿Para qué? Tú y yo ya nos hemos dicho todo lo que teníamos que decirnos, Marcel.

Sonaba herida.

Enfadada.

Triste.

Y no era para menos.

Se lo merecía.

—Creo que deberías escuchar a Marcel, Shiv —intervino Paige—. Este hombre prácticamente ha corrido la maratón de Nueva York por ti. Que me parta un rayo ahora mismo si eso no es romántico.

Marcel dedicó una sonrisa cómplice a Paige.

—Gracias, Paige.

—De nada. ¿Me firmarás un libro?

—¿Y a mí?

—Chicas, no es momento para eso —les reprochó Alex en voz baja—. Es más, me parece que deberíamos darles un poco de intimidad.

—Tienes razón —concordó Paige—. Venga, vámonos.

—Pero no muy lejos. Solo por si acaso —matizó Lena, y perforó a Marcel con una mirada de «Te estoy vigilando» antes de darse la vuelta.

Unos segundos después se quedaron a solas. Tras un tenso interludio, Marcel decidió romper el hielo.

—Has estado llorando.

—No es para tanto. —Hizo una pausa con aire desdichado. Permaneció unos instantes con la vista fija en el río, frotándose los brazos como si quisiera entrar en calor—. De modo que si has venido por eso...

—No he venido por eso —respondió Marcel, al tiempo que se quitaba la americana y se la colocaba a Siobhan sobre los hombros con delicadeza—. Bueno, no solo por eso. Aunque sé muy bien que el causante de tus lágrimas y la razón de que hayas venido aquí esta noche soy yo. Y mi patética inseguridad. Así que te debo una disculpa. Por hacerte llorar, por ser tan capullo y por no haberme dado cuenta antes de que…

—Marcel…

—… estoy enamorado de ti.

—No hace falta que… Un momento. ¿Qué? ¿Has dicho… has dicho que estás enamorado de mí o mi mente me está jugando una mala pasada? —preguntó, tras unos segundos de estupefacción.

Una sonrisa de adoración se perfiló en la boca de Marcel.

—Tu mente está bien, nena.

—Ajá. Vale. ¿Puedes… puedes repetirlo otra vez, por favor? Solo para estar segura.

Marcel le examinó el rostro igual que un actor de telenovela antes del corte a publicidad. Nadie lo había mirado así en su vida, con esa maravillosa mezcla de esperanza y miedo a la vez. La tomó de las manos, que ardían febriles y un poco húmedas en las suyas. Bajó la cabeza y se perdió en aquel iris del azul inquieto de la juventud.

—Estoy total, irremediable y locamente enamorado de ti, señorita Harris.

—Pero tú no… tú no crees en el amor —repuso, desorientada ante la puerta que se acababa de abrir frente a sus ojos.

Y, sin embargo, había sucedido. Una puerta se había abierto de la forma más inesperada, en el lugar más improbable.

—Es posible que haya cambiado de opinión.

—Ya. ¿Hasta cuándo, Marcel? ¿Hasta que mañana por la mañana recuerdes que te da miedo ser feliz? Sé lo de los porcentajes. Alex me lo ha contado. Y también sé por qué has tomado esa decisión

Él negó con la cabeza.

—No es lo que crees. Estoy aquí, Siobhan. Y no pienso escapar más. He tardado, pero estoy aquí. Por primera vez en mi vida tengo más ganas de vivir una historia que de escribirla. Tú consigues que no necesite evadirme de la realidad —confesó, acariciándole los nudillos con los pulgares—. Y sí, tengo miedo, por supuesto que tengo miedo. Me aterra perderte. Pero ¿sabes qué sería aún peor que eso? No haberlo intentado. —Una lágrima rodó por la mejilla sonrosada de Siobhan y Marcel se la recogió con la yema del dedo—. No quiero llegar al final de mis días y decir «Bueno, al menos tuve cuidado», no quiero vivir así, ya no. Quiero dejar atrás el pasado, centrarme en el presente, construir un futuro, pertenecer a alguna parte, a alguna persona. A ti. Te quiero, ¿sabes? Te he querido siempre. Incluso cuando no me caías bien, princesita. —Ella rio a la vez que derramaba otra lágrima—. Y ahora que por fin lo he dicho, me siento tan liberado que me apetece decirlo otra vez. Te quiero. Joder, te quiero. ¡Sí! ¡Te quiero, te quiero, te quiero! ¡Me llamo Marcel Dupont y quiero a esta mujer! —gritó a los cuatro vientos.

—Me alegro por ti, chaval —murmuró alguien que pasaba por allí.

Ambos rieron.

Una pareja acababa de reconocer en los ojos del otro a su alma gemela. El amor no había llamado a la puerta, directamente la había derribado.

—Dios. ¿En qué me he convertido? —bromeó—. ¿Qué será lo próximo? ¿Comer palomitas de colores y llorar con una peli de Meg Ryan y Billy Crystal sobre un tipo con fobia al compromiso que al final ve la luz?

—Que no te dé vergüenza reconocerlo. Yo lo he hecho muchas veces y aquí sigo. Por cierto, el tío es un poco idiota, le cuesta darse cuenta de lo que quiere y tarda un tiempo en establecer sus prioridades. Pero al final se va en busca de la chica y ella lo perdona por haber sido un capullo, lo que demuestra que los finales felices sí son posibles.

—Afortunadamente —remató Marcel, mientras le colocaba una hebra de cabello detrás de la oreja como a ella le gustaba—. Quiero tener un final feliz contigo, Siobhan. Dime que podemos ser como Jeremiah y Felicity.

—No necesitamos ser como Jeremiah y Felicity, Marcel. Ni tampoco como Harry y Sally. Basta con que seamos nosotros mismos. A mí me basta. Porque yo también te quiero. Quiero cada una de tus imperfecciones y tus grietas, tu sarcasmo, tu mal humor, tu fobia social e incluso tu incomprensible aversión por los dulces. —Marcel rio expulsando el aire por la nariz—. Te quiero porque eres tú, porque eres real, no un personaje de ficción.

Marcel asintió en silencio, demasiado abrumado para hablar. Después, la tomó de las mejillas y la besó mientras la brisa del río, la noche y el *jazz* que sonaba en el recuerdo los envolvían en su bruma. El amor sabía tan bien que deseaba perderse en esa sensación toda la noche, toda la semana y, por qué no, toda la vida.

Los ecos de los vítores y los aplausos a sus espaldas los pillaron desprevenidos. Eran Alex, Paige y Lena, celebrando su felicidad a escasos metros de distancia. Marcel apoyó la barbilla en la frente de Siobhan y ambos volvieron a reírse. El sonido de sus risas fundidas la una en la otra era el más hermoso que hubiera oído en su vida, el más prometedor.

Eran el presente.

Y serían el futuro.

—Me tienes, princesita.

—Te tengo, señor Black.

Podría arder el mundo a su alrededor y no escogería otro lugar para contemplar su final.

Epílogo

Un año después

Cuando abrió los ojos, se tomó un tiempo para observarla. Le encantaba mirarla mientras dormía porque había algo muy íntimo en aquel acto, algo único, una sensación de pertenencia. Su respiración acompasada le golpeaba la mejilla como un oleaje leve. A veces le daba algún espasmo, pequeños movimientos eléctricos, pero a los pocos segundos volvía a sumirse en un sueño profundo. Desprendía un aura tan serena, que se sintió afortunado de amanecer a su lado otro día más. La despertó como a él le gustaba, con un reguero de besos suaves que ascendían desde el brazo hasta el cuello. Aquella mañana, sin embargo, no pudo evitar volver por un camino diferente. Le pasó la mano por la clavícula y la deslizó por dentro del camisón de seda. Le descubrió un pecho y se lo acarició con delicadeza. De los dedos pasó a los labios y de los labios, a la lengua. Ella gimió, se puso bocarriba y separó las piernas. Y eso fue todo lo que Marcel necesitó para entender lo que quería. La conocía bien. Sabía que se excitaba con solo rozarla. Exactamente igual que él.

—Buenos días, princesita —susurró, mientras se encajaba entre sus muslos.

—Buenísimos, diría yo —repuso ella, con los párpados pesados y la voz secuestrada por una mezcla de sueño y deseo.

—¿Quieres chocolate para desayunar?

—Mmmm… Sí… Dame todo el que tengas.

—Pero mira que eres golosa, nena —dijo, antes de penetrarla de forma controlada.

Fue rápido, aunque igual de placentero que siempre. Luego, se quedaron enredados bajo las sábanas un rato, colmados de la plenitud perezosa de después del sexo.

—¿A qué hora me dijiste que llegaba Chaz? —preguntó Siobhan, dibujándole remolinos en el pelo.

—A las once. Mi idea es salir hacia el aeropuerto dentro de una hora, más o menos. Hay un buen trecho hasta Newark, y ya sabes cómo se pone la señora cuando la hacen esperar. ¿Seguro que no quieres venir conmigo? Chaz se sentirá decepcionada si no te ve allí. Es su primera vez en Nueva York.

—Lo sé, y lo siento de veras, pero tengo un montón de cosas que hacer antes de la presentación. Dile que nos veremos directamente en la librería. ¿Vas a ir a correr?

—No me da tiempo. De todas maneras, hoy ya he hecho ejercicio. Se trata de una nueva disciplina deportiva llamada «Placer Olímpico Extremo». Estoy entrenando duro para los Juegos, ¿sabes? —bromeó. Y acto seguido le guiñó un ojo.

—Ah, ya veo. Bueno, aunque no soy ninguna entendida en la materia, intuyo que no te costará mucho ganar la medalla de oro.

Marcel se echó a reír. Le atrapó la mano y se la besó.

—Eres de lo que no hay. Voy a darme una ducha.

—Vale. Yo hago el café mientras tanto.

Pero primero se recreó contemplando su perfecto cuerpo desnudo moviéndose como si flotara por la habitación: la espalda ancha, los hombros torneados, unidos a unos brazos musculosos, un trasero que parecía esculpido y unas piernas largas y atléticas. Dejó escapar un suspiro. Estaba tan enamorada que, ocho meses atrás, cuando le había pedido que se fuera a vivir con él a su ático del Upper East Side, le dijo que sí sin pensárselo. Siobhan había estado unas seis semanas de acá para allá con la gira promocional de *Dos formas de resolver un asesinato en Manhattan,* y pasar tanto tiempo separados había resultado más duro para Marcel de lo que esperaba. Mientras ella presentaba la novela en Chicago, asistía a un club de lectura en Boston o concedía una entrevista en San Francisco, él se dedicaba a despotricar de Baxter Books con Alex.

—¿Cuándo acabará la maldita gira? —se quejó una noche, mientras tomaban unas copas en un club de *jazz* del Village—. Voy a tener que hablar muy seriamente con Gunton. Ocho estados en un mes. Ocho. ¿No te parece que esto roza la explotación laboral? Por el amor de Dios, ni que fueran los caucus.

Su amigo le devolvió una mirada de «Quién te ha visto y quién te ve» y esbozó una sonrisita maliciosa.

—Así que la echas de menos, ¿eh?

—Claro que la echo de menos.

Que era lo mismo que decir: «La echo tanto de menos que me estoy volviendo loco sin ella. Y las videollamadas nocturnas y subiditas de tono no son suficientes para llenar este vacío demoledor que siento».

—Ya era hora de que el corazón te vibrara más que el teléfono móvil, colega. De todos modos, no olvides que esta gira es buena para su carrera. Y para la tuya. Tómatelo como una transición hacia algo mejor.

La novela había sido un éxito de ventas y la crítica, bastante benévola en general —salvo algún que otro medio pretendidamente serio, que solía mostrarse escéptico ante cualquier historia con una cronología tradicional o incluso con un arco narrativo claro por considerarlo «poco literario»—. «Fresca y original» o «audaz y hermosa» eran algunas de las alabanzas con los tópicos de siempre que había recibido. En Book Riot's incluso dijeron que *Dos formas* era la combinación de géneros más explosiva de la última década. Gustaba por igual a lectores de novela negra y de romance y contaba con el visto bueno de Letitia Wright. La propia Letitia había sido la encargada de conducir la presentación en Nueva York. Estaba entusiasmada con el libro y con Siobhan.

—Oh, querida. No sabes cuánto me alegro de que Marcel Black y tú os enfrentarais en Twitter aquella vez —le confesó.

—Yo también me alegro mucho, Letitia. Créeme.

La mujer sonrió de un modo que Siobhan no supo interpretar en aquel momento.

—Bueno, ¿y por qué no ha venido el coautor?

—Me temo que el señor Black es un poco antisocial.

—Qué pena. Me habría gustado comprobar con mis propios ojos si es tan guapo como se rumorea por ahí.

En todos los eventos surgían las mismas preguntas:

«¿Qué ha supuesto para ti escribir una novela con Marcel Black?», «¿Cómo es en persona?» o «¿Qué hay de los rumores que circulan en internet sobre vosotros dos?».

A las que ella solía responder cosas como:

«Un desafío de lo más estimulante, en muchos sentidos», «Al principio creí que era un presuntuoso; ya sabes, uno de esos escritores que confunden haber escrito un libro con haber descubierto la penicilina. Con el tiempo me di cuenta de que ganaba bastante en las distancias cortas» o «¿Qué rumores?».

Había aprendido a disimular los nervios. Robin le dijo en una ocasión que fingiera que tenía la sartén por el mango, y eso hacía. Su hermano le había dado uno de los mejores consejos de su vida sin saberlo. Conectaba muy bien con el público. Era una contadora de historias nata. Siobhan tenía esa chispa, un carisma natural del que ni siquiera era consciente.

Cuando Marcel bajó a la cocina y la vio preparando unos huevos Benedict, sintió que se le ablandaba hasta la última fibra del cuerpo. Cocinar no era su fuerte. De hecho, se le daba terriblemente mal; aun así, se esforzaba tanto en complacerlo, que prefería mil veces un bocado de su espantosa comida que un plato a la carta en el mejor restaurante de Manhattan. Desayunar en casa era solo una de las muchas cosas que había cambiado de su rutina desde que vivían juntos, aunque no le importaba lo más mínimo. De todas maneras, las vistas eran mejores allí que en el Café Boulud.

Se le acercó por detrás y le acarició la nalga por debajo del camisón.

—Bueno, nena. Hoy es el gran día. ¿Nerviosa?

—Como un flan. No sé si alguna vez me acostumbraré a sentir estas mariposas en el estómago.

Él la tomó de la cintura y la obligó a darse la vuelta.

—Todo irá bien, ya lo verás —le aseguró, con un tono apaciguador.

—No entiendo cómo puedes estar tan tranquilo. Te recuerdo que esta novela también es de los dos.

El éxito de *Dos formas* trajo consigo otro suculento contrato para escribir una segunda parte; claro que, en esta ocasión, el anticipo y los porcentajes en concepto de derechos de autor estaban mejor repartidos. A ambos les pareció una gran idea. Querían repetir la experiencia; era como si la anterior les hubiera sabido a poco. Tras la mudanza y pasada la Navidad —la primera de Marcel en casa de los Harris como el novio oficial de su hija—, se pusieron manos a la obra. La nueva novela se titulaba *Dos formas de impedir un asesinato en Manhattan*. En esta entrega, Jeremiah Silloway y Felicity Bloom viajaban al siglo XIX para evitar que se cometiera un crimen mientras sorteaban los obstáculos que el destino ponía a su relación. El despacho de Marcel volvió a convertirse en el centro de operaciones de la pareja, si bien Siobhan dejó clara su intención de trasladarse a otra parte en el futuro. A él le pareció justo que quisiera tener su propio espacio, así que le prometió que acondicionaría alguna de las habitaciones del ático más adelante. Haría cualquier cosa por ella, esa era la verdad. A veces discutían, naturalmente. Los dos eran escritores apasionados y testarudos con puntos de vista diferentes. ¿Más sangre o más sexo? ¿Más romance o más misterio? Nada que no pudiera solucionarse dialogando, en cualquier caso. Escribir era muy importante, pero no lo era todo. Ahora había algo más en sus vidas: un amor profundo y sincero que crecía como una flor que se riega a diario.

—Estoy tranquilo porque has nacido para esto. Eres preciosa e inteligente, dices cosas ingeniosas que hacen reír a la gente y jamás te trabas cuando lees. Por eso sé que la presentación de esta tarde irá como la seda. Además, todo el mundo estará allí para apoyarte.

—Menos la persona más importante —se lamentó, haciendo un mohín.

—De algún modo u otro estaré ahí contigo, confía en mí.

Siobhan suspiró. Sabía que su reticencia a mostrarse en público era una parte de Marcel que debía aceptar. Le gustaba vivir en el anonimato, sin exponerse. Para él, era suficiente con que ella brillara por los dos.

Mientras desayunaban, charlaron de esto y de aquello. El rodaje de *Knox,* la película de Netflix basada en la obra de Black, estaba a punto de comenzar y a Marcel no le gustaba el actor que la productora había escogido para el papel principal.

—¿Qué tiene de malo Chris Evans? —preguntó Siobhan, al tiempo que masticaba un trozo de beicon—. El mundo entero adora al Capitán América.

—Ese es justamente el problema, que todos verán a un puñetero superhéroe en lugar de a mi detective atormentado. Además, estoy convencido de que los guionistas la acabarán cagando como siempre que adaptan una novela que exige cierto rigor histórico.

—¿Y por qué no los asesoras? Te lo han pedido docenas de veces.

—Si no fuera porque ahora mismo tengo otras cosas más importantes en la cabeza, tal vez me lo plantearía.

—¿Como ese *thriller* apocalíptico ambientado en Nueva Orleans?

Marcel bebió un trago largo de café antes de responder:

—Exacto.

—¿Cuándo planeas escribirlo?

—En unos meses. Antes quiero llevarte de vacaciones.

Siobhan abrió mucho los ojos.

—¿De verdad? ¿Adónde?

—Pues… —Frunció los labios—… Todavía no lo he decidido. A algún sitio paradisíaco donde podamos quedarnos todo el día en la habitación del hotel bebiendo mimosas y haciéndolo como animales en celo.

—Eres un romántico salido.

—«Romántico salido». Me encanta el concepto. —Comprobó la hora en su reloj—. Mierda, es tardísimo. —Apuró el café y se levantó de la mesa—. Debería salir ya o no llegaré a tiempo al aeropuerto. Por cierto, no te lo he dicho: he reservado mesa en Le Coucou para esta noche. Seremos diez.

Las cejas claras de Siobhan se alzaron con aire perspicaz.

—¿En Le Coucou? ¿Mesa para diez? Vaya, ¿y qué celebramos?

—¿Además de que mi chica, una escritora brillante y con miles de seguidores en Twitter, va a presentar su tercera novela en Barnes & Noble? —Se encogió de hombros—. Ni idea.

—La hemos escrito entre los dos —le recordó de nuevo—. ¿Y desde cuándo tener miles de seguidores en Twitter es un indicativo de éxito para ti? —Él esbozó una sonrisa adorable y la besó en la frente—. Oye… sabes que ella también vendrá a la presentación, ¿verdad?

Marcel exhaló.

El rictus le cambió de inmediato.

Se refería a Claudette, su madre. Siobhan y ella habían intimado mucho últimamente, pero él no estaba preparado para abrirle las puertas de su vida de par en par. Le costaba pasar página. Perdonar a su hermana tampoco había sido fácil, y no lo hizo hasta que murió su padre, al poco de haberlo ingresado en la clínica. Marcel tuvo que volver a Nueva Orleans para el funeral. A decir verdad, no lo habría hecho de no ser por Siobhan. «Ve, despídete de tu padre como es debido y haz las paces con Chaz. Ya es hora de que habléis, Marcel», le había dicho por teléfono, con la promesa de tomar un vuelo desde Des Moines y reunirse con él en NOLA lo antes posible, pues el fallecimiento de Bernard Dupont la había pillado en medio de la gira promocional. En el cementerio, las construcciones funerarias se alzaban unas sobre otras a causa del elevado nivel freático de la ciudad. Era noviembre; sin embargo, el sol brillaba con fuerza y rebotaba en el laberinto de tumbas blancas, creando juegos de luces y sombras. Marcel contempló el mausoleo donde lo habían enterrado.

«Adiós, papá. Espero que seas mejor hombre al otro lado».

Después de eso, Charmaine y él se fundieron en un abrazo de reconciliación.

—Salúdala de mi parte, ¿quieres?

Siobhan asintió. En el fondo, lo entendía. Sabía que sus grietas no eran fáciles de reparar. Pero ¿acaso alguna lo era?

Horas más tarde, mientras Marcel llevaba a su hermana a Times Square como a una turista más —o eso le había asegurado en un mensaje—, ella se preparaba para el gran acontecimiento. Le resultaba complicado explicar lo que sentía. No podía creer que ya hubiera escrito tres libros —o parte de ellos—, cuando hacía poco más de un año aterrizaba en el mundo editorial con un montón de dudas e inseguridades bajo el brazo. Paige había ido a casa para ayudarla a escoger el vestuario; algunas cosas no cambiarían nunca.

—Esta blusa azul cielo hace juego con tus ojos. Póntela —le ordenó, lanzándole la prenda. Siguió revolviendo en el enorme vestidor que ahora compartía con Marcel—. A ver, qué más. Nada de pantalones. Hoy no. Hoy tienes que brillar. Esta falda. O mejor esta —rectificó, y sacó una prenda entallada de color blanco—. Vas a estar preciosa. ¡Ay, pero qué orgullosa estoy de ti, Shiv! ¿Te das cuenta de que tienes todo lo que siempre has deseado? Eres escritora, vives en Manhattan y tu novio está como un queso.

—El tuyo tampoco está mal.

—No voy a negar que con un poco más de pelo estaría mejor, pero compensa cualquier carencia con creces cada vez que... —Sacó la lengua y la agitó entre los dedos—... ya sabes.

Siobhan le palmeó el brazo.

—¡Paige! ¡No necesito que me cuentes esas cosas de Alex! ¡Te recuerdo que ahora también es mi agente!

—Pues tu agente sabe cómo hacer feliz a mi vagina, cielo. Lo cual es óptimo a nivel cósmico. Como dice Lena, cuantas más vaginas felices haya en el mundo, mejor para la humanidad.

Diez minutos antes de que empezara la presentación, Alex las esperaba en el número 555 de la Quinta Avenida, donde la popular cadena de librerías Barnes & Noble tenía uno de los establecimientos más grandes de Nueva York. Si uno alzaba la vista desde la puerta, veía la cumbre del Empire State en el corazón de Manhattan. Como Lena había llegado antes, había reservado sitios para todo el mundo, de modo que Paige le deseó suerte a su amiga, besó a Alex y entró primero.

Siobhan se quedó con su agente un poco más.

—No te quiero poner nerviosa ni nada parecido, pero ahí dentro hay muchísima gente deseando escucharte. Así que respira hondo y confía en ti misma. Esta novela es tan buena como la anterior, ¿vale? —le dijo Alex, para insuflarle ánimos.

Una de las grandes virtudes de Alex Shapiro: entender cómo funciona la mente de un escritor en todo momento.

—Yo no estaría hoy aquí de no ser por Marcel. En mí no hay nada inusual en absoluto. ¿Cómo iba a surgir una historia que valiera la pena contar de una vida tan ordinaria como la que llevaba antes de conocerlo?

Alex negó con la cabeza.

—A él no le gusta que pienses eso, Siobhan. Y a mí tampoco.

—Si al menos hubiera venido…

Una sonrisa instantánea asomó a la fina línea que formaban los labios de Alex.

—Será como si estuviera aquí, créeme.

Y a ella le pareció curioso que Marcel hubiera dicho exactamente lo mismo.

La sala de actos se encontraba en el piso superior de la librería, y estaba abarrotada. Alex no había exagerado. Siobhan agradeció los aplausos del público y subió al pequeño escenario acompañada de Beatrix, la encantadora Relaciones Públicas de Barnes & Noble. Unas cuantas pilas de su libro reposaban en una mesita cercana. Desde su butaca, echó un vistazo al aforo. En primera fila, además de su agente, estaban Bob Gunton, varias personas del equipo de Comunicación de Baxter Books y algunos conocidos *influencers* literarios. Detrás, Paige, Lena, su novia, Noor, Robin y sus padres; estos últimos la saludaban con el pecho henchido de orgullo. También estaba Jolene, su antigua casera, a la que casi podía leerle el pensamiento desde allí: «Jolene te animó a hacer esto, chica. Porque Jolene tiene un don para detectar el talento. Esa es la verdad. Y si Jolene no te hubiera dicho que espabilaras, quién sabe dónde estarías ahora. Probablemente, seguirías en Brooklyn, con problemas para pagar el alquiler. Claro que Jolene no es una ONG. Jolene es una emprendedora y... blablablá». Continuó examinando a los asistentes. Entre las docenas de personas que la observaban con los ojos brillantes de emoción, vio a Chaz y a su madre. Claudette le dedicó la misma tímida sonrisa con que la recibía cada vez que se veían. «Gracias por hacer esto, Siobhan. Eres lo más cerca de mi hijo que puedo estar», solía decirle. Siobhan conservaba la esperanza de que, con el tiempo, Marcel también fuera capaz de pasar más de diez minutos con ella sin sentir que se traicionaba a sí mismo.

Carraspeó, tomó aire y saludó a los asistentes. ¿Había algo más emocionante que la presentación de un libro? La agenda del evento constaba de tres partes. En la primera, leería una selección de pasajes de la novela. A continuación, respondería a las preguntas y, por último, firmaría ejemplares. Tras la maravillosa introducción de Beatrix, leyó los cuatro fragmentos que Marcel y ella habían seleccionado con mimo. Lo hizo despacio, acompasando la voz al ritmo de la prosa. De vez en cuando alzaba la mirada. Por iniciativa propia, añadió un pasaje bastante tórrido que la hizo enrojecer al recordar cómo se habían excitado Marcel y ella después de haberlo escrito y cómo habían terminado echando un polvo salvaje encima de lo que ellos llamaban la mesa de originales. Todavía le entraba la risa floja cuando pensaba en todas aquellas hojas saliendo disparadas y flotando por el despacho mientras su chico se empleaba a fondo para satisfacerla.

Después de una cálida ovación, llegó el momento de las preguntas. «¿Cómo surgió la idea?», «¿En qué os basasteis?», «¿Volveréis a escribir por separado alguna vez?» o «¿Cuándo se dejará ver Marcel Black?».

—Me temo que no puedo responder a eso.

Beatrix estaba a punto de dar por zanjado el segundo bloque para comenzar con las firmas, cuando alguien habló de repente:

—Un momento. Yo tengo una pregunta.

Siobhan reconoció su voz enseguida, y el corazón le dio un vuelco. Marcel apareció en la sala igual que una fotografía Polaroid al aclararse, guapísimo con su elegante traje negro. Si estaba nervioso, lo disimulaba la mar de bien. Ella se quedó perpleja, no entendía nada.

¿Qué hacía él ahí?

Alguien le tendió el micrófono.

—Gracias. Perdón por la interrupción —se disculpó frente al público. Luego miró a Siobhan y dijo—: Me gustaría saber si estarías dispuesta a escribir... digamos... otro tipo de historia con el señor Black.

Estaba desconcertada.

¿De qué iba todo aquello?

—Bueno, yo... eh... —Titubeó—... Perdona, pero no entiendo la pregunta. ¿Qué quieres decir con «otro tipo de historia»? ¿Podrías ser más específico?

Docenas de pares de ojos se posaron sobre él a la espera de una respuesta.

—Una más... real —matizó.

—¿Como un *true crime*?

A Marcel se le escapó una risita nasalizada encantadora.

—Más bien como una comedia romántica en la que el chico y la chica acaban comiendo tarta nupcial. Sobre todo, la chica, claro. Porque al chico no le van mucho los dulces. Algo así. Pero sin ser ficción.

Siobhan tragó saliva.

Sentía el pulso desbocado.

De pronto, se formó un gran revuelo en la sala. La gente empezó a murmurar hasta que los murmullos se convirtieron en frases nítidas y perfectamente audibles como «¡Es él! ¡Es Marcel Black!». Todo el mundo cogía el móvil y se ponía de pie; era abrumador.

—Pero…

Cuando vio que Marcel sacaba una cajita de terciopelo del bolsillo interior de su americana, subía al escenario y se arrodillaba delante de ella, se llevó ambas manos al pecho. Un anillo de compromiso precioso brillaba en el interior de la cajita.

—¿Quieres escribir esa comedia romántica conmigo, Siobhan?

—Yo… Yo…

No podía hablar, aquello era demasiado.

Demasiado bonito para ser verdad.

—Por favor, nena, no te hagas tanto de rogar. Esta postura es incomodísima. Solo di que sí para que pueda levantarme y ponerte este anillo en el dedo como te mereces.

—¡Vamos, dile que sí! —la animó alguien.

—¡Y si no se lo dices tú, se lo dirá Jolene!

Esa era Jolene, obviamente.

—Sí. Sí, quiero —logró pronunciar por fin, entre risas y lágrimas.

Entonces, Marcel se levantó, le puso el anillo en el dedo anular, la agarró de la nuca con la determinación de una estrella de Hollywood y la besó en los labios para gran deleite del público, que jaleaba y aplaudía desde su posición de testigo privilegiado.

—Después de esto, soy carne de meme —le susurró al oído.

Ella se echó a reír.

—Pero ¿cómo se te ocurre? Ahora todo el mundo sabrá quién eres.

—No me importa. Creo que ya no necesito esconderme. No tanto. Y tú llevas soñando con este momento toda tu vida. Quería que fuera perfecto.

—Es perfecto. Y ninguna comedia romántica podrá superarlo jamás.

Alex fue el primero que se les acercó para darles la enhorabuena.

—Me debes cien pavos. No creas que se me ha olvidado —le recordó Marcel con cierto tonillo de superioridad.

—Cabronazo… ¿Quién iba a pensar que te atreverías a cometer una locura como esta?

—Espera. ¿Tú lo sabías?

—¡Pues claro! ¡Todos lo sabíamos! Paige, Lena, Robin e incluso Chaz. —Siobhan volvió la cabeza boquiabierta hacia todos ellos con expresión de «Me las vais a pagar»—. ¿Te dije o no te dije que sería como si Marcel estuviera aquí?

—¡Me habéis engañado como a una niña! Un momento. Entonces, la reserva en Le Coucou…

Marcel confirmó sus sospechas.

—Era para celebrar el compromiso.

—Y las vacaciones paradisíacas…

—La luna de miel.

—¿Y cómo sabías que iba a decirte que sí?

—Porque eres tan previsible como una de esas novelitas rosas que tanto te gustan, señorita Harris. Y porque te encanta mi culo. No podrías soportar verte privada de su visión ni un solo día desde hoy hasta el resto de tu vida.

Siobhan puso los ojos en blanco y resopló.

—Me parece que se te ha caído un poco de ego al suelo, señor Black.

Las palabras arrancaron a su prometido una carcajada ruidosa. Marcel la tomó por la cintura y la atrapó entre los brazos.

—Qué fácil es quererte, nena.

—Y tú, qué guapo estás sin tantos miedos, nene.

Iban a fundirse en otro beso, pero un joven afroamericano los interrumpió. Se dirigió a Marcel titubeando y le dijo:

—¿Se-señor Black? Perdone que lo moleste en un momento tan íntimo como este, pero, ya que está usted aquí… ¿me firmaría el libro? Soy un gran admirador suyo. Yo… también quiero ser escritor de novela negra.

Marcel se quedó sin habla. Aquello había sido totalmente inesperado. Convertirse en un escritor accesible no entraba dentro de sus planes. Aunque arrodillarse para pedirle matrimonio a Siobhan en la librería más grande de Manhattan, tampoco. Examinó al chico durante unos segundos. No tendría más de dieciséis o diecisiete años, y, por un momento, le recordó a él mismo a su edad. Parecía nervioso, le temblaban las manos. Entonces, quién sabe si en un acto irracional o deliberado, volvió la vista hacia el público y cruzó una mirada con su madre. Ella sonrió, y él le devolvió el gesto. Fue un breve instante de conexión.

Quizá iba siendo hora de replantearse algunas cosas.

—Claro, chaval. ¿Tienes un boli?

Minutos después, estaba sentado en una mesa junto a Siobhan firmando un ejemplar tras otro de su libro. No tenía claro cuál sería su próximo movimiento, solo sabía que nada volvería a ser como antes tras aquel día. Tampoco le importaba demasiado. Acababa de descubrir que hacer feliz a un lector era casi tan satisfactorio como hacer feliz a la mujer que amaba.

O como reconciliarse con el mundo.

Agradecimientos

Mientras escribía esta novela, el destino me dio un golpe inesperado del que todavía hoy trato de reponerme: perdí a mi hermano mayor de la noche a la mañana. Si a alguien tengo que agradecerle el hecho de ser la persona que soy es sobre todo a él, que siempre ha sido y será uno de los grandes referentes de mi vida. Pablo, donde quiera que estés, estoy segura de que te sentirás orgulloso de tu hermana. Gracias por haberme enseñado a tu manera lo importante que es hacer lo que te gusta. Te prometo que no desistiré.

Debo dar las gracias también a todas las personas que se preocuparon por mí y me ayudaron a recoger del suelo mis propios pedazos en los peores momentos, me arroparon con palabras de aliento o simplemente estuvieron ahí. Gracias a las que seguís animándome todavía, cuando un recuerdo me devuelve a la casilla de salida en este camino en forma de zigzag que es el duelo. Sois tantos que necesitaría páginas y páginas para agradecéroslo como es debido, pero os aseguro que os llevo en mi corazón a cada uno de vosotros.

Por supuesto, gracias a toda mi familia, pero especialmente a mi hermano Dani, un luchador incansable (tú sabes por qué lo digo) del que he aprendido a lo largo de los años que rendirse no es una opción. Y, cómo no, a Salva, mi marido y la brújula que siempre me lleva al lugar correcto.

Una vez más, y con esta ya van cinco, agradezco a Principal de los Libros que publique otra de mis historias sin dudarlo. A Elena por partida doble (tu *masterclass* fue muy útil) y a Cristina por el cariño que pone siempre en el diseño de las cubiertas.

A Timothy White, por su disponibilidad pese a ser un hombre muy ocupado y su valiosísimo punto de vista gringo. Solo espero que aprendas castellano de una vez para que leas el libro y decidas si respira la suficiente americanidad o no *(I'm not being ironic)*.

Mención especial para Carlos Bassas, con quien mantuve una interesantísima y reveladora conversación acerca del alma humana y sus límites. Carlos, no solo eres más majo que las pesetas; además eres uno de los mejores escritores de novela negra de este país.

Gracias a Juls Arandes, por decirme las palabras que necesitaba oír en el momento exacto en que necesitaba oírlas (aunque habría sido más efectivo que las pronunciaras con una copita de vino).

A mi queridísima Florita Vallcaneras, una de las personas más generosas que conozco, por cuidar tan bien de mí en mi tercera Feria del Libro de Madrid y hacer que la experiencia fuera inolvidable (aunque mi tarjeta de crédito no opine lo mismo).

No me olvido de las cuatro Sassenachs (Diana, Eva, Pepa y Bea) a las que agradezco de todo corazón el apoyo constante y desinteresado (virtual y en persona) que me han brindado desde que se cruzaron en mi camino. Siempre digo que tengo a las mejores lectoras del mundo y vosotras sois un ejemplo de ello (pero el duque de Hastings es mío y no hay discusión posible al respecto).

Al *fandom* de Phoebe Dynevor y Regé-Jean Page (los maravillosos musos de la novela que acabáis de leer), en especial a Mara y a Génesis, por haberme acogido en esta preciosa comunidad con tantísimo cariño y entrega.

Cómo no, a mis lectores, los nuevos y los que repiten, porque sois los que dais sentido a todo esto.

Y, por último, a los propios Marcel y Siobhan, porque empezaron siendo un par de personajes y acabaron convirtiéndose en mi casita del árbol. Era verdad que escribir es un refugio.

Chic Editorial te agradece la atención dedicada a
Dos formas de escribir una novela en Manhattan,
de Carmen Sereno.
Esperamos que hayas disfrutado de la lectura
y te invitamos a visitarnos
en www.chiceditorial.com,
donde encontrarás más información
sobre nuestras publicaciones.

Si lo deseas, también puedes seguirnos
a través de Facebook, Twitter o Instagram
utilizando tu teléfono móvil
para leer los siguientes códigos QR: